CB066296

Razão e Sensibilidade

Conheça os títulos da coleção SÉRIE OURO:

1984
A ARTE DA GUERRA
A IMITAÇÃO DE CRISTO
A INTERPRETAÇÃO DOS SONHOS
A MORTE DE IVAN ILITCH
A ORIGEM DAS ESPÉCIES
A REVOLUÇÃO DOS BICHOS
ALICE NO PAÍS DAS MARAVILHAS
ALICE ATRAVÉS DO ESPELHO
CONFISSÕES DE SANTO AGOSTINHO
CONTOS DE FADAS ANDERSEN
CRIME E CASTIGO
DOM CASMURRO
DOM QUIXOTE
FAUSTO
MEDITAÇÕES
MEMÓRIAS PÓSTUMAS DE BRÁS CUBAS
O DIÁRIO DE ANNE FRANK
O IDIOTA
O JARDIM SECRETO
O LIVRO DOS CINCO ANÉIS
O MORRO DOS VENTOS UIVANTES
O PEQUENO PRÍNCIPE
O PEREGRINO
O PRÍNCIPE
ORGULHO E PRECONCEITO
OS IRMÃOS KARAMÁZOV
PERSUASÃO
RAZÃO E SENSIBILIDADE
SOBRE A BREVIDADE DA VIDA
SOBRE A VIDA FELIZ & TRANQUILIDADE DA ALMA
VIDAS SECAS

Conheça os títulos da coleção SÉRIE LUXO:

JANE EYRE

JANE AUSTEN

Razão e Sensibilidade

TEXTO INTEGRAL
EDIÇÃO ESPECIAL DE 214 ANOS

GARNIER
DESDE 1844

GARNIER
DESDE 1844

Fundador: **Baptiste-Louis Garnier**

Copyright desta tradução © IBC - Instituto Brasileiro De Cultura, 2024

Título original: Sense and Sensibility
Reservados todos os direitos desta tradução e produção, pela lei 9.610 de 19.2.1998.

1ª Impressão 2024

Presidente: Paulo Roberto Houch
MTB 0083982/SP

Coordenação Editorial: Priscilla Sipans
Coordenação de Arte: Rubens Martim (capa)
Diagramação: Renato Darim Parisotto
Produção Editorial: Eliana Nogueira
Tradução: Júlia Rajão
Revisão: Maria Vitória Rajão

Vendas: Tel.: (11) 3393-7727 (comercial2@editoraonline.com.br)

Foi feito o depósito legal.
Impresso na China

Dados Internacionais de Catalogação na Publicação (CIP)
de acordo com ISBD

A933r   Austen, Jane

         Razão e Sensibilidade - Série Ouro / Jane Austen. – Barueri:
         Editora Garnier, 2024.
         160 p. ; 15,1cm x 23cm.

         ISBN: 978-65-84956-67-

         1. Literatura inglesa. 2. Romance. I. Título.

2024-1536   CDD 823
                        CDU 821.111-31

Elaborado por Vagner Rodolfo da Silva - CRB-8/9410

IBC — Instituto Brasileiro de Cultura LTDA
CNPJ 04.207.648/0001-94
Avenida Juruá, 762 — Alphaville Industrial
CEP. 06455-010 — Barueri/SP
www.editoraonline.com.br

Capítulo I

A família Dashwood há muito estava estabelecida em Sussex. Sua propriedade era grande e sua residência ficava em Norland Park, no centro de suas terras, onde, por muitas gerações, eles viveram de uma maneira tão respeitosa que conquistaram uma boa fama entre todos os vizinhos. O último dono desta propriedade era um homem solteiro, que viveu até uma idade muito avançada e que durante muitos anos da sua vida teve em sua irmã uma fiel companheira e governanta. Contudo, a morte da irmã, que ocorreu dez anos antes da dele, gerou uma grande alteração em sua casa, pois, para suprir a enorme perda, ele convidou e recebeu em sua casa a família de seu sobrinho, o Sr. Henry Dashwood, herdeiro legal da propriedade de Norland, e a pessoa a quem pretendia deixar seus bens. Na companhia da família do sobrinho, o velho cavalheiro passava seus dias de forma agradável. Seu apego a todos foi aumentando com o tempo. A constante atenção do Sr. e da Sra. Henry Dashwood aos seus desejos, que procediam não apenas do interesse, mas da bondade de coração, deu-lhe todo o conforto que sua idade merecia, e a alegria das crianças acrescentou um novo prazer à sua existência.

O Sr. Henry Dashwood tinha um filho de seu primeiro casamento e três filhas com sua atual esposa. O filho, um jovem estável e respeitável, teve o futuro garantido pela grande fortuna de sua mãe, metade da qual recebeu ao atingir a maioridade. Logo depois, aumentou ainda mais sua riqueza fazendo um ótimo casamento. Desse modo, a sucessão à propriedade de Norland não era tão importante para ele quanto era para suas irmãs, pois a fortuna delas, independentemente do que poderiam receber de herança em razão dessa propriedade ser herdada pelo pai, era muito pequena. A mãe das meninas não possuía nada, e o pai, apenas sete mil libras à sua disposição, pois a metade restante da fortuna de sua primeira esposa também pertencia ao seu filho, e ele tinha apenas o usufruto.

O velho senhor morreu, seu testamento foi lido e, como quase todos os outros testamentos, trouxe tanto desapontamento quanto prazer. Ele não fora nem injusto nem ingrato ao deixar sua propriedade para o sobrinho, mas deixou sob tais termos que praticamente destruíram metade do valor do legado. O Sr. Dashwood desejava a propriedade mais pelo bem de sua esposa e filhas do que por si mesmo ou por seu filho, mas a herança estava vinculada ao filho e ao seu neto, uma criança de quatro anos, de forma que não tinha nenhum poder de assegurar previsões para aquelas a quem mais amava e que mais precisavam de ajuda. Elas não podiam receber qualquer valor, nem mesmo pela venda das valiosas madeiras existentes na propriedade. Tudo foi acertado para o benefício da criança, que, em visitas ocasionais com os pais a Norland, tinha conquistado o afeto do tio com travessuras próprias de crianças de dois ou três anos; uma dicção imperfeita, um forte desejo de fazer o que quer, muitos truques astutos e muito barulho superaram o valor de toda a atenção que, durante anos, recebera de sua sobrinha e de suas filhas. Ele não pretendia ser indelicado e, como sinal de afeto pelas três garotas, deixou-lhes mil libras cada.

A decepção do Sr. Dashwood foi, a princípio, grande, mas seu temperamento era alegre e otimista, e a expectativa de viver muitos anos, economizando, poderia render uma soma considerável da produção de uma propriedade tão grande e capaz de melhorias quase imediatas. Mas a fortuna, que demorou tanto para chegar, foi sua apenas por um ano. Ele viveu somente doze meses a mais que o tio, e dez mil libras, incluindo os legados do falecido, foi tudo o que restou para sua viúva e filhas.

Seu filho foi chamado assim que o estado de saúde do Sr. Dashwood piorou, e, com toda a seriedade e urgência exigidas pela doença, o pai orientou o filho a cuidar do interesse de sua madrasta e de suas meias-irmãs.

O Sr. John Dashwood não tinha sentimentos fortes pelo resto da família, mas se sensibilizou com a recomendação de tal natureza e feita em tal ocasião, prometendo fazer tudo ao seu alcance para deixá-las confortáveis. Seu pai se tranquilizou com a promessa, e o Sr. John Dashwood teve então tempo para considerar como poderia ajudá-las de forma prudente.

John Dashwood não era um jovem mal disposto, a menos que ser um tanto frio e egoísta seja considerado má disposição, mas ele era, em geral, respeitado, pois cumpria com seus deveres e agia corretamente. Se tivesse se casado com uma mulher mais amável, poderia ter se tornado ainda mais respeitado do que era, poderia até mesmo ter se tornado mais agradável, já que era muito jovem quando se casou e estava muito apaixonado por sua esposa. A esposa, entretanto, era uma forte caricatura do marido, mas mais mesquinha e egoísta.

Quando fez a promessa ao pai, pensou consigo mesmo em aumentar a fortuna de suas irmãs presenteando cada uma com mil libras. Ele então se sentiu a altura do gesto. A perspectiva de quatro mil libras por ano, além da renda atual e do restante da fortuna da própria mãe, aqueceu seu coração e o fez sentir-se muito generoso. Sim, ele daria às irmãs três mil libras! Seria uma atitude bonita e generosa! Seria o suficiente para que vivessem bem! Três mil libras! Ele poderia economizar esse valor com poucos inconvenientes. Ele pensou nisso o dia todo, e por muitos dias sucessivamente, e não se arrependeu.

Mal havia acabado o funeral de seu pai quando a esposa do Sr. John Dashwood, sem enviar qualquer aviso prévio para a sogra, chegou com seu filho e seus empregados. Ninguém poderia contestar seu direito de vir; a casa era de seu marido desde o momento da morte do pai, mas a indelicadeza de sua conduta era enorme e, para uma mulher em uma situação tão delicada como a da Sra. Dashwood, deve ter sido muito desagradável. Contudo, em *sua* mente havia um sentimento de honra tão aguçado, uma generosidade tão romântica, que qualquer ofensa desse tipo, provocada ou recebida por quem quer que fosse, era para ela uma fonte de repulsa irreparável. A esposa do Sr. John Dashwood nunca foi a favorita de ninguém da família de seu marido, mas ela não tivera oportunidade, até aquele momento, de mostrar-lhes com que falta de consideração pelas outras pessoas poderia agir quando a ocasião exigisse.

Tão intensamente a Sra. Dashwood sentiu esse comportamento grosseiro e tão grande foi o desprezo que sentiu pela nora por causa dele que teria deixado a casa para sempre assim que ela entrasse, não fosse o pedido de sua filha mais velha para que refletisse sobre a conveniência de partir. Foi seu amor terno que tinha pelas filhas que a fez permanecer, para evitar uma briga delas com o irmão.

Elinor, sua filha mais velha, cujo conselho fora tão eficaz, possuía uma sólida capacidade de compreensão e uma grande frieza de juízo, o que a qualificavam, embora com apenas dezenove anos, a ser a conselheira de sua mãe. Assim, ela se permitia frequentemente a se opor à mãe para o bem de toda a família, pois essa ânsia de espírito da Sra. Dashwood geralmente a levava à imprudência. A jovem tinha um excelente coração; seu caráter era afetuoso e seus sentimentos eram fortes, mas ela sabia como governá-los, algo que sua mãe ainda precisava aprender e que uma de suas irmãs resolvera que nunca aprenderia.

As qualidades de Marianne eram, em muitos aspectos, quase iguais às de Elinor. Ela era sensata e inteligente, mas ávida por tudo: suas dores e suas alegrias não tinham moderação. Ela era generosa, amável, interessante; era tudo, menos prudente. A semelhança entre ela e sua mãe era notável.

Elinor via com preocupação o excesso de sensibilidade da irmã, mas a Sra. Dashwood a incentivava e valorizava. Elas encorajavam uma à outra nas difíceis circunstâncias em que viviam. A agonia da dor que as dominou no início era renovada, procurada e fortalecida. Elas se entregaram totalmente à sua tristeza, buscando aumentar sua miséria em cada reflexão ou atitude que se permitissem, e resolveram nunca admitir consolo no futuro. Elinor também estava profundamente aflita, mas ainda se sentia capaz de lutar, de se esforçar. Ela poderia consultar seu irmão, receber a cunhada em sua chegada e tratá-la com a devida atenção; e poderia se empenhar para convencer sua mãe a fazer esforços semelhantes e encorajá-la a ter igual domínio de si mesma.

Margaret, a outra irmã, era uma menina bem-humorada e bem-disposta, mas como já havia absorvido muito do romantismo de Marianne, sem ter muito bom senso, aos treze anos, não pretendia igualar-se às irmãs, que já estavam em uma fase mais avançada da vida.

Capítulo II

A Sra. John Dashwood agora se estabelecera como senhora de Norland, e sua sogra e cunhadas foram rebaixadas à condição de visitantes. Como tal, no entanto, foram tratadas por ela com serena civilidade, e por seu marido com tanta bondade quanto ele podia sentir por qualquer pessoa além de si mesmo, sua esposa e seu filho. Ele insistiu com veemência para que elas considerassem Norland como seu lar e, como nenhum plano parecia tão adequado para a Sra. Dashwood como permanecer lá até que pudesse se acomodar em uma casa na vizinhança, seu convite foi aceito.

Permanecer em um lugar onde tudo a lembrava de antigos prazeres era exatamente o que melhor a convinha. Em épocas de alegria, nenhum temperamento poderia ser mais alegre que o dela, ou possuir em maior grau aquela expectativa otimista de felicidade que é a própria felicidade. Mas nos momentos de tristeza ela era igualmente levada por sua imaginação, a ponto do prazer e do consolo estarem fora do seu alcance.

A Sra. John Dashwood não aprovava de forma alguma o que seu marido pretendia fazer por suas irmãs. Tirar três mil libras da fortuna de seu querido filhinho significaria empobrecê-lo terrivelmente. Ela implorou para que ele pensasse melhor no assunto. Como ele poderia conscientemente roubar de seu filho, de seu único filho, uma soma tão grande? E que direito tinham as filhas do seu pai, que eram somente suas meias-irmãs, o que a Sra. John Dashwood nem considerava como parentesco, em contar com a bondade de receber uma quantia tão alta? Era bem sabido que jamais deveria existir afeição entre filhos de casamentos diferentes, então por que ele iria se arruinar, e ainda arriscar seu pobre Harry, dando todo o seu dinheiro para suas meias-irmãs?

— Foi o último pedido de meu pai, que eu ajudasse sua viúva e suas filhas — respondeu o marido.

— Ele não sabia do que estava falando, ouso dizer que estava mal da cabeça quando lhe pediu aquilo. Se estivesse com bom discernimento, jamais poderia pensar em lhe implorar que abrisse mão de metade da fortuna de seu próprio filho.

— Ele não estipulou nenhuma quantia em particular, minha querida Fanny, apenas me pediu, em termos gerais, para ajudá-las e para tornar sua situação mais confortável do que a que estava em seu poder oferecer. Talvez tivesse sido melhor deixar a decisão inteiramente para mim. Ele dificilmente deveria supor que eu as negligenciaria. Contudo, como ele exigiu a promessa, eu não pude negar, pelo menos foi o que pensei no momento. A promessa, portanto, foi feita, e deve ser cumprida. Algo deve ser feito por elas quando deixarem Norland e se estabelecerem em uma nova casa.

— Bem, então, que *algo* seja feito por elas, mas esse *algo* não precisa ser três mil libras. Considere — acrescentou ela — que depois que o dinheiro for repartido, nunca mais voltará. Suas irmãs irão se casar, e o dinheiro terá se perdido para sempre. Se pelo menos existisse alguma chance de ser devolvido para o nosso filhinho!

— Ora, com certeza — disse o marido, muito seriamente — isso faria uma grande diferença. Pode chegar o dia em que Harry lamentará ter perdido uma soma tão grande de dinheiro. Se ele tiver uma família numerosa, por exemplo, o dinheiro fará muita falta.

— Tenho certeza que sim!

— Talvez, então, seja melhor para todas as partes se a soma for reduzida à metade. Quinhentas libras seria um aumento significativo em suas fortunas!

— Oh! Muito além do que podem imaginar! Que irmão na Terra faria metade disso por suas irmãs, mesmo se *realmente* fossem suas irmãs? E elas são apenas meias-irmãs! Você tem um espírito tão generoso!

— Eu não gostaria de fazer qualquer coisa que parecesse mesquinha — respondeu ele. — Nessas ocasiões, é preferível fazer muito mais do que fazer pouco. Ao menos ninguém pode pensar que não fiz o suficiente por elas, nem elas próprias poderiam esperar mais.

— Não há como saber o que *elas* podem esperar — disse a senhora — mas não devemos pensar em suas expectativas, a questão é o tamanho do sacrifício que você pode fazer.

— Certamente! E acho que posso oferecer-lhes quinhentas libras para cada. Como as coisas estão, sem qualquer adição minha, cada uma receberá cerca de três mil libras após a morte da mãe, uma fortuna muito confortável para qualquer jovem.

— Sem dúvida alguma! E, de fato, me parece que elas não podem querer nenhum acréscimo. Elas terão dez mil libras que serão divididas entre elas. Se elas se casarem, com certeza se casarão bem, e se não, todas poderão viver muito confortavelmente com o rendimento dessas dez mil libras.

— Você está certa! Além do mais, acredito que seria mais aconselhável fazer algo pela viúva enquanto ela ainda está viva, em vez de fazer algo pelas irmãs. Oferecendo-lhe um valor anual, quero dizer, as filhas sentirão os benefícios dessa ajuda tanto quanto a mãe. Cem libras por ano farão com que vivam perfeitamente confortáveis.

Sua esposa hesitou um pouco, entretanto, em consentir com o plano.

— Honestamente — disse ela — é melhor do que dar mil e quinhentas libras de uma vez só. No entanto, se a Sra. Dashwood viver mais de quinze anos, ficaremos prejudicados.

— Quinze anos! Minha querida Fanny, a vida dela não vale nem a metade disso.

— Certamente não, mas se você observar, as pessoas sempre vivem muito mais quando recebem uma pensão anual. E ela é muito forte e saudável, acabou de completar quarenta anos. Uma pensão anual é um negócio muito sério, se repete todos os anos, e não há como se livrar dela. Você não está ciente do que está fazendo. Conheço muito os problemas causados por uma pensão anual porque minha mãe precisava pagá-la a três empregados aposentados, pois isso estava estabelecido no testamento do meu pai. Você não imagina o quanto ela achou isso desagradável. Duas vezes por ano essas pensões deveriam ser pagas; e então havia o transtorno de lhes enviar o dinheiro. Depois chegou a notícia de que uma delas havia falecido, mas em seguida descobrimos que não era verdade. Esse transtorno quase adoeceu minha mãe. Sua renda não lhe pertencia, dizia ela, com tantas pensões perpétuas; e foi falta de consideração da parte do meu pai, porque, do contrário, o dinheiro estaria inteiramente à disposição da minha mãe, sem qualquer restrição. Isso me deu tal aversão às pensões anuais que tenho certeza que jamais faria tal promessa.

— É certamente uma coisa desagradável ter esse tipo de desvio anual na renda de alguém — respondeu o Sr. Dashwood. — Os bens de uma pessoa, como sabidamente disse sua mãe, *não* lhe pertencem. Ser obrigado a pagar anualmente tal valor não é de forma alguma desejável, isso tira toda a independência da pessoa.

— Sem dúvida! E além do mais, você não receberá nenhum agradecimento da parte delas. Elas se consideram seguras, e pensam que você não faz nada mais do que sua obrigação, por isso serão ingratas. Se eu fosse você, só tomaria decisões em benefício próprio. Eu não me comprometeria a pagar-lhes uma pensão anual. Pode ser muito inconveniente em alguns anos retirar cem, ou mesmo cinquenta libras de nossas próprias despesas.

— Acredito que você está certa, meu amor, será melhor que eu não prometa uma pensão anual. Nesta situação, o que quer que eu possa lhes dar ocasionalmente será de muito mais ajuda do que uma mesada anual, já que, se tivessem a certeza de uma renda maior, elevariam seu estilo de vida e assim não enriqueceriam no final do ano. Certamente esta é a melhor opção. Um presente de cinquenta libras, de vez em quando, evitará que se preocupem com dinheiro, e acredito que estarei cumprindo a promessa que fiz ao meu pai.

— Tenho certeza que sim. Na verdade, estou convencida de que seu pai não planejava que você lhes desse dinheiro. A ajuda que ele pensava, ouso dizer, era apenas a que poderia ser razoavelmente esperada de você, como procurar uma casinha confortável para elas, ajudá-las com a mudança e enviar-lhes produtos de pesca e caça, ou produtos da estação. Poderia apostar minha vida que o pedido não significava nada além disso; seria até mesmo muito estranho e irracional se ele o fizesse. Apenas considere, meu caro Sr. Dashwood, como sua madrasta e suas filhas poderiam viver excessivamente confortáveis com sete mil libras, além das mil libras pertencentes a cada uma das meninas, que anualmente rendem cinquenta libras por pessoa. É claro que elas pagarão à mãe pelo alojamento. Ao todo, terão quinhentas libras, e o que diabos quatro mulheres podem desejar além disso? Elas viverão com tanta simplicidade! As despesas da casa representarão muito pouco. Não terão carruagens, cavalos e quase nenhum empregado, e não receberão visitas. Quais serão as suas despesas? Apenas imagine o quão confortáveis ficarão! Quinhentas libras por ano! Não consigo nem imaginar como gastariam a metade desse valor! E quanto a dar-lhes mais, é totalmente absurdo pensar nisso. Logo mais estarão em condições tão boas, que são elas que irão lhe oferecer ajuda!

— Dou a minha palavra — disse o Sr. Dashwood. — Acredito que você está completamente certa. Meu pai certamente não poderia significar nada mais com seu pedido do que o que você diz. Eu entendo claramente agora, e vou cumprir estritamente meu compromisso por meio dos atos de assistência e gentileza que você descreveu. Quanto à mudança de minha madrasta para outra casa, meus serviços estão à disposição para ajudá-la no que eu puder. Acho até razoável dar-lhes de presente alguma mobília.

— Certamente — continuou a Sra. John Dashwood. — No entanto, *uma* coisa deve ser considerada. Quando seu pai e sua madrasta se mudaram para Norland, embora os móveis de Stanhill tenham sido vendidos, toda a porcelana, prataria e roupas de cama foram guardados e agora ficarão com sua madrasta. Portanto, sua casa estará completamente equipada assim que tomar posse de tais objetos.

— Essa é uma consideração importante, sem dúvida. Um legado valioso, de fato! E parte da prataria teria sido uma adição muito agradável à que temos aqui.

— Sim, e o conjunto de porcelana para o café da manhã é muito mais bonito do que o que temos nesta casa. É bonito demais, em minha opinião, para qualquer lugar que *elas* possam vir a morar. No entanto, as coisas são assim, seu pai pensou somente *nelas*. E devo dizer-lhe que você não deve nenhuma gratidão especial a ele, nem deve se preocupar com os seus desejos, pois sabemos muito bem que, se pudesse, teria deixado tudo no mundo para *elas*.

Este argumento foi definitivo e deu a John Dashwood a coragem que faltava para tomar sua decisão; e, por fim, ele decidiu que seria absolutamente desnecessário, se não altamente inadequado, fazer mais pela viúva e pelas filhas de seu pai do que as gentilezas apontadas pela esposa.

Capítulo III

A Sra. Dashwood permaneceu em Norland durante vários meses, não por não desejar se mudar dali, quando a visão de cada local que conhecia tão bem deixou de despertar-lhe a emoção violenta que por tanto tempo provocou. Quando seu ânimo começou a reviver e sua mente tornou-se capaz de dedicar-se a algo a mais que intensificar sua aflição com lembranças melancólicas, ela ficou impaciente para partir e infatigavelmente se dedicou a procurar por uma moradia adequada nas vizinhanças de Norland, pois era impossível mudar-se para longe daquele lugar amado. Contudo, não teve notícia de nenhuma habitação que correspondesse às suas noções de conforto e comodidade, e, ao mesmo tempo, se adaptasse à prudência de sua filha mais velha, cuja sensatez a fez rejeitar várias casas que a mãe aprovaria, considerando-as grandes demais para sua renda. A Sra. Dashwood fora informada pelo marido da promessa solene do filho em favor delas, o que o confortou em seus últimos momentos na Terra. Ela acreditava na sinceridade deste compromisso tanto quanto o falecido acreditou. Em relação à promessa, sentia grande contentamento pelo benefício das filhas, embora estivesse convencida de que, para ela própria, uma provisão muito menor do que sete mil libras a sustentaria com abundância. Ficou contente também pelo irmão de suas filhas, que se mostrou um homem de bom coração, e se repreendeu por antes ter julgado que ele seria incapaz de tamanha generosidade. Seu comportamento atencioso para com ela e as filhas a convenceu de que o bem-estar de todas era importante para ele e, por muito tempo, ela confiou firmemente na generosidade de suas intenções.

O desprezo que ela sentiu pela nora desde o momento em que se conheceram aumentou muito à medida que conhecia seu caráter. Após meio ano morando na mesma casa e, a despeito de todas as demonstrações de polidez e afeto maternal por parte da primeira, as duas senhoras teriam julgado impossível viverem juntas por tanto tempo, se uma circunstância particular não tivesse ocorrido e aumentado a possibilidade, de acordo com a opinião da Sra. Dashwood, da permanência de suas filhas em Norland.

Esta circunstância era um apego crescente entre sua filha mais velha e o irmão da Sra. John Dashwood, um cavalheiro gentil e agradável, que fora apresentado às jovens logo após o estabelecimento de sua irmã em Norland, e que desde então passava a maior parte de seu tempo ali.

Algumas mães poderiam ter encorajado a intimidade por motivos de interesse, pois Edward Ferrars era o filho mais velho de um homem que morrera muito rico, e algumas poderiam tê-lo reprimido por prudência, pois, exceto por uma soma insignificante, toda a sua fortuna dependia da herança de sua mãe. Mas a Sra. Dashwood não foi influenciada por nenhuma das considerações. Para ela, bastava que ele fosse amável, que amasse a filha e que Elinor o correspondesse. Era contrária a todas as crenças de que a diferença de fortuna deveria separar qualquer casal que fosse atraído pela semelhança de temperamento. Acreditava ser impossível que os méritos de Elinor não fossem reconhecidos por todos que a conheciam.

Edward Ferrars não caiu no bom grado da família por nenhuma graça específica. Ele não era bonito e seus modos exigiam intimidade para se tornarem agradáveis. Ele era tímido demais, para dizer a verdade, mas quando superava sua timidez habitual, seu comportamento revelava um coração sincero e afetuoso. Era um jovem inteligente, e sua educação lhe proporcionava um sólido respaldo. Todavia, não dispunha de habilidades sociais e não possuía disposição para corresponder às expectativas de sua mãe e sua irmã, que ansiavam por vê-lo ocupando uma posição de destaque na sociedade, nem elas próprias sabiam qual. Queriam que ele fosse uma figura importante no mundo, de uma maneira ou de outra. Sua mãe desejava que se interessasse por questões políticas, que ingressasse no parlamento ou que se ligasse a algum dos grandes homens da época. A Sra. John Dashwood desejava o mesmo, mas, nesse meio tempo, até que uma dessas bênçãos divinas pudesse ser alcançada, teria se contentado em ver o irmão dirigindo uma carruagem. Mas Edward não se interessava por grandes homens ou carruagens. Todos os seus desejos se concentravam no conforto doméstico e na tranquilidade da vida privada. Felizmente, tinha um irmão mais novo que era mais promissor.

Edward já estava há várias semanas na casa quando conquistou a atenção da Sra. Dashwood, uma vez que, naquele tempo, seu estado de aflição a tornara alheia a qualquer assunto a seu redor. Notou apenas que o jovem era quieto e discreto, e gostou dele por isso. Ele não perturbava seus pensamentos com conversas inoportunas. Ela o observou e aprovou pela primeira vez após uma reflexão que Elinor um dia fez sobre a diferença entre ele e a irmã. Foi esse contraste que fez com que a mãe o considerasse ainda mais.

— É o suficiente — disse ela — dizer que ele é diferente de Fanny. Isso implica que nele se pode encontrar o que há de mais amável. Por isso já posso amá-lo.

— Acho que chegará a gostar dele — disse Elinor — quando o conhecer melhor.

— Gostar dele! — respondeu a mãe com um sorriso. — Não sinto nenhum sentimento inferior ao amor.

— Você pode estimá-lo.

— Eu ainda não sei o que é separar estima e amor.

A Sra. Dashwood a partir desse momento passou a se esforçar para conhecê-lo. Com seu jeito afetuoso logo venceria as reservas do rapaz. Compreendeu rapidamente todos os seus méritos, a persistência da estima dele por Elinor talvez tenha ajudado seu entendimento, mas ela realmente estava segura de seu valor. E mesmo aquela quietude de Edward, que contrariava todas as ideias da Sra. Dashwood sobre como um jovem deveria se portar, deixou de parecer-lhe desinteressante quando percebeu que seu coração era caloroso e seu temperamento afetuoso.

Assim que percebeu qualquer sintoma de amor no comportamento dele para com Elinor, a Sra. Dashwood considerou como certa a existência de um vínculo sério entre os dois e passou a crer que o casamento realmente aconteceria.

— Em alguns meses, minha cara Marianne — disse ela — Elinor, com toda a certeza, se estabelecerá para o resto da vida. Vamos sentir sua falta, mas *ela* certamente será muito feliz.

— Oh, mamãe, o que faremos sem ela?

— Meu amor, mal será uma separação. Viveremos a poucos quilômetros uma da outra e nos encontraremos todos os dias de nossas vidas. Você ganhará um irmão, um irmão de verdade, afetuoso. Tenho a melhor opinião do mundo sobre o coração de Edward. Mas você parece séria, Marianne; você desaprova a escolha de sua irmã?

— Talvez — disse Marianne. — Confesso que estou surpresa. Edward é muito amável e eu o amo ternamente. Ainda assim, acho que ele não é o tipo de jovem... Há algo faltando, sua aparência não é impressionante, não tem o charme que eu esperaria do homem pelo qual minha irmã se sentisse fortemente atraída. Seus olhos carecem de mais vivacidade, aquele fogo, que, ao mesmo tempo, anuncia virtude e inteligência. Além de tudo isso, receio, mamãe, ele não tem bom gosto. A música quase não parece atraí-lo e, embora admire muito os desenhos de Elinor, não é a admiração de uma pessoa que compreende seu valor. É evidente, apesar de sua atenção frequente a ela enquanto ela desenha, que na verdade ele nada sabe sobre o assunto. Ele a admira como amante, não como profundo conhecedor do assunto. Para me satisfazer, essas características devem coexistir. Eu não poderia ser feliz com um homem cujo gosto não coincidisse em todos os pontos com o meu. Ele deve penetrar em todos os meus sentimentos, os mesmos livros, as mesmas músicas devem encantar a nós dois. Oh! Mamãe, quão desanimado foi o jeito que Edward leu para nós ontem à noite! Eu senti muito por minha irmã. Ainda assim, ela aguentou aquilo com tanta compostura que nem parecia notar. Eu mal consegui me manter em meu assento. Ouvir aqueles belos versos que normalmente quase me desnorteiam pronunciados com uma calma impenetrável, com uma indiferença terrível!

— Ele certamente teria feito jus à prosa simples e elegante. Foi o que pensei na hora, que você *deveria* ter lhe dado um livro de Cowper.

— Não, mamãe, acho que nem Cowper seria capaz de animá-lo! Mas devemos admitir que existem diferenças de gosto. Elinor não tem os sentimentos iguais aos meus, e, portanto, pode ignorar isso e ser feliz com ele. Mas um acontecimento como aquele teria partido o *meu* coração, se eu o amasse o ouvisse ler com tão pouca sensibilidade. Mamãe, quanto mais eu conheço o mundo, mais estou convencida de que nunca encontrarei um homem a quem possa realmente amar. Sou muito exigente! Ele deve ter todas as virtudes de Edward, e sua aparência e maneiras devem enfeitar sua bondade com todo o charme possível.

— Lembre-se, meu amor, de que você não tem nem dezessete anos. Ainda é muito cedo para se desesperar por tal felicidade. Por que você seria menos afortunada que sua mãe? Em apenas uma circunstância, minha Marianne, espero que seu destino seja diferente do meu!

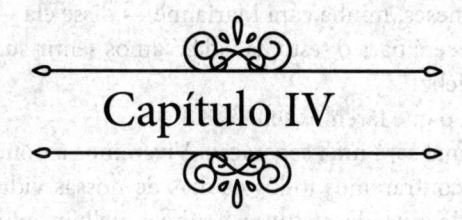

Capítulo IV

— Que pena, Elinor — disse Marianne — que Edward não tem gosto por desenho.

— Não tem gosto pelo desenho! — respondeu Elinor. — Por que você diz isso? Ele não desenha, de fato, mas tem grande prazer em ver o desempenho de outras pessoas, e eu asseguro-lhe que ele não é de forma alguma desprovido de bom gosto, embora ainda não tenha tido oportunidades de demonstrá-lo. Se ele tivesse a oportunidade de aprender, acredito que desenharia muito bem. Ele desconfia tanto de seu próprio julgamento nesses assuntos, que nunca está disposto a dar sua opinião sobre qualquer desenho. Entretanto, ele tem um gosto simples e inato, que, no geral, o direciona perfeitamente.

Marianne teve medo de ofender a irmã e não tocou mais no assunto, mas o tipo de aprovação que, de acordo com Elinor, despertavam nele os desenhos de outras pessoas estavam muito longe daquele deleite arrebatador, que, em sua opinião, merecia ser chamado de gosto. No entanto, embora sorrindo internamente pelo erro, aprovou a irmã por aquela parcialidade cega para com Edward, que a induziu ao engano.

— Espero, Marianne — continuou Elinor — que você não o considere deficiente no gosto geral. Na verdade, acho que posso dizer que não, porque seu comportamento para com ele é perfeitamente cordial, e se *essa* fosse sua opinião, eu tenho certeza de que você nunca poderia ser civilizada com ele.

Marianne mal sabia o que dizer. Ela não pretendia ferir os sentimentos de sua irmã em hipótese alguma, mas dizer algo em que ela não acreditava era impossível. Por fim, respondeu:

— Não se ofenda, Elinor, se os elogios que posso fazer a ele não forem em tudo iguais ao seu senso dos méritos dele. Não tive tantas oportunidades de avaliar as propensões diminutas de sua mente, suas inclinações e gostos, como você, mas tenho a melhor opinião no mundo de sua bondade e bom senso. Acho que ele tem tudo de mais digno e amável.

— Tenho certeza — respondeu Elinor com um sorriso — que seus amigos mais queridos não ficariam insatisfeitos com elogios como esse. Não sei como você poderia se expressar de forma mais calorosa.

Marianne ficou feliz ao ver sua irmã se contentar tão facilmente.

— De seu bom senso e de sua bondade — continuou Elinor — acredito que ninguém já tenha tido uma boa conversa com ele possa ter dúvidas. A excelência de sua compreensão e seus princípios só pode ser ocultada por aquela timidez que muitas vezes o mantém calado. Você o conhece o suficiente para fazer justiça ao seu valor sólido. Mas sobre suas propensões diminutas, como você as chama, creio que você tem sido mantida mais ignorante do que eu por circunstâncias peculiares. Por várias vezes, eu e ele ficamos muito tempo juntos, enquanto você fica totalmente absorvida, dedicada à mamãe, tomada pelo impulso mais afetuoso. O observei bastante, estudei seus sentimentos e ouvi sua opinião sobre literatura e gosto, e, de modo geral, arrisco-me a declarar que sua mente está bem informada, que o prazer que encontra em ler livros é excessivamente grande, sua imaginação é viva, suas observações são justas e corretas, e seu gosto é delicado e puro. Suas habilidades se destacam em todos os aspectos quando o conhecemos melhor, assim como seus modos e sua aparência. À primeira vista, seu trato certamente não é surpreendente, e sua aparência dificilmente pode ser chamada de bela, até que a expressão de seus olhos, que são incomumente boas, e a doçura geral de seu semblante sejam percebidas. No momento, eu o conheço tão bem, que o considero muito bonito, ou pelo menos quase. O que me diz, Marianne?

— Muito em breve vou considerá-lo bonito, Elinor, se já não o considero. Quando você me disser para amá-lo como um irmão, não verei mais imperfeição em seu rosto, como agora não as vejo em seu coração.

Elinor se assustou com essa declaração e lamentou ter falado de Edward com tanto ardor. Sentia que Edward tinha uma posição muito elevada em seus afetos. Acreditava que o apreço era mútuo, mas precisava ter mais certeza disso para dizer a Marianne que considerava agradável a ligação entre os dois. Ela sabia que o que Marianne e sua mãe pensavam em um momento, no momento seguinte se tornava uma certeza. Para elas, o desejo era esperança, e a esperança, expectativa. Então resolveu explicar a real situação à irmã.

— Não pretendo negar — disse ela — que o tenho em alta conta, que o estimo muito, que gosto dele.

Com isso, Marianne explodiu de indignação.

— O estima e gosta muito dele! Insensível Elinor! Oh! Pior que insensível! Envergonhada de ser diferente. Use essas palavras novamente, e sairei da sala neste momento.

Elinor não pôde deixar de rir.

— Desculpe — disse ela — e tenha certeza de que não quis ofendê-la ao falar de maneira tão contida sobre meus próprios sentimentos. Acredite que eles são mais fortes do que declarei. Acredite, em suma, que estão à altura dos méritos dele, e a suspeita... a esperança, na verdade, de sua afeição por mim se justifica, sem imprudência ou tolice. Contudo, você não deve acreditar em nada além disso. Não estou de forma alguma segura de seu afeto por mim. Há momentos em que parece duvidoso e, até que seus sentimentos sejam totalmente conhecidos, você não pode se surpreender com o meu desejo de evitar qualquer encorajamento, acreditando ou esperando mais do que a verdade. Em meu coração, sinto pouca, quase nenhuma dúvida de seu afeto. Mas há outros pontos a serem considerados além de seu interesse por mim. Ele está muito longe de ser independente. O que sua mãe realmente é, não podemos saber, mas, devido às menções ocasionais de Fanny a respeito de sua conduta e opiniões, nunca nos dispusemos a considerá-la amável, e, ou estou muito enganada, ou o próprio Edward não está ciente de que haverá muitas dificuldades em seu caminho, se ele desejar se casar com uma mulher que não tenha uma grande fortuna nem uma alta posição.

Marianne ficou surpresa ao perceber o quanto sua imaginação e de sua mãe a desviaram da verdade.

— E você não está realmente noiva dele! — disse ela. — Tenho certeza que acontecerá em breve. Mas duas vantagens advirão desse atraso. Não vou perdê-la tão cedo e Edward terá a oportunidade de melhorar aquele gosto natural por sua ocupação favorita, tão necessária para sua felicidade futura. Oh! Se ele fosse tão estimulado por você a ponto de se interessar em desenhar, como seria agradável!

Elinor dera sua opinião verdadeira à irmã. Não podia considerar seu interesse por Edward com base em uma perspectiva tão favorável como Marianne acreditava. Havia, às vezes, uma falta de ânimo nele que, se não denotava indiferença, apontava algo pouco promissor. As dúvidas quanto ao afeto dela, se é que as tinha, não eram capazes de lhe causar mais do que inquietação. Decerto não lhe provocariam aquele abatimento de ânimo que frequentemente o atingia. Uma causa mais razoável encontrava-se em sua situação de dependência, que o impossibilitava de ceder aos seus afetos. Ela sabia que sua mãe não se comportaria de modo a facilitar as coisas para o filho, nem lhe daria qualquer garantia de que ele poderia ter uma residência própria, a menos que atendesse estritamente às suas exigências. Estando ciente disso, era impossível para Elinor se sentir tranquila para falar sobre o assunto. Ela estava longe de confiar no mero interesse de Edward por ela, algo que sua mãe e irmã consideravam como certo. Não, quanto mais tempo passavam juntos, mais duvidosa parecia a natureza de sua afeição, e, às vezes, por alguns dolorosos minutos, ela acreditava que não passava de amizade.

Porém, quaisquer que fossem os limites desse sentimento, bastou, quando percebido pela irmã de Edward, para deixá-la inquieta e, ao mesmo tempo (o que era ainda mais comum), para torná-la rude. Ela aproveitou a primeira oportunidade para afrontar a sogra, falando de forma tão expressiva sobre as grandes expectativas que tinham para o irmão, sobre a decisão da Sra. Ferrars de que seus dois filhos se casassem bem e sobre o perigo que corria qualquer jovem que tentasse *atraí-lo* — que a Sra. Dashwood não pôde fingir que não se dera conta, nem se esforçar para ficar calma. Deu-lhe uma resposta que evidenciava o seu desprezo e imediatamente deixou a sala, decidindo que, quaisquer que fossem os inconvenientes ou custos de uma mudança tão repentina, sua amada Elinor não deveria ficar exposta nem por mais uma semana a tais insinuações.

Nesse estado de espírito, foi-lhe entregue uma carta do correio, que continha uma proposta particularmente oportuna. Era a oferta de uma pequena casa, com o preço justo, oferecida a ela por um parente, um cavalheiro de posse e boa reputação que morava em Devonshire. A carta era do próprio cavalheiro e fora escrita com a melhor das intenções de oferecer uma acomodação hospitaleira. Ele compreendia que ela precisava de uma moradia e, embora a casa que agora lhe oferecia fosse apenas um chalé, assegurou-lhe que tudo que ela considerasse necessário seria feito, se a situação a agradasse. Ele insistiu seriamente, depois de descrever os detalhes da casa e do jardim, para que fosse com suas filhas para Barton Park, lugar de sua própria residência, de onde ela poderia julgar por si própria, já que as casas se localizavam na mesma vizinhança, se o chalé de Barton Cottage poderia, depois de algumas reformas, tornar-se confortável para sua moradia. Ele parecia realmente ansioso para acomodá-las e toda a sua carta foi escrita de uma forma tão amigável que não poderia deixar de agradar à prima; especialmente em um momento em que ela tanto sofria com o comportamento frio e insensível de seus parentes mais próximos. Não precisou de tempo para deliberações ou perguntas. Sua decisão foi tomada enquanto lia a carta. A localização de Barton, em um condado tão distante de Sussex quanto Devonshire, que poucas horas antes teria sido empecilho suficiente para superar todas as possíveis vantagens do lugar, era agora sua principal recomendação. Deixar a vizinhança de Norland não era mais um inconveniente, era um objeto de desejo, uma bênção, em comparação à tortura de continuar como hóspede da nora. Mudar-se para sempre daquele lugar amado seria menos doloroso do que habitá-lo ou visitá-lo enquanto tal mulher fosse sua dona. Ela imediatamente escreveu a Sir John Middleton agradecendo sua bondade e aceitando sua proposta; e então se apressou em mostrar as duas cartas às filhas, para que pudesse obter a aprovação das duas antes de enviar sua resposta.

Elinor sempre pensou que, para elas, seria mais prudente se estabelecerem a alguma distância de Norland do que continuar nas proximidades de seus atuais parentes. Por *esse* motivo, portanto, não cabia a ela se opor à intenção de sua mãe de se mudar para Devonshire. A casa também, conforme descrita por Sir John, parecia ser tão modesta, e o aluguel tão incomumente moderado, que não lhe deixava o direito de fazer qualquer objeção. Desse modo, embora não fosse um plano que trouxesse qualquer encanto à sua fantasia, e ainda que a mudança das vizinhanças de Norland não estivesse em seus planos, não fez nenhuma tentativa de dissuadir a mãe de enviar uma carta de aceitação.

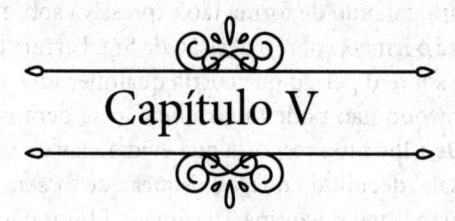

Capítulo V

Assim que sua resposta foi enviada, a Sra. Dashwood se permitiu o prazer de anunciar a seu enteado e à esposa que havia encontrado uma casa, e que, tão logo tudo estivesse acertado, não os incomodaria mais. Eles a ouviram com surpresa. A Sra. John Dashwood não disse nada, mas seu marido desejou, bastante cortesmente, que elas não se instalassem longe de Norland. Foi com grande satisfação que a Sra. Dashwood respondeu que estava se mudando para Devonshire. Edward, ao ouvir a notícia, voltou-se bruscamente para ela e, com uma voz de surpresa e preocupação que não exigia nenhuma explicação, repetiu:

— Devonshire! Vocês realmente estão se mudando para lá? É muito longe daqui! E em que parte do condado?

Ela explicou a localização, ficava a pouco mais de seis quilômetros de Exeter.

— É apenas um chalé — continuou ela — mas espero receber ali todos os meus amigos. Um ou dois quartos podem ser facilmente adicionados e, se meus amigos não encontrarem dificuldade em viajar tão longe para me ver, com certeza não terei dificuldades para acomodá-los.

Ela concluiu a conversa com um convite muito gentil ao Sr. e à Sra. John Dashwood para que a visitassem em Barton, e estendeu o convite a Edward com ainda mais afeto. Embora a última conversa com a nora tivesse causado sua decisão de não permanecer em Norland mais do que o inevitável, não tinha a intenção de satisfazer-lhe os desejos. Separar Edward e Elinor estava longe de ser seu objetivo, e desejava mostrar à Sra. John Dashwood, por meio do convite direto ao irmão, que não se importava com a sua desaprovação do relacionamento entre os dois.

O Sr. John Dashwood disse à madrasta repetidas vezes o quanto lamentava por ela ter alugado uma casa tão distante de Norland, o que o impedia de lhe prestar qualquer serviço na mudança dos móveis. Ele se sentia realmente aborrecido pela situação, pois o único esforço ao qual havia reduzido a promessa feita ao pai tornou-se, por esse arranjo, impossível de cumprir. A mobília, que consistia, principalmente, em roupas de cama e de mesa, prataria, porcelanas e livros e um belo piano de Marianne, foi toda transportada por navio. A Sra. John Dashwood assistiu a mudança partir com um suspiro: não pôde deixar de pensar em como uma renda tão insignificante quanto a da Sra. Dashwood, em comparação com a sua, lhe permitia que possuísse tão bela mobília.

A Sra. Dashwood alugou por um ano a casa que já estava mobiliada e pronta para ser ocupada imediatamente. Nenhuma dificuldade surgiu de nenhuma das partes, e ela esperou apenas que seus pertences partissem de Norland e que fossem escolhidos seus empregados antes de rumar em direção ao oeste, e, dado interesse com que se dedicou, logo tudo foi feito. Os cavalos que lhe foram deixados por seu marido foram vendidos logo após sua morte e, assim que surgiu uma oportunidade de se desfazer de sua carruagem, concordou em vendê-la, por conselho de sua filha mais velha. Para o conforto de suas filhas, se tivesse considerado apenas seus próprios desejos, teria mantido a carruagem, mas o bom juízo de Elinor prevaleceu. A sabedoria da filha também limitou o número de empregados a três: duas moças e um homem, que rapidamente escolheram entre os empregados que as serviam em Norland.

O homem e uma das moças foram mandados imediatamente para Devonshire, para preparar a casa para a chegada de sua senhora. Como a Sra. Dashwood não conhecia Lady Middleton, preferiu ir diretamente para o chalé a ser uma hóspede no Barton Park, e confiava tão indubitavelmente na descrição da casa feita por Sir John, que não sentiu nenhuma curiosidade de examiná-la antes de ir morar lá. Sua ânsia de partir de Norland foi preservada pela evidente satisfação de sua nora com a perspectiva da mudança, uma satisfação que foi disfarçada sob um frio convite para que ficasse por mais tempo. Agora havia chegado a hora em que a promessa de John Dashwood ao pai poderia ser cumprida satisfatoriamente. Visto que ele havia negligenciado cumpri-la ao chegar em Norland, o momento da partida parecia o mais adequado. Mas a Sra. Dashwood abandonou todas as esperanças e começou a se convencer, pelo rumo geral de seu discurso, que sua ajuda não se estenderia além do fato de ter-lhes oferecido abrigo por seis meses em Norland. Ele falava com tanta frequência das crescentes despesas de manutenção da casa e das demandas perpétuas de sua bolsa, às quais um homem de qualquer importância no mundo estava além de qualquer cálculo exposto, que parecia mais precisar de dinheiro do que de ter qualquer projeto de dar dinheiro.

Poucas semanas depois do dia que chegou a primeira carta de Sir John Middleton, tudo a respeito da futura residência já estava resolvido, de modo que a Sra. Dashwood e suas filhas puderam começar sua viagem. Muitas foram as lágrimas derramadas por elas na despedida de um lugar que tanto amaram.

— Minha querida Norland! — disse Marianne, enquanto vagava sozinha diante da casa, na última noite em que estiveram ali. — Quando deixarei de sentir saudade? Quando aprenderei a chamar de lar um outro lugar? Oh, doce lar, se pudesse imaginar o quanto sofro agora ao observá-lo deste lugar, de onde talvez jamais volte a observá-lo! E vocês, árvores tão conhecidas!... Vocês continuarão as mesmas. Nenhuma folha cairá porque estamos partindo, nenhum galho ficará imóvel, embora não possamos mais observá-las! Não... Vocês continuarão as mesmas, inconscientes do prazer ou do pesar que causam, e insensíveis a qualquer mudança daqueles que caminham sob sua sombra! Quem irá apreciá-las agora?

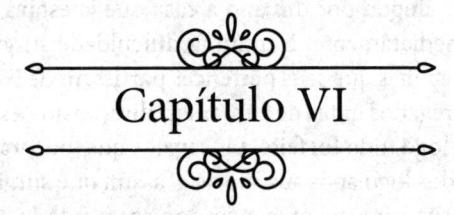

Capítulo VI

A primeira parte da viagem foi realizada com uma profunda melancolia, o que a tornou muito mais entediante e desagradável. Contudo, à medida que o fim da viagem se aproximava, o interesse pela aparência da região em que iriam viver superou a tristeza, e a vista do Vale Barton, quando lá chegaram, deu-lhes alegria. Era um local agradável e fértil, bem arborizado e rico em pastagens. Depois de percorrerem mais de um quilômetro, finalmente chegaram a casa. Em frente, havia um pequeno jardim no qual se entrava por um simples portão.

Como residência, o chalé Barton, embora pequeno, era confortável e compacto, mas como casa de campo deixava a desejar, pois a construção era genérica, o telhado era de telhas, as venezianas das janelas não eram pintadas de verde, nem as paredes cobertas de madressilvas. Uma passagem estreita levava diretamente da casa para o jardim dos fundos. Em cada lado da entrada havia uma sala de estar, com cerca de cinco metros quadrados; atrás ficavam as dependências de serviço e as escadas. Quatro quartos e dois sótãos formavam o resto da casa. Não era muito antiga e estava em bom estado de conservação. Em comparação com Norland, era pobre e pequena, de fato, mas as lágrimas que as lembranças produziram secaram ao entrarem na casa. Elas foram animadas pela alegria dos empregados com sua chegada, e todas, ao pensarem umas nas outras, resolveram ficar contentes.

Era o início de setembro, o tempo estava bom e, depois de um primeiro exame do lugar sob a influência de um clima tão prazeroso, tiveram uma impressão positiva, o que gerou a aprovação final do lugar.

A localização da casa era boa. Altas colinas erguiam-se não muito distantes, bem atrás da casa. A maior parte do vilarejo de Barton se situava em uma dessas colinas. Desse modo, era agradável a vista das janelas do chalé. A perspectiva da frente era mais ampla, alcançando todo o vale e os campos além dele. As colinas que cercavam a casa delimitavam o vale naquela direção, que se ramificava novamente entre dois montes mais escarpados, sob outro nome e em outro curso.

Com o tamanho e a mobília da casa, a Sra. Dashwood estava, no geral, muito satisfeita; embora seu antigo estilo de vida tornasse algumas melhorias indispensáveis, aperfeiçoar e ampliar as coisas era sempre um deleite para ela, e agora ela tinha dinheiro suficiente para adicionar tudo de mais elegante nos aposentos.

— Quanto à casa em si — disse ela — é muito pequena para nossa família, mas vamos nos acomodar de maneira razoavelmente confortável no momento, pois já é tarde demais para melhorias ainda esse ano. Talvez na primavera, se eu tiver dinheiro suficiente, como ouso dizer que terei, poderemos pensar em construir. Essas salas são pequenas demais para os nossos amigos que espero ver muitas vezes reunidos aqui, e estou pensando em incluir um corredor em uma delas, quem sabe ampliando um cômodo com parte do outro, e assim deixando o restante como um vestíbulo; isto, com uma nova sala de estar que pode ser facilmente adicionada, e um quarto e um sótão acima, farão deste chalé uma casa muito aconchegante. Eu gostaria que as escadas fossem mais bonitas. Mas não se pode esperar tudo; embora eu suponha que não seja difícil ampliá-las. Verei de quanto dinheiro disponho na primavera, e poderemos planejar nossas melhorias de acordo com nossa renda.

Enquanto isso, até que todas essas alterações pudessem ser feitas com as economias de uma mulher com renda anual de quinhentas libras e que nunca havia economizado na vida, elas foram sábias o suficiente para se contentarem com a casa como ela estava. Além disso, cada uma delas estava ocupada com a organização de suas próprias coisas, dedicando-se a arrumar os livros e outros objetos, de maneira a tornar a casa um verdadeiro lar. O piano de Marianne foi desempacotado e instalado, e os desenhos de Elinor foram afixados nas paredes da sala de estar.

No dia seguinte, durante a arrumação da mudança, foram interrompidas logo após o café da manhã por seu senhorio, que foi dar-lhes as boas-vindas à Barton e oferecer-lhes abrigo em sua própria casa, até que tudo estivesse organizado no chalé. Sir John Middleton era um homem bonito, com cerca de quarenta anos. Já havia visitado Stanhill, mas há tanto tempo que suas primas mais novas nem se lembravam dele. Seu semblante era bem-humorado e suas maneiras eram tão amigáveis quanto havia demonstrado em sua carta. A chegada das primas parecia proporcionar-lhe uma satisfação real e acomodá-las adequadamente era seu principal objetivo. Falou muito sobre seu desejo sincero de que as famílias vivessem nos termos mais cordiais possíveis, e as pressionou tão cordialmente a jantar no Barton Park todos os dias até que estivessem melhor instaladas em casa, que elas não poderiam se sentir ofendidas. Sua bondade não se limitou a palavras, pois dentro de uma hora após deixar o chalé, uma grande cesta cheia de hortaliças e frutas chegou a Banton Park, seguida, antes do final do dia, por outra cesta com carne de caça. Sir John insistiu, além disso, em encaminhar todas as suas cartas ao correio e trazer as que chegassem, e não se privou da satisfação de enviar-lhes seu jornal todos os dias.

Lady Middleton havia enviado uma mensagem muito cortês por ele, demonstrando sua intenção de receber a Sra. Dashwood assim que pudesse visitá-la sem inconvenientes e, como esta mensagem foi respondida com um convite igualmente cortês, sua senhoria foi apresentada a elas no dia seguinte.

Elas estavam, é claro, muito ansiosas para conhecer a pessoa de quem tanto dependia seu conforto em Barton, e a elegância de sua aparência as deixou favoravelmente impressionadas. Lady Middleton não tinha mais de vinte e seis ou vinte e sete anos; seu rosto era bonito, sua figura alta e impotente, e sua aparência muito graciosa. Suas maneiras tinham toda a elegância que faltava no marido, mas seriam mais acentuadas se ela possuísse a franqueza e cordialidade dele. A visita foi longa o suficiente para diminuir a admiração inicial, por demonstrar que, embora perfeitamente bem-educada, ela era reservada, fria e não tinha nada a dizer além de perguntas e observações genéricas.

A conversa, no entanto, não deixou a desejar, pois Sir John era muito falador, e Lady Middleton tomara a sábia precaução de levar com ela seu filho mais velho, um belo menino de cerca de seis anos, sobre o qual sempre se podia abordar um assunto quando a conversa se esgotava, perguntando seu nome e idade, admirando sua beleza e fazendo-lhe perguntas que sua mãe respondia por ele, enquanto ele se agarrava a ela e abaixava a cabeça, para grande surpresa de Lady Middleton, que se admirava de ele ser tão tímido diante de companhia, já que era muito barulhento em casa. Em toda visita formal, uma criança deveria estar presente, como uma forma polida de dar assunto às conversas. Neste caso, levaram apenas dez minutos para determinar se o menino era mais parecido com seu pai ou mãe, e em que detalhe particular se parecia com cada um deles, pois certamente cada um tinha uma opinião distinta, e todos ficavam surpresos com as opiniões uns dos outros.

Logo surgiu uma oportunidade de as Dashwoods conhecerem o resto das crianças, já que Sir John não deixou a casa sem que elas prometessem jantar em Barton Park na noite seguinte.

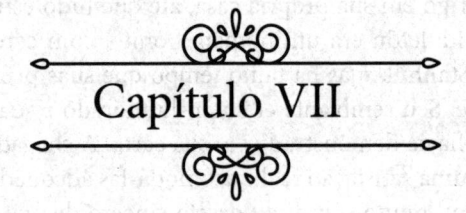

Capítulo VII

Barton Park ficava a cerca de oitocentos metros da casa. As Dashwood já haviam passado perto dele em seu caminho ao longo do vale, mas do chalé não era possível vê-lo, pois uma colina logo à frente atrapalhava a visão. A casa era grande e bonita, e os Middletons viviam de uma forma que equilibrava hospitalidade e elegância. A primeira era para a satisfação de Sir John, e a última para a de sua senhora. Quase nunca ficavam sem a presença de amigos em casa, e recebiam mais visitas que todas as famílias da vizinhança. Isso era necessário para a felicidade de ambos, pois, por mais diferentes que fossem em temperamento e comportamento, se assemelhavam fortemente na total falta de talento e gosto, o que limitava um pouco as atividades que não fossem relacionadas à vida social. Sir John era um esportista, Lady Middleton, uma mãe. Ele caçava e praticava tiro, e ela criava os filhos; esses eram seus únicos afazeres. Lady Middleton tinha a vantagem de poder mimar seus filhos durante todo o ano, enquanto as atividades de Sir John gastavam apenas metade desse tempo. Todavia, compromissos contínuos dentro e fora de casa supriram todas as deficiências de natureza e educação: nutriam o bom humor de Sir John e possibilitavam a demonstração de boa educação de sua esposa.

Lady Middleton se orgulhava da elegância de sua mesa e de todos os seus arranjos domésticos, e esse tipo de vaidade era sua maior alegria em todas as suas festas. Mas a satisfação de Sir John pela vida social era muito mais real; ele gostava de reunir à sua volta mais jovens do que sua casa poderia comportar e, quanto mais barulhentos fossem, mais satisfeito ficava. Ele era um homem muito bem quisto por toda a parte juvenil do bairro, pois no verão frequentemente convidava grupos para comer presunto e frango ao ar livre; e no inverno seus bailes particulares eram numerosos o suficiente para atender os desejos de qualquer jovem que não sofresse com o apetite insaciável dos quinze anos.

A chegada de uma nova família à região sempre foi motivo de alegria para ele e, sob todos os pontos de vista, estava encantado com as mulheres que agora habitavam seu chalé em Barton. As irmãs Dashwoods eram jovens, bonitas e não eram afetadas. Isso era o suficiente para garantirem sua boa opinião; pois não ser afetada era tudo o que uma garota bonita precisava para tornar sua mente tão cativante quanto sua aparência. A simpatia de Sir John o deixava feliz em acolher quem, em comparação com o passado, vivia uma situação muito desafortunada.

A Sra. Dashwood e suas filhas foram recebidas na porta da casa de Sir John, que lhes deu as boas-vindas à Barton Park muito sinceramente e, ao acompanhá-las até a sala de estar, voltou a falar às jovens sobre a preocupação que o importunava desde o dia anterior: não conseguia convidar nenhum jovem elegante para apresentar-lhes. Elas veriam ali, disse ele, apenas um cavalheiro além dele próprio: um amigo pessoal que estava hospedado em sua casa, mas ele não era muito jovem nem muito alegre. Sir John esperava que elas perdoassem a pequenez da festa, e garantiu-lhes que isso nunca mais aconteceria. Ele havia visitado várias famílias naquela manhã na esperança de obter alguma adição ao grupo, mas era noite de lua cheia e todos estavam cheios de compromissos. Felizmente a mãe de Lady Middleton chegou a Barton na última hora e, como ela era uma mulher muito alegre e agradável, esperava que as jovens não achassem a reunião tão enfadonha quanto poderiam imaginar. As moças, assim como sua mãe, estavam perfeitamente satisfeitas por ter apenas dois estranhos na festa, e não queriam mais ninguém.

A Sra. Jennings, mãe de Lady Middleton, era uma senhora idosa, bem-humorada, alegre, e gorda, que falava muito, parecia muito feliz e um tanto vulgar. Era cheia de piadas e risos e, antes do final do jantar, já havia dito muitas coisas espirituosas sobre amantes e maridos; esperava que as moças não tivessem deixado um grande amor em Sussex, e fingiu vê-las corar, ainda que não estivessem envergonhadas. Marianne irritou-se com aquilo por causa da irmã, e voltou os olhos para Elinor, para ver como ela suportava aqueles ataques, e o fez com uma seriedade que causou a Elinor muito mais dor do que as triviais brincadeiras de Sra. Jennings poderiam gerar.

O Coronel Brandon, o amigo de Sir John, com suas maneiras silenciosas e sérias, parecia tão pouco adequado para ser seu amigo, quanto Lady Middleton para ser sua esposa, ou Sra. Jennings para ser a mãe de Lady Middleton. Sua aparência, entretanto, não era desagradável, apesar de ser, na opinião de Marianne e Margaret, um solteirão convicto, com seus mais de trinta e cinco anos. Embora seu rosto não fosse bonito, sua aparência era sensível e seus modos cavalheirescos.

Não havia nada nos integrantes do grupo que pudesse recomendá-los como companhia às Dashwoods, mas a frieza insípida de Lady Middleton era tão repulsiva, que, em comparação a ela, a seriedade do Coronel Brandon, e até a alegria turbulenta de Sir John e sua sogra, pareciam interessantes. Lady Middleton pareceu se divertir apenas após o jantar, com a chegada de seus quatro filhos barulhentos, que a puxaram, agarraram-se às suas roupas e puseram fim a toda conversa, exceto a que dizia respeito a eles.

À noite, ao descobrirem que Marianne tinha gosto pela música, ela foi convidada para tocar piano. O instrumento foi aberto, todos se prepararam para serem encantados e Marianne, que cantava muito bem, a pedidos, começou a cantar a melhor das canções que Lady Middleton trouxera para casa após o casamento.

O desempenho de Marianne foi muito aplaudido. Sir John demonstrava em voz alta sua admiração no final de cada música, assim como conversava com os outros enquanto as músicas eram cantadas. Lady Middleton frequentemente o chamava a atenção, dizendo que ninguém deveria dispersar sua atenção da música, mas pediu à Marianne para repetir uma música que ela acabara de cantar. Só o Coronel Brandon, de toda a festa, a ouviu sem ser interrompido. Foi gentil ao prestar atenção e ela sentiu grande respeito por ele nesse momento, uma vez que os outros haviam se dispersado completamente por falta de gosto. O prazer do Coronel pela música, embora não fosse aquele delicioso êxtase que ela considerava igualável ao dela, era estimável quando comparado com a horrível insensibilidade dos outros, e ela era suficientemente razoável para admitir que um homem de trinta e cinco anos poderia muito bem ter sentimentos profundos e sensibilidade para se divertir. Estava perfeitamente disposta a fazer todas as concessões necessárias à idade do Coronel que a compaixão exigia.

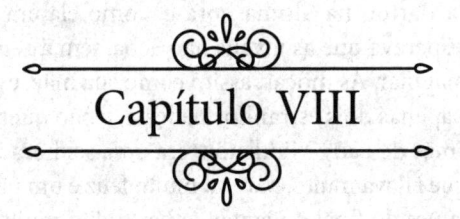

Capítulo VIII

A Sra. Jennings era uma viúva com uma grande renda. Ela tinha apenas duas filhas, ambas as quais se casaram de forma respeitável, e, portanto, agora não tinha nada a fazer senão casar o resto do mundo. Para cumprir esse objetivo, se esforçava zelosamente, e não perdia a oportunidade de planejar casamentos entre todos os jovens que conhecia. Era notavelmente rápida para descobrir quem se sentia atraído por quem, e aproveitava a vantagem de provocar rubores e aguçar a vaidade de muitas jovens com insinuações a respeito de seu poder sobre determinados rapazes. Esse tipo de discernimento permitiu-lhe, logo após sua chegada a Barton Park, declarar decisivamente que o Coronel Brandon estava muito apaixonado por Marianne Dashwood. Ela suspeitou bastante disso na primeira noite em que estiveram juntos, pois ele ouviu muito atentamente enquanto ela cantava para eles; e quando os Middletons retribuíram a visita, indo jantar no chalé, o fato foi confirmado ao vê-lo escutá-la novamente. Estava perfeitamente convencida. Seria uma excelente combinação, porque *ele* era rico e *ela* bonita. A Sra. Jennings estava ansiosa para ver o Coronel Brandon bem casado, desde que sua ligação com Sir John o trouxe ao seu conhecimento, e sempre estava à procura de um bom marido para uma jovem bonita.

A vantagem imediata que obteve não foi de forma alguma insignificante, pois fornecia-lhe piadas intermináveis às custas dos dois. Em Banton Park, ria do Coronel; no chalé, ria de Marianne. Para o primeiro, desde que atingisse apenas a ele, a zombaria era perfeitamente indiferente; mas para Marianne era, a princípio, algo incompreensível e, quando esta entendeu seu objetivo, não sabia se ria desse absurdo ou se censurava a impertinência de Sra. Jennings, pois considerava os comentários insensíveis e desrespeitosos, tendo em vista a idade avançada do Coronel e sua condição de solteirão.

A Sra. Dashwood, que não considerava um homem cinco anos mais jovem do que ela tão extremamente velho como parecia à jovem imaginação de sua filha, aventurou-se em defender a Sra. Jennings de estar ridicularizando a idade do Coronel.

— Mas, pelo menos, mamãe, você não pode negar o absurdo que é essa acusação, embora possa não considerá-la intencionalmente maliciosa. O Coronel Brandon é certamente mais jovem do que a Sra. Jennings, mas ele tem idade suficiente para ser *meu* pai e, se algum dia já teve ânimo o suficiente para se apaixonar, deve ter sobrevivido a qualquer sensação desse tipo. É ridículo demais! Quando um homem estará a salvo de tais brincadeiras, se a idade ou a enfermidade não o protegerem?

— Enfermidade! — disse Elinor. — Você acha que o Coronel Brandon é doente? Posso facilmente supor que a idade dele parece muito maior para você do que para minha mãe, mas deve admitir que ele faz um bom uso de seus membros!

— Você não o ouviu reclamar de reumatismo? E não é essa a enfermidade mais comum da velhice?

— Minha querida filha — disse a mãe rindo — então você deve pensar que eu também estou a caminho da decadência, e deve parecer-lhe um milagre que minha vida tenha se estendido até a avançada idade de quarenta anos.

— Mamãe, você não está sendo justa comigo. Sei muito bem que o Coronel Brandon não tem idade para fazer os amigos temerem perdê-lo pelo curso da natureza. Ele pode viver mais vinte anos. Mas trinta e cinco não é mais idade para casar.

— Talvez — disse Elinor — trinta e cinco e dezessete anos não combinem para um casamento entre si. Mas se por acaso houvesse uma mulher que é solteira aos vinte e sete anos, não penso que a idade do Coronel Brandon seja motivo de objeção para que se casassem.

— Uma mulher de vinte e sete anos — disse Marianne depois de uma pausa — nunca poderia ter a esperança de sentir ou inspirar afeto novamente. E se sua casa for desconfortável, ou sua fortuna for pequena, posso supor que ela se obrigará a se submeter ao papel de enfermeira do marido, em troca de segurança financeira como esposa. Casando-se com tal mulher, portanto, não haveria nada de impróprio. Seria um pacto de conveniência, e todos ficariam satisfeitos. Aos meus olhos não seria um casamento, mas isso não importa. Para mim, pareceria apenas uma troca comercial, em que cada um se beneficiaria às custas do outro.

— Seria impossível, eu sei — respondeu Elinor — convencê-la de que uma mulher de vinte e sete anos poderia sentir por um homem de trinta e cinco anos algo muito parecido com amor, de forma que se torne uma companhia agradável para ela. Devo objetar a sua condenação ao Coronel Brandon e sua esposa ao confinamento constante de um quarto de enfermo, simplesmente porque ele se queixou ontem (um dia muito frio e úmido) de uma leve dor reumática em um de seus ombros.

— Mas ele falou em coletes de flanela — disse Marianne — e para mim um colete de flanela está invariavelmente relacionado a dores, câimbras, reumatismos e todas as espécies de doenças que podem afligir os velhos e os fracos.

— Se ele estivesse apenas com uma febre violenta, você não o teria desprezado tanto. Confesse, Marianne, você não se sente interessada pelo rosto vermelho, os olhos vazios e a pulsação rápida de uma pessoa com febre?

Logo depois, quando Elinor saiu da sala, Marianne disse:

— Mamãe, preocupo-me muito em relação às doenças e não posso esconder isso de você. Tenho certeza de que Edward Ferrars não está bem. Já moramos aqui há quase quinze dias e ele ainda não nos visitou. Nada além de indisposição poderia ocasionar este atraso extraordinário. O que mais poderia detê-lo em Norland?

— Você achava que ele viria tão cedo? — disse a Sra. Dashwood. — Eu não achava. Ao contrário, se senti alguma ansiedade sobre o assunto, foi ao perceber que ele às vezes mostrava falta de prazer e prontidão em aceitar meu convite, quando falei de sua vinda a Barton. Elinor já o espera?

— Eu nunca mencionei isso a ela, mas acredito que ela deve esperá-lo.

— Eu acho que você está enganada, pois ontem conversamos sobre a nova grade para a lareira do quarto de hóspedes, e ela observou que não havia pressa, já que não era provável que o quarto fosse utilizado tão cedo.

— Que estranho! Qual pode ser o significado disso? Mas todo o comportamento de um com o outro tem sido inexplicável! Como foram frios e formais em suas despedidas! Quão lânguida foi sua conversa na última noite em que estiveram juntos! Na despedida de Edward não houve distinção entre mim e Elinor, para ambas fez os votos como um afetuoso irmão. Por duas vezes eu os deixei propositalmente juntos no decorrer da última manhã, e em ambas ele me seguiu inexplicavelmente para fora da sala. E Elinor, ao deixar Norland e Edward, não chorou como eu. Mesmo agora, seu autocontrole é o mesmo. Quando ela fica abatida ou melancólica? Quando ela tenta evitar a sociedade ou parece inquieta e insatisfeita?

Capítulo IX

As Dashwoods estavam agora instaladas em Barton com um conforto razoável. A casa e o jardim, com tudo que os rodeava, agora haviam se tornado familiares, e as atividades cotidianas que haviam dado a Norland metade de seus encantos foram retomadas aos poucos, desta vez com muito mais prazer do que Norland tinha sido capaz de prover depois da morte do pai. Sir John Middleton, que as visitou todos os dias durante a primeira quinzena, e que não tinha o hábito de ter muitas ocupações em casa, não escondia seu espanto ao encontrá-las sempre atarefadas.

Seus visitantes, exceto os de Barton Park, não eram muitos. Apesar das súplicas insistentes de Sir John para que se relacionassem mais com os vizinhos e das repetidas garantias de que sua carruagem estaria sempre a serviço delas, a independência de espírito da Sra. Dashwood superou o desejo de convívio social das filhas; ela estava decidida a recusar a qualquer visita longa demais para ser feita a pé. Poucas eram as pessoas nessa situação e nem todas eram acessíveis. A cerca de três quilômetros do chalé, ao longo do estreito e sinuoso vale de Allenham, que deriva do vale de Barton, em uma de suas primeiras caminhadas, as moças descobriram uma antiga mansão de aparência respeitável que, por lembrá-las de Norland, despertou-lhes a curiosidade e o desejo de conhecê-la melhor. Contudo, quando se informaram a respeito, descobriram que a dona da casa, uma senhora idosa de muito bom caráter, infelizmente estava muito enferma para receber visitas e nunca saía de casa.

Os arredores do vilarejo, contavam com muitos lugares bonitos para se passear. Das janelas do chalé, as altas colinas as convidavam a buscar o delicioso prazer do ar de seus cumes, e era uma alternativa feliz quando a sujeira dos vales mais baixos escondia suas belezas superiores. Foi em uma dessas colinas que Marianne e Margaret, em uma manhã memorável, foram dar um passeio, atraídas pelo sol parcial de um céu chuvoso, incapazes de suportar o confinamento que a chuva constante dos dias anteriores ocasionou. O tempo não era tentador o suficiente para tirar as outras duas de seus lápis de desenhos e livros, apesar da declaração de Marianne de que o bom tempo seria duradouro e que todas as nuvens ameaçadoras seriam levadas pelo vento... E assim as duas meninas partiram juntas.

Subiram alegremente as colinas, contentes com cada vislumbre do céu azul, e quando sentiram em seus rostos as revigorantes rajadas do vento sudoeste, lamentaram os receios que haviam impedido sua mãe e Elinor de compartilhar essas sensações deliciosas.

— Existe alguma felicidade no mundo superior a esta? — disse Marianne. — Margaret, vamos caminhar aqui por pelo menos duas horas.

Margaret concordou, e elas seguiram seu caminho contra o vento, com alegria e risadas por cerca de mais vinte minutos, quando de repente as nuvens se uniram sobre suas cabeças e uma chuva torrencial caiu em cheio em seus rostos. Contrariadas e surpresas, foram obrigadas, embora a contragosto, a voltar, pois não havia nenhum abrigo mais perto do que sua própria casa. Como consolo, dada a exigência do momento, apenas podiam correr o mais rápido possível pela encosta íngreme da colina que levava diretamente ao portão do jardim.

Começaram a correr. Marianne teve a vantagem a princípio, mas um passo em falso a fez cair repentinamente e Margaret, incapaz de parar para ajudá-la, seguiu involuntariamente correndo e chegou ao pé da colina em segurança.

Um cavalheiro, carregando uma arma e com dois cães de caça, subia a colina e passava a poucos metros de Marianne quando aconteceu o acidente. Ele largou a arma e correu para ajudá-la. Ela se levantou do chão, mas seu pé havia se torcido com a queda e ela mal conseguia se manter de pé. O cavalheiro ofereceu ajuda e, percebendo que sua modéstia a fazia recusar o que a situação exigia, tomou-a nos braços sem mais demora e carregou-a colina abaixo. Depois, passando pelo jardim, cujo portão havia sido deixado aberto por Margaret, ele a conduziu diretamente para a casa, onde Margaret acabara de chegar, e não a soltou até que a sentasse em uma poltrona da sala de estar.

Elinor e sua mãe se levantaram assustadas ao vê-los entrar e, enquanto os olhos de ambas estavam fixos no rapaz, com evidente curiosidade e uma secreta admiração, que também vinha de sua aparência, ele se desculpou pela intromissão, relatando o ocorrido de forma tão franca e tão graciosa que sua aparência, que era extremamente bonita, recebeu os encantos adicionais de sua voz e expressão. Mesmo se ele fosse velho, feio e vulgar, a Sra. Dashwood seria grata e simpática por qualquer ato de atenção para com sua filha, mas a influência da juventude, beleza e elegância deu um outro interesse àquela atitude, sensibilizando-a ainda mais.

Ela lhe agradeceu repetidas vezes e, com sua doçura de sempre, convidou-o a se sentar. Mas ele recusou, alegando que estava sujo e molhado. A Sra. Dashwood então pediu que ele dissesse a quem ela estava agradecida. Seu nome, respondeu ele, era Willoughby, e sua casa atual era em Allenham, de onde esperava ter a honra de retornar no dia seguinte para ter notícias da Srta. Dashwood. A honra foi prontamente concedida, e ele então partiu, sumindo no meio de uma forte chuva, o que o tornou ainda mais interessante.

Sua beleza viril e sua graciosidade incomum instantaneamente se tornaram motivos de admiração geral, e a risada que seu gesto galante para com Marianne gerou recebeu maior significado por conta de seus atrativos físicos. A própria Marianne vira menos sua pessoa do que o resto, pois a confusão que a fizera corar quando ele a ergueu a privou de o olhar diretamente depois de entrarem na casa. Mas ela tinha visto o suficiente para juntar-se à admiração das outras, e com a empolgação que sempre acompanhava seus elogios. Sua aparência era igual à sua fantasia do herói de sua história favorita; e, ao carregá-la no colo para dentro de casa sem nenhuma cerimônia, revelou uma rapidez de pensamento que especialmente o recomendava na ação... Cada circunstância relativa a ele era interessante. Seu nome era bom, sua residência era uma linda mansão no vilarejo, e ela logo descobriu que, de todos os trajes masculinos, um paletó de caça era o mais tentador. Sua imaginação estava muito ocupada, suas reflexões eram agradáveis e a dor da torção no tornozelo foi esquecida.

Sir John as visitou assim que o tempo permitiu que ele saísse de casa; e tão logo lhe contaram sobre o acidente de Marianne, trataram de perguntar se ele conhecia algum cavalheiro de nome Willoughby em Allenham.

— Willoughby! — gritou Sir John. — Então *ele* está na região? Mas que boa notícia! Vou cavalgar até lá amanhã e convidá-lo para jantar na quinta-feira.

— Então você o conhece! — disse a Sra. Dashwood.

— Conheço-o! Claro que o conheço. Ora, ele vem nos visitar todos os anos.

— E que tipo de jovem ele é?

— O melhor tipo de sujeito que já viveu, eu lhe asseguro. Um atirador muito decente, e não há cavaleiro mais ousado na Inglaterra.

— E isso é tudo que você pode dizer sobre ele? — exclamou Marianne indignada. — Como são suas maneiras em um relacionamento mais íntimo? Quais são suas ocupações, seus talentos, como é seu temperamento?

Sir John ficou bastante confuso.

— Por minha vida — disse ele. — Não sei muito sobre ele quanto a tudo isso. Mas ele é um sujeito agradável e bem-humorado, e tem a mais bela cadela preta perdigueira que já vi. Estava com ele hoje?

Mas Marianne era tão incapaz de satisfazer sua curiosidade quanto à cor da cadela do Sr. Willoughby, quanto ele não era capaz de descrever as nuances da mente do rapaz.

— Mas quem é ele? — disse Elinor. — De onde ele vem? Ele tem uma casa em Allenham?

Sobre esse ponto, Sir John poderia fornecer informações mais precisas, e disse a elas que o Sr. Willoughby não tinha nenhuma propriedade na região, residia ali apenas enquanto visitava a velha senhora de Allenham Court, de quem era parente e cujas posses deveria herdar, e acrescentou:

— Sim, sim, ele é um bom partido, posso lhe garantir, Srta. Dashwood. Além disso, é o proprietário de uma pequena propriedade em Somersetshire. Se eu fosse você, não desistiria dele por causa de sua irmã mais nova, apesar de sua queda. Miss Marianne não pode desejar ter todos os homens só para ela. Brandon ficará com ciúmes, se ela não for cuidadosa.

— Eu não acredito — disse a Sra. Dashwood, com um sorriso bem-humorado — que o Sr. Willoughby será ficará incomodado com tentativas de qualquer uma das *minhas* filhas de agarrá-lo. Elas não foram criadas com essa finalidade. Os homens estão muito seguros conosco, por mais ricos que sejam. Fico feliz em saber, no entanto, pelo que o senhor diz, que ele é um jovem respeitável, e alguém cujo contato não será recusado.

— Ele é um sujeito muito bom, o melhor que já existiu — repetiu Sir John. — Lembro-me que no Natal passado, em uma pequena reunião em Barton Park, ele dançou das oito da noite às quatro da manhã, sem se sentar nenhuma vez.

— É verdade? — exclamou Marianne com olhos brilhantes. — E o fez com elegância? Com espírito?

— Claro, e às oito da manhã já estava de pé, pronto para a caça.

— Isso é o que eu gosto, é assim que um jovem deve se portar. Quaisquer que sejam seus ideais, sua ânsia por eles não deve ter nenhuma moderação e não deve lhe causar nenhum cansaço.

— Ai, ai, ai... Já estou vendo tudo — disse Sir John. — Já vejo como vai ser. Agora você vai lhe atirar a rede e se esquecer do pobre Coronel Brandon.

— Essa é uma expressão, Sir John — disse Marianne calorosamente — que eu particularmente não gosto. Eu abomino frases feitas com intenções maliciosas, e "atirar-lhe a rede" ou "conquistá-lo" são as mais odiosas de todas. Sua tendência é grosseira e vulgar e, se alguma vez foram consideradas inteligente, o tempo há muito destruiu toda a sua engenhosidade.

Sir John não entendeu muito essa reprovação, mas gargalhou como se entendesse, e então respondeu:

— Sim, você certamente fará muitas conquistas, de uma forma ou de outra. Pobre Brandon! Já está bastante apaixonado, e lhe garanto que vale a pena atirar-lhe a rede, apesar de sua queda e dessa torção de tornozelo.

Capítulo X

O protetor de Marianne, como Margaret, com mais elegância do que precisão, denominara Willoughby, apareceu no chalé na manhã seguinte para saber notícias pessoalmente. Ele foi recebido pela Sra. Dashwood com mais que educação, com uma gentileza que o relato de Sir John sobre ele e sua própria gratidão incitaram. Tudo que aconteceu durante a visita serviu para assegurar-lhe o bom senso, a elegância, o afeto mútuo e o conforto doméstico da família a que o acidente o apresentara. Não seria necessário um segundo encontro para que ele se convencesse dos encantos pessoais das moças.

A Srta. Dashwood tinha o rosto delicado, traços regulares e uma aparência notavelmente bonita. Marianne ainda era mais bonita. Sua silhueta, embora não tão perfeita quanto a de sua irmã, era mais marcante, por ter a vantagem da altura; e seu rosto era tão bonito que, quando recebia elogios — chamando-a de linda garota — a verdade era menos violentamente ultrajada do que normalmente acontece. Sua pele era morena, mas sua transparência a deixava extraordinariamente brilhante; suas feições eram todas belas; seu sorriso era doce e atraente; e em seus olhos, que eram muito escuros, havia uma vida, um espírito, uma ansiedade, que dificilmente poderia ser vista sem deleite. A princípio, escondeu a expressão de Willoughby pelo constrangimento que a lembrança de sua ajuda causava. Mas quando isso passou, quando seu espírito se recompôs, quando viu que sua perfeita educação de cavalheiro se juntava à vivacidade e à franqueza, e, principalmente, quando o escutou declarar que era apaixonado por músicas e bailes, ela lhe deu um olhar de aprovação tão profundo que roubou a atenção dele para si durante todo o resto da visita.

Bastava mencionar qualquer diversão favorita para fazê-la falar. Ela não conseguia ficar em silêncio quando tais pontos eram mencionados e não tinha timidez nem reserva na discussão. Eles rapidamente descobriram que seu prazer por bailes e música era mútuo, o que gerou uma enorme afinidade em tudo o que se relacionava a ambos. Estimulada por isso a examinar mais profundamente as opiniões do jovem, passou a questioná-lo sobre livros; comentou sobre seus autores favoritos com tão arrebatador deleite, que qualquer jovem de vinte e cinco anos teria que ser muito insensível para não perceber a excelência de tais obras, ainda que nunca as tenha apreciado antes. Seus gostos eram surpreendentemente semelhantes. Idolatravam os mesmos livros, as mesmas passagens, e se aparecesse alguma diferença, surgisse qualquer objeção, não durava muito antes de a força dos argumentos de Marianne e o brilho de seus olhos a dissipasse. Willoughby concordou com todas as decisões dela, capturou todo o seu entusiasmo, e muito antes do fim da visita conversavam com a familiaridade de conhecidos de longa data.

— Bem, Marianne — disse Elinor, assim que ele os deixou — para uma única manhã, acho que você se saiu muito bem. Você já descobriu a opinião do Sr. Willoughby em quase todos os assuntos importantes. Você sabe o que ele pensa a respeito de Cowper e Scott; está certa de que ele estima seus encantos como deveria, e também tem certeza de que admira Alexander Pope apropriadamente. Mas como seu relacionamento pode durar tanto tempo se você esgotar tão rápido todos os tópicos de conversa? Logo todos os seus assuntos favoritos já terão se esgotado. Mais um encontro será o suficiente para ele lhe falar de seus sentimentos sobre a beleza pitoresca e sobre segundos casamentos, e então você não terá mais nada a perguntar.

— Elinor — exclamou Marianne — acha que isso é justo? Será que minhas ideias são tão escassas? Mas entendo o que você quer dizer. Fiquei muito à vontade, muito feliz, muito franca. Faltei com toda noção comum de decoro, fui aberta e sincera quando deveria ter sido reservada, desanimada, tola e hipócrita. Se tivesse falado apenas do tempo e das estradas, e apenas uma vez a cada dez minutos, esta reprovação teria sido poupada.

— Meu amor — disse a mãe — não se ofenda com Elinor, ela estava apenas brincando. Eu mesmo a repreenderia se ela quisesse lhe tirar o prazer de conversar com nosso novo amigo.

Marianne se acalmou por um momento.

Willoughby, por sua vez, deu todas as provas de seu prazer em conhecê-las, e da vontade evidente de aprofundar essa amizade. Passou a visitá-las todos os dias. Perguntar pelo estado de saúde de Marianne foi a princípio sua desculpa; mas a recepção que recebia, cada dia mais gentil, tornou tal desculpa desnecessária, antes de se tornar impossível, dada a perfeita recuperação de Marianne. Ela ficou alguns dias confinada em casa, mas nunca um confinamento foi menos entediante.

Willoughby era um jovem de muitas habilidades, imaginação rápida, espírito animado e maneiras abertas e afetuosas. Era perfeito para cativar o coração de Marianne, pois a tudo isso se agregava não apenas uma aparência cativante, mas um ardor natural da mente, que agora despertara e crescia pelo exemplo dela, e que o recomendava ao seu afeto mais do que tudo.

A amizade entre eles tornou-se, gradualmente, o maior prazer de Marianne. Eles liam, conversavam, cantavam juntos... Os talentos musicais de Willoughby eram consideráveis e ele lia com toda a sensibilidade e presença de espírito que Edward infelizmente não possuía.

Na opinião da Sra. Dashwood, assim como na de Marianne, o jovem parecia não ter defeitos, e Elinor não via nele nada que pudesse censurar, exceto uma propensão, na qual ele se parecia bastante com Marianne e particularmente a agradava, de dizer tudo o que pensava em todas as ocasiões, sem dar importância às pessoas ou às circunstâncias. Ao formar sua opinião sobre outras pessoas e dá-la sem constrangimento, ao sacrificar a polidez para dedicar sua atenção exclusiva àquilo a que empenhara seu coração, e ao desprezar facilmente as formas de decoro mundano, ele demonstrava uma falta de cautela que Elinor não poderia aprovar, apesar de tudo o que ele e Marianne pudessem dizer para justificá-lo.

Marianne começou a perceber como fora precipitado e injustificável o desespero que a dominou aos dezesseis anos e meio, ao pensar que jamais encontraria um homem que pudesse satisfazer seus ideais de perfeição. Willoughby era tudo o que sua fantasia delineava — naquela hora infeliz ou em momentos brilhantes — como capaz de atraí-la, e seu comportamento mostrava que seus desejos eram, a esse respeito, tão fervorosos quanto eram grandes suas habilidades.

Quanto a sua mãe, em cuja mente nunca havia surgido nenhum pensamento especulativo sobre um possível casamento entre os dois, em razão da futura fortuna de Willoughby, foi levada antes do final da semana a depositar suas esperanças e expectativas em tal casamento, e secretamente felicitar-se por ter ganhado dois genros como Edward e Willoughby.

O interesse do Coronel Brandon por Marianne, que tão cedo fora descoberto por seus amigos, se tornou perceptível para Elinor, quando os outros deixaram de notá-lo. As atenções foram dirigidas ao seu rival mais afortunado e as gozações as quais o primeiro fora submetido antes que surgisse algum interesse pararam de ser um alvo quando seus sentimentos começaram a realmente merecer o ridículo tão justamente vinculado à sensibilidade. Elinor foi obrigada, embora a contragosto, a acreditar que os sentimentos que a Sra. Jennings havia atribuído ao Coronel, para sua própria satisfação, eram, na verdade inspirados por sua irmã e que, ainda que uma semelhança notável entre os temperamentos pudesse favorecer os sentimentos de Willoughby, uma oposição de caráter igualmente notável não era empecilho no entender do Coronel Brandon. Via isso com preocupação, pois qual esperança poderia ter um homem silencioso de trinta e cinco anos, diante de um rapaz de vinte e cinco anos cheio de vida? E como nem ao menos podia desejar-lhe sucesso, desejou sinceramente que ele fosse indiferente. Ela gostava do Coronel — apesar de sua seriedade e reserva, via nele um objeto de interesse. Suas maneiras, embora sérias, eram brandas, e sua reserva parecia mais o resultado de alguma opressão de espíritos do que de qualquer melancolia natural de temperamento. Sir John deixara escapar insinuações de decepções e feridas do passado, o que reforçou sua crença de que ele era um homem infeliz, e o considerava com respeito e compaixão.

Talvez ela sentisse pena dele e o estimasse ainda mais por causa do desprezo de Willoughby e Marianne, que, cheios de preconceitos contra ele por não ser jovem e alegre, pareciam decididos a desdenhar de seus méritos.

— Brandon é exatamente o tipo de homem — disse Willoughby um dia, quando falavam dele juntos — de quem todos falam bem, e com quem ninguém se importa; um homem que todos ficam encantados em encontrar, mas ninguém se lembra de conversar com ele.

— Isso é exatamente o que penso dele — exclamou Marianne.

— Não se vanglorie disso — disse Elinor — pois é uma injustiça da parte de vocês dois. Ele é muito estimado por todos de Barton Park, e eu mesma nunca perdi a oportunidade de conversar com ele.

— Que *você* o defenda — respondeu Willoughby — certamente é algo a favor dele, mas quanto à estima dos outros, é uma reprovação por si só. Quem se submeteria à indignidade de ser aprovado por mulheres como Lady Middleton e Sra. Jennings, que contam com a indiferença dos outros?

— Mas talvez o desprezo de pessoas como você e Marianne compense o respeito de Lady Middleton de sua mãe. Se o elogio delas é motivo de censura, a censura de vocês pode ser um elogio, pois a falta de discernimento delas não é maior que o preconceito e injustiça de vocês.

— Em defesa do seu *protegido* você até pode ser atrevida.

— Meu *protegido*, como você o chama, é um homem sensato, e o bom senso sempre será uma atração para mim. Sim, Marianne, mesmo em um homem entre os trinta e quarenta anos. Ele viu muito do mundo; esteve no exterior, leu bastante e tem uma mente pensante. Eu o acho capaz de me dar muitas informações sobre diversos assuntos e ele sempre respondeu às minhas perguntas com educação e boa vontade.

— O que significa — exclamou Marianne com desdém — que ele lhe disse que nas Índias Orientais o clima é quente e os mosquitos incomodam.

— Ele *teria* me dito isso, não tenho dúvidas, se eu tivesse feito tais perguntas, mas conversamos sobre temas que eu já conhecia previamente.

— Talvez — disse Willoughby — suas observações possam ter se estendido à existência de nababos, moedas de ouro e palanquins.

— Posso me aventurar a dizer que as observações *dele* vão muito além da candura de vocês. Mas por que você não gosta dele?

— Eu não o detesto. Eu o considero, ao contrário, um homem muito respeitável, de quem todos falam bem, mas ninguém dá atenção. Ele tem mais dinheiro do que pode gastar, mais tempo do que sabe empregar e dois casacos novos todos os anos.

— Acrescente a isso — completou Marianne — que ele não tem bom gênio, bom gosto ou bom espírito. Sua mente não é brilhante, seus sentimentos não têm ardor e sua voz não tem expressão.

— Vocês decidem tanto sobre suas imperfeições de forma tão superficial — respondeu Elinor — baseados apenas em suas próprias imaginações, que, em comparação, todos os elogios que posso fazer a ele pareceriam frios e insípidos. Apenas posso dizer que é um homem sensível, bem-educado, bem-informado, gentil e, creio eu, dono de um coração amável.

— Srta. Dashwood — exclamou Willoughby — você agora não está sendo gentil comigo! Você está tentando me desarmar com a razão e me convencer contra minha vontade. Mas não vai adiantar. Deve achar que sou tão teimoso quanto a senhorita é astuta. Tenho três razões irrefutáveis para não gostar do Coronel Brandon: ele me ameaçou com chuva quando eu queria um bom tempo; ele encontrou uma falha na suspensão da minha carruagem; e não consegui convencê-lo a comprar minha égua marrom. No entanto, se posso lhe dar alguma satisfação, creio que seu caráter é irrepreensível em outros aspectos, sendo assim, estou pronto para me confessar. E em troca desse reconhecimento, que faço com pesar, não pode me negar o privilégio de não gostar dele, agora mais do que nunca.

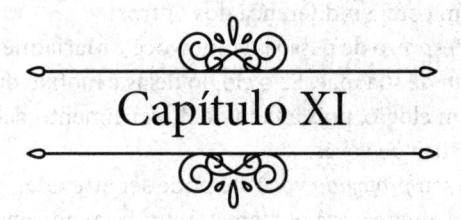

Capítulo XI

Mal podiam imaginar a Sra. Dashwood e suas filhas, quando chegaram pela primeira vez a Devonshire, que tantos compromissos surgiriam para ocupar seu tempo, ou que receberiam convites frequentes e visitantes constantes que lhes deixariam com poucas horas para se dedicarem às ocupações sérias. No entanto, assim acontecia. Logo que Marianne se recuperou, os planos de diversão em casa e fora dela, que Sir John vinha preparando, começaram a ser executados. Os bailes particulares em Barton Park começaram, e foram feitas tantas festas ao ar livre quanto um outubro chuvoso permitia. Em todas essas reuniões Willoughby estava presente, e a descontração e a familiaridade que naturalmente faziam parte destas festas foram calculadas com precisão para aumentar cada vez mais a intimidade entre ele e as Dashwoods, para permitir que ele observasse as qualidades de Marianne, expressasse sua admiração por ela e recebesse, através do comportamento dela para com ele, a mais plena segurança de seu afeto.

Elinor não se surpreendeu com a ligação dos dois. Apenas desejava que fosse demonstrada menos abertamente, e uma ou duas vezes aventurou-se a sugerir a Marianne que ela deveria ser mais comedida. Mas Marianne abominava toda dissimulação quando nenhuma verdadeira desgraça poderia justificar a falta de franqueza. E esforçar-se para conter seus sentimentos, que não eram em si mesmos censuráveis, parecia-lhe não apenas um esforço desnecessário, mas uma vergonhosa submissão da razão às noções convencionais e ao senso comum. Willoughby pensava o mesmo, e o comportamento de ambos era uma ilustração de suas opiniões.

Quando ele estava presente, Marianne não tinha olhos para mais ninguém. Tudo que ele fazia estava certo. Tudo que ele dizia era inteligente. Se as noites em Barton Park terminassem com partidas de cartas, ele enganava a si mesmo e a todo o resto dos convidados para dar a ela uma boa mão. Se um baile era a diversão da noite, eles eram parceiros na metade do tempo, e quando eram obrigados a dançar com outros pares, tinham o cuidado de permanecer um ao lado do outro e mal trocavam uma palavra com qualquer outra pessoa. Essa conduta, é claro, os tornou motivo de riso, mas o ridículo não os envergonhava e nem parecia provocá-los.

A Sra. Dashwood recebia os sentimentos dos dois com tamanha ternura que lhe era impossível desejar que contivessem a excessiva demonstração de afeto entre eles. Para ela, era apenas a consequência natural de uma forte afinidade em espíritos jovens e ardentes.

Esta foi uma época de felicidade para Marianne. Seu coração estava entregue a Willoughby, e o apego afetuoso a Norland, trazido por ela de Sussex, parecia ser amenizado pelos encantos que sua companhia lhe conferia.

A felicidade de Elinor não era tão grande. Seu coração não estava tão alegre, e nem sua satisfação era tão pura com as diversões das quais participava. Nenhuma companhia era capaz de substituir o que fora deixado para trás, ou de levá-la a pensar em Norland com menos pesar. Nem Lady Middleton nem a Sra. Jennings podiam fornecer-lhe o tipo de conversa que lhe fazia falta, embora a última fosse uma tagarela incansável, que desde o início tinha gostado de Elinor — o que lhe garantia participação em todas as suas conversas. Ela já havia repetido sua própria história de vida para Elinor três ou quatro vezes, e se a memória desta estivesse à altura dos meios de que Sra. Jennings se valia para aumentá-la, poderia ter sabido desde muito cedo todos os detalhes da última doença do Sr. Jennings e o que ele disse à esposa poucos minutos antes de morrer. Lady Middleton era mais agradável do que sua mãe, apenas por ser mais calada. Elinor precisou observá-la muito pouco para perceber que sua reserva era uma mera serenidade de ações e nada tinha a ver com bom senso. Tratava o marido e a mãe da mesma forma que tratava Elinor e suas irmãs e, portanto, a intimidade não era algo que buscasse ou que desejasse. Nunca tinha algo a dizer que já não tivesse dito no dia anterior. Sua insipidez era invariável, até seu ânimo era sempre o mesmo, e não se opunha às festas organizadas pelo marido, desde que tudo fosse conduzido em grande estilo e seus dois filhos mais velhos a acompanhassem, nunca parecendo se alegrar com as festas mais do que se animaria se ficasse sozinha em casa. A presença de Lady Middleton tão pouco contribuía para o prazer dos outros, quando participava da conversa, que eles apenas se lembravam dela quando demonstrava solicitude em relação aos inquietos garotos.

Só no Coronel Brandon, entre todos os seus novos conhecidos, Elinor encontrou uma pessoa que pudesse, em algum nível, ser merecedora de respeito por suas capacidades, despertar o interesse da amizade ou dar prazer por sua companhia. Willoughby estava fora de questão. Sentia por ele admiração e afeto, mesmo um afeto de irmã. Mas ele era um apaixonado e suas atenções eram inteiramente de Marianne — e um homem muito menos educado poderia ter sido mais agradável com os demais. O Coronel Brandon, infelizmente, não tinha tal incentivo para pensar apenas em Marianne, e ao conversar com Elinor encontrava o consolo pela indiferença de sua irmã.

A compaixão de Elinor por ele aumentou, pois tinha motivos para suspeitar que a infelicidade do amor não correspondido já era conhecida por ele. Esta suspeita se iniciou por algumas palavras que acidentalmente escaparam dele uma noite em Barton Park, quando estavam ocasionalmente sentados juntos, enquanto os outros dançavam. Seus olhos estavam fixos em Marianne e, após um longo silêncio, ele disse, com um leve sorriso:

— Percebo que sua irmã não aprova segundos amores.

— Não — respondeu Elinor — as opiniões dela são completamente românticas.

— Ou melhor, creio que ela os considera impossíveis de existir.

— Acredito que sim. Mas não entendo como ela pode pensar assim sem refletir sobre o caráter de seu próprio pai, que teve duas esposas. Contudo, acredito que em alguns anos suas opiniões serão mais razoáveis, baseadas no bom senso e na observação, e então será mais fácil defini-la e justificá-la.

— Provavelmente será esse o caso — respondeu ele. — Entretanto, há algo tão amável nos preconceitos de uma mente jovem que é uma pena vê-los cederem lugar a opiniões mais generalizadas.

— Não posso concordar com você nesse ponto — disse Elinor. — Existem inconvenientes que acompanham sentimentos como os de Marianne que nem todos os encantos do entusiasmo e da ignorância do mundo podem reparar. Seu espírito tem toda a infeliz tendência de desprezar o decoro, e espero que um melhor conhecimento do mundo lhe traga algum benefício.

Após uma breve pausa, ele retomou a conversa dizendo:

— Sua irmã não faz distinção em suas objeções contra um segundo amor? Ou acha igualmente criminoso em todos os casos? Aqueles que ficaram desapontados em sua primeira escolha, seja pela inconstância de seus amores, ou pela perversidade das circunstâncias, devem permanecer indiferentes durante o resto de suas vidas?

— Dou-lhe minha palavra que não estou familiarizada com as minúcias de seus princípios. Só sei que nunca a ouvi admitir que um segundo amor fosse algo perdoável.

— Isto não pode durar — disse ele — mas uma mudança, uma mudança total de sentimentos... Não, não, não desejo isso, pois, quando os refinamentos românticos de uma mente jovem são obrigados a ceder, frequentemente são sucedidos por opiniões comuns e perigosas! Falo por experiência. Certa vez conheci uma senhora que em temperamento e ânimo se parecia muito com sua irmã, que pensava e julgava como ela, mas que por causa de uma mudança forçada, em razão de uma série de circunstâncias infelizes...

Neste momento, ele se calou de repente; parecia pensar que havia falado demais e, por seu semblante, deu origem a suposições que, de outra forma, não teriam passado pela cabeça de Elinor. A moça mencionada estaria fora de suspeita se ele não tivesse convencido Elinor de que nada relacionado a esse assunto deveria ter escapado de seus lábios. Tal como ocorreu, bastou um leve esforço de imaginação para conectar a emoção do Coronel à terna lembrança de um amor do passado. Elinor não insistiu. Mas Marianne, em seu lugar, não teria desistido tão fácil. A história toda teria sido formada rapidamente em sua imaginação ativa, e tudo se conformaria à ideia melancólica de um amor frustrado.

Capítulo XII

Enquanto Elinor e Marianne caminhavam juntas, na manhã seguinte, esta última comunicou à irmã uma notícia que, apesar de tudo que já sabia sobre a imprudência e falta de juízo de Marianne, a surpreendeu pela extravagância com que demonstrou as duas coisas. Marianne disse a ela, com o maior deleite, que Willoughby lhe dera de presente um cavalo, que ele mesmo criara em sua propriedade em Somersetshire, e que era perfeitamente treinado para carregar uma mulher. Sem considerar que não estava nos planos de sua mãe manter um cavalo — e que, se ela alterasse sua decisão por causa do presente, precisaria comprar outro cavalo para o empregado, e manter um cavalariço para montá-lo e, além disso, construir um estábulo para recebê-los —, Marianne aceitou o presente sem hesitar e contou à irmã em completo estado de êxtase.

— Ele pretende enviar imediatamente seu cavalariço a Somersetshire para buscá-lo — acrescentou ela — e, quando ele chegar, cavalgaremos todos os dias. Você poderá compartilhar seu uso comigo. Imagine, minha querida Elinor, o prazer de galopar por essas colinas!

Marianne teve que despertar de um sonho tão alegre, com muita relutância, para admitir todas as verdades infelizes que acompanhavam a questão, e por algum tempo se recusou a se submeter a elas. Quanto a um empregado adicional, a despesa seria mínima, tinha certeza de que mamãe nunca faria objeções, que qualquer cavalo serviria para *ele* e que sempre poderia conseguir um em Barton Park. Quanto ao estábulo, um mero galpão seria suficiente. Elinor se atreveu a comentar que não seria adequado receber tal presente de um homem que conhecia tão pouco ou, pelo menos, há tão pouco tempo. Isto foi demais.

— Você está enganada, Elinor — disse ela calorosamente — em supor que eu conheça pouco o Willoughby. Na verdade, não o conheço há muito tempo, mas o conheço muito melhor do que a qualquer outra pessoa no mundo, exceto você e mamãe. Não é o tempo nem a ocasião que determinam a intimidade, mas a disposição. Sete anos seriam insuficientes para fazer algumas pessoas se conhecerem, e sete dias são mais do que suficientes para outras. Eu me sentiria mais culpada em aceitar um cavalo de meu irmão do que de Willoughby. De John, sei muito pouco, embora tenhamos vivido juntos por anos; mas sobre Willoughby minha opinião há muito se formou.

Elinor achou mais sensato não tocar mais nesse ponto. Conhecia bem o temperamento de sua irmã. Opor-se a um assunto tão delicado apenas fortaleceria ainda mais a sua opinião. Mas, apelando para seu afeto pela mãe, ao mostrar os inconvenientes que aquela indulgente mãe poderia passar se (como provavelmente seria o caso) ela consentisse com este aumento de gastos, Marianne logo se rendeu, e prometeu não tentar a mãe com tal gentileza imprudente mencionando a oferta, e dizer a Willoughby, quando o visse novamente, que não poderia aceitar o presente.

Foi fiel à sua palavra e quando Willoughby apareceu no chalé, no mesmo dia, Elinor a ouviu expressar sua decepção para ele em voz baixa, por ter sido obrigada a recusar o presente. Explicou-lhe as razões para esta mudança de opinião, que eram tão decisivas que impossibilitavam novas súplicas da parte do rapaz. A preocupação de Willoughby, entretanto, era muito aparente e, depois de expressá-la com seriedade, acrescentou, em voz baixa:

— Mas, Marianne, o cavalo ainda é seu, embora você não possa usá-lo agora. Vou mantê-lo sob meus cuidados até que você possa reivindicá-lo. Quando você deixar Barton para morar em sua própria casa, Queen Mab estará à sua espera.

Isso tudo chegou aos ouvidos da Srta. Dashwood, e em cada palavra de Willoughby, em sua maneira de pronunciá-las e de se dirigir à irmã apenas por seu primeiro nome, Elinor imediatamente reconheceu uma intimidade tão decidida, uma intenção tão clara, que evidenciava o entendimento perfeito entre eles. A partir daquele momento não houve mais dúvidas de que estivessem comprometidos, e apenas a surpreendeu que, à vista do temperamento tão franco dos dois, ela, como qualquer de seus amigos, tivesse descoberto isso por acaso.

No dia seguinte, Margaret contou-lhe algo que esclareceu ainda mais a questão. Willoughby havia passado a noite anterior com elas, e Margaret, por ter estado algum tempo na sala apenas com ele e Marianne, teve oportunidade de observá-los. Com o semblante sério comunicou à irmã mais velha, no primeiro momento em que ficaram a sós:

— Oh, Elinor! — exclamou ela. — Eu tenho um segredo para lhe contar sobre Marianne. Tenho certeza que ela se casará com o Sr. Willoughby muito em breve.

— Você diz isso quase todos os dias desde que se encontraram pela primeira vez em High-Church Down — respondeu Elinor. — E eles não se conheciam há uma semana, creio eu, antes de você ter certeza de que Marianne usava a foto dele em volta do pescoço, mas acabou sendo apenas a miniatura de nosso tio-avô.

— Mas agora é diferente. Tenho certeza de que eles se casarão muito em breve, pois ele tem uma mecha de cabelo dela.

— Tome cuidado, Margaret. Pode ser apenas o cabelo de alguma tia-avó *dele*.

— Elinor, tenho certeza que o cabelo é de Marianne. Tenho certeza que é, pois o vi cortá-lo. Ontem à noite, depois do chá, quando você e mamãe saíram da sala, estavam cochichando rápido, e ele parecia pedir algo a ela; então pegou uma tesoura e cortou uma longa mecha do cabelo de Marianne, que lhe caía pelas costas. Ele a beijou, enrolou em um pedaço de papel branco e a guardou em sua carteira.

Por tais detalhes, declarados com tanta autoridade, Elinor não pôde deixar de acreditar no que a irmã havia lhe dito. Nem estava disposta a duvidar, pois a circunstância estava em perfeita harmonia com o que ela mesma tinha visto e ouvido.

Margaret nem sempre demonstrava sua sagacidade de forma tão satisfatória para a irmã. Quando a Sra. Jennings começou a importuná-la para saber o nome do jovem que tinha a preferência de Elinor, assunto que há muito era motivo de grande curiosidade para ela, Margaret respondeu olhando para sua irmã e dizendo:

— Não devo contar, não é mesmo, Elinor?

É claro que isso fez todo mundo rir; e Elinor tentou rir também. Mas o esforço foi doloroso. Estava convencida de que Margaret pensava em uma pessoa cujo nome ela não suportava com compostura que fosse transformado em uma piada constante na boca de Sra. Jennings.

Marianne sentiu profundamente pela irmã, mas fez mais mal do que bem à causa, pois ficou muito corada e disse com raiva para Margaret:

— Lembre-se de que, quaisquer que sejam suas suposições, você não tem o direito de repeti-las.

— Nunca fiz nenhuma suposição sobre isso — respondeu Margaret — foi você quem me contou.

Isso aumentou as risadas e Margaret se sentiu pressionada a dizer mais alguma coisa.

— Oh, por favor, Srta. Margaret, conte-nos tudo — disse a Sra. Jennings. — Qual é o nome do cavalheiro?

— Não devo contar, senhora. Mas sei muito bem quem é, e também sei onde ele está.

— Sim, sim, podemos imaginar onde ele esteja; em sua própria casa em Norland, com certeza. Ele é o pastor da paróquia, ouso dizer.

— Não, *isso* ele não é. Não tem nenhuma profissão.

— Margaret — disse Marianne efusivamente — você sabe que tudo isso é uma invenção sua e que tal pessoa não existe.

— Bem, então ele morreu recentemente, Marianne, pois tenho certeza de que tal homem existiu, e seu nome começa com F.

Elinor sentiu-se muito grata por Lady Middleton observar, neste momento, "que chovia muito", embora acreditasse que a interrupção e devia mais pelo fato de Lady Middleton detestar aqueles assuntos deselegantes, motivos de zombaria, que tanto agradavam sua mãe e seu marido. Porém, o assunto iniciado por ela foi imediatamente retomado pelo Coronel Brandon, sempre atento aos sentimentos dos outros, e muito foi falado sobre a chuva. Willoughby abriu o piano e pediu a Marianne que se sentasse; e assim, em meio aos vários esforços de várias pessoas para abandonar o tópico, ele foi esquecido. Mas não foi tão fácil para Elinor se recuperar da inquietação que o assunto lhe provocara.

Nesta noite um grupo foi formado para, no dia seguinte, visitar um lugar muito bonito, localizado a cerca de vinte e dois quilômetros de Barton, que pertencia ao cunhado do Coronel Brandon, que deveria estar presente durante a visita, já que o proprietário, que estava no exterior, havia deixado ordens estritas sobre isso. O terreno foi descrito como muito bonito, e Sir John, que era particularmente caloroso em seus elogios, poderia ser considerado um juiz adequado, pois havia organizados visitas ao local pelo menos duas vezes a cada verão nos últimos dez anos. Havia ali bastante água, e um passeio de barco constituiria grande parte da diversão da manhã; levariam pratos frios, apenas carruagens abertas seriam utilizadas, e tudo seria organizado no estilo usual de um passeio totalmente prazeroso.

Para alguns membros do grupo, parecia uma decisão bastante ousada, considerando a época do ano, e que havia chovido todos os dias durante as últimas duas semanas. A Sra. Dashwood, que já estava resfriada, foi persuadida por Elinor a ficar em casa.

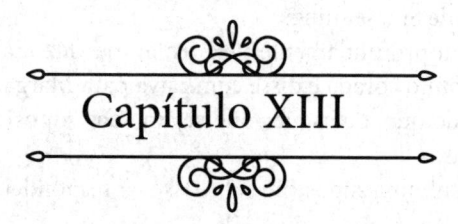

Capítulo XIII

A excursão planejada para Whitwell acabou sendo muito diferente do que Elinor esperava. Estava preparada para ficar toda molhada, cansada e assustada, mas o evento foi ainda mais infeliz, pois nem sequer aconteceu.

Por volta das dez horas, todo o grupo estava reunido em Barton Park, onde tomariam o café da manhã. A manhã estava bastante favorável, embora tivesse chovido a noite toda, pois as nuvens haviam se dispersado no céu e o sol frequentemente aparecia. Estavam todos muito animados e de bom humor, ansiosos e determinados a se submeterem aos maiores inconvenientes e sofrimentos para se divertirem.

Enquanto tomavam o café, as cartas foram trazidas. Entre elas havia uma para o Coronel Brandon, que a pegou e olhou o endereço. Seu rosto mudou de cor e ele imediatamente deixou a sala.

— Qual é o problema com o Brandon? — perguntou Sir John.

Ninguém sabia.

— Espero que ele não tenha recebido más notícias — disse Lady Middleton.

— Algo extraordinário deve ter acontecido para fazer o Coronel Brandon deixar a minha mesa do café tão de repente.

Em cerca de cinco minutos ele voltou.

— Espero que não tenha más notícias, Coronel — disse a Sra. Jennings, assim que ele entrou na sala.

— De forma alguma, senhora, obrigado.

— São notícias de Avignon? Espero que não o tenham informado que sua irmã piorou.

— Não, senhora. Veio da cidade e é apenas uma carta de negócios.

— Mas como é que a carta o perturbou tanto, se era apenas de negócios? Vamos, Coronel, isto não é possível, então conte-nos a verdade.

— Minha querida mãe — disse Lady Middleton — pense antes de falar.

— Talvez sejam notícias do casamento de sua prima Fanny? — disse a Sra. Jennings, sem dar atenção à reprovação da filha.

— Não, de forma alguma.

— Bem, então eu sei de quem é, Coronel. E espero que ela esteja bem.

— De quem você está falando, senhora? — perguntou ele, corando um pouco.

— Oh! Você sabe de quem estou falando.

— Perdoe-me, senhora — disse ele, dirigindo-se a Lady Middleton — por receber esta carta hoje, pois é um negócio que requer minha presença imediata na cidade.

— Na cidade! — exclamou a Sra. Jennings. — O que você tem para fazer na cidade nesta época do ano?

— Minha própria perda é grande — continuou ele — por ser obrigado a deixar uma festa tão agradável, mas minha maior preocupação é que minha presença é necessária para que sejam admitidos em Whitwell.

Que golpe para todos eles!

— Mas se o senhor escrever um bilhete para a governanta, Sr. Brandon — disse Marianne, ansiosa — não será suficiente?

Ele balançou sua cabeça.

— Precisamos ir — disse Sir John. — Não podemos adiar agora que já estamos prestes a partir. Você terá que ir à cidade amanhã, Brandon, está resolvido.

— Eu gostaria que pudesse ser resolvido tão facilmente. Mas não está em meu poder atrasar minha viagem em um dia.

— Se você pudesse nos dizer qual é o seu negócio — disse a Sra. Jennings — poderíamos ver se ele pode ser adiado ou não.

— Você não se atrasaria mais do que seis horas — disse Willoughby — se adiasse sua viagem até nosso retorno.

— Não posso perder nem *uma* hora.

Elinor então ouviu Willoughby dizer em voz baixa para Marianne:

— Há algumas pessoas que não suportam ver a alegria dos outros. Brandon é uma delas. Está com medo de pegar um resfriado, ouso dizer, e inventou essa desculpa para escapar. Aposto cinquenta guinéus que a carta é de sua própria autoria.

— Não tenho dúvidas disso — respondeu Marianne.

— Não há como persuadi-lo a mudar de ideia, Brandon, quando você já se decidiu, sei disso há muito tempo — disse Sir John. — No entanto, espero que pense melhor a respeito. Considere que as duas irmãs Carey vieram de Newton, as três irmãs Dashwood a pé desde o chalé, e que o Sr. Willoughby se levantou duas horas antes de seu horário habitual, todos com o propósito de ir a Whitwell.

O Coronel Brandon repetiu novamente sua tristeza por ter sido a causa da decepção de todos, mas, ao mesmo tempo, declarou que era inevitável.

— Bem, então quando você vai voltar?

— Espero vê-lo em Barton — acrescentou Lady Middleton — assim que retornar à cidade. E devemos adiar a visita a Whitwell até que você volte.

— Vocês são muito gentis. Contudo, minha volta é tão incerta que não ouso me comprometer com isso.

— Oh! Ele deve e deve voltar! — exclamou Sir John. — Se não estiver aqui até o final da semana, irei atrás dele.

— Sim, faça isso, Sir John — exclamou a Sra. Jennings — e então talvez descubra o que é esse negócio.

— Não quero me intrometer nos assuntos de outros homens. Suponho que seja algo de que ele se envergonhe.

Os cavalos do Coronel Brandon foram anunciados.

— Você não vai para a cidade a cavalo, vai? — acrescentou Sir John.

— Não, apenas até Honiton em seguida pegarei a diligência dos correios.

— Bem, como está decidido a ir, desejo-lhe uma boa viagem. Mas seria melhor se tivesse mudado de ideia.

— Garanto que não está em meu poder.

Ele então se despediu de todo o grupo.

— Não há chance de eu ver você e suas irmãs na cidade neste inverno, Srta. Dashwood?

— Receio que não.

— Então devo me despedir de você por um tempo mais longo do que gostaria.

Para Marianne, ele apenas inclinou a cabeça e não disse nada.

— Vamos, Coronel — disse a Sra. Jennings — antes de ir, conte-nos quais são os negócios.

Ele desejou-lhe um bom dia e, acompanhado por Sir John, saiu da sala.

As queixas e lamentações que até então haviam sido reprimidas por educação explodiram generalizadamente, e todos concordaram que aquela decepção era muito desagradável.

— Entretanto, posso adivinhar qual é o negócio dele — disse a Sra. Jennings exultante.

— Pode mesmo, senhora? — quase todos perguntaram.

— Sim; é sobre a Srta. Williams, tenho certeza.
— E quem é a Srta. Williams? — perguntou Marianne.
— O quê! Você não sabe quem é a Srta. Williams? Tenho certeza de que deve ter ouvido falar dela antes. Ela é parente do Coronel, minha querida; uma parente muito próxima. Não diremos quão próxima, por medo de chocar as moças. — Então, baixando um pouco a voz, disse a Elinor: — Ela é sua filha biológica.
— Inacreditável!
— Oh, sim! E é muito parecida com ele. Atrevo-me a dizer que o Coronel deixará para ela toda a sua fortuna.

Quando Sir John voltou, juntou-se com sinceridade ao coro de lamentações gerais pelo acontecimento tão infeliz, e concluiu que, como já estavam todos reunidos, deveriam fazer algo que os alegrasse. Depois de muito debate, foi acordado que, embora a felicidade só pudesse ser desfrutada em Whitwell, eles poderiam ter um dia agradável com um passeio pelo parque. Ordenaram que se trouxessem as carruagens; Willoughby foi o primeiro, e Marianne nunca pareceu mais feliz do que quando subiu na carruagem. Ele dirigia pelo parque muito rápido e logo os dois sumiram de vista; nada mais se soube deles até seu retorno, o que só aconteceu quando todos os demais já haviam retornado. Os dois pareciam encantados com o passeio, mas disseram apenas em termos gerais que haviam passeado pelas estradas, enquanto os outros passearam pelas colinas.

Ficou decidido que haveria um baile à noite e que todos deveriam estar extremamente felizes o dia inteiro. Mais alguns membros da família Carey vieram jantar, e tiveram o prazer de ver quase vinte pessoas à mesa, o que Sir John observou com grande satisfação. Willoughby ocupou seu lugar habitual entre Marianne e Elinor. A Sra. Jennings estava sentada à direita de Elinor; elas haviam acabado de se sentar quando esta se inclinou por trás dela e de Willoughby, e disse a Marianne, alto o suficiente para que ambos ouvissem:

— Apesar de todos os seus truques, descobri onde vocês passaram toda a manhã.

Marianne corou e respondeu muito apressadamente:
— Onde, por favor?
— A senhora não sabia — disse Willoughby — que estivemos em minha carruagem?
— Sim, sim, Senhor Imprudente, sei muito bem disso, e estava determinada a descobrir *onde* vocês estiveram. Espero que goste de sua casa, Srta. Marianne. É uma casa muito grande, eu sei, e quando eu for visitá-la, espero que você a tenha redecorado, pois, da última vez que estive lá, há seis anos, já precisava de mudanças.

Marianne se virou confusa. A Sra. Jennings riu com vontade, e Elinor descobriu que, em sua insistência em saber onde eles haviam estado, chegou a obrigar sua própria empregada a perguntar ao cavalariço de Sr. Willoughby; e com isso descobriu que eles haviam estado em Allenham, onde passaram um tempo considerável caminhando pelo jardim e examinando toda a casa.

Elinor mal podia acreditar que isso fosse verdade, pois parecia muito improvável que Willoughby propusesse, ou Marianne consentisse, entrar na casa enquanto a Sra. Smith estivesse nela, sem ao menos se conhecerem.

Assim que deixaram a sala de jantar, Elinor perguntou-lhe sobre isso, e grande foi sua surpresa quando descobriu que todos os detalhes relatados pela Sra. Jennings eram perfeitamente verdadeiros. Marianne estava muito zangada com ela por ter duvidado disso.

— Por que você imagina, Elinor, que não fomos lá, ou que não vimos a casa? Não é isso que você mesma sempre desejou fazer?

— Sim, Marianne, mas eu não iria enquanto a Sra. Smith estivesse lá, e com nenhum outro companheiro além do Sr. Willoughby.

— O Sr. Willoughby é a única pessoa que pode ter o direito de mostrar aquela casa, e como fomos em uma carruagem aberta, era impossível ter qualquer outro companheiro. Nunca passei uma manhã tão agradável na minha vida.

— Receio — respondeu Elinor — que os prazeres de uma ocupação nem sempre evidenciem seu decoro.

— Pelo contrário, nada pode ser uma prova maior disso, Elinor; se houvesse algo de impróprio no que fiz, eu saberia na mesma hora, pois sempre sabemos quando estamos agindo errado, e com tal convicção eu não poderia ter sentido prazer algum.

— Mas, minha cara Marianne, como foi exposta a alguns comentários muito impertinentes, não começa agora a duvidar da discrição de sua própria conduta?

— Se os comentários impertinentes da Sra. Jennings são a prova de impropriedade de conduta, estamos todos comprometidos em todos os momentos de nossas vidas. Não valorizo suas críticas nem seus elogios. Não acredito ter feito qualquer coisa errada em caminhar pelos jardins da Sra. Smith ou em visitar sua casa. Um dia a propriedade será de Sr. Willoughby, e...

— Mesmo se um dia a casa for sua, Marianne, não justificaria o que você fez.

A insinuação fez Marianne corar, mas a fez sentir visivelmente gratificada; e depois de dez minutos de intensa meditação, voltou a conversar com sua irmã novamente e disse com muito bom humor:

— Talvez, Elinor, *tenha* sido imprudência de minha parte ir para Allenham, mas o Sr. Willoughby queria particularmente mostrar-me o lugar; e é uma casa charmosa, garanto-lhe. Há uma sala de estar incrivelmente bonita no andar de cima, de um tamanho agradável e confortável para uso constante, e com mobília nova ficaria melhor ainda. É uma sala de canto e tem janelas nos dois lados. De um lado você vê o gramado para jogos, atrás da casa, e um bonito bosque no fundo; e do outro você tem uma vista da igreja e da vila, além daquelas belas colinas que tantas vezes admiramos. Só não gostei mais dela por causa do péssimo estado da mobília, mas se fosse redecorada com móveis novos —

Willoughby diz que cerca de duzentas libras são o suficiente — o tornaria uma das salas de verão mais agradáveis da Inglaterra.

Se Elinor pudesse ouvi-la sem a interrupção dos outros, Marianne teria descrito todos os cômodos da casa com igual prazer.

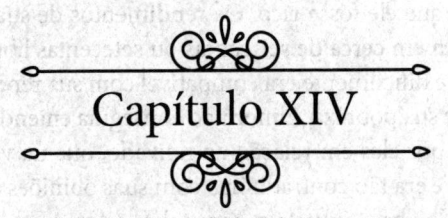

Capítulo XIV

O súbito término da visita do Coronel Brandon a Banton, junto com sua firmeza em ocultar a causa, encheram a mente e despertaram a imaginação da Sra. Jennings por dois ou três dias... Ela tinha a imaginação fértil, como todos que têm interesse em saber das idas e vindas de todos os eus conhecidos. Ela conjecturava, com pequenos intervalos, qual poderia ser a razão disso; tinha certeza de que devia haver alguma má notícia, e refletiu sobre todo tipo de desgraça que poderia ter acontecido com ele, com bastante certeza de que ele não escaparia de todas.

— Com certeza se trata de algo muito triste — disse ela. — Pude ver em seu rosto. Pobre homem! Receio que suas circunstâncias possam ser ruins. A propriedade em Delaford nunca rendeu mais de duas mil libras por ano, e seu irmão deixou tudo em lamentáveis condições. Acredito que ele tenha partido para resolver questões sobre dinheiro, o que mais poderia ser? Deve ter sido isso. Daria qualquer coisa para saber a verdade. Talvez seja sobre a Srta. Williams e, a propósito, atrevo-me a dizer que é, porque ele pareceu bastante sensível quando mencionei o nome dela. Pode ser que ela esteja doente na cidade, o que é muito provável, pois tenho a impressão de que ela está sempre doente. Aposto que se trata da Srta. Williams. Não é muito provável que esteja passando por dificuldades financeiras *agora*, pois ele é um homem muito prudente e, com certeza, já deve ter pagado as dívidas da propriedade. Eu me pergunto o que pode ser! Pode ser que sua irmã tenha piorado em Avignon e o tenham chamado. Sua partida tão apressada sugere que seja algo parecido com isso. Bem, desejo a ele de todo o meu coração que resolva os seus problemas e ainda que ache uma boa esposa.

Assim falava e divagava a Sra. Jennings. Sua opinião variava a cada nova conjectura, e todas pareciam igualmente prováveis à medida que surgiam. Elinor, embora estivesse realmente interessada no bem-estar do Coronel Brandon, não se espantava com sua partida tão repentina como a Sra. Jennings desejava, pois, além das circunstâncias não justificarem um espanto tão persistente ou tantas especulações, sua preocupação estava voltada para outro assunto. Estava totalmente absorvida pelo silêncio extraordinário de sua irmã e do Sr. Willoughby sobre um assunto que deviam saber ser especialmente interessante para todos. À medida que esse silêncio continuava, a cada dia ele parecia mais estranho e mais incompatível com o temperamento de ambos. Por que eles não reconheciam abertamente, para sua mãe e para a própria Elinor, o que comportamento constante entre os dois já demonstrava há tanto tempo?

Ela poderia facilmente compreender que o casamento talvez não pudesse ser realizado imediatamente, pois, embora Willoughby fosse independente, não havia razão para acreditar que ele fosse rico. Os rendimentos de sua propriedade foram avaliados por Sir John em cerca de seiscentas ou setecentas libras anuais, mas vivia com uma despesa que dificilmente era compatível com sua renda, e muitas vezes ele próprio reclamava de sua pobreza. Elinor não conseguia entender esse estranho tipo de segredo mantido por eles em relação ao noivado, que na verdade não ocultava absolutamente nada; e era tão contraditório com suas opiniões e práticas gerais, que às vezes uma dúvida lhe passava pela cabeça sobre estarem realmente noivos, e essa dúvida bastava para impedi-la de fazer qualquer pergunta a Marianne.

Nada poderia ser uma prova mais expressiva do compromisso entre eles que o comportamento de Willoughby. Ele tinha para com Marianne toda a distinta mostra de ternura que um coração apaixonado poderia oferecer, e com o resto da família expressava a atenção afetuosa de um filho e de um irmão. Parecia considerar e amar o chalé como se fosse sua própria casa; passava muito mais tempo lá do que em Allenham. E se nenhum compromisso os reunisse em Barton Park, as cavalgadas que fazia todas as manhãs quase sempre terminavam ali, onde passava o resto do dia com Marianne, e com seu cachorro favorito aos pés dela.

Uma noite em particular, cerca de uma semana depois da partida do Coronel Brandon do condado, o coração de Willoughby parecia mais aberto do que o normal aos sentimentos de apego a todos os objetos ao seu redor; e quando a Sra. Dashwood mencionou seu projeto de reformar o chalé na primavera, ele se opôs veementemente a qualquer alteração na casa que havia se tornado um lugar perfeito para ele.

— O quê! — exclamou ele. Reformar esse chalé? Não. *Isso* eu nunca vou consentir. Nenhuma pedra deve ser adicionada às suas paredes, nem um centímetro a seu tamanho, se meus sentimentos forem importantes.

— Não se assuste — disse a Srta. Dashwood — nada disso será feito, pois minha mãe nunca terá dinheiro suficiente para uma reforma.

— Estou profundamente contente com isso — exclamou ele. — Que ela seja sempre pobre, se não sabe empregar melhor suas riquezas.

— Obrigada, Willoughby. Mas pode ter certeza que eu não sacrificaria seus sentimentos ou de alguém que eu amo nem por todas as melhorias do mundo. Na verdade, a reforma depende do dinheiro que sobrar das nossas despesas, e isto só saberei quando fizer minhas contas no início da primavera. Ademais, não quero utilizar esse dinheiro em algo que lhe causará desgosto. Mas você realmente está tão apegado a este lugar a ponto de não ver nenhum defeito nele?

— Sim — disse ele. — Para mim é perfeito. E digo mais, o considero a única construção na qual a felicidade plena pode ser alcançada, e se eu fosse rico o suficiente, instantaneamente derrubaria Combe e reconstruiria de acordo com o plano exato deste chalé.

— Com escadas estreitas e escuras e uma cozinha cheia de fumaça, suponho — disse Elinor.

— Sim — exclamou ele com veemência — com todas e quaisquer coisas pertencentes a ele, de forma que a menor mudança seja perceptível, tanto nas suas conveniências quanto nas suas inconveniências. Então, e apenas então, sob tal teto, eu talvez seja tão feliz em Combe quanto tenho sido em Barton.

— Sinto-me orgulhosa — respondeu Elinor — que mesmo com a desvantagem de não ter cômodos melhores e uma escada mais ampla, no futuro você venha a considerar sua casa tão perfeita quanto considera nosso chalé.

— Certamente existem circunstâncias — disse Willoughby — que poderiam torná-la ainda mais importante para mim, mas este lugar sempre terá sempre um lugar na minha afeição, como nenhuma outra poderá merecer.

A Sra. Dashwood olhou com prazer para Marianne, cujos belos olhos estavam fixos em Willoughby tão expressivamente, que denotava claramente o quão bem ela o entendia.

— Quantas vezes eu desejei — acrescentou ele — quando estive em Allenham há um ano, que o chalé de Barton fosse habitado! Nunca passei por ele sem admirar sua situação e lamentar que ninguém morasse nele. Mal imaginava que as primeiras notícias que ouviria de Sra. Smith, quando cheguei à região, seriam de que o chalé de Barton, finalmente, estava ocupado. E senti uma satisfação e um interesse imediatos ao receber a notícia, que nada mais era do que um tipo de premonição da felicidade que iria experimentar com isso. Não era isso que deveria acontecer, Marianne? — disse-lhe Willoughby, em voz baixa. Em seguida, continuando com o tom anterior, ele disse: — E ainda assim deseja estragar a casa, Sra. Dashwood? A senhora lhe roubaria sua simplicidade com melhorias imaginárias! E esta sala, onde começou nossa amizade, e na qual passamos tantas horas felizes, a senhora quer reduzir à condição degradante de uma simples entrada, por onde todos passariam com pressa, apesar de que, até agora, ela oferecer melhor acomodação e conforto do que qualquer outro cômodo no mundo, ainda que com dimensões maiores, jamais poderia oferecer.

A Sra. Dashwood novamente assegurou-lhe que nenhuma alteração dessa espécie seria realizada.

— Você é uma boa mulher — respondeu ele calorosamente. — Sua promessa me tranquiliza. Estenda-a um pouco mais e me fará feliz. Diga-me que não apenas sua casa permanecerá a mesma, mas que sempre encontrarei a senhora e suas filhas tão inalteradas quanto a casa; e que você sempre me considerará com a gentileza que tornou tudo que pertence a você tão querido para mim.

A promessa foi prontamente feita, e o comportamento de Willoughby durante toda a noite demonstrou todo seu afeto e felicidade.

— Nos vemos amanhã para jantar? — perguntou a Sra. Dashwood, quando ele estava indo embora. — Não peço que você venha pela manhã, pois devemos caminhar até o parque, para visitar Lady Middleton.

Ele se comprometeu a estar com elas às quatro horas.

Capítulo XV

A visita da Sra. Dashwood a Lady Middleton ocorreu no dia seguinte, e duas de suas filhas foram com ela. Marianne se recusou a ir, alegando que estava ocupada, e sua mãe, que concluiu que Willoughby havia prometido visitá-la enquanto as outras estivessem ausentes, ficou perfeitamente satisfeita com a permanência dela em casa.

Na volta de Banton Park, encontraram a carruagem e o criado de Willoughby esperando na entrada do chalé, e a Sra. Dashwood se convenceu de que sua suposição estava certa. Até então, tudo estava ocorrendo como ela previra, mas ao entrar na casa encontrou algo que jamais poderia prever. Mal haviam passado pela porta, Marianne saiu às pressas da sala, aparentemente em profunda aflição, com um lenço sobre os olhos e, sem notá-las, subiu as escadas. Surpresas e alarmadas, entraram na sala que Marianne acabara de deixar, onde encontraram apenas Willoughby, que estava apoiado no encosto da lareira, de costas para elas. Ele se virou quando elas entraram e seu semblante mostrou que ele compartilhava da forte emoção que dominou Marianne.

— Há algo errado com ela? — perguntou a Sra. Dashwood ao entrar: — Ela está doente?

— Espero que não — respondeu ele, tentando parecer alegre. E com um sorriso forçado acrescentou: — Sou eu quem deveria estar doente, pois agora estou profundamente decepcionado!

— Decepcionado?

— Sim, pois não poderei cumprir minha promessa. A Sra. Smith exerceu esta manhã o privilégio dos ricos sobre um parente pobre e dependente, enviando-me a negócios para Londres. Acabo de receber minhas incumbências e já me despedi de Allenham... Assim, infelizmente, venho lhes dizer adeus!

— Para Londres! E você vai esta manhã?

— Imediatamente.

— É uma péssima notícia. Mas a Sra. Smith deve estar agradecida, e seus negócios não irão afastá-lo de nós por muito tempo, espero.

Ele enrubesceu ao responder:

— A senhora é muito gentil, mas não tenho planos de retornar a Devonshire tão rápido. Minhas visitas à Sra. Smith só se acontecem uma vez por ano.

— E a Sra. Smith é sua única amiga? Allenham é a única casa na vizinhança onde você será bem-vindo? Que vergonha, Willoughby! Por acaso precisa de convite para nos visitar?

Ele enrubesceu ainda mais e com os olhos fixos no chão apenas respondeu:

— Bondade sua!

A Sra. Dashwood olhou com surpresa para Elinor, que sentiu o mesmo espanto. Por alguns momentos, todos ficaram em silêncio. A Sra. Dashwood foi a primeira a falar.

— Devo apenas acrescentar, meu caro Willoughby, que no chalé de Barton você será sempre bem-vindo. Não vou pressioná-lo a voltar aqui imediatamente, porque só você pode julgar o quanto *isso* pode agradar à Sra. Smith, e nesse assunto não estou disposta a questionar sua decisão ou duvidar de seus desejos.

— Meus compromissos no momento — respondeu Willoughby, confuso — são de tal natureza que... não posso me gabar.

Ele parou de falar. A Sra. Dashwood estava surpresa demais para falar, e ocorreu outro silêncio, interrompido por Willoughby, que ao dizer com um sorriso forçado:

— É tolice demorar-me dessa maneira. Não vou mais me atormentar permanecendo entre amigas cuja companhia não posso desfrutar agora.

Então se despediu apressadamente de todas e saiu da sala. Elas o viram entrar em sua carruagem e, em um minuto, já estava fora de suas vistas.

A Sra. Dashwood estava abalada demais para falar e imediatamente deixou a sala para lidar sozinha com a preocupação e o susto que essa partida repentina ocasionara.

O mal-estar de Elinor foi pelo menos igual ao de sua mãe. Pensou no que acabara de acontecer com ansiedade e desconfiança. O comportamento de Willoughby ao se despedir delas, seu constrangimento, seu fingimento de alegria e, acima de tudo, sua relutância em aceitar o convite de sua mãe — uma hesitação tão contrária a de um homem apaixonado, tão diferente de si mesmo — muito a perturbava. Por um momento, temeu que jamais houvesse existido algum compromisso sério da parte de Willoughby; em seguida, imaginou que uma discussão séria pudesse ter ocorrido entre ele e sua irmã. A angústia em que Marianne havia deixado a sala era tal que apenas uma briga séria poderia explicá-la, embora uma briga lhe parecesse impossível quando considerava o amor de Marianne por ele.

Mas quaisquer que fossem as circunstâncias da separação, a aflição de sua irmã era indubitável, e ela pensou com a mais terna compaixão naquela profunda tristeza para a qual Marianne provavelmente não estava buscando alívio, mas alimentando e encorajando como se fosse um dever.

Cerca de meia hora depois, sua mãe voltou e, embora seus olhos estivessem vermelhos, seu semblante não estava abatido.

— Nosso querido Willoughby está agora a quilômetros de Barton, Elinor — disse ela, enquanto se sentava para trabalhar. — E com quanto pesar no coração deve estar viajando?

— É tudo muito estranho. Partir assim tão repentinamente! Parece uma decisão tomada de repente. Na noite passada ele estava conosco, tão feliz, tão alegre, tão afetuoso! E agora, com um aviso de apenas dez minuto, se foi sem intenção de voltar! Deve ter acontecido algo mais do que aquilo que nos contou. Ele não falava, não se comportava como ele mesmo. *Você* deve ter visto a diferença tão bem quanto eu. O que pode ser? Será que eles brigaram? Por que mais ele teria mostrado tal relutância em aceitar o seu convite para vir aqui?

— Vontade não lhe faltava, Elinor, percebi com toda clareza. Ele não tinha o poder de aceitá-lo. Refleti sobre o ocorrido, garanto-lhe, e posso explicar perfeitamente tudo que a princípio pareceu estranho para, para mim e também para você.

— Pode mesmo?

— Sim. Já expliquei para mim mesma da maneira mais satisfatória. Mas para você, Elinor, que adora duvidar de tudo, sei que nada será satisfatório, mas você também não conseguirá me afastar da minha certeza. Estou persuadido de que a Sra. Smith suspeita da afeição de Willoughby por Marianne, a desaprova (talvez porque ela tenha outros planos para ele) e, por isso, está ansiosa para levá-lo embora; os negócios que ela o enviou para resolver são inventados, apenas uma desculpa afastá-lo de nós. É isso que acredito ter acontecido. Além disso, ele está ciente de que *ela* desaprovaria a união, e por isso ainda não teve coragem de contar-lhe sobre o compromisso com Marianne, e sente-se obrigado, de sua situação de dependência, a acatar seus planos e ausentar-se de Devonshire por um tempo. Você vai me dizer, eu sei, que isso pode ou *não* ter acontecido, mas não darei ouvidos a nenhuma objeção, a menos que você possa apontar qualquer outra maneira tão satisfatória quanto esta de entender o caso. E agora, Elinor, o que você tem a dizer?

— Nada, pois a senhora antecipou minha resposta.

— Então você teria me dito que isso pode ou não ter acontecido. Oh, Elinor, como são incompreensíveis os seus sentimentos! Prefere aceitar primeiro no mal que no bem. Prefere procurar por uma desgraça para Marianne e culpar o pobre Willoughby, a buscar uma justificativa para ele. Está decidida a considerá-lo culpado, porque ele se despediu de nós com menos afeição do que de costume. E não pode fazer nenhuma concessão à distração ou ao espírito deprimido por recentes decepções? Não se pode aceitar as probabilidades, simplesmente porque não são certezas? Nada devemos ao homem que nos deu tantos motivos para amá-lo e nenhum motivo no mundo para pensar mal dele? E, afinal, do que você suspeita?

— Não sei dizer. Mas a suspeita de algo muito desagradável é a consequência inevitável do tamanho transtorno que acabamos de presenciar. No entanto, a senhora está certa sobre as concessões que deveriam ser feitas por ele, e desejo ser sincera em meus julgamentos em relação aos outros. Willoughby pode, sem dúvida, ter motivos suficientes para sua conduta, e espero que tenha. Mas seria mais típico de Willoughby reconhecê-los imediatamente. O sigilo pode ser aconselhável; mas ainda assim não deixa de admirar-me que ele insista nisso.

— Não o culpe, entretanto, por se agir contra o seu caráter, quando o desvio é necessário. Mas você realmente admite a justiça do que eu disse em sua defesa? Estou feliz, e ele absolvido.

— Não inteiramente. Pode ser apropriado ocultar o compromisso (se é que *existe* compromisso) da Sra. Smith, e se for esse o caso, deve ser extremamente conveniente para Willoughby estar longe de Devonshire no momento. Mas isso não é desculpa para ele esconda isso de nós.

— Esconda de nós? Minha querida filha, você acusa Willoughby e Marianne de ocultação? Isso é muito estranho, já que você vivia repreendendo os dois por imprudência.

— Não quero nenhuma prova de afeto entre os dois — disse Elinor — mas sim do compromisso.

— Estou perfeitamente satisfeito por ambos.

— No entanto, nenhuma palavra foi dita a você sobre o assunto, por nenhum deles.

— Não são necessárias palavras quando as ações falam tão claramente por si só. Seu comportamento com Marianne e com todas nós, pelo menos nas últimas duas semanas, não prova que a ama e a considera como sua futura esposa? E também de que sente por nós o afeto de um parente próximo? Não pediram o meu consentimento todos os dias por meio de seus olhares, seus modos, seu respeito atento e afetuoso? Minha Elinor, é possível duvidar do compromisso? Como é possível supor que Willoughby, persuadido como está do amor de sua irmã, poderia deixá-la, talvez por meses, sem lhe confessar seu amor... que pudessem se separar sem trocar confidências mútuas?

— Confesso — respondeu Elinor — que todas as circunstâncias, exceto *uma*, são favoráveis ao seu compromisso, mas *essa* circunstância é o total silêncio de ambos sobre o assunto, e para mim quase supera todas as outras.

— Que estranho! Você deve pensar muito mal de Willoughby se, depois de tudo o que se passou abertamente entre eles, ainda pode duvidar da natureza dos laços que os unem. Acredita que ele enganou sua irmã todo esse tempo? Acha que ele é indiferente a ela?

— Não, eu não posso pensar isso. Ele deve amá-la, tenho certeza.

— Mas com um estranho tipo de ternura, já que consegue deixá-la com tanta indiferença, com tanta despreocupação em relação ao futuro, como você atribuiu a ele.

— Você deve se lembrar, minha querida mãe, que nunca considerei esse assunto como certo. Tive minhas dúvidas, confesso, mas elas estão mais fracas do que antes e podem em breve ser totalmente eliminadas. Se descobrirmos que eles estão trocando correspondências, todo meu medo acabará.

— Uma concessão poderosa, de fato! Se você os visse no altar, pensaria que iriam se casar. Você é muito ingrata! Pois eu não preciso de provas. Em minha opinião, não se passou nada que justifique dúvidas. Não tentaram encobrir nada, agiram com transparência. Você não pode duvidar dos desejos de sua irmã. Deve ser Willoughby, portanto, de quem você suspeita. Mas por quê? Ele não é um homem de honra e sentimento? Houve alguma inconsistência da parte dele para gerar alarde? Acha que ele é mentiroso?

— Espero que não, creio que não — exclamou Elinor. Adoro Willoughby, adoro-o sinceramente, e a suspeita de sua integridade não pode ser mais dolorosa para a senhora do que é para mim. Foi involuntária e não quero cultivá-la. Fiquei surpresa, confesso, com a alteração em seus modos nesta manhã; ele não falava como ele e não retribuiu sua gentileza com nenhuma cordialidade. Mas tudo isso pode ser explicado pela situação de seus negócios, como a senhora supôs. Tinha acabado de se separar de minha irmã, a viu na maior aflição, e se ele se sentiu obrigado, por medo de ofender a Sra. Smith, a resistir à tentação de retornar aqui em breve; e mesmo assim, ciente de que, ao recusar seu convite, dizendo que ficaria fora por algum tempo, pareceria estar agindo de forma grosseira, acabou por levantar suspeitas por parte de nossa família, quando na verdade apenas se sentia constrangido e perturbado. Nesse caso, acredito que uma confissão clara e aberta de suas dificuldades teria sido mais honrada, bem como mais consistente com seu caráter. Mas não vou levantar suspeitas contra a conduta de ninguém sobre uma base infundada, como uma diferença em relação ao meu julgamento ou um desvio daquilo que considero certo e coerente.

— Você fala muito bem. Willoughby certamente não merece ser suspeito. Embora *nós* não o conheçamos há muito tempo, ele não é um estranho nesta região. E quem já falou mal dele? Se ele tivesse a possibilidade de agir de forma independente e se casar logo, pareceria estranho se ele nos deixasse sem explicar o que está acontecendo imediatamente, mas este não é o caso. Sob determinados aspectos, é um compromisso que não começou de forma favorável, pois a possibilidade de um casamento parece estar distante; por isso é aconselhável manter segredo.

Elas foram interrompidas pela entrada de Margaret; e Elinor teve então a liberdade de refletir sobre os argumentos de sua mãe, de avaliar a probabilidade de muitos e esperar a justiça de todos.

Não viram Marianne até a hora do jantar, quando ela entrou na sala e se sentou à mesa sem dizer uma palavra. Seus olhos estavam vermelhos e inchados, e parecia que suas lágrimas foram contidas com dificuldade. Ela evitou os olhares de todas. Não conseguia comer nem falar e, depois de algum tempo, quando a mãe pressionou silenciosamente sua mão com terna compaixão, seu pequeno grau de compostura sucumbiu, e ela deixou a sala em prantos.

Essa violenta opressão continuou durante toda a noite. Ela estava sem forças, pois não tinha nenhum desejo de controlar-se. A mais leve menção de qualquer coisa relativa a Willoughby a dominava instantaneamente e, embora sua família estivesse atenta ao seu conforto, era impossível para elas, quando conversavam, evitar todos os assuntos que se relacionassem a ele.

Capítulo XVI

Marianne jamais teria se perdoado se tivesse conseguido dormir na primeira noite após a partida de Willoughby. Não seria capaz de encarar sua família na manhã seguinte se não tivesse se levantado de sua cama com mais necessidade de repouso do que quando se deitara. Mas os sentimentos de que tal comportamento seria uma desgraça não permitiram que isso acontecesse. Ficou acordada a noite toda e chorou a maior parte do tempo. Se levantou com dor de cabeça, não conseguia falar e não queria comer nada; causava dor à sua mãe e às irmãs a todo momento, e proibia toda tentativa de consolo por parte de qualquer uma delas. Estava sensibilizada demais.

Quando acabaram o café da manhã, ela saiu sozinha e vagou pelo vilarejo de Allenham, entregando-se às lembranças das alegrias do passado e chorando as tristezas do presente durante a maior parte da manhã.

A noite se passou com a mesma entrega de sentimentos. Ela tocou todas as músicas favoritas que estava acostumada a tocar para Willoughby e sentou-se ao piano olhando cada linha da música que ele havia escrito para ela, até que o pesar de seu coração fosse tão grande que não coubesse mais nenhuma tristeza; e a cada dia se esforçava mais para alimentar essa dor. Passava horas inteiras ao piano alternando entre cantos e prantos; a voz muitas vezes embargada pelas lágrimas. Também nos livros, assim como na música, cortejava a miséria que com certeza obtinha ao confrontar o passado com o presente. Não lia nada além do que haviam lido juntos.

Tanta aflição não poderia ser suportada para sempre; em poucos dias afundou em uma calma melancolia, mas as tarefas as quais se entregava diariamente, suas caminhadas solitárias e meditações silenciosas, ainda produziam efusões ocasionais de tristeza tão intensa como antes.

Nenhuma carta de Willoughby chegou e Marianne não parecia esperar por uma. A mãe ficou surpresa e Elinor novamente ficou preocupada. Mas a Sra. Dashwood era capaz de encontrar explicações sempre que quisesse, o que pelo menos a satisfazia.

— Lembre-se, Elinor — disse ela — de quantas vezes Sir John se encarregou de trazer nossas cartas e de levá-las ao correio. Já concordamos que o segredo pode ser necessário, mas devemos reconhecer que nada poderia ser mantido em sigilo se nossa correspondência passar pelas mãos de Sir John.

Elinor não podia negar que era verdade e tentou encontrar nisso um motivo suficiente para o silêncio entre os dois. Mas havia um método tão direto, tão simples e, em sua opinião, tão adequado para saber a situação real da circunstância e para acabar instantaneamente com todo o mistério, que ela não pôde deixar de sugeri-lo à mãe.

— Por que a senhora não pergunta logo a Marianne — disse ela — se ela está ou não comprometida com Willoughby? Vindo da senhora, sua mãe, e uma mãe tão gentil, tão zelosa, a pergunta não poderia ofender. Seria a consequência natural de sua afeição por ela. Ela sempre foi muito honesta, principalmente com a senhora.

— Eu jamais faria tal pergunta. Supondo que seja possível que eles não estejam comprometidos, quanta angústia essa pergunta infligiria! De qualquer forma, seria muito mesquinho. Nunca poderia merecer sua confiança novamente se a forçasse a confessar algo que, no momento, ela quer manter em segredo. Conheço o coração de Marianne. Sei que ela me ama profundamente e que não serei a última a quem ela confidenciará seu segredo, quando as circunstâncias permitirem que ele seja revelado. Não poderia forçar ninguém a me fazer confidências, principalmente uma filha; porque seu senso de dever a impediria de negar o que sua vontade pretende ocultar.

Elinor achou que essa generosidade era excessiva, considerando a juventude da irmã, e insistiu no assunto, mas em vão: bom senso, cuidado, prudência, todos sucumbiam diante da delicadeza romântica da Sra. Dashwood.

Vários dias se passaram antes que o nome de Willoughby fosse mencionado diante de Marianne por alguém de sua família. Sir John e a Sra. Jennings, de fato, não eram tão gentis, suas piadas aumentaram o sofrimento de muitos momentos dolorosos; mas uma noite, a Sra. Dashwood, acidentalmente pegou um volume de Shakespeare e exclamou:

— Nós nunca terminamos *Hamlet*, Marianne; nosso querido Willoughby foi embora antes de acabarmos de ler. Vamos deixar isso de lado até que ele volte... Mas podem se passar meses antes que isso aconteça.

— Meses! — exclamou Marianne, muito surpresa. — Não, nem mesmo muitas semanas.

A Sra. Dashwood lamentou o que disse, mas agradou a Elinor, já que havia arrancado de Marianne uma resposta que demonstrou, com tanto ardor, sua confiança em Willoughby e o conhecimento de suas intenções.

Certa manhã, cerca de uma semana depois de sua partida, Marianne foi convencida a se juntar às irmãs em sua caminhada habitual, em vez de vagar sozinha. Até então ela havia evitado cuidadosamente qualquer companhia em suas caminhadas. Se suas irmãs pretendiam andar nas colinas, ela fugia direto para as planícies, se tinham a intenção de caminhar pelo vale, rapidamente subia as colinas e nunca mais era encontrada. Mas, finalmente, foi vencida pelos esforços de Elinor, que reprovava tal isolamento contínuo. Elas caminharam ao longo da estrada através do vale, na maior parte do tempo em silêncio, porque era impossível exercer controle sobre a mente de Marianne, e Elinor, satisfeita em ganhar um ponto, não pretendia obter outra vontade. Além da entrada do vale, onde a região, ainda viçosa, era menos selvagem e mais aberta, estendia-se diante delas um longo trecho da estrada que haviam percorrido quando chegaram a Barton. Ao chegarem a esse ponto, pararam para olhar ao redor e examinar o panorama formado pela vista do chalé, de um ponto que nunca haviam alcançado em nenhuma de suas caminhadas.

Entre os objetos à vista, logo perceberam um que se movimentava; era um homem que cavalgava na direção delas. Em poucos minutos conseguiram identificar que se tratava de um cavalheiro, e um momento depois Marianne exclamou extasiada:

— É ele, eu sei que é ele! — e se apressava para ir ao se encontro, quando Elinor gritou:

— Não, Marianne, acho que você está enganada. Não é Willoughby. Este homem não é tão alto quanto ele, nem tem seu porte.

— Tem sim, tem sim — exclamou Marianne — tenho certeza que sim. Sua aparência, seu casaco, seu cavalo. Eu sabia que ele voltaria depressa.

Ela caminhava ansiosamente enquanto falava e Elinor, para proteger Marianne de alguma situação adversa, pois tinha quase certeza de que não era Willoughby, apressou o passo e a acompanhou. Logo estavam a trinta metros do cavalheiro. Marianne olhou novamente e sentiu seu coração se partir; virou-se abruptamente e começou a correr, quando as vozes de suas duas irmãs a detiveram, e uma terceira voz, quase tão conhecida quanto a de Willoughby, juntou-se a elas implorando para que ela parasse. Ela se virou surpresa para ver e dar as boas-vindas a Edward Ferrars.

Ele era a única pessoa no mundo que ela poderia perdoar por não ser Willoughby; o único que poderia merecer um sorriso dela; então ela enxugou as lágrimas para sorrir para ele e, pela felicidade da irmã, esqueceu por um tempo de sua própria decepção.

Ele desceu do cavalo e, entregando-o ao criado, caminhou com elas de volta a Barton, para onde ia com o intuito de visitá-las.

Foi recebido por todas com grande cordialidade, mas especialmente por Marianne, que se mostrou mais entusiasmada ao recebê-lo do que a própria Elinor. Para Marianne, de fato, o encontro entre Edward e sua irmã foi apenas uma continuação daquela frieza inexplicável que ela frequentemente observara no comportamento de ambos em Norland. Em Edward, particularmente, faltava tudo aquilo que um apaixonado deveria demonstrar e dizer em tal ocasião. Ele estava confuso, mal parecia sentir prazer em vê-las, não parecia nem entusiasmado nem alegre, pouco falava além de responder o que lhe perguntavam e não demonstrou por Elinor nenhum tipo de afeto. Marianne olhava e escutava com crescente surpresa. Quase começou a sentir antipatia por Edward, o que acabou, como todos os seus sentimentos, levando-a a pensar em Willoughby, cujas maneiras formavam um contraste muito marcante com aquelas do homem que havia eleito como irmão.

Após um breve silêncio que se seguiu à surpresa do encontro e às indagações iniciais, Marianne perguntou a Edward se ele vinha diretamente de Londres. Não, ele estava em Devonshire há quinze dias.

— Quinze dias! — repetiu ela, surpresa por ele estar há tanto tempo no mesmo condado de Elinor e não ter vindo vê-la antes.

Ele pareceu bastante constrangido quando acrescentou que estivera com alguns amigos perto de Plymouth.

— Você esteve recentemente em Sussex? — perguntou Elinor.

— Estive em Norland há cerca de um mês.

— E como está minha querida e amada Norland? — exclamou Marianne.

— Querida e amada Noland — disse Elinor — provavelmente está muito parecida com o que sempre é nesta época do ano, a floresta e os caminhos cobertos de folhas secas.

— Ah — exclamou Marianne. — Com que sensação extasiante as via cair! Como me deliciava, enquanto caminhava, ao vê-las caindo sobre mim como uma chuva causada pelo vento! Quantos sentimentos as folhas, a estação e o ar me inspiraram! Agora não há ninguém para contemplá-las. São vistas apenas como um incômodo, varridas apressadamente e afastados o mais rápido possível da vista.

— Não é todo mundo — disse Elinor — que compartilha da sua paixão por folhas secas.

— Não, meus sentimentos nem sempre são compartilhados, muito menos compreendidos. Mas *às vezes* são. — Ao dizer isso, ela mergulhou por alguns instantes em um breve devaneio, mas se recompôs e continuou:

— Agora, Edward — disse ela, chamando sua atenção para a paisagem — aqui está o vale de Barton. Olhe para ele e fique indiferente, se puder. Veja aquelas colinas! Você já viu algo assim? À esquerda está Barton Park, entre aqueles bosques e plantações. Você pode ver uma parte da casa. E lá, sob a colina mais distante, que se eleva com tanta grandeza, está nosso chalé.

— É um lugar lindo — respondeu ele — mas essas partes baixas devem ficar sujas no inverno.

— Como você pode pensar em sujeira, com essa vista diante de você?

— Porque — respondeu ele, sorrindo — entre as coisas que vejo diante de mim está um caminho muito sujo.

— Que estranho! — disse Marianne para si mesma enquanto caminhava.

— A vizinhança aqui é agradável? Os Middletons são pessoas agradáveis?

— Não, de jeito nenhum — respondeu Marianne — não poderíamos estar em situação mais infeliz.

— Marianne — exclamou a irmã — como pode dizer isso? Como pode ser tão injusta? Eles são uma família muito respeitável, Sr. Ferrars, e conosco se comportaram da maneira mais amigável. Esqueceu-se, Marianne, de quantos dias agradáveis passamos com eles?

— Não — disse Marianne, em voz baixa — nem de todos os momentos dolorosos.

Elinor não deu atenção a isso e, voltando sua atenção para o visitante, se esforçou para manter com ele algo semelhante a uma conversa, falando de sua residência atual, suas conveniências, etc., e extorquindo dele perguntas e respostas ocasionais. A frieza e reserva de Edward mortificaram-na severamente; ela estava irritada e um tanto zangada, mas, resolvida a guiar seu comportamento mais pelo passado do que pelo presente, evitou qualquer aparência de ressentimento ou desgosto e o tratou como pensava que deveria ser tratado, considerando seus vínculos familiares.

Capítulo XVII

A Sra. Dashwood ficou surpresa por apenas um momento ao vê-lo, pois a vinda de Edward a Barton era, em sua opinião, uma coisa muito natural. Sua alegria e expressão de afeto foram muito maiores que seu espanto. Ele recebeu dela as boas-vindas mais amáveis, e sua timidez, frieza e reserva não resistiam a tal recepção. Começaram a desaparecer antes de ele entrar na casa e foram completamente vencidas pela maneira encantadora com a qual Sra. Dashwood o tratou. Na verdade, um homem não poderia estar apaixonado por qualquer uma de suas filhas, sem estender a paixão a ela. Elinor teve a satisfação de vê-lo agir como antes. Sua afeição por elas pareceu reanimar-se, e seu interesse pelo bem-estar das quatro se tornou perceptível. Ele não estava de bom humor, entretanto, elogiou a casa, admirou a vista, foi atencioso e gentil, mas, ainda assim, não estava de bom humor. Toda a família percebeu e a Sra. Dashwood, atribuindo o mau humor a alguma falta de generosidade de sua mãe, sentou-se à mesa indignada contra todos os pais egoístas.

— Quais são os planos da Sra. Ferrars para você no momento, Edward? — disse ela quando acabaram de jantar e se reuniram ao redor da lareira. — Você ainda precisa ser um grande orador, mesmo contra a sua vontade?

— Não. Espero que minha mãe agora esteja convencida de que não tenho nem talentos nem inclinação para a vida pública!

— Mas como ficará famoso? Pois você precisa ser famoso para satisfazer toda a sua família; e sem ser propenso à vida luxuosa, sem interesse por estranhos, sem profissão e sem futuro garantido, pode ser difícil alcançar a fama.

— Não vou tentar alcançá-la. Não desejo ser distinguido e tenho todos os motivos para esperar que nunca precise disso. Graças a Deus! Não posso ser forçado a ser genial e eloquente.

— Você não tem ambição, eu bem sei. Seus desejos são todos moderados.

— Tão moderados quanto os do resto do mundo, creio eu. Desejo o mesmo que todo mundo: ser perfeitamente feliz. Mas, assim como todo mundo, desejo que seja do meu jeito. A fama não me fará feliz.

— Estranho seria se o fizesse! — exclamou Marianne. — O que riqueza e fama têm a ver com felicidade?

— A fama tem pouco — disse Elinor — mas a riqueza tem muito a ver.

— Elinor, que vergonha! — disse Marianne. — O dinheiro só pode dar felicidade a quem não tem mais nada para que o faça feliz. Além de bem-estar, não pode proporcionar nenhuma satisfação real, no que diz respeito ao nosso íntimo.

— Talvez — disse Elinor, sorrindo — possamos chegar ao mesmo ponto. *Seu* bem-estar e *minha* riqueza são muito semelhantes, ouso dizer, e sem eles, do modo que o mundo é agora, ambas devemos concordar que não existirá nenhum tipo de conforto externo. Suas ideias são apenas mais nobres que as minhas. Diga-me, quanto acha ser o suficiente para viver com conforto?

— Cerca de mil e oitocentas a duas mil libras por ano, não mais do que *isso*.

Elinor riu.

— Duas mil libras por ano! *Mil* libras são a minha ideia de riqueza! Já imaginava como isso iria acabar.

— E ainda assim, duas mil libras por ano é uma renda muito moderada — disse Marianne. — Uma família não pode ser mantida com menos que isso. Tenho certeza de que não sou extravagante em minhas demandas. Um número adequado de empregados, uma carruagem, talvez duas, e cães de caça não podem ser sustentados com menos.

Elinor sorriu de novo ao ouvir a irmã descrevendo com tanta exatidão suas despesas futuras em Combe Magna.

— Cães de caça! — repetiu Edward. Mas por que você teria cães de caça? Nem todo mundo costuma caçar.

Marianne enrubesceu ao responder:

— Mas a maioria das pessoas caça.

— Eu gostaria — disse Margaret, iniciando um pensamento novo — que alguém nos deixasse uma grande fortuna!

— Ah, se isso acontecesse! — exclamou Marianne com os olhos brilhando de animação e as faces radiantes com o deleite daquela felicidade imaginária

— Somos todas unânimes em desejar isso, eu suponho — disse Elinor — apesar de a riqueza sozinha ser insuficiente.

— Oh céus! — exclamou Margaret. — Como eu seria feliz! Me pergunto o que seria capaz de fazer com tamanha riqueza!

Marianne parecia não ter dúvidas sobre esse ponto.

— Eu ficaria confusa se tivesse tão grande fortuna só para mim — disse a Sra. Dashwood — se minhas filhas fossem todas ricas sem minha ajuda.

— A senhora deveria começar com as melhorias no chalé — observou Elinor — e suas dificuldades logo acabariam.

— Que encomendas magníficas essa família faria em Londres em uma situação como essa! — disse Edward. — Que dia feliz seria para os livreiros, vendedores de partituras e gráficas! Você, Srta. Dashwood, faria uma encomenda geral para que lhe enviassem cada nova gravura de qualidade. Quanto a Marianne, eu conheço sua grandeza de alma, não haveria partituras suficientes em Londres para satisfazê-la. E livros! Thomson, Cowper, Scott... Ela iria comprá-los todos e de novo; compraria todos os exemplares, creio eu, para evitar que caíssem em mãos indignas, e teria todos os livros que lhe ensinassem como admirar uma velha árvore retorcida. Não é verdade, Marianne? Perdoe-me se estou sendo muito insolente. Mas queria lhe mostrar que não esqueci nossas antigas disputas.

— Eu adoro ser lembrada do passado, Edward! Seja ele melancólico ou alegre, adoro recordá-lo. E você nunca poderia me ofender falando dos velhos tempos. Você está muito certo ao supor como eu gastaria meu dinheiro; parte dele, pelo menos, seria usada para aumentar minha coleção de partituras e livros.

— E a maior parte de sua fortuna seria gasta com pensões anuais para os autores e seus herdeiros.

— Não, Edward, eu teria um emprego diferente para esse dinheiro.

— Talvez, então, você presentearia a pessoa que escrevesse a melhor defesa de sua máxima favorita, a de que ninguém pode se apaixonar mais de uma vez na vida. Presumo que sua opinião sobre esse assunto permaneça inalterada, estou certo?

— Sem dúvida. Na minha idade, as opiniões são muito firmes. Não acredito que eu veja ou ouça algo que as faça mudar.

— Marianne continua firme como sempre — disse Elinor. — Ela não mudou em nada.

— Só está um pouco mais séria do que era antes.

— Não, Edward — disse Marianne — você não precisa me censurar. Você mesmo não está muito contente.

— Como pode pensar assim? — respondeu ele com um suspiro. — A alegria nunca fez parte do *meu* caráter.

— Nem acho que seja parte de Marianne — disse Elinor. — Dificilmente diria que ela é uma menina alegre. Ela é muito séria, muito determinada em tudo que faz. Às vezes fala muito e sempre com muita animação, mas raramente é realmente alegre.

— Acredito que você esteja certa — respondeu ele. — No entanto, sempre a considerei uma menina alegre.

— Frequentemente me pego cometendo esse tipo de erro — disse Elinor. — Com uma compreensão totalmente equivocada do caráter de alguém em algum ponto; imaginando pessoas muito mais felizes ou tristes, ou inteligentes ou estúpidas do que elas realmente são. E dificilmente sei o porquê ou o motivo de o engano ter se originado. Às vezes, nos deixamos guiar pelo que as pessoas dizem de si mesmas, e muito frequentemente pelo que outras pessoas dizem delas, sem parar um pouco para deliberar e julgar.

— Mas eu pensei que era certo, Elinor — disse Marianne — se deixar guiar inteiramente pela opinião de outras pessoas. Penso que nossos julgamentos nos foram dados apenas para serem subservientes aos de nossos vizinhos. Esta sempre foi sua doutrina, eu tenho certeza.

— Não, Marianne, nunca. Minha doutrina nunca subjugou a inteligência. Tudo o que sempre tentei influenciar foi o comportamento. Você não deve confundir o que quero dizer. Sou culpada, confesso, de muitas vezes ter desejado que você tratasse nossos conhecidos em geral com mais atenção. Mas quando lhe aconselhei a adotar os sentimentos ou a submeter-se às opiniões deles em assuntos importantes?

— Você nunca foi capaz de trazer sua irmã para o seu plano de civilidade generalizada — disse Edward para Elinor. — Não ganhou nenhum terreno?

— Muito pelo contrário — respondeu Elinor, olhando expressivamente para Marianne.

— Meu julgamento — ele respondeu — está todo do seu lado nesse assunto, mas temo que minhas ações sejam muito mais parecidas com as de sua irmã. Nunca desejei ofender, mas sou tão tímido que muitas vezes pareço negligente, quando sou apenas retraído por minha falta de jeito natural. Frequentemente penso que, por natureza, estou fadado a gostar de pessoas mais simples, pois fico pouco à vontade entre nobres desconhecidos.

— Marianne não tem nenhuma timidez para desculpar qualquer desatenção dela — disse Elinor.

— Ela conhece seu próprio valor muito bem para sentir uma falsa vergonha — respondeu Edward. — Timidez é apenas o efeito de um sentimento de inferioridade em um outro sentido. Se eu pudesse me convencer de que minhas maneiras são perfeitamente naturais e graciosas, não seria tímido.

— Mas você ainda seria reservado — disse Marianne — e isso é pior.

Edward espantou-se:

— Reservado! Acha que sou reservado, Marianne?

— Sim, muito.

— Não entendo você — respondeu ele, corando. — Reservado! Como, de que maneira? O que devo dizer a você? O que você supõe?

Elinor pareceu surpresa com a emoção de Edward, mas tentando rir do assunto, disse a ele:

— Você não conhece minha irmã bem o suficiente para entender o que ela quer dizer? Você não sabe que ela chama de reservado todo mundo que não fala tão rápido quanto ela, ou que não admira o que ela admira com igual entusiasmo?

Edward não respondeu. Voltou a ficar mais sério e pensativo do que costumava ser, e durante um momento ficou ali sentado, silencioso e sombrio.

Capítulo XVIII

Elinor viu, com grande inquietação, o desânimo de seu amigo. Sua visita proporcionou-lhe apenas uma satisfação parcial, pois sua própria alegria parecia imperfeita. Era evidente que ele estava infeliz e ela gostaria que fosse igualmente evidente que ele ainda tivesse por ela a mesma afeição que antes não duvidava inspirar-lhe, mas até então a continuidade de seu afeto parecia muito incerta, e a reserva de sua conduta para com ela contradizia em um instante o que um olhar mais expressivo havia sugerido no instante anterior.

Na manhã seguinte, ele se juntou a Elinor e Marianne na sala de café da manhã, antes que os outros descessem; e Marianne, sempre ansiosa em promover a felicidade dos dois, logo os deixou sozinhos. Porém, antes de alcançar a metade da escada, ouviu a porta da sala se abrir e, virando-se, ficou surpresa ao ver que Edward saía também.

— Estou indo à cidade ver meus cavalos — disse ele — já que vocês ainda não estão prontas para o café da manhã. Estarei de volta em breve.

Edward retornou encantado com a beleza da região; em sua caminhada para a vila, vira muitas partes do vale de um ângulo mais favorável; e a própria vila, localizada em um ponto mais elevado que o chalé, proporcionava uma visão geral da região que o agradou muito. Este era um assunto que chamava a atenção de Marianne, e ela começou a descrever sua própria admiração pela paisagem e a questioná-lo mais minuciosamente sobre as coisas que mais o haviam impressionado, quando Edward a interrompeu dizendo:

— Você não deve fazer tantas perguntas, Marianne. Lembre-se de que não tenho conhecimento do que é pitoresco, e posso ofendê-la com minha ignorância e falta de gosto se chegarmos a detalhes. Poderia chamar as colinas de íngremes, em vez de chamá-las de escarpadas; poderia chamar as superfícies de estranhas e singulares, em vez de dizer que são ser irregulares e sinuosas; e poderia falar de coisas distantes que não se enxerga bem, quando deveria dizer que estão fora do alcance da vista porque se encontram em uma névoa. Você deve se satisfazer com a admiração que lhe concedo honestamente. Acho a região muito bonita, as colinas são íngremes, os bosques parecem cheios de madeira de boa qualidade, e o vale parece agradável e aconchegante, com pastagens ricas e várias fazendas bem distribuídas aqui e ali. Corresponde exatamente à minha ideia de uma excelente região, porque une beleza e utilidade, e ouso dizer que é pitoresca também, porque você a admira. Posso bem acreditar que a região é cheia de rochedos e promontórios, musgo cinzento e matas, mas tudo isso não tem significado para mim, não sei nada do pitoresco.

— Receio que seja verdade — disse Marianne. — Mas por que você se gaba disso?

— Eu suspeito — disse Elinor — que para evitar cair em algum tipo de afetação, Edward cai aqui em outro. Porque ele acredita que muitas pessoas fingem admirar mais as belezas da natureza do que realmente admiram, e como tais pretensões lhe desagradam, ele expressa mais indiferença e menos discriminação a respeito do que realmente sente. Ele é meticuloso e quer ter sua própria afetação.

— É verdade — disse Marianne — que a admiração pela paisagem se tornou um mero jargão. Todo mundo finge senti-la e tenta descrevê-la com o gosto e a elegância daquele que primeiro definiu o que era a beleza pitoresca. Detesto o jargão de todos os tipos, e às vezes guardo meus sentimentos para mim mesma, porque não consigo encontrar uma linguagem para descrevê-los que já não esteja gasta e vulgarizada, que já não tem mais qualquer sentido ou significado.

— Estou convencido — disse Edward — de que você realmente sente todo o prazer que alega sentir ao observar uma bela paisagem. Mas, em troca, sua irmã deve permitir que eu sinta nada além do que demonstro. Gosto de uma bela vista, mas não por razões pitorescas. Não gosto de árvores tortas, retorcidas ou ressecadas. Admiro-as muito mais se forem altas, retas e floridas. Não gosto de chalés em ruínas e esfarrapados. Não amo urtigas, cardos ou flores do brejo. Tenho mais prazer em uma casa de fazenda confortável do que em uma torre de vigia, e prefiro um grupo de camponeses felizes aos mais magníficos arruaceiros do mundo.

Marianne olhou com espanto para Edward e com compaixão para a irmã. Elinor apenas riu.

O assunto não foi mais adiante e Marianne permaneceu pensativa em silêncio até que um novo objeto repentinamente chamou sua atenção. Estava sentada ao lado de Edward e, quando ele pegou a xícara de chá que a Sra. Dashwood lhe oferecia, sua mão passou diante dela, deixando visível, em um de seus dedos, um anel com uma trança de cabelo no centro.

— Eu nunca vi você usar um anel antes, Edward — exclamou ela. — Esse é o cabelo de Fanny? Lembro-me de vê-la prometer-lhe um cacho. Mas achava que seus cabelos eram mais escuros.

Marianne falou, sem refletir, o que realmente sentia; mas quando percebeu o quanto Edward estava perturbado, sua própria vergonha pela falta de cautela não foi menor que a dele. Ele corou bastante e, olhando de relance para Elinor, respondeu:

— Sim, é o cabelo da minha irmã. O engaste sempre deixa uma tonalidade diferente, você sabe.

Elinor o olhou nos olhos e também parecia perturbada. Imediatamente pensou, assim como Marianne, que o cabelo era seu; a única diferença entre as duas era que Marianne acreditava que se tratava de um presente voluntariamente dado por sua irmã, e Elinor pensava que havia sido roubado sem que ela percebesse. No entanto, não estava com humor para considerar isso uma afronta, e fingiu não saber o que se passara, mudando instantaneamente de assunto. Elinor decidiu aproveitar qualquer oportunidade para observar o cabelo e se convencer, sem sombra de dúvida, que era mesmo dela.

O constrangimento de Edward durou algum tempo e terminou levando-o a um estado de abstração ainda mais evidente. Esteve particularmente sério durante toda a manhã. Marianne censurou-se severamente pelo que havia dito, mas teria se perdoado muito mais rápido se soubesse o quão pouco ofendida havia ficado sua irmã.

Antes do meio do dia receberam a visita de Sir John e da Sra. Jennings que, ao ouvirem sobre a chegada de um cavalheiro ao chalé, foram inspecionar o hóspede. Com a ajuda de sua sogra, Sir John não demorou a descobrir que o nome do Sr. Ferrars começava com F, e isso já seria motivo de diversas zombarias contra a devotada Elinor, que nada a não ser seu recente conhecimento do hóspede evitou que começasse imediatamente. Mas ela percebeu, por alguns olhares muito significativos, o quanto a perspicácia deles foi longe, baseada nas instruções de Margaret.

Sir John nunca visitava as Dashwoods sem convidá-las para jantar em Barton Park no dia seguinte ou para tomar chá naquela mesma tarde. Na ocasião, para melhor entreter o visitante, desejou convidá-los para ambos.

— Vocês *devem* tomar chá conosco esta noite — disse ele — pois estaremos totalmente sozinhos; e amanhã vocês devem obrigatoriamente jantar conosco, pois daremos uma grande festa.

A Sra. Jennings reforçou a necessidade, dizendo:

— E quem sabe não organizam um baile? E isso lhe será uma tentação, Srta. Marianne.

— Um baile! — exclamou Marianne. — Impossível! Quem vai dançar?

— Quem? Vocês, as Careys e as Whitakers. Como assim? Você pensou que ninguém poderia dançar porque uma certa pessoa, que não devemos dizer o nome, não está presente?

— Desejava com toda a minha alma — exclamou Sir John — que Willoughby estivesse novamente entre nós.

Isso e o rubor de Marianne deram novas suspeitas a Edward.

— E quem é Willoughby? — perguntou ele em voz baixa a Sra. Dashwood, que estava sentada ao seu lado.

Ela lhe deu uma resposta breve. O semblante de Marianne era muito mais comunicativo. Edward viu o suficiente para compreender não apenas o significado do que os outros diziam, mas também as expressões de Marianne que o confundiram antes. E quando os visitantes os deixaram, imediatamente se dirigiu a ela, e com um sussurro, disse:

— Estive imaginando algo. Devo contar-lhe meu palpite?

— O que você quer dizer?

— Devo contar?

— Certamente.

— Bem, então, eu acho que o Sr. Willoughby caça.

Marianne ficou surpresa e confusa, mas não pôde deixar de sorrir com a sutileza de suas maneiras e, após um momento de silêncio, disse:

— Ah, Edward! Como pode fazer isso? Mas o dia chegará, espero... Tenho certeza que você vai gostar dele.

— Não tenho dúvidas — respondeu ele, bastante surpreso com a seriedade e intensidade dela, pois se não tivesse imaginado que era uma piada para a diversão de todos os conhecidos, fundada apenas em algo que ela poderia ter ou não com Sr. Willoughby, ele não teria coragem de mencioná-lo.

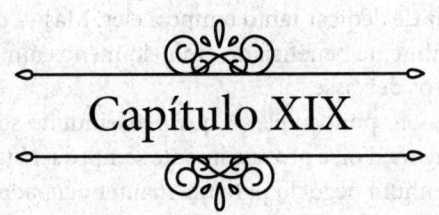

Capítulo XIX

Edward permaneceu uma semana no chalé. A Sra. Dashwood insistiu para que ele ficasse mais tempo, mas, como se estivesse inclinado apenas para a autopunição, decidiu partir no auge da diversão entre os amigos. Seu ânimo durante os últimos dois ou três dias, embora ainda muito instável, melhorou bastante. A cada dia, sua afeição pela casa e seus arredores crescia. Nunca falava de sua partida sem um suspiro; declarou que tinha tempo, inclusive não estava certo de seu destino depois que as deixasse. Mas ainda assim, precisava partir. Nunca uma semana passou tão rápido, e ele mal podia acreditar que ela tinha acabado. Disse isso repetidamente; disse outras coisas também, algumas que demonstravam a mudança de seus sentimentos e outras que contrariavam suas ações. Não tinha prazer em Norland, detestava Londres; mas precisava escolher um dos dois lugares para ir.

Valorizava-lhes a bondade acima de qualquer coisa, e sua maior felicidade fora estar com elas. No entanto, precisava deixá-las até o final da semana, ainda que contrariando o desejo de todos e sem ter uma definição quanto ao tempo.

Elinor designou essa forma estranha de agir à influência da mãe dele, e ficou feliz por não conhecê-la, uma vez que, assim, poderia culpá-la por qualquer comportamento estranho do filho. Embora desapontada e chateada, e às vezes desagradada com o comportamento incerto do rapaz para com ela, estava muito bem disposta a considerar suas ações com todas as mais sinceras concessões e generosas qualificações que, em relação à Willoughby, lhe haviam sido arrancadas de maneira mais trabalhosa pela Sra. Dashwood. O fato de Edward não ter ânimo, não ser franco ou incoerente era geralmente atribuído à sua falta de independência e ao seu conhecimento dos planos e dos desígnios da Sra. Ferrars. A brevidade de sua visita e a firmeza de seu propósito em deixá-las originaram-se na mesma inclinação contida, na mesma necessidade inevitável de desacatar os desejos da mãe. A velha e bem conhecida disputa do dever contra o desejo, pais contra filhos, era a razão de tudo. Elinor desejava saber quando essas dificuldades cessariam, quando essa oposição acabaria, quando a Sra. Ferrars mudaria de opinião e seu filho teria liberdade para ser feliz. Mas, de tais desejos vãos, ela foi forçada a recorrer, em busca de conforto, à renovação de sua confiança na afeição de Edward, à lembrança de cada sinal de consideração em seus olhares ou palavras quando estavam em Barton e, acima de tudo, àquela prova lisonjeira que ele constantemente usava em torno de seu dedo.

— Eu acho, Edward — disse a Sra. Dashwood, enquanto eles tomavam café na última manhã — que você seria um homem mais feliz se tivesse alguma profissão para dedicar seu tempo. Poderia ser um inconveniente para seus amigos, de fato, já que não seria capaz de dedicar tanto tempo a eles. Mas — disse com um sorriso — você seria materialmente beneficiado em pelo menos um aspecto, pois saberia para onde ir quando os deixasse.

— Asseguro-lhe — respondeu ele — que pensei muito sobre o assunto, assim como a senhora faz agora. Foi, e provavelmente sempre será um grande infortúnio para mim, não ter nenhum negócio para me manter ocupado, nenhuma profissão que me desse emprego ou me garantisse algo parecido com uma independência. Mas, infelizmente, meu próprio refinamento e o de meus amigos fez de mim um homem inútil e incapaz. Nunca concordamos na escolha de uma profissão. Eu sempre preferi a igreja, e ainda prefiro. Mas, para a minha família, não é uma profissão apropriada. Eles sugeriram a carreira militar. Mas é elegante demais para mim. Concordavam que o direito era uma carreira muito requintada; muitos jovens que possuem gabinetes na Câmara dos Comuns foram muito bem recepcionados nos círculos mais importantes, e passeiam pela cidade em carruagens muito elegantes. Mas não tenho nenhum talento para o direito, mesmo nos estudos menos complexos, como minha família queria. A marinha tem seu encanto, mas eu já era muito velho quando surgiu a ideia, e, já que eu não tinha necessidade de ter uma profissão, finalmente decidiram que o ócio era a melhor opção. Ademais, um jovem de dezoito anos não é, em geral, tão decidido a se ocupar a ponto de resistir aos pedidos de seus amigos para não fazer nada. Então, ingressei em Oxford e tenho estado em total ócio desde então.

— A consequência disso, suponho — disse a Sra. Dashwood — será que, uma vez que o ócio não lhe trouxe felicidade, seus filhos serão criados com tantas atividades, empregos, profissões e negócios quanto os de Columella.

— Eles serão criados — disse ele em tom sério — para serem tão diferentes de mim quanto possível. No sentimento, na ação, na condição, em todas as coisas.

— Ora, tudo isso é apenas uma consequência de sua falta de ânimo, Edward. Você está com um humor melancólico e imagina que qualquer pessoa diferente de você deve ser feliz. Mas lembre-se de que a dor de se separar de amigos será sentida por todos, seja qual for sua educação ou condição. Conheça a sua própria felicidade. Você só precisa ter paciência, ou para dar um nome mais atrativo, precisa ter esperança. Com o tempo, sua mãe garantirá a você a independência pela qual tanto anseia. É o dever dela, e sempre será, impedir que sua juventude se perca em desgostos. E isso, alguns meses não poderão fazer.

— Eu acho — respondeu Edward — que será preciso muitos meses para que algo de bom aconteça comigo.

Este desânimo, embora não pudesse ser comunicado à Sra. Dashwood, aumentou em todos a dor pela partida de Edward, que ocorreu em breve, e deixou uma sensação desconfortável, especialmente nos sentimentos de Elinor, que precisou de tempo e ocupação para vencê-la. Mas como estava determinada a superar esses sentimentos e não aparentar sofrer mais do que o resto de sua família com a partida dele, ela não agiu como Marianne em uma ocasião semelhante, que, para aumentar e demonstrar sua tristeza, buscou o silêncio, a solidão e a ociosidade. Seus meios eram tão diferentes quanto seus objetivos, adequados e para a promoção de ambos.

Elinor sentou-se à mesa de desenho assim que Edward deixou a casa, e ocupou-se o dia todo; não procurou nem evitou mencionar seu nome. Parecia interessar-se igual sempre pelas preocupações gerais da família, e se, com esta conduta, não diminuiu sua dor, pelo menos impediu que ela aumentasse, e poupou sua mãe e suas irmãs de muitas preocupações com ela.

Esse comportamento, exatamente o oposto do dela, não pareceu mais meritório para Marianne do que o seu parecera problemático para Elinor. O assunto do autocontrole ela resolveu com muita facilidade: se com sentimentos fortes era impossível, não tinha mérito com sentimentos fracos. Que os sentimentos de sua irmã eram calmos, ela não ousava negar, embora corasse ao reconhecer; e da força de seus próprios sentimentos deu uma prova muito contundente, amando e respeitando aquela irmã apesar desta convicção humilhante.

Sem se fechar para a família, nem sair de casa sozinha para evitar a companhia das outras, ou passar a noite inteira acordada meditando, Elinor descobriu que todos os dias lhe davam tempo para pensar em Edward, no seu comportamento, em todas as possíveis maneiras que o seu estado de espírito poderia produzir: com ternura, pena, aprovação, censura ou dúvida. Havia momentos em que, se não pela ausência de sua mãe e irmãs, pelo menos pela natureza de suas tarefas, a conversa era impossível entre elas, e todos os efeitos da solidão eram sentidos. Sua mente inevitavelmente libertava-se, e seus pensamentos não poderiam ser prender-se a mais nada, e o passado e o futuro, relacionados a um assunto tão interessante, apareciam diante dela, prendendo sua atenção, absorvendo sua memória, sua reflexão e sua imaginação.

Certa manhã, logo após Edward partir, Elinor estava sentada à mesa de desenho quando foi despertada de um desses devaneios pela chegada de uma visita. Ela estava completamente sozinha. O fechamento do pequeno portão, na entrada do jardim em frente à casa, atraiu seus olhos para a janela, e ela viu um grande grupo caminhando até a porta. Entre eles estavam Sir John e Lady Middleton e a Sra. Jennings, mas havia dois outros, um cavalheiro e uma senhora, que eram totalmente desconhecidos para ela. Estava sentada perto da janela e, assim que Sir John a viu, afastou-se do resto do grupo, deixando-os cerimoniosamente bater à porta, e caminhou pelo gramado, obrigando-a a abrir a janela para falar com ele a sós; como o espaço entre a porta e a janela era muito pequeno, não era possível falar em uma delas sem ser ouvido na outra.

— Bem — disse ele — trouxemos para você dois estranhos. O que acha deles?

— Shh! Eles podem escutá-lo.

— Não se preocupe se eles ouvirem. São apenas os Palmers. Charlotte é muito bonita, posso dizer-lhe. Você pode vê-la se olhar nessa direção.

Como Elinor tinha certeza de que a veria em alguns minutos, sem precisar tomar essa liberdade, se desculpou por não o fazer.

— Onde está Marianne? Será que fugiu quando nos viu chegar? Vejo que o piano está aberto.

— Está passeando, eu acho.

Nesse instante, a Sra. Jennings juntou-se a eles, porque não teve paciência o suficiente para esperar que Elinor abrisse a porta para contar-lhe *sua* história. Veio até a janela falando aos gritos:

— Como vai você, minha querida? Como vai a Sra. Dashwood? E onde estão suas irmãs? O quê! Está sozinha? Você ficará feliz com companhia. Trouxe meu outro filho e minha filha para você conhecê-los. Chegaram tão de repente! Pensei ter ouvido uma carruagem ontem à noite, enquanto bebíamos nosso chá, mas nunca me passou pela cabeça que poderiam ser eles. Não pensei em nada, exceto se não seria o Coronel Brandon voltando, então disse a Sir John que tinha ouvido uma carruagem, e que talvez fosse o Coronel Brandon voltando.

Elinor foi obrigada a se afastar dela, no meio de sua história, para receber o resto das pessoas. Lady Middleton apresentou os dois desconhecidos. A Sra.

Dashwood e Margaret desceram as escadas nesse momento, e todos começaram a olhar entre si, enquanto a Sra. Jennings continuava sua história ao caminhar pelo corredor da sala de estar, acompanhada por Sir John.

A Sra. Palmer era vários anos mais nova que Lady Middleton e totalmente diferente dela em todos os aspectos. Ela era baixa e rechonchuda, tinha um rosto muito bonito e a maior expressão de bom humor que poderia haver. Suas maneiras não eram tão elegantes quanto as de sua irmã, mas eram muito mais agradáveis. Chegou com um sorriso e sorriu durante toda a sua visita, exceto quando gargalhava. Seu marido era um jovem de aparência séria, de vinte e cinco ou vinte e seis anos, com um ar mais elegante e sensato do que o da esposa, mas menos preocupado em agradar ou ser agradado. Ele entrou na sala com um olhar de autossuficiência, se curvou ligeiramente para cumprimentar as damas, sem dizer uma palavra, e, após examinar brevemente as Dashwoods e os aposentos, pegou um jornal da mesa e permaneceu lendo-o durante toda a visita.

A Sra. Palmer, pelo contrário, a quem a natureza havia dotado de grande disposição para ser invariavelmente cortês e feliz, mal se sentou e já começou a demonstrar sua admiração pela sala e tudo que havia nela.

— Que cômodo lindo este! Nunca vi nada tão charmoso! Veja só, mamãe, como melhorou desde a última vez que estive aqui! Sempre achei um lugar tão lindo, senhora! — disse voltando-se para a Sra. Dashwood — você o tornou ainda mais charmoso! Veja só, irmã, como tudo é adorável! Como eu gostaria de ter uma casa dessas para mim! Você não gostaria deveria, Sr. Palmer?

O Sr. Palmer não respondeu e nem mesmo ergueu os olhos do jornal.

— O Sr. Palmer não me ouve — disse ela rindo — ele nunca me ouve. É tão ridículo!

Esta foi uma ideia bastante nova para a Sra. Dashwood, que não estava acostumada a achar graça na desatenção de ninguém e não pôde deixar de olhar com surpresa para os dois.

A Sra. Jennings, contudo, continuava falando o mais alto que podia e prosseguiu com seu relato sobre a surpresa que tiveram, na noite anterior, ao ver seus amigos — e não parou até que tudo fosse contado. A Sra. Palmer riu muito com a lembrança de seu espanto e todos concordaram, duas ou três vezes, que tinha sido uma surpresa bastante agradável.

— Você pode imaginar como todos nós ficamos contentes em vê-los — acrescentou a Sra. Jennings, inclinando-se para Elinor e falando em voz baixa como se não quisesse ser ouvida por mais ninguém, embora estivessem sentadas em lados opostos da sala — mas não posso deixar de desejar que eles não tivessem viajado tão rápido, nem feito uma viagem tão longa, pois deram uma volta para chegar a Londres por conta de alguns negócios, pois, você sabe — disse acenando significativamente com a cabeça e apontando para a filha — é muito inconveniente viajar na situação dela. Eu queria que ela ficasse em casa e descansasse esta manhã, mas ela insistiu em vir conosco, queria muito conhecer todas vocês!

A Sra. Palmer riu e disse que não faria mal algum.

— Ela espera dar à luz em fevereiro — continuou a Sra. Jennings.

Lady Middleton não pôde mais suportar tal conversa e, portanto, tratou de perguntar ao Sr. Palmer se havia alguma notícia no jornal.

— Não, absolutamente nada — respondeu ele, e continuou a ler.

— Lá vem Marianne — gritou Sir John. — Agora, Palmer, você verá uma menina terrivelmente bonita.

Ele se dirigiu imediatamente para o corredor, abriu a porta da frente e a acompanhou até a sala. A Sra. Jennings perguntou-lhe, assim que ela apareceu, se ela estivera em Allenham, e a Sra. Palmer gargalhou com a pergunta, o que mostrava que ela sabia da história. O Sr. Palmer ergueu os olhos quando ela entrou na sala, olhou-a por alguns minutos e depois voltou ao jornal. Os olhos da Sra. Palmer então foram atraídos pelos desenhos pendurados na parede da sala. Ela se levantou para examiná-los.

— Oh, Deus! Como são lindos! Como são encantadores! Veja, mamãe, que belos! Declaro que eles são muito charmosos, eu poderia olhá-los para sempre.

E, sentando-se novamente, logo se esqueceu de que havia tais coisas na sala.

Quando Lady Middleton se levantou para ir embora, o Sr. Palmer também se levantou, largou o jornal, espreguiçou-se e olhou para todos ao seu redor.

— Meu amor, você dormiu? — disse sua esposa, rindo.

Ele não respondeu, apenas observou, depois de examinar novamente a sala, que o teto era muito baixo e que estava torto. Então fez sua reverência e partiu com os demais.

Sir John insistira muito para que todos passassem o dia seguinte em Barton Park. A Sra. Dashwood, que optou por não jantar com eles mais vezes do que eles jantavam no chalé, recusou absolutamente o convite, mas deixou que suas filhas aceitassem, se quisessem. Mas elas não tinham curiosidade de ver como o Sr. e a Sra. Palmer comiam o jantar, e não viam nenhuma expectativa de prazer em jantar com eles. Tentaram, portanto, se desculpar também: o tempo estava incerto e provavelmente não melhoraria. Mas Sir John não ficou satisfeito e avisou que a carruagem seria enviada para buscá-las e elas deveriam ir. Lady Middleton também, embora não pressionasse a mãe, pressionava-as. A Sra. Jennings e a Sra. Palmer se juntaram a suas súplicas, todas parecendo igualmente ansiosas para evitar uma reunião de família, e as jovens foram obrigadas a ceder.

— Por que eles precisavam nos convidar? — disse Marianne, assim que eles foram embora. — Dizem que o aluguel desta casa é baixo, mas as condições são muito duras, se precisamos jantar em Barton Park sempre que alguém está hospedado com eles ou conosco.

— Eles não querem ser menos corteses e gentis conosco agora — disse Elinor — com esses convites frequentes, do que quando chegamos, há algumas semanas. A culpa não é deles se suas festas estão ficando tediosas e enfadonhas para nós. Devemos procurar essa mudança em outro lugar.

Capítulo XX

Quando as Dashwoods entraram pela porta da sala de estar de Barton Park no dia seguinte, a Sra. Palmer entrou correndo pela outra, parecendo tão bem-humorada e alegre como antes. Tomou-as afetuosamente pelas mãos e expressou grande satisfação em vê-las novamente.

— Estou tão feliz em ver você! — disse ela, sentando-se entre Elinor e Marianne. — Está um dia tão feio que tive medo de que não viessem, o que seria horrível, já que partiremos amanhã. Devemos ir, pois os Westons chegam na nossa casa na próxima semana, vocês sabem. Foi uma decisão muito repentina nossa vinda, e eu não sabia de nada até que a carruagem chegou à porta, e então o Sr. Palmer me perguntou se eu poderia ir com ele a Barton. Ele é muito engraçado! Nunca me diz nada! Lamento muito não podermos ficar mais, mas nos encontraremos novamente em Londres muito em breve, eu espero.

Elas foram obrigados a acabar com essa expectativa.

— Não vão a Londres! — exclamou a Sra. Palmer com uma risada. — Ficarei muito desapontada se não forem. Eu poderia conseguir a casa mais bonita do mundo para vocês, ao lado da nossa, Hanover Square. Vocês precisam ir, de fato. Ficarei muito feliz em acompanhá-las em qualquer momento, se a Sra. Dashwood não quiser sair em público.

Elas agradeceram, mas foram obrigadas a resistir a todas as suas súplicas.

— Ah, meu amor — gritou a Sra. Palmer para o marido, que só então entrou na sala — você deve me ajudar a persuadir as Dashwoods a irem a Londres neste inverno.

Seu amor não respondeu e, depois de se curvar ligeiramente para as senhoras, começou a reclamar do tempo.

— Como tudo isso é horrível! — disse ele. — Esse clima torna todas as coisas e todas as pessoas desagradáveis. Com a chuva, o aborrecimento invade todos os cantos, tanto fora quanto dentro de casa. Faz com que detestemos todos os que conhecemos. Por que diabos Sir John não tem uma sala de bilhar em sua casa? Poucas pessoas sabem o que é conforto! Sir John é tão estúpido quanto o tempo.

O resto do grupo logo apareceu.

— Receio, Srta. Marianne — disse Sir John — que você não tenha podido fazer sua caminhada habitual até Allenham hoje.

Marianne ficou muito séria e não disse nada.

— Oh, não seja tão dissimulada conosco — disse a Sra. Palmer — pois sabemos tudo sobre isso, asseguro-lhe; e admiro muito o seu gosto, pois considero Willoughby extremamente bonito. Não moramos muito longe dele, você sabe. Não mais que dezesseis quilômetros, ouso dizer.

— Muito mais, cerca de cinquenta quilômetros — disse o marido.
— Ah, bem! Não há muita diferença. Eu nunca estive na casa dele, mas dizem que é um lugar lindo.
— O local mais detestável que já vi em minha vida — disse o Sr. Palmer.

Marianne permaneceu em silêncio absoluto, embora seu semblante traísse seu interesse pelo que foi dito.
— É muito feio? — continuou a Sra. Palmer. — Então deve ser algum outro lugar que é tão lindo, suponho.

Quando se sentaram na sala de jantar, Sir John observou com pesar que eram apenas oito pessoas.
— Minha querida — disse ele à esposa — é muito desagradável que sejamos tão poucos. Por que você não convidou os Gilbert para jantar conosco hoje?
— Eu não lhe disse, Sir John, quando você falou comigo sobre isso antes, que era impossível? Eles jantaram conosco por último.
— Você e eu, Sir John — disse a Sra. Jennings — não teríamos tal cerimônia.
— Então você seria muito mal educada — exclamou o Sr. Palmer.
— Meu amor, você contradiz todos — disse sua esposa com sua risada habitual. — Sabe que isso é um pouco rude?
— Eu não sabia que estava contradizendo alguém ao chamar sua mãe de mal-educada.
— Ah, você pode me maltratar como quiser — disse a Sra. Jennings bem-humorada. — Tirou Charlotte das minhas mãos e não pode devolvê-la. Por isso levo vantagem em cima de você.

Charlotte riu muito ao pensar que seu marido não podia se livrar dela e disse exultante que não se importava com o quanto ele a irritava, já que tinham que viver juntos. Era impossível que alguém fosse mais bem-humorado ou mais determinado a ser feliz do que a Sra. Palmer. A estudada indiferença, insolência e descontentamento de seu marido não lhe causavam dor, e ela parecia se divertir muito quando ele a repreendia ou a tratava mal.
— O Sr. Palmer é tão engraçado! — disse ela em um sussurro para Elinor. — Ele está sempre de mau humor.

Elinor não estava inclinada, depois de uma curta observação, a crer que ele fosse tão natural e genuinamente mal-humorado ou mal-educado como desejava parecer. Seu temperamento poderia ficar um pouco azedo por descobrir, como muitos outros homens, que apesar de sua beleza enigmática, ele era o marido de uma mulher muito tola... Mas sabia que esse tipo de erro era comum demais para qualquer homem sensato se sentir afetado por muito tempo. Era mais um desejo de distinção, ela acreditava, que produzia seu tratamento desdenhoso com todas as pessoas, e seu desdém generalizado por tudo o que estivesse à sua frente. Era o desejo de parecer superior às outras pessoas. O motivo era muito comum para ser questionado, mas os meios, por mais que pudessem ter sucesso ao estabelecer sua superioridade pela falta de educação, não atraíam ninguém, exceto sua esposa.

— Oh, minha querida Srta. Dashwood — disse a Sra. Palmer logo depois — tenho um grande favor para pedir a você e sua irmã. Vocês podem passar algum tempo em Cleveland neste Natal? Por favor, aceitem, e venham enquanto os Weston estão conosco. Vocês não podem imaginar como ficarei feliz! Será muito agradável! Meu amor — disse, voltando-se para o marido — você não adoraria receber as Dashwoods em Cleveland?

— Certamente — respondeu ele com um sorriso sarcástico — vim para Devonshire por esse único intuito.

— Pronto — disse a Sra. Palmer — como podem ver, o Sr. Palmer espera por vocês, então não podem recusar.

Ambas recusaram avidamente o convite.

— Mas vocês devem e precisam ir. Tenho certeza de que vão gostar de tudo. Os Westons estarão conosco, e será muito agradável. Vocês não podem imaginar como Cleveland é um lugar delicioso, onde nos divertimos muito, pois o Sr. Palmer está sempre viajando pelo interior, fazendo campanha eleitoral, e tantas pessoas jantam conosco, como eu nunca vira antes, é encantador! Mas coitado! É muito cansativo para ele! Pois é forçado a fazer com que todos o adorem.

Elinor mal conseguia manter o semblante sério, ao concordar com as dificuldades de tal obrigação.

— Como será encantador — disse Charlotte — quando ele estiver no Parlamento! Não é? Como vou rir! Será tão ridículo ver todas as cartas endereçadas a ele com os escritos "Membro do Parlamento". Mas, vocês sabiam que ele disse que nunca franqueará as minhas cartas? Não é verdade, Sr. Palmer?

O Sr. Palmer não deu atenção a ela.

— Ele não suporta escrever, você sabe — continuou ela — diz que é bastante desagradável.

— Não — disse ele — nunca disse algo tão irracional. Não jogue todos os seus abusos contra a língua sobre mim.

— Aí está, veja como ele é engraçado. Este é sempre o jeito dele! Às vezes passa a metade do dia sem falar comigo, e então diz algo muito engraçado sobre qualquer assunto.

Elinor foi surpreendida quando elas voltaram para a sala e a Sra. Palmer perguntou se ela não gostava muito do Sr. Palmer.

— Certamente — disse Elinor — ele parece ser muito agradável.

— Bem, fico muito feliz em saber disso. Sabia que você gostava dele, ele é tão agradável, e garanto-lhe que o Sr. Palmer gosta muito de você e de suas irmãs, e você não imagina como ele ficará desapontado se vocês não forem para Cleveland. Não consigo imaginar porque se recusam a ir.

Elinor foi novamente obrigada a recusar o convite e, mudando de assunto, acabou com suas insistências. Pensava ser provável que, por viverem na mesma região, a Sra. Palmer poderia ser capaz de dar referências mais detalhadas sobre o caráter de Willoughby do que as que poderiam deduzir do conhecimento parcial dos Middletons sobre ele, e ela estava ansiosa para obter de qualquer um a confirmação dos méritos do jovem, bem como eliminar toda possibilidade de medo por Marianne. Começou perguntando se eles viam muito o Sr. Willoughby em Cleveland e se o conheciam intimamente.

— Oh, querida, sim. Eu o conheço extremamente bem — respondeu a Sra. Palmer. — Não que já tenha conversado com ele, mas sempre o vejo na cidade. Por algum motivo, nunca aconteceu de eu ficar em Barton enquanto ele estava em Allenham. Mamãe o viu aqui uma vez, mas eu estava com meu tio em Weymouth. No entanto, atrevo-me a dizer que o teria encontrado muitas vezes em Somersetshire, se não tivéssemos a infelicidade de nunca nos encontrarmos. Acredito que ele fica pouco tempo em Combe, mas não creio que o Sr. Palmer o visitaria se ele ficasse mais por lá, pois deve saber que o Sr. Willoughby é da oposição, e, além disso, fica muito distante. Sei bem porque você pergunta sobre ele. Sua irmã vai se casar com Willoughby, e fico extremamente feliz com isso, pois então a terei como vizinha.

— Dou-lhe minha palavra — respondeu Elinor — de que você sabe mais do assunto do que eu, se tiver alguma razão para esperar tal casamento.

— Não tente negar, você bem sabe que todo mundo fala sobre isso. Garanto-lhe que ouvi alguém comentar durante meu passeio pela cidade.

— Minha querida Sra. Palmer!

— Juro pela minha honra que ouvi. Encontrei com o Coronel Brandon na segunda-feira de manhã, na Bond Street, pouco antes de partirmos, e ele me contou pessoalmente.

— Você me surpreende muito. O Coronel Brandon contou-lhe isso! Certamente você deve estar enganada. Dar uma informação dessas a alguém que pode não estar interessada nela, ainda que fosse verdade, não é algo que eu esperaria que o Coronel Brandon fizesse.

— Mas garanto que foi assim, e lhe contarei como aconteceu. Quando o encontramos, ele voltou e caminhou conosco; então começamos a falar de minha irmã e meu cunhado, e de uma coisa e outra, e eu disse a ele: "Então, Coronel, fiquei sabendo que uma nova família está morando no chalé de Barton, e mamãe me disse que são muito bonitas e que uma delas vai se casar com o Sr. Willoughby de Combe Magna. É verdade? Pois é claro que você deve saber, já que esteve em Devonshire recentemente."

— E o que o Coronel disse?

— Oh, ele não disse muito, mas parecia saber que era verdade, então a partir daquele momento dei a coisa como certa. Será incrível! Quando se casarão?

— O Sr. Brandon estava muito bem, espero.

— Oh, sim, muito bem! E tão cheio de elogios, ele não fez nada além de dizer coisas boas sobre você.

— Fico lisonjeada. Ele parece um homem excelente, e o considero incomumente agradável.

— Eu também. É um homem muito charmoso, é uma pena que seja tão sério e tão monótono. Mamãe diz que *ele* também estava apaixonado pela sua irmã. Garanto que seria um grande elogio se ele estivesse, pois ele dificilmente se apaixona por alguém.

— O Sr. Willoughby é muito conhecido na região de Somersetshire? — perguntou Elinor.

— Oh! Sim, muito conhecido. Quer dizer, não acho que muitas pessoas o conheçam, porque Combe Magna fica muito longe, mas todos o consideram extremamente agradável, asseguro-lhe. Ninguém é mais querido do que o Sr. Willoughby, onde quer que ele vá, e pode dizer isso à sua irmã. Ela é uma moça imensamente sortuda por tê-lo conquistado, palavra de honra. Mas ele é ainda mais sortudo por conquistá-la, pois ela é muito bonita e adorável. No entanto, não acho que ela seja mais bonita do que você, Elinor, nunca! E o Sr. Palmer também pensa assim, asseguro-lhe, apesar de não ter admitido ontem à noite.

As informações da Sra. Palmer a respeito de Willoughby não eram muito relevantes, mas qualquer testemunho a seu favor, por menor que fosse, agradava Elinor.

— Estou tão feliz que finalmente nos conhecemos — continuou Charlotte. — E agora espero que sejamos sempre grandes amigas. Você não pode imaginar o quanto queria conhecê-la! É tão maravilhoso que more em um chalé! Nada se compara, com certeza! E estou muito feliz porque sua irmã vai se casar bem! Espero que você passe um ótimo tempo em Combe Magna. É um lugar adorável, sob todos os pontos de vista.

— Você conhece o Coronel Brandon há muito tempo, não é?

— Sim, muito tempo. Desde que minha irmã se casou. Ele era um amigo particular de Sir John. Eu acredito — acrescentou ela em voz baixa — que ele teria ficado muito feliz de se casar comigo, se pudesse. Sir John e Lady Middleton também queriam muito. Mas mamãe não achou que o casamento fosse bom o suficiente para mim. Caso contrário, Sir John teria mencionado ao Coronel, e teríamos nos casado imediatamente.

— O Coronel Brandon sabia do pedido de casamento de Sir John à sua mãe antes que ele fosse feito? Alguma vez ele manifestou seu afeto para você?

— Oh, não! Mas se mamãe não tivesse feito objeções, atrevo-me a dizer que ele teria adorado. Ele não tinha me visto mais de duas vezes, pois foi antes de eu deixar a escola. No entanto, sou muito mais como sou. O Sr. Palmer é o tipo de homem que gosto.

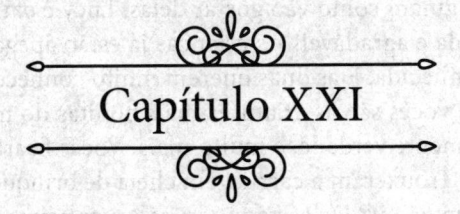

Capítulo XXI

Os Palmers voltaram para Cleveland no dia seguinte, e as duas famílias de Barton voltaram a entreter uma à outra. Mas isso não durou muito; Elinor mal conseguira tirar os últimos visitantes da cabeça e o zelo ativo de Sir John e da Sra. Jennings pela causa da sociedade já oferecia a ela um novo grupo de conhecidos para ver e observar.

Em um passeio matinal a Exeter, se encontraram com duas jovens que a Sra. Jennings teve a satisfação de descobrir que eram suas parentes, e isso foi o suficiente para Sir John convidá-las a visitar Barton Park, assim que acabasse os compromissos que tinham em Exeter, que foram imediatamente cancelados ante tal convite, e Lady Middleton ficou bastante surpresa quando Sir John retornou à casa e a avisou o que muito em breve receberiam a visita de duas moças que nunca tinha visto na vida, e de cuja elegância ou mesmo tolerável nobreza não tinha nenhuma prova, pois as garantias de seu marido e mãe não lhe serviam de nada. O fato de serem parentes tornava tudo pior, e as tentativas da Sra. Jennings de consolar a filha foram ainda mais infelizes, quando a aconselhou a não se importar com o fato de não serem elegantes, já que eram primas e deviam conviver em harmonia. Contudo, como agora era impossível evitar que viessem, Lady Middleton resignou-se à ideia da visita com toda a filosofia de uma mulher bem-educada, contentando-se apenas em repreender gentilmente o marido cinco ou seis vezes por dia.

As jovens chegaram, e sua aparência não era de forma alguma pouco refinada ou fora de moda. Suas roupas eram muito elegantes, suas maneiras muito educadas, estavam encantadas com a casa e maravilhadas com a mobília, e gostavam tanto de crianças que Lady Middleton as aprovou menos de uma hora depois de sua chegada. Declarou que eram jovens muito agradáveis, o que para ela significava uma entusiasmada admiração. A confiança de Sir John em seu próprio julgamento aumentou com elogios tão animados, e ele partiu diretamente para o chalé para contar às Dashwoods sobre a chegada das Steeles, e para assegurar-lhes de que eram as moças mais doces do mundo. Diante de tal elogio, no entanto, não havia muito a ser descoberto; Elinor sabia muito bem que as moças mais doces do mundo podiam ser encontradas em todas as partes da Inglaterra, sob todas as variações possíveis de forma, rosto, temperamento e inteligência. Sir John queria que toda a família fosse até Barton Park conhecer suas convidadas. Que homem benevolente e filantrópico! Era difícil para ele manter uma prima de terceiro grau só para si.

— Venham agora — disse ele — por favor, venham! Vocês devem vir! Precisam vir! Não imaginam como vão gostar delas. Lucy é extremamente bonita, e tão bem-humorada e agradável! As crianças já estão apegadas a ela, como se fosse uma velha conhecida. E as duas querem muito conhecer vocês, pois ouviram em Exeter que vocês são as criaturas mais bonitas do mundo; e eu disse a elas que é absolutamente verdade, e muito mais. Vocês ficarão encantadas com elas, tenho certeza. Trouxeram a carruagem cheia de brinquedos para as crianças. Como poderiam não ir? De certo modo, são suas primas. *Vocês* são minhas primas, e elas são primas da minha esposa, então vocês têm algum parentesco.

Mas Sir John não conseguiu persuadi-las. Só conseguiu obter a promessa de que visitariam Barton Park em dois ou três dias, e então as deixou, espantado com a indiferença das Dashwoods, para voltar para casa e lá relatar novamente suas qualidades para as Steeles, assim como havia elogiado as Steeles para elas.

Quando fizeram a visita prometida a Barton Park e foram apresentadas às moças, Elinor e Marianne não encontraram na aparência da mais velha, que tinha quase trinta anos e um rosto muito normal e sem vida, nada para admirar. Já na outra, que não tinha mais de vinte e dois ou vinte e três anos, reconheceram uma beleza considerável; seus traços eram bonitos, tinha um olhar vivo e penetrante e um jeito inteligente que, embora não lhe conferisse verdadeira elegância ou graça, dava distinção à sua pessoa. Suas maneiras eram particularmente corteses, e Elinor teve que reconhecer que as duas possuíam algum bom senso, quando viu a atenção constante e criteriosa que davam à Lady Middleton. Com as crianças, estavam sempre maravilhadas, exaltando sua beleza, cortejando sua atenção e satisfazendo seus caprichos. E o tempo que lhes restava das demandas importunas da educação, gastaram admirando o que quer que Lady Middleton estivesse fazendo. Lady Middleton aceitava sem a menor surpresa ou desconfiança as demonstrações exageradas de afeto e paciência que as Steeles faziam aos seus filhos. Via com complacência maternal todas as impertinências e travessuras a que as primas se submetiam, e não tinha dúvida alguma de que era uma diversão recíproca. Apenas parecia se surpreender com o fato de Elinor e Marianne permanecerem assentadas, tão quietas, sem pedirem para participar do que ocorria.

— John está de bom humor hoje! — disse ela, quando ele pegou o lenço da Srta. Steele e o jogou pela janela. — Não deixa de fazer travessuras!

E logo depois, quando seu segundo filho apertou violentamente os dedos da mesma moça, observou afetuosamente:

— Como William é brincalhão!

— E aqui está minha doce Annamaria — acrescentou Lady Middleton, acariciando ternamente sua filha de três anos, que não havia feito nenhum barulho nos últimos dois minutos. — Ela é sempre tão gentil e quieta, nunca existiu uma criança tão quieta!

Mas infelizmente, ao abraçar a menina, um dos grampos do adorno de cabeça de Lady Middleton arranhou levemente o pescoço da criança, fazendo com que esse padrão de gentileza gerasse gritos tão violentos que dificilmente poderiam ser superados por qualquer criatura reconhecidamente barulhenta. A consternação da mãe foi excessiva, mas não superou o susto das Steeles, e as três fizeram tudo que poderia ser feito, em uma emergência tão crítica, para amenizar a agonia da pequena sofredora. Foi colocada no colo da mãe, coberta de beijos, e uma das Steeles banhou sua ferida em água de alfazema, enquanto a outra enchia a boca da menina com confeitos. Com tal recompensa por suas lágrimas, a criança era esperta demais para parar de chorar. Continuou gritando e soluçando fortemente, chutou seus dois irmãos quando tentaram tocá-la, e nada do que faziam para acalmá-la foi eficaz, até que Lady Middleton felizmente se lembrou de que, em uma cena de angústia semelhante na semana passada, usaram um pouco de geleia de damasco para um machucado na têmpora, e então propôs insistentemente o mesmo remédio para o infeliz arranhão; ao ouvir a proposta, a menina parou brevemente os gritos, o que lhes deu esperança do remédio não ser rejeitado. Assim, foi carregada para fora da sala, nos braços de sua mãe, em busca do medicamento, e os dois meninos acabaram seguindo-as. As quatro jovens foram deixadas em um silêncio que a sala não conhecia há muitas horas.

— Pobres criaturinhas! — disse a Srta. Steele, assim que elas saíram. — Poderia ter sido um acidente muito triste.

— Não vejo como — exclamou Marianne — a menos que tivesse ocorrido em circunstâncias totalmente distintas. Mas esta é a maneira usual de aumentar o alarme, quando na realidade não há nada com que se preocupar.

— Que mulher doce é Lady Middleton! — disse Lucy Steele.

Marianne ficou em silêncio; era-lhe impossível dizer o que não sentia, por mais trivial que fosse a ocasião, e, portanto, sempre sobrava para Elinor a tarefa de contar mentiras quando a educação assim o exigia. Ela fez o melhor possível quando foi solicitada, falando de Lady Middleton com mais entusiasmo do que sentia, embora com muito menos do que a Srta. Lucy.

— E Sir John também — exclamou a irmã mais velha — que homem encantador ele é!

Também neste caso, como a boa opinião que Srta. Dashwood tinha dele era apenas simples e justa, não teve nenhum exagero. Ela apenas observou que ele era perfeitamente bem-humorado e amigável.

— E que família encantadora eles têm! Nunca vi crianças tão boas em minha vida. Posso dizer que já os adotei a todos! E eu, de fato, nunca gostei muito de crianças.

— Seria capaz de imaginar — disse Elinor com um sorriso — pelo que testemunhei esta manhã.

— Tenho a impressão — disse Lucy — de que você acha os filhos dos Middletons mimados demais. Talvez sejam um pouco mais do que o ideal, mas é tão natural em Lady Middleton. E da minha parte, adoro ver crianças cheias de vida e alegria, não posso suportá-las quando são mansas e quietas.

— Confesso — respondeu Elinor — que quando estou em Barton Park, nunca penso em crianças mansas e quietas com qualquer aversão.

Uma breve pausa se seguiu a essas palavras, a qual foi quebrada pela Srta. Steele, que parecia muito disposta a conversar, e que disse abruptamente:

— E o que você acha de Devonshire, Srta. Dashwood? Suponho que tenha ficado muito triste por deixar Sussex.

Surpresa com a familiaridade da pergunta, ou pelo menos com a maneira como foi feita, Elinor respondeu que sim.

— Norland é um lugar maravilhoso, não é verdade? — acrescentou a Srta. Steele.

— Ouvimos Sir John admirá-lo excessivamente — disse Lucy, que parecia achar necessário um pedido de desculpas pela liberdade de sua irmã.

— Acho que todos que já estiveram ali *devem* admirar — respondeu Elinor — embora não devamos supor que alguém aprecie suas belezas como nós.

— E havia muitos rapazes bonitos por lá? Não acredito que existam muitos por aqui, e da minha parte, acho que eles nunca são demais.

— Mas por que pensaria — disse Lucy, parecendo envergonhada de sua irmã — que não há tantos jovens bonitos em Devonshire quanto em Sussex?

— Não, minha querida, não pretendo dizer isso. Tenho certeza de que há muitos rapazes bonitos em Exeter, mas como eu poderia saber se tais rapazes existem em Norland? E eu apenas temia que as Dashwoods pudessem achar Barton um lugar tedioso, se aqui não tivessem tantos quanto estavam acostumadas. Mas talvez vocês, mocinhas, não se importem tanto com rapazes bonitos, e tenham tanto prazer sem eles quanto com eles. De minha parte, acho que eles são muito agradáveis, desde que se vistam bem e se comportem civilizadamente. Mas não suporto vê-los sujos e desagradáveis. Veja, por exemplo, o Sr. Rose de Exeter, um jovem prodigioso e inteligente, muito bonito, empregado do Sr. Simpson, mas se, por acaso, o encontram pela manhã, não é algo agradável de ver. Srta. Dashwood suponho que seu irmão era um bonitão, antes de se casar, visto que ele era tão rico, não é mesmo?

— Dou-lhe minha palavra — respondeu Elinor — que não sei dizê-lo, pois não compreendo perfeitamente o significado da palavra. Mas posso lhe garantir que, se foi um bonitão antes de se casar, ainda o é, pois não mudou nada.

— Oh, querida! Nunca se pensa em homens casados como exemplos de beleza, eles têm mais o que fazer.

— Meu Deus, Anne! — exclamou a irmã. — Você só fala de rapazes bonitos; assim fará com que as Dashwoods achem que você só pensa nisso.

E então, para mudar de assunto, ela começou a admirar a casa e os móveis.

Esta amostra das Steeles foi o suficiente. As loucuras e vulgares liberdades tomadas pela mais velha não a favoreciam, e como Elinor não se deixou influenciar pela beleza ou pela sagacidade da mais jovem a ponto de não notar sua falta de elegância e naturalidade, se retirou da casa sem qualquer desejo de conhecê-las melhor.

Não ocorreu o mesmo com as Steeles. Elas vieram de Exeter cheias de admiração por Sir John, sua família e todos os seus parentes, e uma grande proporção era agora dada às suas primas, que declaravam serem as mais bonitas, elegantes e talentosas e agradáveis moças que já haviam visto, e as quais desejavam ansiosamente conhecer melhor. Conhecerem-se melhor, como Elinor logo descobriu, era sua sina inevitável, pois Sir John estava tão inteiramente a favor das Steeles, que o grupo deles era forte demais para qualquer oposição, e teriam que se submeter àquele tipo de intimidade que consiste em permanecerem sentados juntos na mesma sala uma hora ou duas quase todos os dias. Sir John não podia fazer mais que isso, mas não achava que era necessário algo mais. Em sua opinião, o fato de estarem juntas significava serem íntimas, e enquanto seus planos para se reunirem funcionassem, ele não tinha dúvidas de que eram amigas de verdade.

Para fazer-lhe justiça, Sir John fez tudo ao seu alcance para promover uma relação sem reservas entre elas, contando às Steeles tudo o que sabia ou supunha sobre a situação de suas primas, nos detalhes mais delicados. E assim, Elinor não as tinha visto mais de duas vezes quando a mais velha a felicitou por sua irmã ter tido a sorte de conquistar um homem tão bonito, depois que chegaram a Barton.

— Será muito bom casar-se tão jovem, com certeza — disse ela — e ouvi dizer que ele é um belo rapaz, lindíssimo. E espero que você também tenha a mesma sorte em breve, talvez você já tenha um pretendente por aí.

Elinor não supunha que Sir John fosse mais discreto em proclamar suas suspeitas a respeito de Edward, do que fizera a respeito de Marianne. De fato, das duas esta era sua piada favorita, por ser mais nova e suscetível a conjecturas e, desde a visita de Edward, eles nunca haviam jantado juntos sem que ele brindasse à saúde de pessoas queridas como ela, com tantos significados, tantos acenos e piscadelas, a ponto de chamar a atenção de todos. A letra F também foi invariavelmente mencionada e com ela foram feitas tantas piadas que há muito tempo a impuseram a Elinor como sendo a letra mais divertida do alfabeto.

As Steeles, como ela esperava, agora gozavam de todos os benefícios dessas piadas, e a mais velha ficou muito curiosa para saber o nome do cavalheiro a que se referiam, curiosidade essa que, embora muitas vezes expressa de forma impertinente, era perfeitamente compatível com sua curiosidade geral por todos os assuntos relacionados à família Dashwood. Mas Sir John não brincou por muito tempo com a curiosidade dela, pois tinha tanto prazer em dizer o nome quanto a Srta. Steele em ouvi-lo.

— Seu nome é Ferrars — disse ele em um sussurro muito audível — mas, por favor, não conte a ninguém, pois é um grande segredo.

— Ferrars! — repetiu a Srta. Steele. — O Sr. Ferrars é o felizardo, não é? Como! O irmão de sua cunhada, Srta. Dashwood? Um jovem muito agradável, com certeza. Eu o conheço muito bem.

— Como pode dizer isso, Anne? — exclamou Lucy, que geralmente corrigia todas as afirmações da irmã. — Embora o tenhamos visto uma ou duas vezes na casa do meu tio, é demais dizer que o conhecemos muito bem.

Elinor ouviu tudo isso com atenção e surpresa. "E quem era esse tio? Onde morava? Como se conheceram?" Ela desejava muito que o assunto continuasse, embora optasse por não participar da conversa. Mas nada mais foi dito a respeito e, pela primeira vez em sua vida, pensou que faltava à Sra. Jennings tanto a curiosidade diante de tão pouca informação, quanto o desejo de transmiti-la. A maneira como a Srta. Steele havia falado de Edward aumentou sua curiosidade, pois lhe parecia bastante maliciosa e sugeria que ela sabia, ou imaginava saber, alguma falha do rapaz. Mas sua curiosidade foi inútil, porque a Srta. Steele não deu mais atenção ao nome do Sr. Ferrars quando se referia ou mesmo quando era abertamente mencionado por Sir John.

Capítulo XXII

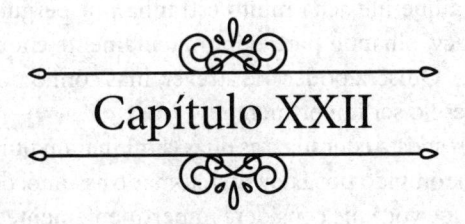

Marianne, que nunca tolerou coisas como impertinência, vulgaridade, inferioridade de sentimentos ou mesmo gostos muito diferentes dos seus, estava nesta ocasião particularmente indisposta, devido ao estado de espírito, para tentar ser amável com as Steeles, ou para encorajar suas tentativas de aproximação. À invariável frieza de seu comportamento em relação a elas, que impedia todas as tentativas de estabelecer uma relação de intimidade, Elinor atribuía grande parte daquela preferência por si mesma, que se tornou evidente nos modos de ambas, mas especialmente de Lucy, que não perdeu nenhuma oportunidade de envolvê-la em uma conversa, ou de tentar melhorar seu relacionamento com uma simples e franca comunicação de sentimentos.

Lucy era naturalmente inteligente, suas observações eram frequentemente justas e divertidas e, como companhia por meia hora, Elinor muitas vezes a achava agradável. Mas suas habilidades inatas não receberam o reforço da educação, ela era ignorante e analfabeta, e sua deficiência de todo aperfeiçoamento intelectual, sua falta de informação sobre os temas mais comuns não passavam despercebidos a Srta. Dashwood, apesar dos constantes esforços da jovem para parecer superior. Elinor percebia, e sentia pena por isso, o desperdício de habilidades que a educação poderia ter tornado tão respeitáveis, mas também percebia, com menos afeto, a total falta de delicadeza, de retidão moral e de integridade de opiniões que eram demonstradas pelas atenções, pela bajulação e pela dissimulação com as quais tratava os Middletons. E não era capaz de encontrar satisfação duradoura na companhia de uma pessoa que unia a falsidade à ignorância, e cuja conduta para com os outros tornava irrelevante qualquer demonstração de atenção e deferência com ela.

— Você vai achar minha pergunta estranha — disse Lucy um dia, enquanto caminhavam juntas de Barton Park para o chalé — mas diga-me, você conhece pessoalmente a mãe de sua cunhada, a Sra. Ferrars?

O semblante de Elinor revelou que ela *achou* a pergunta muito estranha, quando respondeu que nunca tinha visto a Sra. Ferrars.

— De fato! — respondeu Lucy. — Fico pensando nisso, pois imaginei que você a tivesse visto em Norland algumas vezes. Então não sabe me dizer que tipo de mulher ela é?

— Não — respondeu Elinor, cautelosa para não dar sua opinião verdadeira sobre a mãe de Edward, e sem a intenção de satisfazer o que parecia uma curiosidade impertinente — não sei nada sobre ela.

— Tenho certeza que me acha muito estranha por perguntar sobre ela dessa maneira — disse Lucy, olhando para Elinor atentamente enquanto falava — mas talvez haja motivos... Quisera poder me atrever, mas confio no seu bom senso em acreditar que não desejo ser impertinente.

Elinor deu uma resposta educada e as duas caminharam por alguns minutos em silêncio, que foi interrompido por Lucy, ao retomar o assunto, dizendo hesitante:

— Não suporto que você me considere impertinentemente curiosa. Certamente faria qualquer coisa no mundo para que você, uma pessoa de boa opinião, não pense isso de mim. Tenho certeza que não teria o menor medo de confiar em *você*. Na verdade, ficaria muito feliz se me desse um conselho sobre uma situação tão desconfortável como esta em que estou, mas não quero incomodá-la. Lamento que você não conheça a Sra. Ferrars.

— Também lamento não conhecê-la — disse Elinor com grande espanto — já que poderia ser útil para você saber minha opinião sobre ela. Mas nunca soube que você tinha alguma ligação com aquela família e, portanto, estou um pouco surpresa, confesso, com essa investigação sobre o caráter dela.

— Sei que está surpresa, e devo dizer que não me espanta que esteja. Mas se eu ousasse lhe contar tudo, você não ficaria tão surpresa. A Sra. Ferrars certamente não é nada para mim no momento, mas chegará o dia — e depende dela para que chegue — em que seremos intimamente conectadas.

Olhou para baixo ao dizer isso, docemente tímida, com apenas um olhar de relance para observar a reação de Elinor.

— Deus do céu! — exclamou Elinor. — O que você quer dizer com isso? Está comprometida com o Sr. Robert Ferrars? É possível? — E Elinor não se sentiu muito satisfeita com a ideia de tê-la como cunhada.

— Não — respondeu Lucy — não com o Sr. *Robert* Ferrars, nunca o vi em minha vida. Mas — fixando os olhos em Elinor — falo de seu irmão mais velho.

O que Elinor sentiu naquele momento? Espanto, que teria sido tão doloroso quanto violento, se não tivesse desconfiado imediatamente da afirmação que ouvira. Ela se voltou para Lucy em um silêncio espantoso, incapaz de adivinhar a razão ou o objeto de tal declaração e, embora seu rosto tenha mudado de cor, permaneceu firme na incredulidade, e sentiu-se livre de um ataque histérico ou de um desmaio.

— Você deve estar surpresa — continuou Lucy — pois decerto não poderia ter tido nenhuma ideia sobre isso antes, pois certamente ele nunca deixou escapar o menor indício a respeito disso, nem a você nem a qualquer pessoa de sua família. Sempre foi um grande segredo, e asseguro-lhe que o mantive firmemente até o momento. Ninguém da minha família sabe, exceto Anne, e jamais contaria a você, se não confiasse completamente em sua discrição; e realmente achei meu comportamento ao lhe fazer tantas perguntas sobre a Sra. Ferrars bastante estranho, por isso precisei explicá-lo. Não acho que o Sr. Ferrars ficaria descontente ao saber que confiei em você, porque sei que ele tem a opinião mais elevada do mundo em relação a sua família, e considera você e as outras Srtas. Dashwood como suas próprias irmãs.

Elinor permaneceu em silêncio por alguns minutos. Seu espanto com o que ouviu foi tão grande que não teve palavras para expressar sua opinião, mas, depois de um tempo, obrigando-se a falar, e a falar com cautela, disse ela, com uma forma tranquila, que escondeu razoavelmente sua surpresa e ansiedade:

— Posso perguntar se o seu compromisso é de longa data?
— Estamos noivos há quatro anos.
— Quatro anos!
— Sim.

Elinor, embora muito chocada, ainda não era capaz de acreditar naquilo.

— Até outro dia eu não sabia sequer que vocês se conheciam — disse ela.
— Nós nos conhecemos, entretanto, há muitos anos. Ele esteve sob os cuidados do meu tio, você sabe, por um tempo considerável.
— Seu tio?
— Sim, Sr. Pratt. Você nunca ouviu Edward falar do Sr. Pratt?
— Acho que sim — respondeu Elinor, fazendo um esforço de espírito que aumentava junto com sua emoção.
— Ele ficou quatro anos com meu tio, que mora em Longstaple, perto de Plymouth. Foi lá que nosso relacionamento começou, pois minha irmã e eu ficávamos sempre na casa do meu tio, e lá firmamos nosso compromisso, apenas um ano depois que ele parou de ser seu aluno, embora sempre nos visitasse. Eu não me sentia muito confortável em continuar nossa relação sem o consentimento da mãe dele, como você pode imaginar, mas eu era muito jovem e o amava muito para ser prudente como deveria ter sido. Embora você não o conheça tão bem quanto eu, Srta. Dashwood, deve tê-lo visto o suficiente para perceber que ele é muito capaz de despertar em uma mulher um afeto sincero por ele.
— Certamente — respondeu Elinor, sem saber o que dizia, mas depois de um momento de reflexão, ela acrescentou, com renovada segurança na honra e no amor de Edward, e na falsidade de sua companheira:
— Noiva do Sr. Edward Ferrars! Confesso que estou totalmente surpresa com o que diz. Na verdade, peço-lhe perdão, mas certamente deve haver algum engano de pessoa ou nome. Não podemos estar falando do mesmo Sr. Ferrars.
— Não podemos estar falando de nenhum outro — exclamou Lucy sorrindo. — Sr. Edward Ferrars, o filho mais velho da Sra. Ferrars, de Park Street, e irmão de sua cunhada, Sra. John Dashwood, é a pessoa a quem me refiro. Convenhamos que não posso estar enganada quanto ao nome do homem de quem depende toda a minha felicidade.
— É estranho — respondeu Elinor, na mais dolorosa perplexidade — que eu nunca o tenha ouvido sequer mencionar o seu nome.
— Não, considerando nossa situação, não é estranho. Nossa primeira preocupação foi manter o assunto em segredo. Você não sabia nada sobre mim ou sobre minha família e, portanto, não haveria *ocasião* para ele mencionar meu nome a você, e, como ele sempre temeu particularmente que sua irmã suspeitasse de alguma coisa, já era razão suficiente para não mencionar nada a meu respeito.

Ela ficou em silêncio. A segurança de Elinor sumiu, mas ainda lhe restava seu autocontrole.

— Você está noiva há quatro anos — disse ela com voz firme.

— Sim, e Deus sabe por quanto tempo mais teremos que esperar. Pobre Edward! Isso o deixa muito chateado. — Em seguida, tirando uma pequena miniatura do bolso, acrescentou: — Para evitar a possibilidade de engano, tenha a bondade de olhar para este rosto. Não faz justiça a ele, com certeza, mas ainda assim penso que não pode ter dúvidas a respeito da pessoa que está ali desenhada. Eu a tenho há mais de três anos.

Enquanto falava, colocou a miniatura nas mãos de Elinor. Quando Elinor viu a pintura, quaisquer outras dúvidas que seu medo de uma decisão muito precipitada ou seu desejo de detectar uma falsidade ainda pudessem manter em seu espírito, agora se esvaíam ante a certeza de que aquele era o rosto de Edward. Devolveu a imagem quase instantaneamente, reconhecendo a semelhança.

— Eu nunca fui capaz — continuou Lucy — de dar a ele meu retrato, o que me deixa muito incomodada, pois ele sempre desejou tê-lo! Mas estou determinada a dar-lhe na primeira oportunidade que tiver.

— Você tem toda a razão — respondeu Elinor calmamente. Elas então deram alguns passos em silêncio. Lucy falou primeiro.

— Tenho a certeza — disse ela — de que guardará fielmente este segredo, porque sabe o quanto é importante para nós que isso não chegue até a Sra. Ferrars, uma vez que ela nunca aprovaria nosso relacionamento. Não tenho fortuna alguma, e imagino que ela seja uma mulher extremamente orgulhosa.

— Eu não busquei suas confidências — disse Elinor — mas você está certa em imaginar que pode confiar em mim. Seu segredo está seguro comigo, mas me perdoe se expresso surpresa por uma solicitação tão desnecessária. Você deve, pelo menos, ter sentido que o fato de eu conhecê-lo não o torna mais seguro o seu segredo.

Ao dizer isso, Elinor olhou seriamente para Lucy, esperando descobrir algo em seu semblante, talvez a falsidade da maior parte do que ela dissera, mas a fisionomia de Lucy não mudou.

— Tive medo que pensasse que estou tomando liberdade demais com você ao contar-lhe tudo isso — disse ela. — Não a conheço pessoalmente há muito tempo, mas já faz um bom tempo que conheço você e sua família de ouvir falar. Assim que a vi, senti como se fosse uma velha amiga. Ademais, neste caso, realmente pensei que lhe devia alguma explicação depois de ter feito tantas perguntas sobre a mãe de Edward, e infelizmente não tenho ninguém para me aconselhar. Anne é a única pessoa que sabe de tudo, mas ela não tem juízo. Na verdade, causa-me muito mais dano do que ajuda, porque estou sempre com medo que revele o meu segredo. Ela não sabe segurar a língua, como deve ter percebido, e confesso que jamais senti tanto medo de que ela contasse, como ocorreu outro dia, quando o nome de Edward foi mencionado por Sir John. Você não pode imaginar o quanto sofro com isso. Não sei como estou viva depois de tudo que sofri por causa de Edward nos últimos quatro anos. Tanto suspense e incerteza, e vendo-o tão raramente... Dificilmente podemos nos encontrar mais do que duas vezes por ano. Surpreende-me que meu coração não esteja totalmente despedaçado.

Nesse momento, pegou seu lenço, mas Elinor não se comoveu.

— Às vezes — continuou Lucy, depois de enxugar os olhos — acho que seria melhor para nós dois encerrarmos totalmente o assunto. — Ao dizer isso, olhou diretamente para Elinor — Mas outras vezes não tenho coragem suficiente para tanto. Não posso suportar a ideia de fazê-lo tão infeliz. E também por mim mesma... Gosto tanto dele... Não acho que poderia fazê-lo. O que você me aconselharia a fazer nesse caso, Srta. Dashwood? O que você faria?

— Perdoe-me — respondeu Elinor, assustada com a pergunta — mas não posso lhe dar nenhum conselho sob tais circunstâncias. Seu próprio julgamento deve orientá-la.

— Com certeza — continuou Lucy, após alguns minutos de silêncio de ambos os lados — em algum momento sua mãe terá de lhe oferecer os meios para viver, mas o pobre Edward sente-se abatido por tudo isso! Você não o achou terrivelmente desanimado quando esteve em Barton? Ele estava tão triste quando deixou Longstaple para visitá-las, que temi que pensassem que ele estivesse doente.

— Então ele vinha da casa do seu tio quando nos visitou?

— Oh, sim! Estava hospedado conosco há quinze dias. Você achou que ele veio direto de Londres?

— Não — respondeu Elinor, sentindo-se mais sensível a cada nova circunstância em favor da veracidade de Lucy. — Lembro-me que ele nos contou que esteve por duas semanas com alguns amigos perto de Plymouth.

Elinor também se lembrava de sua própria surpresa na época, por ele não ter mencionado mais nada sobre aqueles amigos, nem mesmo seus nomes.

— Você não o achou muito triste? — repetiu Lucy.

— Sim, de fato, especialmente quando ele chegou.

— Implorei para que ele se esforçasse, temendo que vocês suspeitassem de algo, mas ele ficou tão triste por não poder ficar mais do que quinze dias conosco, e por me ver tão abalada... Pobre homem! Temo que esteja acontecendo o mesmo com ele agora, pois suas cartas são muito tristes. Tive notícias dele pouco antes de deixar Exeter — disse tirando uma carta do bolso e mostrando-a despretensiosamente a Elinor. — Você conhece a caligrafia dele, imagino. É encantadora, mas não está tão bem escrita como de costume. Ele devia estar cansado, porque acabou preenchendo toda a folha, de um lado e do outro, para mim.

Elinor viu que *era* a letra de Edward e não pôde mais duvidar. O retrato, ela se permitiu acreditar que pudesse ter sido obtido por acaso; poderia não ter sido um presente de Edward, mas a troca de cartas entre eles só poderia significar um compromisso verdadeiro. Por alguns instantes pensou que fosse desmaiar. Seu coração estava em pedaços, e ela mal conseguia ficar em pé, mas era indispensável manter-se de pé, e lutou tão resolutamente contra a opressão de seus sentimentos que logo o conseguiu, e seu êxito — pelo menos naquele momento — foi completo.

— Escrever um para o outro — disse Lucy, devolvendo a carta ao bolso — é o único conforto que temos em separações tão longas. Sim, eu tenho outro conforto em sua foto, mas o pobre Edward nem *isso* tem. Se ele tivesse meu retrato, seria mais fácil para ele. Dei a ele uma mecha do meu cabelo em um anel quando ele esteve em Longstaple, e isso lhe serviu de consolo, disse ele, mas não igual a um retrato. Talvez tenha notado o anel quando o viu?

— Sim — disse Elinor com a voz firme, sob a qual se escondia uma emoção e uma coragem maiores do que jamais havia tido. Ela estava mortificada, chocada, confusa.

Felizmente, para ela, haviam chegado ao chalé, e a conversa foi finalizada. Depois de permanecerem com elas algum tempo, as Steeles voltaram a Barton Park, e Elinor pôde então pensar e entregar-se à infelicidade.

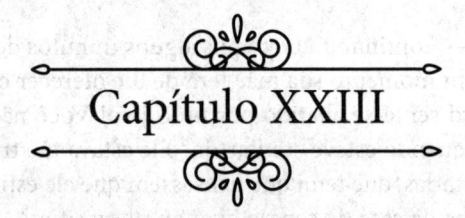

Capítulo XXIII

Por menor que fosse a confiança de Elinor na honestidade de Lucy, lhe era impossível, fazendo uma reflexão séria, suspeitar dela na presente situação, em que nenhuma tentação poderia levá-la a inventar uma mentira tão detalhada. Elinor não podia, não ousaria mais duvidar do que Lucy afirmava ser verdade, respaldado como estava de forma tão absoluta por tantas probabilidades e provas, e refutado somente pelos seus próprios desejos. A oportunidade de se conhecerem na casa do Sr. Pratt serviu de fundamento para o resto, um fundamento simultaneamente indiscutível e alarmante; e a visita de Edward nas redondezas de Plymouth, seu estado de espírito melancólico, sua insatisfação com suas próprias perspectivas, seu comportamento incerto em relação a ela, o conhecimento íntimo das Steeles quanto a Norland e as relações da família, o retrato, o anel, a carta, tudo isso formava um conjunto de provas tão substancial que qualquer receio de condenar Edward injustamente foi anulado, e a falta de consideração de Edward para com ela foi determinada como um fato que nenhuma parcialidade poderia esconder. Seu ressentimento por tal comportamento e sua indignação por ter sido enganada por ele a fizeram concentrar, por um curto período de tempo, apenas em seus próprios sentimentos. Mas outras ideias e outras considerações logo surgiram. Teria Edward a enganado intencionalmente? Ele havia fingido uma afeição que não sentia? Seu noivado com Lucy era por amor? Não. Ainda que pudesse ter sido assim no passado, ela não podia acreditar que ainda o fosse no presente. O afeto de Edward era todo dela. Não poderia se enganar quanto a isso. Sua mãe, suas irmãs, Fanny, todas tinham consciência do interesse que Edward demonstrara por ela em Norland; não era uma ilusão de sua própria vaidade. Ele com certeza a amava. Como seu coração se tranquilizou com este pensamento! Quantas coisas mais não seria tentada a perdoar! Ele era culpado, muito culpado, por permanecer em Norland depois de perceber pela primeira vez que a influência que ela tinha sobre ele era maior que o normal. Em relação a isso ele não poderia se defender, mas se ele a ferisse, feriria ainda mais a si mesmo. Se o caso dela era digno de compaixão, o dele era desesperador. A imprudência de Edward a deixou infeliz por um tempo, mas para ele parecia ser a privação de qualquer chance de ser feliz de novo. Ela poderia, com o tempo, recuperar a tranquilidade, mas *ele*, o que poderia esperar? Poderia ser razoavelmente feliz com Lucy Steele? Poderia sentir-se satisfeito com uma esposa como Lucy, se o afeto por ela era impossível, com toda sua integridade, delicadeza e inteligência? Ficaria satisfeito com uma esposa inculta, ardilosa e egoísta?

A paixão juvenil dos dezenove anos naturalmente o impediu de enxergar qualquer coisa além da beleza e bom caráter de Lucy, mas os quatro anos seguintes — anos que, se passados racionalmente, aperfeiçoariam seu entendimento — deveriam ter aberto seus olhos para seus defeitos de educação, enquanto o mesmo período de tempo, passados por ela ao lado de pessoas de condições inferiores e entregue às atividades mais frívolas, talvez lhe tenham roubado aquela simplicidade que outrora dava um caráter interessante à sua beleza.

Se, supondo que planejava se casar com Elinor, as dificuldades impostas por sua mãe pareciam tão grandes, quão maiores seriam agora, quando a pessoa com quem se comprometera era sem dúvida inferior a ela em relações, e provavelmente inferior também em fortuna. Esses obstáculos, na verdade, com o coração tão afastado de Lucy, não deviam pressionar muito sua paciência, mas a melancolia era o estado natural de uma pessoa que se sente aliviada com a expectativa de oposição e falta de gentileza por parte de sua família!

Enquanto essas considerações lhe ocorriam em dolorosa sucessão, Elinor chorava por ele, mais do que por si mesma. Convencida de que não havia feito nada para merecer sua presente infelicidade, e consolada pela crença de que Edward não havia feito nada para perder sua estima, pensou que poderia, mesmo agora, sob o impacto de um golpe tão forte, controlar-se o suficiente para evitar que sua mãe ou suas irmãs suspeitassem da verdade. E correspondeu tão bem às suas próprias expectativas, que quando se juntou a elas no jantar, apenas duas horas depois de presenciado a extinção de todas as suas esperanças mais caras, ninguém pôde imaginar, pela aparência das irmãs, que Elinor lamentava em segredo os obstáculos que deviam separá-la para sempre do homem que amava.

A necessidade de esconder de sua mãe e de Marianne o que lhe fora confiado em segredo, embora lhe demandasse um esforço incessante, não agravava a angústia de Elinor. Pelo contrário, foi um alívio para ela ser poupada de comunicar-lhes algo que causaria tamanha aflição a ambas, e evitar ouvi-las julgarem Edward, o que provavelmente aconteceria por causa do excesso do amor que sentiam por ela, mas que era mais do que ela poderia aguentar.

Elinor sabia que nenhuma ajuda receberia dos conselhos ou conversa com elas, pois a ternura e a compaixão que demonstrariam apenas aumentariam sua dor, enquanto seu autocontrole não receberia encorajamento nem de seu exemplo nem de seus elogios. Ela era mais forte sozinha, e seu próprio bom senso a sustentava tão bem, que sua firmeza permaneceu inabalável e sua aparência alegre tão invariável quanto era possível em meio a sofrimentos tão aguçados e recentes.

Por mais que tenha sofrido em sua primeira conversa com Lucy sobre o assunto, logo sentiu um desejo sincero de renová-la, e tinha mais de um motivo para isso. Queria ouvir novamente todos os detalhes de seu noivado, queria entender mais claramente o que Lucy realmente sentia por Edward, se havia alguma sinceridade quando dizia que gostava dele e, especialmente, desejava convencer Lucy, por sua prontidão em voltar no assunto e sua tranquilidade em conversar sobre ele, que apenas se interessava por aquilo por amizade, algo que temia que a sua involuntária agitação durante sua conversa matina tivesse tornado no mínimo duvidoso. Era bastante provável que Lucy sentisse ciúme dela. Estava claro que Edward sempre lhe falara a seu respeito com muitos elogios, não apenas pela afirmação de Lucy, mas por ela se aventurar a confiar a Elinor, apesar de se conhecerem há tão pouco, um segredo tão importante. E as brincadeiras maliciosas de Sir John também devem ter tido algum peso. Uma vez que Elinor permanecia tão certa de que Edward a amava, era natural que Lucy sentisse ciúme, e a própria confissão do segredo era prova disso. Que outra razão poderia haver para contar o segredo, além do desejo de informar Elinor sobre seus direitos superiores em relação a Edward e de alertá-la para que o evitasse no futuro? Não teve dificuldades para entender as intenções de sua rival e, embora estivesse firmemente decidida a agir de acordo com seus princípios de honra e honestidade para combater sua própria afeição por Edward e vê-lo o menos possível, não podia negar a si mesma o consolo de tentar convencer Lucy de que seu coração não estava ferido.

Mas não conseguiu imediatamente uma oportunidade de fazê-lo, embora Lucy estivesse tão disposta quanto ela a aproveitar a primeira brecha que surgisse, pois o tempo muitas vezes não estava bom o suficiente para que fizessem uma caminhada, onde poderiam facilmente se separar dos outros. Embora se encontrassem pelo menos uma tarde sim e outra não em Barton Park ou no chalé, principalmente na casa de Sir John, não podiam se encontrar para conversar. Tal pensamento nunca passaria pela cabeça de Sir John ou Lady Middleton, e então nunca dispunham de muito tempo para uma conversa, e nenhum para uma conversa íntima. Elas se encontravam para comer, beber, jogar cartas ou qualquer outro jogo que fosse suficientemente barulhento.

Uma ou duas reuniões desse tipo já haviam ocorrido, sem que Elinor tivesse qualquer chance de ficar a sós com Lucy, quando Sir John apareceu no chalé uma manhã para pedir-lhes encarecidamente que fossem jantar com Lady Middleton naquela noite, visto que ele deveria ir ao clube em Exeter e, com exceção da companhia de sua mãe e das Steeles, ela ficaria completamente sozinha. Elinor, que previu uma boa oportunidade para o que planejava em um encontro como aquele, em que estariam mais confortáveis sob a direção tranquila e bem-educada de Lady Middleton do que quando seu marido as reunia para alguma atividade barulhenta, aceitou imediatamente o convite; Margaret, com a permissão de sua mãe, também aceitou. Marianne, por sua vez, estava, como de costume, sem vontade de frequentar tais reuniões, mas foi persuadida por sua mãe.

As jovens foram, e Lady Middleton felizmente foi preservada da terrível solidão que a ameaçava. A insipidez da reunião foi exatamente como Elinor esperava; não produziu nenhum pensamento ou expressão inédita, e nada poderia ser menos interessante do que as conversas, tanto na sala de jantar como na sala de estar: na última, as crianças as acompanharam e, enquanto ali permaneceram, Elinor teve total certeza de que seria impossível atrair a atenção de Lucy, nem ao menos tentou. As crianças só as deixaram depois do chá. Então trouxeram a mesa de jogos, e Elinor começou a se questionar por ter tido a esperança de encontrar tempo para conversar em Barton Park. Todas se levantaram para uma partida de baralho.

— Fico feliz — disse Lady Middleton a Lucy — que você não terminará a cesto da pobre Annamaria esta noite, pois tenho certeza de que cansaria seus olhos trabalhando à luz de velas. E amanhã acharemos um jeito de compensar a decepção de minha querida filhinha, e espero que não se importe muito.

A insinuação foi o suficiente, Lucy se recompôs instantaneamente e respondeu:
— Na verdade, está muito enganada, Lady Middleton. Estava esperando saber se você poderia fazer sua parceria sem mim, ou eu já estaria entregue aos trabalhos de filigrana. Não decepcionaria o anjinho por nada no mundo, e se precisar de mim na mesa de jogo agora, estou decidida a terminar o cesto depois do jantar.

— Você é muito gentil, espero que não canse seus olhos... Pode tocar a campainha para que tragam mais velas? Minha pobre menina ficaria muito desapontada, eu sei, se o cesto não estiver terminado amanhã, pois embora tenha dito a ela que certamente não estaria, tenho certeza de que acredita que estará pronto.

Lucy puxou a mesa de trabalho para perto de si e voltou a sentar-se com tanta animação e alegria que se poderia inferir que não havia maior prazer para ela do que fazer um cesto decorado com filigranas para uma criança mimada.

Lady Middleton propôs às outras que jogassem *rubber of casino*. Ninguém fez qualquer objeção, com exceção de Marianne, que com sua habitual desatenção às normas de civilidade, exclamou:
— Lady Middleton, tenha a bondade de desculpar-me, pois sabe que detesto cartas. Irei ao piano, não toco nele desde que foi afinado. — E, sem mais cerimônia, se virou e caminhou até o instrumento.

Lady Middleton olhou como se agradecesse aos céus por nunca ter dito palavras tão grosseiras.

— Marianne não consegue ficar longe daquele instrumento, minha senhora — disse Elinor, esforçando-se para amenizar a ofensa — e não me admiro muito com isso, pois é o piano mais afinado que já ouvi.

As cinco restantes estavam agora dividindo as cartas.
— Talvez — continuou Elinor — se for eliminada, eu possa ser útil para a Srta. Lucy Steele, enrolando os papéis para ela. Há ainda tanto a ser feito no cesto, que não acho que ela sozinha será capaz de terminar esta noite. Gostaria muito de fazer esse trabalho, se ela me permitir ajudar.

— Na verdade, ficarei muito grata por sua ajuda — exclamou Lucy — pois descobri que há mais a ser feito do que pensava, e seria terrível desapontar a querida Annamaria.

— Oh! Isso seria terrível, de fato — disse a Srta. Steele. — Pobre alma, como amo aquela menina!

— Você é muito gentil — disse Lady Middleton para Elinor — e como você realmente gosta do trabalho, talvez também queira entrar no jogo apenas na última partida, ou prefere arriscar agora?

Elinor escolheu satisfeita a primeira proposta e, assim, com um pouco de educação, a qual Marianne jamais praticaria, alcançou seu próprio objetivo ao mesmo tempo em que agradou Lady Middleton. Lucy abriu espaço para ela prontamente, e as duas belas rivais sentaram-se lado a lado à mesma mesa e, com a maior harmonia, se empenharam em realizar o mesmo trabalho. O piano em que Marianne tocava — tão envolvida em sua própria música e em seus próprios pensamentos que já havia esquecido que havia outras pessoas na sala além dela, felizmente estava tão perto delas — que a Srta. Dashwood julgou que, protegida pelo som, podia iniciar o interessante assunto sem correr o risco de que alguém na mesa de cartas as ouvisse.

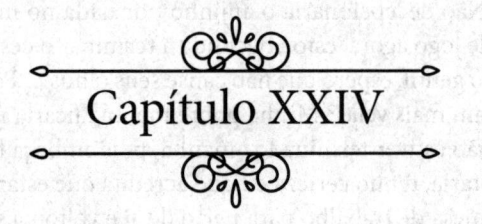

Capítulo XXIV

Em tom firme, mas cauteloso, Elinor começou:

— Eu não mereceria a confiança que você depositou em mim, se não desejasse prolongá-la, ou não sentisse curiosidade sobre o assunto. Não vou me desculpar, portanto, por trazê-lo novamente à tona.

— Obrigada — exclamou Lucy calorosamente — por quebrar o gelo. Você acalmou meu coração com isso, pois estava com medo de tê-la ofendido com o que lhe disse segunda-feira.

— Ofender-me! Como poderia pensar isso? — e Elinor falou com completa honestidade. — Acredite, nada poderia estar mais longe da minha intenção do que lhe dar essa ideia. Por acaso tinha algum motivo para fazer tal confidência que não fosse honrado e lisonjeiro para mim?

— E, no entanto, garanto-lhe — respondeu Lucy, com seus olhinhos penetrantes e cheios de significado — que me pareceu haver uma frieza e desagrado em suas maneiras que me incomodaram bastante. Tive certeza de que estava com raiva de mim, e desde então tenho me reprovado por ter tomado a liberdade de incomodá-la com meus assuntos. Mas estou muito feliz em descobrir que foi apenas coisa da minha cabeça. Se soubesse que consolo foi para mim, que alívio foi para meu coração poder dividir com você aquilo em que estou sempre pensando, em cada momento da minha vida, tenho certeza que sua compaixão faria você ignorar todo o resto.

— De fato, não é difícil acreditar que foi um grande alívio para você contar-me sua situação, e tenha certeza que você nunca terá motivos para se arrepender. Seu caso é muito infeliz; vocês me parecem estar rodeados de dificuldades, e precisarão de todo afeto mútuo para poder superá-las. O Sr. Ferrars, creio eu, depende inteiramente de sua mãe.

— Ele tem apenas duas mil libras de renda própria, seria uma loucura casar apenas com essa renda, embora, de minha parte, eu possa desistir de qualquer outra perspectiva sem hesitar. Sempre fui acostumada a uma renda muito pequena, e poderia enfrentar qualquer pobreza por ele. Mas eu o amo demais para ser egoísta e privá-lo de tudo o que sua mãe poderia lhe dar se ele se casasse com alguém que a agrade. Devemos esperar, talvez por muitos anos. Com quase qualquer outro homem do mundo seria uma perspectiva terrível, mas sei que nada pode tirar-me o afeto e a fidelidade de Edward.

— Essa convicção deve ser tudo para você, e com certeza ele está amparado pela mesma confiança em seus sentimentos. Se a força de sua afeição mútua tivesse falhado, como com muitas pessoas, e em muitas circunstâncias, naturalmente aconteceria durante um noivado de quatro anos, sua situação seria realmente lamentável.

Lucy levantou os olhos, mas Elinor teve o cuidado de evitar que seu semblante mostrasse qualquer expressão que pudesse dar às suas palavras um ar de suspeita.

— O amor de Edward por mim — disse Lucy — foi muito colocado à prova, por nossa longa ausência desde que ficamos noivos, e resistiu tão bem aos obstáculos que seria imperdoável duvidar agora. Posso dizer com segurança que ele nunca me deu nenhum motivo de alarme sobre isso.

Elinor não sabia se sorria ou suspirava com essa afirmação.

Lucy continuou:

— Eu também tenho um temperamento ciumento por natureza, e por nossas diferentes situações na vida, por ele ocupar uma posição muito superior no mundo do que eu e por nossa separação constante, eu estava bastante inclinada a suspeitar, o suficiente para ter descoberto a verdade em um instante, se tivesse havido a menor mudança em seu comportamento em relação a mim quando nos encontrávamos, ou qualquer desânimo sem explicação, ou se ele tivesse falado mais de uma moça do que de outra, ou parecesse em qualquer aspecto menos feliz em Longstaple do que costumava ser. Não quero dizer que eu seja particularmente observadora ou perspicaz, mas nesse caso tenho certeza de que não poderia ser enganada.

"Tudo isso — pensou Elinor — é muito bonito, mas não pode enganar nenhuma de nós."

— Mas — disse ela após um breve silêncio — quais são seus planos? Ou não tem nenhum outro além de esperar pela morte da Sra. Ferrars, que é uma medida tão melancólica, extrema e horrível? Edward prefere se submeter a isso e a todo o aborrecimento dos muitos anos de incertezas que podem envolver você, em vez de correr o risco de desagradar à mãe por algum tempo admitindo a verdade?

— Se pudéssemos ter certeza de que seria apenas por um tempo! Mas a Sra. Ferrars é uma mulher orgulhosa e obstinada, e em seu primeiro acesso de raiva ao ouvir isso, muito provavelmente deixaria tudo a Robert, e essa possibilidade, pelo bem de Edward, afasta todas as minhas intenções de tomar medidas precipitadas.

— E também para o seu próprio bem, ou está levando seu desinteresse para além do razoável.

Lucy olhou para Elinor novamente e ficou em silêncio.

— Você conhece o Sr. Robert Ferrars? — perguntou Elinor.

— Não, nunca o vi; mas imagino que ele seja muito diferente do irmão: bobo e um grande fanfarrão.

— Um grande fanfarrão! — repetiu a Srta. Steele, que ouvira aquelas palavras por uma pausa repentina na música de Marianne. — Ah, elas estão falando de seus bonitões favoritos, aposto.

— Não, irmã — exclamou Lucy — você está enganada, nossos bonitões favoritos *não* são grandes fanfarrões.

— Quanto a isso, posso garantir que o da Srta. Dashwood não é — disse Sra. Jennings, gargalhando – pois ele é um dos jovens mais modestos e bem-educados que já vi. Mas quanto a Lucy, ela é uma criaturinha que sabe dissimular tão bem que não é possível descobrir de quem ela gosta.

— Oh! — exclamou a Srta. Steele, olhando atentamente ao redor. — Atrevo-me a dizer que o pretendente de Lucy é tão modesto e bonito como o da Srta. Dashwood.

Sem querer, Elinor corou. Lucy mordeu o lábio e olhou com raiva para a irmã. Um silêncio mútuo ocorreu por algum tempo. Lucy foi a primeira a quebrá-lo, dizendo em um tom mais baixo, embora Marianne estivesse lhes dando a poderosa proteção de um concerto magnífico:

— Vou lhe contar honestamente sobre um plano que me veio à cabeça há pouco para lidar com a questão. Na verdade, devo contar-lhe o segredo, pois você é uma das partes interessadas. Ouso dizer que você conhece Edward o suficiente para saber que ele preferiria a igreja a todas as outras profissões. Agora, meu plano é que ele se ordene o mais rápido possível, e então que você interceda junto ao seu irmão — o que tenho certeza que terá a bondade de fazer, por amizade a Edward e, espero, também a mim — para persuadi-lo a dar a Edward o benefício de Norland, que ouvi dizer que é muito bom, e o atual titular provavelmente não viverá muito tempo. Isso seria o suficiente para nos casarmos, e confiaríamos que o tempo e as oportunidades nos provessem o resto.

— Sempre será um prazer para mim — respondeu Elinor — demonstrar qualquer sinal de minha estima e amizade pelo Sr. Ferrars, mas não percebe que minha intervenção em tal ocasião seria totalmente desnecessária? Ele é irmão da Sra. John Dashwood, *isso* seria recomendação o suficiente para seu marido.

— Mas a Sra. John Dashwood não aprovaria que ele se ordenasse.

— Então acredito que minha intervenção seria de pouca ajuda.

Elas ficaram novamente em silêncio por alguns minutos. Por fim, Lucy exclamou com um suspiro profundo:

— Creio que o mais prudente seria encerrar o assunto de vez, dissolvendo o noivado. Parecemos tão cercados de dificuldades de todos os lados que, embora ficássemos infelizes por um tempo, talvez pudéssemos ser mais felizes no fim. Mas você não vai me dar nenhum conselho, Srta. Dashwood?

— Não — respondeu Elinor com um sorriso que escondia uma grande animação — em tal assunto certamente não o farei. Você sabe muito bem que minha opinião não teria peso para você, a menos que estivesse do lado de seus desejos.

— Na verdade, não está sendo justa comigo — respondeu Lucy, com grande solenidade. — Não conheço ninguém cujo julgamento eu considere tanto quanto o seu, e realmente acredito que, se você me dissesse: "eu lhe aconselho que, custe o que custar, termine seu compromisso com Edward Ferrars, pois assim os dois serão mais felizes", não hesitaria em fazê-lo imediatamente.

Elinor corou com a falta de sinceridade da futura esposa de Edward e respondeu:

— Este elogio me impediria efetivamente de dar minha opinião sobre o assunto, caso tivesse uma. Você valoriza demais minha influência, o poder de separar duas pessoas unidas tão ternamente é demais para uma pessoa que não é parte interessada

— Justamente por não ser parte interessada — disse Lucy, com certo ressentimento e dando ênfase especial a essas palavras — que seu julgamento pode ter tanto peso sobre minha escolha. Se sua opinião pudesse ser influenciada em qualquer aspecto por seus próprios sentimentos, não seria de muito valor.

Elinor achou mais sensato não responder, para que aquilo não as levasse a conversar com cada vez mais liberdade e fraqueza. Estava até determinada a nunca mais mencionar o assunto. Após essa conversa, houve alguns minutos de pausa, e Lucy novamente foi a primeira a quebrar o silêncio.

— Irá a Londres neste inverno, Srta. Dashwood? — disse ela com toda a sua complacência habitual.

— Certamente não.

— Lamento por isso — respondeu a outra, enquanto seus olhos brilhavam com a informação. — Teria muito prazer em encontrá-la nessa ocasião! Mas ouso dizer que irá de qualquer forma. Com certeza seu irmão e sua cunhada a convidarão para uma visita.

— Não estaria em meu poder aceitar tal convite, se o fizerem.

— Que pena! Estava certa de que nos encontraríamos lá. Anne e eu devemos ir no final de janeiro, para visitar alguns parentes que esperam nossa visita há anos! Mas eu só vou para ver Edward. Ele estará lá em fevereiro. Caso contrário, Londres não teria nenhum atrativo para mim, não tenho ânimo para isso.

Elinor foi logo chamada à mesa de jogos com o fim da primeira partida, e a conversa confidencial das duas estava, portanto, encerrada, algo a que nenhuma delas resistiu, pois nada havia sido dito por qualquer uma que fizesse com que se desgostassem mais do que antes. Elinor sentou-se à mesa de jogos com a melancólica persuasão de que Edward não só não amava sua futura esposa, como também não tinha sequer a possibilidade de alcançar uma felicidade razoável no casamento, o que o amor sincero *dela* poderia proporcionar, pois apenas o interesse próprio pode fazer uma mulher manter um compromisso com um homem, do qual, ela sabia bastante bem, ele já estava cansado.

Depois desse dia o assunto nunca mais foi revivido por Elinor, e quando Lucy o abordava, o que raramente perdia a oportunidade de fazer, se preocupava particularmente em informar sua confidente de sua felicidade sempre que recebia uma carta de Edward, o que Elinor tratava com calma e cautela, e encerrava o assunto assim que a civilidade permitia, pois sentia que tais conversas eram uma concessão que Lucy não merecia, e que para ela era algo perigoso.

A visita das Steeles em Barton Park foi prolongada muito além do que o primeiro convite implicava. O apreço que tinham por elas aumentou, não podiam deixar que elas se fossem. Sir John não aceitava que elas fossem embora e, apesar dos numerosos compromissos que já haviam assumido em Exeter, e da necessidade absoluta de retornarem para cumpri-los imediatamente, foram persuadidas a permanecerem quase dois meses em Barton Park, e a ajudar na celebração dessas festividades que requerem uma quantidade maior que o normal de bailes e grandes jantares para demonstrar a sua importância.

Capítulo XXV

Embora a Sra. Jennings tivesse o hábito de passar grande parte do ano nas casas de suas filhas e de seus amigos, ela não deixava de ter uma residência própria. Desde a morte de seu marido, que fora comerciante em uma parte menos elegante de Londres, passava todos os invernos nessa casa localizada em uma das ruas próximas a Portman Square. A partir de janeiro, começou a pensar na casa e, um dia, repentina e inesperadamente, convidou as Dashwoods mais velhas para acompanhá-la até lá. Elinor, sem perceber a mudança de cor no rosto de Marianne e a expressão animada em seus olhos que revelavam que o plano não lhe era indiferente, imediatamente recusou em nome de ambas, de forma absolutamente definitiva, acreditando falar em nome das duas. O motivo alegado foi sua determinada decisão de não deixar a mãe naquela época do ano. A Sra. Jennings recebeu a recusa com surpresa e repetiu o convite imediatamente.

— Oh, Deus! Estou certa de que sua mãe tranquilamente pode ficar sem vocês, e eu *imploro* que me façam companhia. Não pensem que serão inconvenientes para mim, pois não irei mudar meus planos por vocês. Apenas precisarei mandar Betty em uma carruagem, e creio que posso pagar por isso. Nós três iremos muito confortáveis na minha carruagem e, quando estivermos em Londres, se não quiserem ir aonde eu for, muito bem, sem problemas, sempre poderão acompanhar uma de minhas filhas. Tenho certeza de que sua mãe não fará objeções, pois como tive a sorte de tirar minhas filhas das minhas costas, creio que me considera uma pessoa capaz de cuidar de vocês, e se eu não conseguir casar bem pelo menos uma de vocês antes de retornarmos, não será minha culpa. Falarei bem de vocês a todos os rapazes, podem contar com isso.

— Tenho a impressão — disse Sir John — de que a Srta. Marianne não se oporia a esses planos, se sua irmã mais velha o aceitasse. Não é justo, na verdade, que ela não possa ter um pouco de prazer apenas porque a Srta. Dashwood não deseja. Portanto, aconselho às duas que partam para Londres assim que estiverem cansadas de Barton, sem dizer uma palavra à Srta. Dashwood.

— Não — exclamou a Sra. Jennings — certamente ficaria extremamente feliz com a companhia da Srta. Marianne, quer a Srta. Dashwood vá ou não. Mas quanto mais pessoas forem, melhor, e pensei que seria mais confortável para elas irem juntas, porque, caso se cansem de mim, poderão conversar uma com a outra, e rir dos meus velhos hábitos nas minhas costas. Mas uma ou outra, senão ambas, preciso levar. Deus me abençoe! Como imaginam que posso viver sozinha, andando por aí, eu que sempre fui acostumada, até este inverno, a ter Charlotte comigo. Venha, Srta. Marianne, vamos chegar a um acordo, e se a Srta. Dashwood mudar de ideia depois, melhor ainda.

— Obrigada, senhora, muito obrigada — disse Marianne calorosamente — o seu convite assegura minha gratidão eterna, e aceitá-lo me trará a maior felicidade que posso imaginar. Mas minha mãe, minha querida e gentil mãe... Acredito que o que Elinor disse é muito justo, e se nossa ausência a causasse infelicidade ou qualquer desconforto... Oh! Não, nada poderia convencer a deixá-la. Isso não pode nem deve significar algum conflito.

A Sra. Jennings reafirmou que a Sra. Dashwood poderia perfeitamente ficar sem elas, e Elinor, que agora entendia sua irmã e via que, sem se importar com mais nada, era levada por sua ânsia de ver Willoughby novamente, não fez mais nenhuma oposição ao plano, apenas limitou-se à decisão de sua mãe, de quem, entretanto, dificilmente esperava receber qualquer apoio em seus esforços para impedir uma visita que não parecia conveniente para Marianne, e que também para seu próprio bem, tinha interesse em evitar. O que quer que Marianne desejasse, sua mãe estava pronta para conceder — não podia esperar influenciar a mãe a agir com cautela em relação a um assunto que nunca lhe causara desconfiança, e não ousou explicar o motivo de sua própria resistência em ir a Londres. Embora difícil de contentar, Marianne, que estava totalmente familiarizada com os modos da Sra. Jennings que tanto a desagradavam, estava disposta a ignorar todos os inconvenientes desse tipo, desprezando o que poderia ferir seus irritáveis sentimentos, apenas para alcançar seu objetivo. Era uma prova tão forte, tão completa, da importância daquela viagem para ela, que apesar de tudo o que havia passado, Elinor não estava preparada para testemunhar.

Ao ser informada do convite, a Sra. Dashwood, convencida de que tal viagem seria motivo de muita diversão para ambas as filhas e, percebendo também toda a atenção afetuosa que as filhas tinham com ela, o quanto o coração de Marianne estava envolvido no assunto, não admitiu que recusassem a oferta por causa *dela*. Insistiu que as duas aceitassem imediatamente, e então começou a prever, com sua alegria de sempre, uma variedade de vantagens que a separação acarretaria a todas.

— Estou muito satisfeita com o plano — exclamou ela — é exatamente o que eu poderia desejar. Margaret e eu seremos tão beneficiadas por ele quanto vocês. Quando vocês e os Middletons partirem, ficaremos tão bem e felizes juntas, quietas, com nossos livros e nossa música! Margaret terá progredido muito quando vocês voltarem! Tenho um pequeno plano de reformas para seus quartos também, que agora pode ser executado sem nenhum inconveniente. Parece-me que vocês *devem* ir a Londres; em minha opinião, todas as jovens com as mesmas condições de vida de vocês devem conhecer os costumes e as diversões de Londres. Ficarão sob os cuidados de uma mulher muito bondosa e maternal, de cuja gentileza para com vocês não tenho dúvidas. E provavelmente encontrarão seu irmão, e quaisquer que sejam seus defeitos, ou os defeitos de sua esposa, quando penso de quem ele é filho, não posso suportar vê-los tão afastados uns dos outros.

— Ainda que, com sua habitual preocupação com nossa felicidade — disse Elinor — a senhora tenha solucionado todos os obstáculos para que o plano funcione, há ainda uma objeção que, em minha opinião, não pode ser facilmente vencida.

O semblante de Marianne mudou.

— E o que — disse a Sra. Dashwood — minha querida e prudente Elinor vai sugerir? Que obstáculo formidável ela vai apresentar agora? Deixe-me ouvir o quanto gastaremos.

— Minha objeção é esta: embora eu tenha uma boa opinião sobre a bondade da Sra. Jennings, ela não é uma mulher cuja companhia pode nos proporcionar prazer, ou cuja proteção eleve nossa posição.

— Isso é verdade — respondeu a mãe — mas raramente estarão sozinhas com ela, e quase sempre aparecerão em público com Lady Middleton.

— Se Elinor não vai porque não gosta da Sra. Jennings — disse Marianne — não precisa impedir que eu aceite o convite. Não tenho tais escrúpulos e estou certa de que poderia suportar com muito pouco esforço todos os aborrecimentos desse tipo.

Elinor não pôde deixar de sorrir diante dessa demonstração de indiferença em relação aos modos de uma pessoa com a qual muitas vezes teve dificuldade em convencer Marianne a tolerar com educação, e decidiu que, se sua irmã insistisse em ir, ela também deveria ir, já que não achava apropriado que Marianne fosse guiada exclusivamente pelo próprio julgamento, ou que a Sra. Jennings fosse deixada à mercê de Marianne como única companhia nas horas domésticas. A decisão foi tomada mais facilmente por saber que Edward Ferrars, de acordo com o que Lucy lhe dissera, não estaria na cidade antes de fevereiro, e que até lá sua visita já teria acabado.

— Eu queria que as duas fossem — disse a Sra. Dashwood. — Essas objeções são absurdas. Vocês terão muito prazer em Londres, especialmente por estarem juntas, e se Elinor alguma vez condescender em aceitar esse prazer, ela verá como a cidade oferece diversas formas de diversão; ela, talvez, inclusive poderá ter algum prazer se melhorar o relacionamento com a família de sua cunhada.

Elinor desejava que em breve surgisse uma oportunidade de tentar enfraquecer a confiança da mãe em seu compromisso com Edward, para que o choque fosse menor quando toda a verdade fosse revelada, e agora, por causa da fala da mãe, embora quase sem esperança de sucesso, tratou de começar seu projeto, dizendo o mais calmamente possível:

— Gosto muito de Edward Ferrars e sempre ficarei feliz em vê-lo, mas quanto ao resto da família, para mim é indiferente se algum dia irei conhecê-los ou não.

A Sra. Dashwood sorriu e não disse nada. Marianne ergueu os olhos espantada e Elinor pensou que deveria ter segurado a língua.

Depois de conversarem um pouco mais sobre o assunto, ficou decidido que o convite deveria ser aceito. A Sra. Jennings recebeu a notícia com grande alegria e muitas garantias sobre o afeto e o cuidado que teria com as moças. E não era apenas ela que estava encantada, Sir John estava mais do que contente. Até mesmo Lady Middleton se deu ao trabalho de ficar alegre, o que não era seu costume. E quanto às Steeles, especialmente Lucy, nunca foram mais felizes do que quando receberam a notícia.

Elinor submeteu-se ao acordo que contrariava seus desejos com menos relutância do que esperava sentir. Da parte dela, era indiferente ir ou não a Londres, e quando viu sua mãe tão satisfeita com o plano, e sua irmã demonstrando sua alegria pelo olhar, pela voz e pelas maneiras, que voltaram a ter sua animação habitual, não pôde se sentir insatisfeita com a situação, e dificilmente se permitiria mostrar-se desconfiada das consequências.

Marianne estava extremamente feliz, sua agitação e sua impaciência para partir eram imensas. A pouca vontade de deixar a mãe era a única coisa que a fazia recuperar a calma, e no momento da partida sentiu-se muito aflita. A tristeza de sua mãe não era menor, e Elinor era a única das três que parecia considerar a separação como algo passageiro.

Partiram na primeira semana de janeiro. Os Middletons seguiram viagem cerca de uma semana depois. As Steeles permaneceram em Barton Park, e só partiram com o resto da família.

Capítulo XXVI

Elinor não conseguia se imaginar na carruagem com a Sra. Jennings, no início da viagem para Londres, sob sua proteção e como sua convidada, sem deixar de pensar sobre sua própria situação, como a conhecia há tão pouco tempo, como eram tão diferentes em idade e temperamento e quantas foram as objeções que havia imposto a viagem apenas alguns dias antes! Mas todas essas objeções, diante da feliz animação juvenil que Marianne e sua mãe compartilhavam, caíram por terra; e Elinor, apesar de todas as dúvidas ocasionais sobre a constância de Willoughby, não pôde contemplar o êxtase da alegre expectativa que irradiava dos olhos de Marianne sem sentir quão vazia era sua própria perspectiva e quão triste era seu próprio estado de espírito, comparado ao da irmã. Mas agora faltava pouco tempo para descobrir quais eram as intenções de Willoughby; certamente ele já estava na cidade. O anseio de Marianne em partir declarava sua certeza de encontrá-lo lá. E Elinor estava decidida não apenas a obter todas as informações sobre o caráter dele, mas também a observar atentamente seu comportamento para com sua irmã, a fim de se certificar de quem ele era e quais eram seus propósitos, antes que tivessem se encontrado muitas vezes. Se o resultado de suas observações fosse desfavorável, estava decidida a abrir os olhos de sua irmã, caso contrário, aprenderia a evitar qualquer comparação egoísta e banir todo pesar que pudesse diminuir sua satisfação com a felicidade de Marianne.

Viajaram por três dias, e o comportamento de Marianne durante o trajeto foi um bom exemplo do que se poderia esperar no futuro de sua consideração e amabilidade com a Sra. Jennings. Ficou em silêncio quase todo o caminho, envolvida em suas próprias meditações, e quase nunca falava algo voluntariamente, exceto quando algum objeto de beleza pitoresca surgia diante de sua vista e lhe arrancava uma exclamação de deleite dirigida exclusivamente à irmã. Assim, para compensar essa conduta, Elinor tomou posse imediata do dever de ser cortês que ela mesma havia designado, e foi muito atenciosa com a Sra. Jennings, que, por sua vez, tratou as duas com toda a gentileza possível. Chegaram a Londres por volta das três horas da tarde do terceiro dia, felizes por estarem livres, depois de tão longa viagem, do confinamento da carruagem, e prontas para desfrutar de todo o luxo de uma boa lareira.

A casa era bonita e bem equipada, e as jovens foram imediatamente instaladas em um quarto muito confortável. Havia pertencido a Charlotte, e sobre a lareira ainda pendia uma paisagem em seda colorida, feita por ela, uma prova de que havia passado sete anos em uma grande escola na cidade com algum resultado.

Como o jantar não ficaria pronto em menos de duas horas após a chegada, Elinor quis aproveitar esse intervalo de tempo para escrever à mãe, e sentou-se decidida a fazê-lo. Pouco tempo depois, Marianne fez o mesmo.

— Estou escrevendo para casa, Marianne — disse Elinor. — Não seria melhor você adiar sua carta por um ou dois dias?

— Eu não vou escrever para a mamãe — respondeu Marianne apressadamente, como se desejasse evitar maiores questionamentos.

Elinor não disse mais nada; imediatamente percebeu que deveria estar escrevendo para Willoughby e logo concluiu que, embora desejassem conduzir a situação discretamente, era evidente que estavam comprometidos. Essa convicção, ainda que não fosse completamente satisfatória, deu-lhe prazer, e ela continuou a carta com mais entusiasmo. A carta de Marianne foi escrita em poucos minutos, pelo tamanho não poderia ser mais do que um bilhete, que foi dobrado, selado e endereçado com bastante rapidez. Elinor pensou ter visto um grande W no endereço e, assim que ficou pronto, Marianne, tocando o sino, pediu ao emprego que a atendeu que levasse aquela carta ao correio expresso. Com isso o assunto foi encerrado de vez.

Marianne continuava muito animada, mas havia nela uma agitação que impedia sua irmã de sentir-se totalmente satisfeita, e essa agitação aumentou à medida que a noite avançava. Ela mal conseguiu jantar e, quando voltaram para a sala, parecia escutar ansiosamente o barulho de cada carruagem que passava na rua.

Foi uma grande satisfação para Elinor que a Sra. Jennings, por estar muito ocupada em seu próprio quarto, quase não pôde ver o que se passava com Marianne. O serviço do chá foi trazido, e Marianne já se decepcionara mais de uma vez com uma batida na porta vizinha, quando repentinamente ouviu-se uma forte batida, que não poderia ter sido em nenhuma outra casa. Elinor estava certa de que seria anunciada a chegada de Willoughby, e Marianne, levantando-se em um pulo, foi em direção à porta. Tudo ficou em silêncio, o que não durou mais que alguns segundos. Ela abriu a porta, avançou alguns passos em direção à escada e, depois de escutar por meio minuto, voltou à sala com toda a agitação que a convicção de tê-lo ouvido naturalmente produziria. No êxtase de seus sentimentos naquele instante, não pôde deixar de exclamar:

— Oh, Elinor, é Willoughby, de fato é! — e parecia estar pronta para se jogar em seus braços, quando o Coronel Brandon apareceu.

O golpe foi forte demais para ser suportado com serenidade, e Marianne imediatamente deixou a sala. Elinor também ficou desapontada, mas sua consideração pelo Coronel Brandon garantiu que lhe desse as boas-vindas. Sentiu-se particularmente triste ao ver que um homem tão interessado em sua irmã pudesse perceber que, ao vê-lo, ela não sentia nada além de tristeza e decepção. Ela imediatamente percebeu que ele havia notado, e que observara Marianne deixar o cômodo com tanto assombro e preocupação, que quase se esqueceu de cumprimentar Elinor como a boa educação exigia.

— Sua irmã está doente? — perguntou ele.

Elinor respondeu com certa angústia que sim, e depois falou sobre dores de cabeça, desânimo, fadiga e de todas as coisas que pudessem decentemente explicar o comportamento da irmã.

Ele a ouviu com muita atenção, mas, parecendo se recompor, não tocou mais no assunto e começou a falar da satisfação de vê-las em Londres, fazendo as perguntas usuais sobre a viagem e os amigos que haviam deixado para trás.

Dessa forma calma, com muito pouco interesse dos dois lados, eles continuaram a conversar, ambos desanimados e com os pensamentos em outro lugar. Elinor queria muito perguntar se Willoughby estava na cidade, mas tinha medo de magoá-lo com perguntas sobre seu rival. Por fim, para dizer algo, perguntou-lhe se estivera em Londres desde a última vez que o vira.

— Sim — respondeu ele, com certo embaraço — quase todo o tempo desde então; estive uma ou duas vezes em Delaford, por alguns dias, mas nunca tive a oportunidade de retornar a Barton.

Isto, e a maneira como foi dito, imediatamente fez com que Elinor se lembrasse das circunstâncias de sua partida, com a agitação e as suspeitas causadas à Sra. Jennings, e temeu que a pergunta tivesse demonstrado uma curiosidade sobre o assunto muito maior do que ela sentira.

A Sra. Jennings logo apareceu.

— Oh! Coronel — disse ela, com sua alegria habitual. — Estou imensamente feliz em vê-lo... Desculpe, não pude vir antes, precisei cuidar um pouco de mim e resolver algumas questões. Já fazia muito tempo que não vinha para casa, e você sabe que sempre se tem um mundo de pequenas coisas para fazer depois de se ausentar por muito tempo, e então tive que resolver as coisas com Cartwright. Deus! Tenho estado tão ocupada desde o jantar! Mas conte-me, Coronel, como sabia que estávamos na cidade hoje?

— Tive o prazer de receber essa notícia na casa do Sr. Palmer, onde jantei.

— Oh, é mesmo! Bem, e como eles estão? Como Charlotte está? Aposto que ela já está bem pesada a esta altura.

— A Sra. Palmer parecia muito bem, e fui encarregado de informar-lhe de que certamente virá vê-la amanhã.

— Sim, com certeza, foi o que pensei. Bem, Coronel, trouxe comigo duas jovens, como pode ver... Quer dizer, você vê apenas uma delas agora, mas há outra em algum lugar da casa. Sua amiga, Srta. Marianne... imagino que não lamentará saber. Não sei o que você e o Sr. Willoughby decidirão a respeito dela. Ah, como é bom ser jovem e bonita. Bem, eu já fui jovem, mas nunca fui muito bonita, não tive essa sorte. No entanto, tive um marido muito bom e não sei se alguma beleza pode trazer tal felicidade. Pobre homem! Morreu há oito anos. Mas Coronel, onde você esteve desde que partiu? E como vão seus negócios? Vamos, vamos, não devem existir segredos entre amigos.

Ele respondeu com sua habitual gentileza a todas as perguntas, mas sem satisfazer a curiosidade da Sra. Jennings em nenhuma delas. Elinor começou a fazer o chá e Marianne foi obrigada a retornar à sala.

Após a chegada da moça, o Coronel Brandon ficou mais pensativo e silencioso do que antes, e a Sra. Jennings não conseguiu convencê-lo a ficar muito tempo. Nenhum outro visitante apareceu naquela noite, e as damas foram unânimes em concordar em ir cedo para a cama.

Marianne acordou na manhã seguinte com o ânimo recuperado e aparência feliz. A decepção da noite anterior parecia ter sido esquecida na expectativa do que poderia acontecer naquele dia. Mal haviam terminado o café da manhã quando a carruagem da Sra. Palmer parou na porta, e em poucos minutos ela entrou na sala rindo, tão feliz em ver todos eles que era difícil dizer se teve mais prazer em ver a mãe ou as Dashwoods. Estava tão surpresa com a vinda delas a Londres, embora fosse o que esperasse! Tão zangada pelo fato delas terem aceitado o convite de sua mãe, após terem recusado o seu, apesar de que não as teria perdoado se elas não tivessem vindo!

— O Sr. Palmer ficará muito feliz em vê-las — disse ela. — O que vocês acham que ele disse quando soube que viriam com mamãe? Já esqueci o que foi, mas foi algo tão engraçado!

Depois de uma ou duas horas do que sua mãe chamou de uma conversa tranquila, a Sra. Palmer propôs que todas a acompanhassem a algumas lojas onde ela tinha negócios a tratar naquela manhã, com o que a Sra. Jennings e Elinor prontamente consentiram, já que também tinham algumas compras a fazer, e Marianne, embora recusando a princípio, também acabou sendo convencida a ir.

Onde quer que fossem, ela estava evidentemente sempre alerta. Especialmente em Bond Street, onde ficava a maioria das lojas, seus olhos estavam em constante procura e, perdida em seus pensamentos, não tinha interesse em nada do que via a sua frente. Inquieta e insatisfeita em todos os lugares, sua irmã nunca conseguia obter sua opinião sobre qualquer artigo que quisesse comprar, mesmo que pudesse interessar a ambas. Marianne estava impaciente para retornar à casa, e dificilmente controlava seu aborrecimento diante do tédio da Sra. Palmer, cuja atenção era atraída por tudo que era bonito, caro ou novo, que estava louca para comprar tudo, não conseguia se decidir sobre nada e perdia seu tempo entre o êxtase e a indecisão.

Já era tarde, naquela manhã, quando voltaram para casa e, assim que chegaram, Marianne subiu as escadas ansiosamente. Quando Elinor a seguiu, a encontrou vindo da mesa com um semblante pesaroso, que indicava que nenhum Willoughby estivera lá.

— Nenhuma carta foi entregue para mim desde que saímos? — perguntou ela ao empregado que entrava nesse momento com os pacotes. A resposta foi negativa. — Tem certeza? — perguntou novamente. — Tem certeza de que nenhum empregado, nenhum porteiro deixou alguma carta ou bilhete?

O homem respondeu que não havia nada.

— Que estranho! — disse ela, em voz baixa e desapontada, enquanto se virava para a janela.

— Estranho mesmo — repetiu Elinor consigo mesma, olhando a irmã com inquietação. — Se não soubesse que ele estava na cidade, não teria escrito aquele bilhete, teria escrito uma carta e enviado para Combe Magna. E se ele está na cidade, é muito estranho que ele não escreva de volta ou não venha nos ver! Oh! Minha querida mãe, como está errada ao permitir um compromisso tão duvidoso e obscuro entre uma filha tão jovem e um homem que conhecemos tão pouco, e mantido de maneira tão duvidosa, tão misteriosa! Anseio por perguntar, mas como será recebida minha intromissão?

Decidiu, após alguma reflexão, que se coisas permanecessem tão desagradáveis como estavam agora por muitos dias, pediria a mãe com mais firmeza que investigasse seriamente o caso.

A Sra. Palmer e duas senhoras mais velhas, conhecidas íntimas da Sra. Jennings, a quem haviam encontrado e convidado pela manhã, jantaram com elas. A primeira as deixou logo depois do chá para cumprir seus compromissos noturnos, e Elinor foi obrigada a completar a mesa de uíste. Marianne era inútil nessas ocasiões, pois nunca aprendera o jogo e, embora tivesse algumas horas livres, a noite não foi de forma alguma mais prazerosa para ela do que para Elinor, pois passou todo o tempo na ansiedade da expectativa e na dor da decepção. Às vezes se esforçava para ler por alguns minutos, mas logo deixava o livro de lado e se entregava novamente à ocupação mais interessante de andar de um lado a outro da sala, parando de vez em quando ao chegar perto da janela, com a esperança de escutar as tão esperadas batidas na porta.

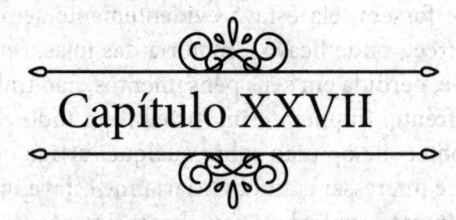

Capítulo XXVII

— Se este bom tempo continuar — disse a Sra. Jennings, quando se encontraram no café da manhã no dia seguinte — Sir John não vai querer sair de Barton na próxima semana. Perder um dia de prazer é uma coisa triste para um esportista. Pobres coitados! Sempre tenho pena deles quando isso ocorre, parecem levar a coisa muito a sério.

— É verdade — exclamou Marianne, com voz alegre, caminhando até a janela enquanto falava, para examinar o dia. — Não tinha pensado nisso. Este clima vai manter muitos desportistas no campo.

Foi uma lembrança feliz, que logo restaurou seu bom humor.

— É um clima encantador para *eles*, de fato — continuou enquanto se sentava à mesa do café da manhã, com uma expressão feliz. — Como devem aproveitar o esporte! Mas — com um pouco de ansiedade — não pode durar muito. Nesta época do ano, depois de tanta chuva, certamente o tempo não permanecerá tão bom assim. As geadas logo começarão, provavelmente bem fortes. Em um ou dois dias, talvez, esse clima suave acabará... Não, talvez a geada caia esta noite!

— De qualquer forma — disse Elinor, tentando impedir que a Sra. Jennings percebesse os pensamentos de sua irmã tão claramente quanto ela — atrevo-me a dizer que Sir John e Lady Middleton estarão na cidade no final da próxima semana.

— Sim, minha querida, garanto-lhe que assim acontecerá. Mary sempre faz o que tem vontade.

"E agora — especulou silenciosamente Elinor — Marianne irá escrever uma carta e enviá-la pelo correio para Combe Magna ainda hoje."

Mas, se ela o fez, a carta foi escrita e enviada tão secretamente que nem mesmo toda vigilância de Elinor foi capaz de perceber o fato. Qualquer que fosse a verdade, e embora Elinor estivesse longe de sentir-se completamente satisfeita com aquilo, pelo menos via Marianne de bom humor, e com isso não podia sentir-se muito descontente. E Marianne estava animada, feliz com o bom tempo e mais feliz ainda com a expectativa de uma geada.

Passaram a manhã entregando cartões nas casas das conhecidas de Sra. Jennings, para informá-las de seu retorno à cidade, e Marianne se manteve o tempo todo ocupada, observando a direção do vento, analisando as alterações do céu e imaginando uma mudança do ar.

— Você não acha que está mais frio do que de manhã, Elinor? Parece-me uma diferença muito notória. Mal consigo manter minhas mãos aquecidas, nem mesmo nas minhas luvas. Não estava assim ontem, eu acredito. Parece que as nuvens estão sumindo e o sol aparecerá em breve, então teremos uma tarde clara.

Elinor alternava entre a diversão e a angústia. Mas Marianne não se dava por vencida, e via todas as noites, no brilho do fogo, e todas as manhãs, no aspecto da atmosfera, os sinais de que uma geada se aproximava.

As Dashwoods não tinham grandes razões para estarem insatisfeitas com o estilo de vida da Sra. Jennings e suas amizades, nem do seu comportamento para com elas, que era invariavelmente gentil. Todos os arranjos domésticos eram executados da maneira mais liberal e, com exceção de alguns velhos amigos da cidade, com os quais, para a tristeza de Lady Middleton, a mãe nunca cogitara romper a amizade, ela não visitava ninguém cuja apresentação pudesse aborrecer as jovens companheiras. Satisfeita por encontrar-se em uma situação mais confortável do que esperava, Elinor estava muito disposta a se contentar com a falta de diversão genuína nos encontros noturnos, que, em casa ou fora dela, consistiam apenas em jogos de cartas, o que lhe proporcionava pouco prazer.

O Coronel Brandon, convidado permanente da casa, estava com elas quase todos os dias. Vinha para admirar Marianne e conversar com Elinor, que muitas vezes sentia mais prazer em conversar com ele do que em qualquer outra ocorrência diária, mas que via com grande preocupação o interesse dele por sua irmã, que persistia. Temia que fosse ainda mais intenso. Sentia pena ao ver o ardor com que observava Marianne, e seu ânimo estava certamente pior do que em Barton.

Cerca de uma semana após a chegada delas, tornou-se claro que Willoughby também estava na cidade. Seu cartão estava sobre a mesa quando elas voltaram do passeio matinal.

— Bom Deus! — exclamou Marianne — ele esteve aqui enquanto estávamos fora.

Elinor, alegre por saber que ele estava em Londres, se aventurou a dizer:

— Pode acreditar que ele voltará amanhã.

Mas Marianne não parecia ouvi-la e, quando a Sra. Jennings entrou na sala, tratou de esconder o precioso cartão.

Esse acontecimento, embora tenha elevado o ânimo de Elinor, também trouxe de volta a agitação inicial de Marianne, agora ainda mais forte. A partir desse momento, sua mente nunca mais se aquietou; a expectativa de vê-lo a cada hora do dia fez com que ela se ocupasse apenas disso. Na manhã seguinte, insistiu para permanecer em casa quando as outras saíram.

Os pensamentos de Elinor estavam concentrados no que poderia estar acontecendo em Berkeley Street durante sua ausência. Mas um breve olhar para a irmã, assim que retornaram, foi o suficiente para perceber que Willoughby não fizera uma segunda visita. Um bilhete foi trazido e colocado sobre a mesa.

— Para mim! — gritou Marianne, avançando apressadamente.

— Não, senhorita, é para a minha chefe.

Mas Marianne, não convencida, pegou-o imediatamente.

— É realmente para a Sra. Jennings, que irritante!

— Então você está esperando uma carta? — disse Elinor, incapaz de ficar calada.

— Sim, um pouco... Não muito.

Após uma breve pausa, disse:

— Você não confia em mim, Marianne.

— Não, Elinor, essa reprovação vinda de você... Você que não confia em ninguém!

— Eu! — respondeu Elinor um tanto confusa. — Na verdade, Marianne, não tenho nada para contar.

— Nem eu — respondeu Marianne com energia — então nossas situações são semelhantes. Nenhuma de nós temos nada a dizer; você, porque você não se comunica, e eu, porque não escondo nada.

Elinor, consternada por esta acusação de reserva, que não se sentia no direito de negar, não sabia como, sob tais circunstâncias, fazer com que a irmã se abrisse com ela.

A Sra. Jennings logo apareceu e, recebendo o bilhete, acabou lendo-o em voz alta. Era de Lady Middleton, anunciando sua chegada em Conduit Street na noite anterior e solicitando a companhia de sua mãe e primas na noite seguinte. Alguns negócios de Sir John e um violento resfriado de sua parte impediam que as visitassem em Berkeley Street. O convite foi aceito, contudo, quando se aproximou da hora combinada, Elinor teve dificuldade em persuadir a irmã a ir, pois ainda não tinha visto Willoughby e, portanto, não estava disposta a se divertir fora da casa e correr o risco de que ele voltasse em sua ausência.

Elinor descobriu, no final da tarde, que a disposição não é alterada pela mudança de residência, pois, ainda que tivesse acabado de se estabelecer na cidade, Sir John havia conseguido reunir ao seu redor quase vinte jovens e organizara um baile para diverti-los. Entretanto, esta era uma situação que Lady Middleton não aprovava. No interior, um baile improvisado era admissível, mas em Londres, onde a reputação de elegância era mais importante e mais difícil de alcançar, era demais arriscar que, para agradar algumas moças, soubessem que Lady Middleton dera um pequeno baile para oito ou nove pares, com dois violinos e um simples bufê.

O Sr. e a Sra. Palmer faziam parte do grupo. Do primeiro, que não haviam visto desde sua chegada à cidade, pois tomava o cuidado de evitar qualquer demonstração de afeto com a sogra e, portanto, nunca se aproximava dela, não receberam nenhum sinal de reconhecimento quando chegaram. Ele olhou para elas rapidamente, sem parecer saber quem eram, e apenas acenou com a cabeça para a Sra. Jennings do outro lado da sala. Marianne deu uma breve olhada ao redor da sala quando entrou, e foi o suficiente: *ele* não estava lá, e ela se sentou, igualmente indisposta a receber ou dar atenções. Depois de estarem reunidos por cerca de uma hora, o Sr. Palmer caminhou em direção às Dashwoods para expressar sua surpresa ao vê-las na cidade, embora o Coronel Brandon tenha informado a notícia em sua casa, e ele próprio dissera algo muito engraçado quando soube que elas haviam chegado.

— Pensei que vocês duas estivessem em Devonshire — disse ele.
— É mesmo? — respondeu Elinor.
— Quando retornam?
— Não sei.
E assim terminou a conversa.

Marianne nunca estivera tão relutante em dançar como naquela noite, e nunca se cansara tanto com o exercício. Queixou-se assim que retornaram a Berkeley Street.

— Ai, ai — disse a Sra. Jennings. — Sabemos perfeitamente a razão disso. Se uma certa pessoa, cujo nome não pode ser mencionado, estivesse lá, você não estaria nem um pouco cansada e, para dizer a verdade, foi muito deselegante da parte dele não ter ido ao seu encontro depois de ter sido convidado.

— Convidado! — exclamou Marianne.

— Foi o que minha filha me contou, pois parece que Sir John o encontrou na rua esta manhã.

Marianne não disse mais nada, mas pareceu extremamente magoada. Impaciente para fazer algo que pudesse trazer alívio à irmã, Elinor resolveu escrever na manhã seguinte para a mãe, na esperança de despertar nela algum temor pela saúde de Marianne e, assim, convencê-la a realizar as investigações que a tanto tempo vinham sendo adiadas. E sua determinação aumentou quando na manhã do dia seguinte, depois do café, viu que Marianne escrevia novamente para Willoughby, pois não poderia supor que fosse para outra pessoa.

Por volta do meio-dia, a Sra. Jennings saiu sozinha a negócios, e Elinor imediatamente começou a escrever sua carta para a mãe, enquanto Marianne, inquieta demais para se ocupar de algo e ansiosa demais para conversar, caminhava de uma janela a outra, ou sentava-se perto da lareira na mais profunda melancolia. Elinor foi muito sincera em seu pedido à mãe, relatando tudo o que havia acontecido, suas suspeitas sobre a inconstância de Willoughby, e apelou para seu dever e afeto maternal, exigindo que pedisse a Marianne algum esclarecimento sobre situação com Willoughby.

Mal havia terminado a carta, quando uma batida na porta anunciou a chegada de um visitante e, em seguida, Coronel Brandon foi recebido. Marianne, que o vira da janela e odiava qualquer tipo de companhia, saiu da sala antes que ele entrasse. Ele parecia mais sério do que o normal e, embora expressasse satisfação por encontrar a Srta. Dashwood sozinha, como se desejasse contar-lhe algo em particular, ficou sentado por algum tempo sem dizer uma palavra. Elinor, convencida de que ele tinha algo a respeito da irmã para lhe contar, esperou impacientemente que ele falasse. Não era a primeira vez que tinha esse tipo de pressentimento, pois mais de uma vez, começando com observações como "sua irmã parece indisposta hoje" ou "sua irmã parece desanimada", parecia estar prestes a revelar, ou perguntar, algo específico a respeito dela. Após uma pausa de vários minutos, o silêncio foi quebrado, quando ele perguntou, com uma voz um tanto agitada, quando deveria felicitá-la por ganhar um cunhado. Elinor não estava preparada para tal pergunta e, não tendo uma resposta pronta, foi obrigada perguntar do que se tratava. Ele tentou sorrir quando respondeu:

— O compromisso entre sua irmã e Willoughby é bastante conhecido por todos.

— Não pode ser — respondeu Elinor — pois nem sua própria família sabe.

Ele pareceu surpreso e disse:

— Desculpe-me, receio que minha pergunta tenha sido impertinente, mas não imaginava que fosse um segredo, já que eles se correspondem abertamente e todos falam sobre o casamento dos dois.

— Como pode ser? Quem disse isso?

— Muitas pessoas, algumas você nem conhece, outras são amigos íntimos: Sra. Jennings, Sra. Palmer e os Middletons. Mas ainda assim não teria acreditado — pois quando a mente está relutante em se convencer, ela sempre encontra algo para sustentar suas dúvidas — se eu não tivesse visto acidentalmente nas mãos do empregado uma carta endereçada ao Sr. Willoughby, escrita com a letra de sua irmã. Pensei em perguntar, mas já estava convencido. Então já está tudo resolvido? É possível que... Desculpe, eu não tenho o direito, e não poderia ter nenhuma chance de sucesso. Desculpe-me, Srta. Dashwood. Acredito que foi errado de minha parte dizer tanto, mas não sei o que fazer e confio completamente em sua prudência. Diga-me que está tudo absolutamente resolvido, que qualquer tentativa... Que a dissimulação, se é que posso dissimular, é a única coisa que me resta.

Essas palavras, que transmitiam a Elinor uma confissão direta de seu amor por Marianne, a afetaram muito. Ela não foi capaz de dizer nada imediatamente e, mesmo depois de recuperar seu ânimo, refletiu por um tempo sobre a resposta que seria mais adequado dar. O real estado das coisas entre Willoughby e sua irmã era tão pouco conhecido por ela mesma que, ao se esforçar para explicá-lo, poderia pecar tanto pelo excesso quanto pela falta. No entanto, como estava convencida de que a afeição de Marianne por Willoughby não deixava nenhuma esperança de sucesso ao Coronel Brandon, e como desejava protegê-la de qualquer censura, depois de alguma consideração, decidiu que seria mais prudente e educado dizer mais do que ela realmente sabia ou acreditava. Reconheceu, portanto, que, embora nunca tivesse sido informada sobre os termos do relacionamento, não tinha dúvidas sobre o afeto mútuo entre os dois e não se surpreendia ao ouvir que eles se correspondiam.

Ele a ouviu com atenção silenciosa e, quando ela parou de falar, levantou-se imediatamente de sua cadeira e disse com a voz emocionada:

— Para sua irmã, desejo toda a felicidade imaginável; para Willoughby, desejo que ele a mereça — despediu-se e foi embora.

Elinor não se sentiu nada confortável com aquela conversa, nem sentiu diminuída a inquietação de sua mente em relação a outros aspectos. Pelo contrário, ficou com uma impressão melancólica da infelicidade do Coronel Brandon, e nem sequer podia desejar que esta infelicidade desaparecesse, pela ansiedade que lhe causava o evento que a confirmaria.

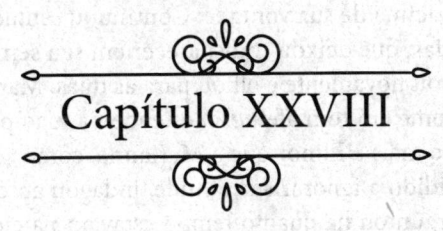

Capítulo XXVIII

Nada ocorreu durante os três ou quatro dias seguintes que fizesse Elinor se arrepender de ter recorrido à mãe, pois Willoughby não apareceu nem escreveu nenhuma carta ou bilhete. No final desse período, estavam comprometidas a comparecer a uma festa com Lady Middleton, à qual a Sra. Jennings não pôde ir por causa da indisposição de sua filha mais nova. Marianne, totalmente desanimada, sem se importar com sua aparência, aparentando ser indiferente a ir ou não, se preparou para esta festa, sem nenhuma demonstração de esperança ou prazer. Após o chá, sentou-se perto da lareira da sala de estar até a chegada de Lady Middleton, sem se mexer ou levantar de sua cadeira, perdida em seus próprios pensamentos e insensível à presença da irmã. Quando finalmente anunciaram que Lady Middleton esperava por elas à porta, se assustou como se tivesse esquecido que esperava por alguém.

Elas chegaram em tempo hábil ao local de destino e, assim que a fila de carruagens diante delas permitiu, desceram, subiram as escadas, ouviram seus nomes anunciados de um patamar a outro em voz audível e entraram em uma sala esplendidamente iluminado, cheio de companhia e insuportavelmente quente. Depois de terem prestado sua homenagem de polidez com uma reverência à dona da casa, foram autorizadas a misturar-se à multidão e tomar sua parte no calor e na inconveniência, a que sua chegada necessariamente deve somar. Depois de algum tempo falando pouco ou menos, Lady Middleton sentou-se ao lado da mesa de jogos e, como Marianne não estava com ânimo para se mover, ela e Elinor felizmente conseguiram cadeiras, e colocaram-se a uma distância não muito grande da mesa.

Não estavam ali há muito tempo quando Elinor avistou Willoughby, parado a alguns metros delas, conversando entusiasmadamente com uma jovem de aparência muito elegante. Seus olhares logo se cruzarem, e ele a cumprimentou de imediato, mas sem tentar falar com ela ou se aproximar de Marianne, embora não pudesse deixar de vê-la, e então continuou sua conversa com a moça. Elinor voltou-se involuntariamente para Marianne, para verificar se havia percebido. Naquele momento, ela o avistou pela primeira vez, e com semblante iluminado por uma súbita felicidade, teria corrido imediatamente em sua direção, se a irmã não a tivesse impedido.

— Deus do céu! — exclamou ela — Ele está ali, ele está bem ali! Oh! Por que ele não olha para mim? Por que não vem falar comigo?

— Por favor, recomponha-se Marianne! — exclamou Elinor — Não demonstre o que sente a todos os presentes. Talvez ele ainda não tenha visto você.

Contudo, naquele momento, se recompor não estava apenas fora do alcance de Marianne, estava acima de sua vontade. Continuou sentada em uma agonia e impaciência profundas, que deixou transparecer em seu semblante.

Por fim, ele se virou novamente e olhou para as duas. Marianne se levantou e, pronunciando seu nome em tom afetuoso, estendeu a mão para ele. Ele se aproximou e, dirigindo-se mais a Elinor que a Marianne, como se quisesse evitar seu olhar e estivesse decidido a ignorar sua atitude, indagou apressadamente sobre a Sra. Dashwood e perguntou há quanto tempo estavam na cidade. Elinor perdeu todo o ânimo com tal comportamento e não conseguiu dizer uma só palavra. Mas os sentimentos de sua irmã foram imediatamente expressos. Com o rosto ruborizado e a voz cheia de emoção, exclamou:

— Meu Deus! Willoughby, qual é o significado disso? Você não recebeu minhas cartas? Não quer apertar minha mão?

Ele não pôde evitá-lo, mas o toque de sua mão era algo doloroso para ele, e ele a segurou apenas por um momento. Durante todo esse tempo, ele evidentemente lutava para manter a compostura. Elinor observou seu semblante e viu sua expressão ficar mais tranquila. Após uma pausa momentânea, ele disse com calma:

— Tive a honra de estar em Berkeley Street na terça-feira passada, e lamento muito não ter tido a sorte de encontrar vocês e a Sra. Jennings em casa. Meu cartão não foi perdido, espero.

— Mas você não recebeu meus bilhetes? — exclamou Marianne com a ansiedade mais aflorada. — Trata-se de um terrível engano, tenho certeza. O que significa tudo isso? Diga-me, Willoughby, pelo amor de Deus, diga-me, qual é o problema?

Willoughby não respondeu, sua expressão se alterou e ele voltou a ficar constrangido. Entretanto, como se percebesse o olhar da jovem com quem conversava anteriormente, sentiu a necessidade de fazer um novo esforço, se recompôs e, em seguida, disse:

— Sim, tive o prazer de receber a notícia de sua chegada a Londres, que você teve a bondade de me enviar. — Afastou-se apressadamente e, com uma ligeira reverência, juntou-se à amiga.

Marianne, agora com o rosto terrivelmente pálido e incapaz de se manter de pé, afundou em sua cadeira, e Elinor, acreditando que ela poderia desmaiar a qualquer momento, tentou protegê-la dos olhares das outras pessoas, enquanto tentava reanimá-la com água de lavanda.

— Vá até ele, Elinor — exclamou ela assim que conseguiu falar — e obrigue-o a vir até mim. Diga-lhe que preciso vê-lo novamente, preciso falar com ele imediatamente. Não terei um momento de paz até que tudo isso seja explicado... Algum equívoco terrível deve ter ocorrido! Oh! Vá até ele agora mesmo.

— Como poderia fazer isso? Não, minha querida Marianne, você deve esperar. Este não é o lugar para explicações. Espere ao menos até amanhã.

Com dificuldade, conseguiu impedir que Marianne o seguisse, mas foi impossível persuadi-la a conter sua agitação ou, ao menos, a recuperar um pouco de sua compostura, até que pudesse falar com ele com a sós e com mais propriedade. Marianne continuava a falar, incessantemente e com a voz baixa, da angústia de seus sentimentos, declarando todas as dores que sentia naquele momento. Pouco tempo depois, Elinor viu Willoughby sair pela porta da sala e ir em direção as escadas, o que usou de argumento para tentar acalmar a irmã, dizendo que ele já havia partido e, assim, era impossível falar com ele naquela noite. Marianne imediatamente pediu a Elinor que implorasse a Lady Middleton para levá-las para casa, pois estava se sentindo mal e não desejava passar nem mais um minuto ali.

Lady Middleton, apesar de estar no meio de uma partida de baralho, ao ser informada de que Marianne não estava bem, foi educada demais para contestar seu desejo de ir embora. Partiram assim que conseguiram encontrar a carruagem. Quase nenhuma palavra foi dita durante o caminho até Berkeley Street. Marianne estava em uma agonia silenciosa, oprimida demais até para chorar. Por sorte, a Sra. Jennings não se encontrava na casa quando chegaram, e elas puderam ir diretamente para o quarto, onde alguns sais de cheiro a animaram um pouco. Ela logo se despiu e se deitou e, como claramente desejava ficar sozinha, Elinor a deixou. Enquanto esperava a volta da Sra. Jennings, Elinor teve tempo suficiente para pensar no que havia ocorrido.

Estava certa de que houve algum compromisso entre Willoughby e Marianne; também não podia duvidar de que Willoughby se cansara de tal compromisso, pois, ao contrário de Marianne, ela não podia atribuir aquele comportamento a um engano ou mal-entendido. Nada além de uma mudança completa de sentimento poderia explicar tudo aquilo. Sua indignação teria sido ainda maior se ela não tivesse visto como ele estava constrangido e como parecia ter total consciência de sua própria má conduta, o que a impedia de acreditar que ele fosse um homem tão sem princípios a ponto de brincar com os sentimentos de sua irmã desde o início. A separação poderia ter diminuído seu interesse e como consequência decidira pôr um fim no assunto, mas que ele havia sentido algum interesse por Marianne, disso ela não tinha a menor dúvida.

Quanto a Marianne, Elinor não podia deixar de se preocupar com o terrível golpe que o infeliz encontro a proporcionara e com a tristeza ainda maior que prováveis consequências do ocorrido a causariam. Sua própria situação parecia melhor que a da irmã, pois, enquanto ela pudesse *estimar* Edward como antes, ainda que precisassem se separar no futuro, sua mente seria capaz de suportar a separação. Mas todas as circunstâncias pareciam aumentar ainda mais a dor de Marianne no caso de uma separação definitiva de Willoughby... uma ruptura instantânea e irreparável com ele.

Capítulo XXIX

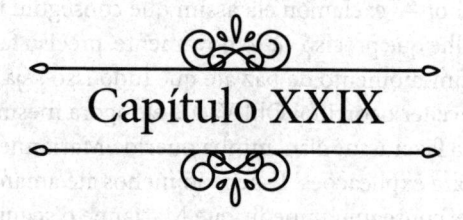

No dia seguinte, antes que a empregada acendesse a lareira ou que o sol aparecesse naquela fria e sombria manhã de janeiro, Marianne, ainda de camisola, se encontrava ajoelhada em frente à bancada da janela, aproveitando a pouca luz que existia ali, escrevendo tão rápido quanto um fluxo contínuo de lágrimas permitia. Foi nessa situação que Elinor, despertada do sono pela agitação e pelos soluços da irmã, a encontrou. Depois de observá-la por alguns momentos em uma silenciosa ansiedade, disse com toda gentileza e consideração:

— Marianne, posso perguntar...?

— Não, Elinor — respondeu ela — não pergunte nada, em breve você saberá tudo.

O calmo desespero com que disse aquilo não durou mais que suas palavras, e imediatamente voltou a ficar excessivamente aflita. Demorou alguns minutos até que ela conseguisse voltar a escrever a carta, e as frequentes explosões de dor que, de tempos em tempos, a obrigavam a interromper a escrita eram provas suficientes de que aquela era a última carta que escreveria a Willoughby.

Elinor deu-lhe toda a assistência silenciosa e discreta que estava ao seu alcance, e teria tentado acalmá-la e tranquilizá-la ainda mais, se Marianne não tivesse suplicado que não a interrompesse por nada no mundo. Em tais circunstâncias, era melhor para ambas que não ficassem muito tempo juntas, e o estado de inquietação da mente de Marianne não apenas a impedia de permanecer no quarto um momento sequer depois de estar vestida, como também exigia que ela ficasse sozinha e que mudasse constantemente de lugar, o que a fez vagar pela casa até a hora do café da manhã, evitando ser vista por qualquer pessoa.

No café da manhã, não comeu nada, nem sequer tentou. E Elinor se dedicou absolutamente em tentar atrair a atenção da Sra. Jennings inteiramente para si.

Como esta era a refeição favorita da Sra. Jennings, durou um tempo considerável. Em seguida, sentaram-se em volta da mesa de trabalho, quando chegou uma carta para Marianne. Ela rapidamente arrancou a carta das mãos do empregado e, dominada por uma palidez mortal, correu para o quarto. Elinor, que mesmo sem ver o remetente soube pela reação da irmã que se tratava de uma carta de Willoughby, sentiu imediatamente uma dor no coração que a impediu até de manter a cabeça erguida, e temeu que a Sra. Jennings percebesse sua reação. A boa senhora, porém, reparou apenas que Marianne recebera uma carta de Willoughby, o que lhe pareceu motivo para uma ótima piada. Estava ocupada demais tricotando um tapete para notar a angústia de Elinor e, assim que Marianne saiu, continuou calmamente a conversa:

— Juro que nunca vi uma jovem tão desesperadamente apaixonada em toda a minha vida! Minhas filhas costumavam ser muito tolas, mas não são nada comparadas. A Srta. Marianne parece estar completamente alterada. Espero, do fundo do meu coração, que ele não a deixe esperando por muito mais tempo, pois é uma lástima vê-la parecer tão doente e desamparada. Ora, quando eles vão se casar?

Elinor, que nunca estivera tão indisposta para falar como naquele momento, obrigou-se a responder àquela pergunta e, tentando sorrir, respondeu:

— Então a senhora realmente está convencida de que minha irmã está comprometida com o Sr. Willoughby? Pensei que fosse apenas uma piada, mas uma pergunta tão séria parece implicar algo mais, portanto, peço-lhe que não continue se iludindo. Garanto-lhe que nada me surpreenderia mais do que saber que eles vão se casar.

— Que vergonha, que vergonha, Srta. Dashwood! Como você pode falar assim? Não sabemos todos que eles vão se casar, que estão perdidamente apaixonados um pelo outro desde o momento em que se conheceram? Eu os vi juntos em Devonshire todos os dias. E acha que eu não sabia que sua irmã veio a Londres com o propósito de comprar o vestido de noiva? Porque consegue fingir tão bem, pensa que ninguém mais percebe o que está acontecendo. Mas não é assim, posso lhe afirmar que toda a cidade sabe disso há tempos. Eu e Charlotte falamos sobre o assunto com todos.

— Realmente, — disse Elinor, muito seriamente — a senhora está enganada. Na verdade, você está fazendo uma coisa muito cruel ao espalhar essa notícia, e acabará percebendo isso, mesmo que agora não acredite em mim.

A Sra. Jennings riu de novo, mas Elinor não teve ânimo para dizer mais nada e, muito ansiosa para saber o que Willoughby havia escrito na carta, correu para o quarto, onde, ao abrir a porta, viu Marianne esticada na cama, quase sufocada pela tristeza, uma carta em sua mão e outras duas ou três jogadas ao seu lado. Elinor se aproximou sem dizer uma palavra e, sentando-se na cama, pegou-lhe a mão, beijou-a afetuosamente várias vezes e então deu vazão a uma enxurrada de lágrimas, apenas um pouco menos que a de Marianne. Esta última, embora incapaz de falar, parecia sentir toda a ternura desse gesto e, depois de passarem algum tempo nessa aflição conjunta, entregou todas as cartas a Elinor, e então, cobrindo o rosto com o lenço, quase gritou de agonia. Elinor, tomando a carta de Willoughby ansiosamente, leu o seguinte:

"Bond Street, janeiro.

Minha cara senhora,

Acabo de ter a honra de receber sua carta, pela qual lhe ofereço os meus sinceros agradecimentos. Estou muito preocupado em saber que algo em meu comportamento na noite passada causou sua desaprovação e, ainda que não me sinta capaz de descobrir o que fiz para ofendê-la, imploro-lhe que me perdoe, e posso lhe asse-

gurar que jamais agi com a intenção de lhe magoar. Sempre me lembrarei da minha relação com sua família em Devonshire com o mais profundo prazer, e quero crer que ele não será rompido por algum engano ou má interpretação das minhas ações. Meu afeto por toda sua família é muito verdadeiro, mas se tive o infortúnio de dar motivo para que acreditasse em algo diferente do que eu realmente sentia, ou desejasse expressar, devo repreender-me por não ter sido mais cuidadoso com as demonstrações dessa estima. Há de considerar impossível que alguma vez tenha querido dizer mais que isso, quando souber que meus afetos estão há muito tempo comprometidos com outra pessoa, e creio que não se passarão muitas semanas antes que esse compromisso seja cumprido. É com grande tristeza que obedeço a sua ordem de devolver-lhe as cartas com que me honrou e o cacho de cabelo com que tão gentilmente me presenteou.

Sou, minha querida senhora, seu mais obediente e humilde servo,

John Willoughby"

É possível imaginar com que indignação a Srta. Dashwood leu tal carta. Embora estivesse ciente, antes de começar a ler, de que a carta deveria trazer uma confissão de sua inconstância e confirmar sua separação definitiva, não acreditava que ele fosse capaz de utilizar tal linguagem para anunciá-la, nem imaginava que Willoughby pudesse de se afastar tanto da aparência de todos os sentimentos honrados e delicados, tão distante do decoro comum de um cavalheiro, a ponto de enviar uma carta tão explicitamente cruel; uma carta que, em vez de trazer o seu desejo de separação como uma livre demonstração de arrependimento, não reconhecia nenhuma quebra de palavra e negava que houvesse algum afeto especial; uma carta em que cada linha era um insulto e que proclamava que seu autor era o grande vilão.

Passou algum tempo fitando a carta com um indignado espanto. Em seguida, leu-a e releu-a inúmeras vezes, mas cada leitura apenas serviu para aumentar sua aversão por esse homem, e tão amargos eram seus sentimentos, que ela não ousou sequer falar, para não magoar Marianne ainda mais profundamente, já que considerava a separação não como a perda de algum bem para ela, mas como a oportunidade de escapar de se unir para sempre a um homem sem princípios.

Em suas fervorosas meditações sobre o conteúdo da carta, sobre a depravação da mente que a escrevera e, certamente, sobre a mente muito diferente de uma pessoa muito diferente, que não tinha nenhuma conexão com o caso além do que seu coração lhe dava com tudo que se passava, Elinor esqueceu a angústia de sua irmã, esqueceu que tinha três cartas ainda não lidas no colo, e se esqueceu tão completamente do tempo que já havia passado no quarto que, ao ouvir uma carruagem estacionando à porta, foi até a janela para ver quem poderia estar chegando tão cedo. Ficou muito surpresa ao ver a carruagem da Sra. Jennings, que nunca era requisitada antes de uma hora da tarde. Determinada a não deixar Marianne, embora sem esperança, no momento, conseguir acalmá-la, saiu apressadamente para se desculpar e dizer à Sra. Jennings que não poderia lhe fazer companhia, uma vez que Marianne estava indisposta. A Sra. Jennings, levemente preocupada com o motivo da dispensa, aceitou-a prontamente, e Elinor, depois de despedir-se dela, retornou ao quarto, onde encontrou Marianne tentando se levantar da cama, e a alcançou justo a tempo de impedir que ela caísse no chão, atordoada pela falta de descanso e alimentação, pois há muitos dias ela não tinha apetite, e há muitas noites não dormia. Agora não que podia mais se apoiar na esperança, a consequência de tudo aquilo se manifestava em seu corpo doente e fraco. Uma taça de vinho, que Elinor providenciou imediatamente para a irmã, ajudou-a a melhor um pouco e, finalmente, foi capaz de dizer:

— Pobre Elinor!

— Eu só queria — respondeu a irmã — que houvesse algo que pudesse fazer que pudesse para confortá-la.

Isso, como todo o resto, foi demais para Marianne, que só pôde exclamar, antes que sua voz se transformasse em soluços:

— Oh! Elinor, como sou infeliz.

Elinor não pôde mais observar em silêncio toda aquela dor da irmã.

— Esforce-se, querida Marianne — disse ela — se não quiser se matar e a todos que ama. Pense na sua mãe, pense em como ficará infeliz em vê-la sofrer, faça um esforço por ela.

— Não consigo, não consigo — exclamou Marianne. — Deixe-me, deixe-me, se eu te angustio. Deixe-me, me odeie, esqueça-me! Mas não me torture assim. Oh! Como é fácil para aqueles que não têm tristeza própria falar de esforço! Feliz, feliz Elinor! Você não tem ideia de como sofro.

— Acha que sou feliz, Marianne? Ah! Se soubesse! E como pode achar que sou feliz ao vê-la tão desesperada?

— Perdoe-me, perdoe-me — disse abraçando a irmã. — Eu sei que você sofre por mim, sei que tem um bom coração, mas mesmo assim... Você deve ser feliz, Edward ama você. O que poderia acabar com uma felicidade como essa?

— Muitas, muitas circunstâncias — disse Elinor solenemente.

— Não, não, não — exclamou Marianne descontroladamente — ele a ama, e só você. Você não *pode* ter nenhuma dor.

— Não posso ter prazer enquanto vejo você neste estado.

— E você nunca mais me verá de outra forma. Minha miséria nunca terá fim.

— Não fale assim, Marianne. Você não tem nenhum conforto? Não tem amigos? Sua perda é tal que não deixa aberturas para o consolo? Por mais que você sofra agora, pense em como teria sofrido se demorasse ainda mais para descobrir o caráter de Willoughby, se seu compromisso tivesse durado meses e meses, como poderia ter sido, antes que ele decidisse encerrá-lo. Cada dia a mais na sua infeliz confiança teria tornado o golpe ainda pior.

— Compromisso! — exclamou Marianne — não houve compromisso.

— Nenhum compromisso?

— Não, ele não é tão indigno quanto você acredita. Ele não me enganou.
— Mas ele disse que te amava.
— Sim... Não... Nunca absolutamente. Era tudo implícito, mas nunca declarou abertamente. Às vezes eu pensava que tinha dito, mas nunca disse.
— E ainda assim você escreveu para ele?
— Sim. Como isso poderia ser errado depois de tudo que se aconteceu? Mas não posso falar.

Elinor não disse mais nada e, voltando-se para as três cartas, que agora despertavam uma curiosidade muito mais forte do que antes, imediatamente começou a examinar o conteúdo de cada uma. A primeira, enviada por sua irmã assim que chegaram à cidade, dizia o seguinte:

"Berkeley Street, janeiro.

Como você ficará surpreso, Willoughby, ao receber este bilhete! Acredito que sentirá algo maior do que surpresa quando souber que estou na cidade. A oportunidade de vir até aqui, embora na companhia da Sra. Jennings, foi uma tentação a qual não pude resistir. Espero que receba esse bilhete a tempo de vir aqui esta noite, mas não contarei com isso. De qualquer forma, espero você amanhã. Por enquanto, adeus.

M.D."

O segundo bilhete, escrito na manhã seguinte ao baile dos Middletons, dizia:

"Não posso expressar minha decepção por ter não tê-lo encontrado anteontem, nem meu espanto por não ter recebido qualquer resposta ao bilhete que enviei há uma semana. Estou esperando notícias suas, e anseio vê-lo. Por favor, venha novamente o mais rápido possível, e explique a razão de eu ter esperado em vão. Seria melhor se viesse mais cedo da próxima vez, porque geralmente saímos à uma hora da tarde. Estávamos ontem à noite na casa de Lady Middleton, onde houve um baile. Disseram-me que o convidaram para participar da festa. Isso é verdade? Você deve estar muito mudado desde que nos separamos, se for esse o caso. Mas não estou disposta a acreditar que isso seja possível, e espero que logo me diga pessoalmente o que aconteceu.

M.D."

O conteúdo do último bilhete era o seguinte:

"O que devo pensar, Willoughby, do seu comportamento na noite passada? Mais uma vez, peço uma explicação. Estava preparada para encontrá-lo com o prazer que a nossa separação naturalmente causou, com a familiaridade que nossa intimidade

em Barton parecia justificar. Na realidade, fui rejeitada! Passei uma noite terrível tentando desculpar uma conduta que no mínimo chamaria de insultante, contudo, como não fui capaz de encontrar uma justificativa plausível para seu comportamento, estou perfeitamente pronta para ouvir as suas explicações. Talvez você tenha sido mal-informado, ou propositalmente enganado a meu respeito, o que pode ter mudado a opinião que tem de mim. Diga-me o que é, esclarecendo porque agiu daquela forma, e ficarei satisfeita por poder satisfazê-lo. Certamente me causaria grande dor pensar mal de você, mas se sou obrigada a fazê-lo, se sou obrigada a ver que você não é quem pensávamos que fosse, que sua consideração por nós era insincera, que a sua conduta para comigo tinha apenas a intenção de enganar-me, diga-me o mais rápido possível. Meus sentimentos estão agora em um assombroso estado de indecisão. Desejo inocentá-lo, mas a certeza, seja qual for, será melhor do que meu sofrimento. Se seus sentimentos já não são mais os mesmos, devolva meus bilhetes e o meu cacho de cabelo que estão em sua posse.

M.D."

Elinor não podia acreditar que tais cartas, tão cheias de afeto e confiança, pudessem ter sido respondidas dessa forma. Contudo, não estava alheia a impropriedade de terem sido escritas. Lastimava silenciosamente a imprudência que causara tais provas não solicitadas de ternura quando Marianne, percebendo que ela havia terminado de ler as cartas, mencionou que elas não continham nada além do que qualquer um teria escrito na mesma situação.

— Eu me senti — acrescentou ela — tão solenemente comprometida com ele, como se o mais estrito pacto legal nos tivesse unido.

— Posso acreditar — disse Elinor — mas infelizmente ele não sentia o mesmo.

— Ele *sentia* o mesmo, Elinor, por várias semanas ele sentia o mesmo. Eu sei que sim. Independentemente do que tenha causado essa mudança, eu era tão querida por ele quanto meu coração poderia desejar. Esta mecha de cabelo, da qual agora ele pode tão facilmente abrir mão, foi implorada a mim com a mais sincera súplica. Se visse seu olhar, seus modos, sua voz naquele momento! Você se esqueceu da última noite em que estivemos juntos em Barton? E a manhã em que nos separamos também! Quando ele me disse que poderia levar muitas semanas até que nos encontrássemos novamente... Como poderei esquecer sua angústia?

Por um breve momento, não conseguiu dizer mais nada, mas quando a emoção passou, ela acrescentou em um tom mais firme:

— Elinor, eu fui cruelmente usada, mas não por Willoughby.

— Querida Marianne, por quem, senão por ele? Por quem ele poderia ter sido induzido?

— Por todo o mundo, menos por seu próprio coração. Prefiro acreditar que todos que conhecemos se uniram para arruinar a opinião dele sobre mim, do que acreditar que seja capaz de tamanha crueldade. Esta mulher de quem ele escreve, seja ela quem for, ou qualquer um, com exceção de você, mamãe e Edward, naturalmente, pode ter sido cruel o suficiente para me difamar. Além de vocês três, não há ninguém no mundo de quem eu jamais suspeitaria, senão de Willoughby, cujo coração eu conheço tão bem.

Elinor não quis contestar, apenas respondeu:

— Quem quer que seja seu detestável inimigo, deixe-o ser enganado por seu triunfo maligno, minha querida irmã, mostrando-lhe com quanta nobreza a consciência de sua própria inocência e boas intenções sustenta o seu espírito. É um orgulho razoável e digno que resiste a tal perversidade.

— Não, não — exclamou Marianne — não há orgulho em um sofrimento como o meu. Não me importa que saibam como sou infeliz. O triunfo de me ver assim pode ser desfrutado por todos. Elinor, Elinor, aqueles que pouco sofrem podem ser tão orgulhosos e independentes como quiserem, podem resistir ao insulto ou relevar a humilhação, mas eu não posso. Preciso sentir, preciso ser infeliz, e eles estão livres para desfrutar do que conseguiram fazer.

— Mas por minha mãe e por mim...

— Eu faria mais do que por mim mesma. Mas parecer feliz quando estou tão infeliz... Oh! Quem pode exigir isso?

As duas ficaram novamente em silêncio. Elinor se dedicava em caminhar pensativamente da lareira até a janela, da janela até a lareira, e Marianne, sentada ao pé da cama, com a cabeça apoiada em um de seus pilares, pegou mais uma vez a carta de Willoughby e, depois de estremecer com cada frase, exclamou:

— É demais! Oh, Willoughby, Willoughby, isso não pode ter sido escrito por você! Cruel, cruel, nada pode absolvê-lo. Elinor, nada pode absolvê-lo. O que quer que ele possa ter ouvido contra mim... Não deveria ter suspendido seu julgamento? Não deveria ter conversado comigo, ter me dado a chance de me defender? *"O cacho de cabelo — repetindo da carta — com que tão gentilmente me presenteou."* Isso é imperdoável! Willoughby, onde estava o seu coração quando você escreveu essas palavras? Oh, que insolente cruel! Elinor, você acha ele pode se justificar?

— Não, Marianne, de maneira nenhuma.

— E, no entanto, esta mulher... Quem sabe o que ela foi capaz de fazer? Por quanto tempo planejou tudo isso, e o quanto ela o induziu! Quem é ela? Quem pode ser? Será que alguma vez ouvi Willoughby mencionar uma jovem atraente entre as suas relações femininas? Oh! Nunca, nenhuma vez, ele só falava de mim.

Outra pausa se seguiu. Marianne estava muito agitada e concluiu:

— Elinor, preciso ir para casa. Preciso ir confortar a mamãe. Podemos ir amanhã?

— Amanhã, Marianne?

— Sim, por que eu deveria ficar aqui? Vim apenas por causa de Willoughby, e agora quem se importa comigo? Quem me considera?

— Seria impossível partir amanhã. Devemos à Sra. Jennings muito mais do que as regras de etiqueta exigem, e não seria educado partirmos tão apressadamente.

— Bem, então talvez em dois ou três dias. Mas não posso ficar aqui por muito mais tempo, não posso ficar para suportar as perguntas e comentários de todas essas pessoas. Como suportarei a pena dos Middletons e dos Palmers? A piedade de uma mulher como Lady Middleton? Oh, o que Willoughby diria sobre isso?

Elinor aconselhou-a a deitar-se novamente, e por um momento ela obedeceu, mas nenhuma posição parecia lhe trazer conforto e, na dor ininterrupta de seu corpo e de seu espírito, mudava de posição diversas vezes, até que foi ficando cada vez mais nervosa, de modo que a irmã teve dificuldade de mantê-la na cama, e por alguns instantes pensou em chamar alguém para ajudá-la. Entretanto, Marianne foi convencida a tomar algumas gotas de água de lavanda, que lhe ajudaram, e deste momento até a volta de Sra. Jennings permaneceu na cama, calada e sem se mover.

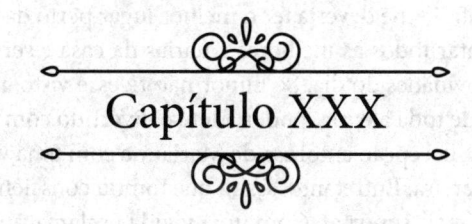

Capítulo XXX

Quando voltou à casa, a Sra. Jennings se dirigiu imediatamente para o quarto de Elinor e Marianne e, sem esperar que respondessem ao seu chamado, abriu a porta e entrou com uma expressão de genuína preocupação.

— Como vai, minha querida? — perguntou em tom de compaixão.

Marianne desviou o rosto sem demonstrar nenhuma intenção de responder.

— Como ela está, Srta. Dashwood? Pobrezinha! Está com uma aparência péssima. Não é de se surpreender. Ah, então é mesmo verdade! Ele vai se casar em breve, sujeitinho imprestável! Não tenho paciência para com ele. A Sra. Taylor disse-me há meia hora, e ela ficou sabendo por uma amiga pessoal da Srta. Grey, do contrário eu jamais acreditaria, quase desmaiei quando soube. Bem, eu disse, tudo que posso dizer é que, se for verdade, ele se aproveitou de minha jovem amiga de forma abominavelmente cruel, e desejo de todo meu coração que sua esposa o atormente a vida inteira. E seguirei dizendo para sempre, querida, pode ter certeza. Não sei como os homens conseguem seguir em frente trilhando este caminho e, se alguma vez eu voltar a encontrá-lo, darei nele um sermão como até hoje nunca ouviu. Mas existe um conforto, minha querida Marianne, ele não é o único jovem no mundo que vale a pena, e com toda sua beleza jamais lhe faltarão pretendentes. Bem, coitadinha! Não vou incomodá-la mais, pois é melhor que ela chore de uma vez tudo o que tiver que chorar. Os Parrys e os Sandersons felizmente virão nos visitar esta noite, como você sabe, e isso vai animá-la.

Saiu caminhando na ponta dos pés, como se o ruído fosse aumentar a aflição de sua amiga.

Para surpresa da irmã, Marianne decidiu jantar com elas. Elinor até a aconselhou do contrário. Mas não, *"ela iria descer; poderia suportar muito bem, e o falatório sobre ela seria menor."* Elinor não disse mais nada. Desse modo, ajeitando-lhe o vestido da melhor maneira que pôde, enquanto Marianne ainda permanecia na cama, estava pronta para levá-la a sala de jantar assim que fossem chamadas.

Lá, embora parecesse muito infeliz, se alimentou melhor e ficou mais calma do que sua irmã esperava. Se tivesse tentado falar ou se tivesse percebido as intenções boas, mas desajeitadas, da Sra. Jennings para com ela, essa calma não teria sido mantida. Mas nenhuma sílaba escapou de seus lábios, e a abstração de seus pensamentos preservou-a na ignorância de tudo que se passava diante dela.

Elinor, que valorizava a bondade da Sra. Jennings, demonstrou-lhe sua gratidão e retribuiu suas gentilezas, o que sua irmã não podia fazer por si mesma. Vendo a tristeza de Marianne, a boa amiga a tratou, com todo o carinho que uma mãe tem com sua filha preferida. Marianne deveria ter o melhor lugar perto da lareira, deveria ser tentada a experimentar todos as melhores iguarias da casa e ser distraída com um relato de todas as novidades do dia. Se Elinor não tivesse visto, no semblante triste da irmã, a ausência de toda alegria, poderia ter se divertido com os esforços da Sra. Jennings para curar a decepção amorosa de Marianne com uma variedade de doces, petiscos e uma boa lareira. Entretanto, assim que tomou consciência de tudo aquilo, Marianne não pôde mais suportar. Com uma vívida exclamação de dor e um sinal para a irmã não a seguir, levantou-se e saiu apressadamente da sala.

— Pobre alma! — exclamou a Sra. Jennings, assim que ela se foi. — Como me entristece vê-la assim! E vejam, saiu sem terminar o vinho! Meu Deus! Nada parece trazer-lhe alegria. Se eu soubesse de algo que poderia alegrá-la, certamente mandaria procurar em toda a cidade por isso. Bem, é muito estranho para mim que um homem possa usar uma garota tão bonita de forma tão cruel! Mas quando há muito dinheiro de um lado e quase nenhum do outro, eles não se importam mais com essas coisas!

— Então a moça, acho que se chama Srta. Gray, é muito rica?

— Cinquenta mil libras, minha querida. Nunca a viu? Uma moça inteligente e elegante, mas não é muito bonita. Lembro muito bem de sua tia, Biddy Henshawe, que se casou com um homem muito rico. Mas todos da família são muito ricos. Cinquenta mil libras! E pelo que dizem, esse dinheiro será providencial, pois parece que ele está bastante endividado. Não é de se espantar, já que está sempre passeando por aí com sua carruagem e seus cachorros! Bem, não quero fazer fofoca, mas quando um rapaz, seja ele quem for, se apaixona por uma linda jovem e lhe promete casamento, não tem o direito de não cumprir com sua palavra só porque ficou pobre e há outra moça rica à sua espera. Por que ele, nesta situação, não vendeu seus cavalos, alugou sua casa, demitiu os empregados e mudou completamente de vida? Asseguro-lhe que a Srta. Marianne estaria disposta a esperar até que as coisas estivessem melhores. Mas não é assim que funciona hoje em dia, os jovens não abrem mão de nenhum prazer.

— Sabe que tipo de moça é a Srta. Gray? Dizem que ela é amável?

— Nunca ouvi nenhum mal dela. Na verdade, quase nunca a ouvi ser mencionada, exceto por essa manhã, quando a Sra. Taylor disse que um dia a Srta. Walker insinuou que o Sr. e a Sra. Ellison não lamentariam se Miss Grey se casasse, pois ela e a Sra. Ellison nunca se deram bem.

— E quem são os Ellisons?

— Os tutores dela, minha querida. Mas agora ela é maior de idade e pode escolher por si mesma... E que bela escolha ela fez! E agora — continuou depois de uma pausa — sua pobre irmã foi para o quarto, suponho, para lamentar-se sozinha. Não há nada que possamos fazer para confortá-la? Pobre menina, parece muito cruel deixá-la sozinha. Bem, em breve teremos a companhia de alguns amigos, e isso a animará um pouco. O que vamos jogar? Ela odeia uíste, eu sei, mas não há algum jogo de que ela goste?

— Minha querida senhora, esta gentileza é totalmente desnecessária. Marianne, lhe asseguro, não deixará seu quarto novamente esta noite. Tentarei convencê-la a ir cedo para a cama, pois tenho certeza de que ela quer descansar.

— Sim, acredito que será o melhor para ela. Espero que diga o que deseja comer na ceia e depois vá dormir. Senhor! Não é de admirar que tenha andado tão mal e tão abatida nas últimas semanas, pois suponho que esse assunto não tenha saído de sua cabeça. E a carta que chegou hoje foi a gota d'água! Pobre menina! Se eu soubesse, certamente não teria brincado com ela sobre o assunto. Mas como eu poderia adivinhar uma coisa dessas? Estava certa de que não passava de uma carta de amor. Deus, como Sir John e minhas filhas ficarão preocupados quando souberem! Se eu estivesse com minha cabeça no lugar, teria passado em Conduit Street na volta para casa e lhes contado a notícia. Mas irei visitá-los amanhã.

— Não será necessário que você oriente a Sra. Palmer e Sir John a não mencionarem o nome de Willoughby ou a não comentarem sobre o acontecido na frente de minha irmã, pois sua própria bondade os fará perceber a crueldade se tocassem no assunto em sua presença ou comigo, como o senhor entenderá.

— Oh! Deus! Sim, entendo sim. Deve ser terrível para você ouvir falar disso, e quanto à sua irmã, tenho certeza de que não diriam uma palavra sobre isso na frente dela por nada no mundo. Você viu que eu não disse nada durante o jantar. Nem Sir John nem minhas filhas falarão nada, pois são muito atenciosos. Acredito que quanto menos tocarmos no assunto, mais rápido ele será esquecido. E que bem traria falar sobre isso?

— Neste caso, só pode causar dano, talvez ainda mais do que em outros casos semelhantes, pois foi acompanhado de circunstâncias que o tornam impróprio tópico de conversa pública. Devo fazer *esta* justiça ao Sr. Willoughby; ele não quebrou nenhum compromisso verdadeiro com minha irmã.

— Justiça, minha querida! Não tente defendê-lo. Nenhum compromisso verdadeiro, realmente! Depois de levá-la em Allenham House e mostrá-la todos os cômodos em que viveriam no futuro!

Elinor, pelo bem da irmã, não insistiu no assunto e esperava, também para o bem de Willoughby, que não lhe fizessem mais perguntas, visto que, embora Marianne houvesse perdido muito, ele não tinha nada a ganhar ao dizer a verdade. Depois de um breve silêncio de ambos os lados, a Sra. Jennings, com toda sua hilariante naturalidade, abordou o assunto mais uma vez:

— Bem, minha querida, como diz o ditado: há males que vêm para o bem. Neste caso, quem se beneficiará é o Coronel Brandon. Finalmente ele vai poder conquistá-la, e estou certa de que o fará. Escute o que eu digo, até meados do verão, eles estarão casados. Deus! Como ficará feliz com a notícia! Espero que ele venha esta noite. Tenho certeza que será um casamento mais favorável para sua irmã. Duas mil libras por ano, sem dívidas nem descontos, com exceção, é claro, de sua filha biológica. Ah, quase me esqueci dela. Podem colocá-la como interna em algum lugar, sem muitos gastos, e o que isso poderia significar? Delaford é um lindo lugar, posso lhe garantir! É exatamente o que eu chamo de lugar à moda antiga, muito confortável e conveniente, rodeado pelos grandes muros de um imenso jardim cheio de árvores frutíferas, as maiores da região! Além disso, há uma amoreira em um dos cantos! Deus! Como eu e Charlotte nos deliciamos comendo-as na única vez em que estivemos por lá! Há também um pombal, muitos tanques de peixes e um lindo canal, enfim, tudo que se pode querer. Ademais, fica próximo à igreja, e a cerca de quatrocentos metros da estrada principal, então nunca é monótono. Oh! É um ótimo lugar! Há um açougueiro perto da vila, e a casa paroquial fica a poucos metros dali. Em minha opinião, é mil vezes mais lindo que Barton Park, onde são obrigados a andar quase cinco quilômetros para comprar carne, e a única vizinha é a sua mãe. Bem, vou contar ao Coronel Brandon assim que puder. E como você sabe, uma coisa leva a outra. Se apenas pudermos tirar-lhe Willoughby da cabeça!

— Sim, se pudermos fazer *isso*, senhora — disse Elinor — passaremos muito bem com ou sem o Coronel Brandon.

Então, levantando-se, foi se juntar a Marianne, a quem encontrou, como esperava, em seu quarto, em um silêncio triste, debruçada sobre os restos de brasa da lareira, que, até a entrada de Elinor, eram a única donte de luz.

— É melhor você me deixar — foi tudo que Marianne disse à irmã.

— Vou deixar você — disse Elinor — se você for para a cama. Levada pela impaciência momentânea de seu sofrimento, recusou a princípio. Mas os insistentes, mas gentis pedidos da irmã logo a amoleceram, e Elinor a viu deitar a cabeça dolorida no travesseiro e, como esperava, começou a descansar antes de deixá-la.

Na sala de estar, para onde Elinor se dirigiu, a Sra. Jennings logo se juntou a ela, com uma taça de vinho na mão.

— Minha querida — disse ela ao entrar — acabo de me lembrar que tenho na casa uma garrafa do melhor vinho Constancia que já experimentei, por isso trouxe um copo para sua irmã. Meu pobre marido! Como gostava desse vinho! Leve para sua irmã.

— Minha cara senhora — respondeu Elinor, sorrindo com a diferença dos males para os quais o vinho era recomendado — como você é boa! Mas acabei de deixar Marianne na cama, quase adormecida. Como penso que nada poderá animá-la, se me permitir, eu mesma beberei o vinho.

O Coronel Brandon chegou quando tomavam o chá e, pela maneira como olhou ao redor à procura de Marianne, Elinor imediatamente percebeu que ele não esperava nem queria vê-la ali, e que já conhecia o motivo de sua ausência. A Sra. Jennings não teve o mesmo pensamento, pois, logo depois de sua chegada, ela atravessou a sala até a mesa de chá onde Elinor se encontrava e sussurrou:

— O Coronel parece mais sério do que de costume. Não deve saber de nada. Conte a ele, minha querida.

Logo depois, ele puxou uma cadeira para perto dela e, com um olhar que lhe assegurava que ele estava ciente da notícia, perguntou por sua irmã.

— Marianne não está bem — disse ela. — Ela ficou indisposta o dia todo e nós a convencemos a ir para a cama.

— Talvez, então — respondeu ele hesitante — o que ouvi esta manhã seja verdade... Deve haver mais verdade nisso do que acreditei ser possível a princípio.

— O que você ouviu?

— Em suma, que um cavalheiro que eu *sabia* estar comprometido... Como posso lhe dizer? Se você já sabe, como certamente deve saber, não me faça repeti-lo.

— Você se refere — respondeu Elinor, com uma calma forçada — ao casamento do Sr. Willoughby com a Srta. Grey. Sim, nós *sabemos* disso. Hoje parece ter sido um dia de esclarecimento geral, pois logo no início da manhã descobrimos tudo. O Sr. Willoughby é uma pessoa insondável! Onde ouviu a notícia?

— Em uma papelaria em Pall Mall, onde estava a negócios. Duas senhoras estavam conversando sobre este futuro casamento, em um tom de voz tão indiscreto que não pude deixar de ouvir. O nome de Willoughby, John Willoughby, repetido mais de uma vez, me chamou a atenção. E o que se seguiu era a afirmação de que tudo a respeito do seu casamento com a Srta. Grey finalmente estava acertado... Já não era mais segredo... E que aconteceria em poucas semanas, e muitos outros detalhes sobre os preparativos e outros assuntos. Recordo-me especialmente de uma coisa: logo após a cerimônia, viajariam para Combe Magna, sua propriedade em Somersetshire. Não imagina meu espanto! Mas não seria possível descrever-lhe o que senti. Quando perguntei, já que permaneci na papelaria até elas irem embora, informaram-me que uma das senhoras se tratava da Sra. Ellison, a tutora da Srta. Grey.

— É verdade. Mas você também ouviu que a Srta. Gray tem cinquenta mil libras? Nisso podemos encontrar uma boa explicação.

— Pode ser, Willoughby é capaz, acredito eu — ele parou por um momento e então acrescentou, com uma voz que parecia trair a si mesma: — E sua irmã, como ela...

— Seu sofrimento é imenso. Só espero que seja proporcionalmente breve. Tem sido uma aflição muito cruel. Até ontem, creio, ela nunca duvidou de sua consideração. E mesmo agora, talvez... Mas estou convencida de que ele nunca foi realmente apaixonado por ela. Foi muito enganador! E, em alguns pontos, parece ser um homem sem coração.

— Ah! — disse o Coronel Brandon. — Tenho certeza que sim! Mas sua irmã não... Creio que já me disse... Ela não compartilha de sua opinião?

— Você a conhece, e pode imaginar o quanto ela se esforçaria para justificá-lo, se pudesse.

Ele não respondeu e, logo em seguida, quando retiraram o serviço de chá e organizaram os grupos para jogar cartas, o assunto foi definitivamente deixado de lado. A Sra. Jennings, que os observava com prazer enquanto conversavam e esperava que a comunicação da Srta. Dashwood causasse uma instantânea explosão de alegria no Coronel Brandon, como ocorreria com qualquer homem na flor da idade, da esperança e da felicidade, o viu, com espanto, permanecer durante toda a noite mais sério e pensativo do que o comum.

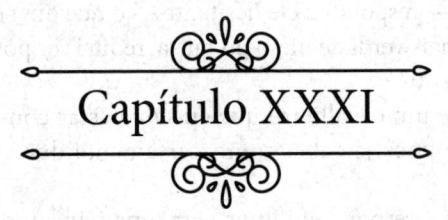

Capítulo XXXI

Na manhã seguinte, após dormir mais do que esperava, Marianne acordou consciente de que continuava tão infeliz quanto adormecera.

Elinor a encorajou ao máximo a falar sobre o que sentia e, assim, antes que o café da manhã fosse servido, conversaram sobre o assunto várias vezes. Elinor continuo com sua firme convicção e seus conselhos afetuosos, e Marianne manteve seus sentimentos impetuosos e suas mudanças constantes de opinião. Às vezes acreditava que Willoughby era tão infeliz e inocente quanto ela, e outras vezes ficava desolada ante a impossibilidade de absolvê-lo. No entanto, permanecia evitando, sempre que possível, a presença da Sra. Jennings, e se mantinha em total silêncio quando era obrigada a suportá-la. Seu coração não acreditava que a Sra. Jennings pudesse ser parte de sua tristeza com qualquer compaixão.

— Não, não, não pode ser — exclamou ela — ela não pode sentir. Sua bondade não é empatia, seu bom caráter não é ternura. Só se importa com fofocas, e só gosta de mim agora porque eu as forneço.

Elinor sabia que sua irmã, movida pelo irritável refinamento de sua própria mente, podia cometer injustiças ao julgar os outros. Como metade do mundo, Marianne, com excelentes qualidades e muita disposição, não era nem razoável nem justa. Esperava que todos compartilhassem de suas opiniões e sentimentos, e julgava as atitudes das pessoas pelo efeito imediato de suas ações sobre ela mesma. Assim, nessas circunstâncias, quando as irmãs estavam no quarto depois do café da manhã, sua opinião sobre a estima da Sra. Jennings piorou ainda mais, pois, apesar de guiada pela boa vontade, a senhora lhe causou uma nova dor.

Com uma carta em sua mão e um semblante alegre, certa de que trazia conforto, entrou no quarto, dizendo:

— Agora, minha querida, trago algo que com certeza lhe fará muito bem.

Marianne já tinha ouvido o suficiente. Em um instante sua mente imaginou uma carta de Willoughby, cheia de ternura e arrependimento, explicando tudo o que havia acontecido, de maneira satisfatória e convincente. A carta seria seguida pelo próprio Willoughby, correndo ansiosamente pelo cômodo para reforçar, aos pés dela e com a eloquência de seus olhos, as afirmações de sua carta. Mas os esforços desse momento foram destruídos pelo momento seguinte. Diante dela se encontrava a caligrafia de sua mãe, que até então nunca fora mal recebida e, na profunda decepção que se seguiu àquele êxtase de esperança, ela sentiu como se, até aquele momento, nunca tivesse sofrido.

Não existiam palavras capazes de descrever a crueldade da Sra. Jennings. E agora ela só podia repreendê-la pelas lágrimas que escorriam de seus olhos com violência passional. Depois de muitas expressões de piedade, a Sra. Jennings se retirou, ainda falando sobre o conforto que a carta deveria trazer. Mas Marianne encontrou pouco alívio na carta, quando teve tranquilidade suficiente para lê-la. O nome de Willoughby aparecia em todas as páginas. Sua mãe, ainda confiante no compromisso e na lealdade do jovem, somente por insistência de Elinor, havia se decidido a exigir que Marianne fosse franca com ambas, e o fez com tanta ternura, tanto afeto por Willoughby e tanta convicção da felicidade futura dos dois, que Marianne chorou desesperadamente durante toda a leitura da carta.

Toda a sua impaciência de retornar para a casa novamente voltou. Nunca havia estimado tanto a mãe quanto agora; inclusive excesso de sua confiança equivocada em Willoughby, e desejava desesperadamente partir. Elinor, incapaz de decidir se era melhor para Marianne estar em Londres ou em Barton, não lhe ofereceu nenhum consolo, apenas a aconselhou a ter paciência até soubessem qual era a vontade da mãe, e finalmente obteve da irmã o consentimento de aguardar por essa decisão.

A Sra. Jennings saiu mais cedo do que de costume, pois não sossegaria até que os Middletons e Palmers pudessem compartilhar de seu sofrimento, e, recusando terminantemente a companhia Elinor, saiu sozinha pelo resto da manhã. Elinor, com o coração pesado, ciente da dor que causaria e percebendo, pela carta de Marianne, como falhara em preparar a mãe para aquilo, sentou-se para escrever sobre o acontecido e pedir à mãe orientações sobre o futuro. Enquanto isso, Marianne, que entrou na sala logo após a partida da Sra. Jennings, permaneceu sentada à mesa onde Elinor escrevia, observando o movimento de sua caneta, lamentando a dureza desta tarefa e lamentando ainda mais o efeito que aquela carta produziria em sua mãe.

Estavam ali há cerca de quinze minutos, quando Marianne, cujos nervos não suportavam nenhum ruído repentino, foi surpreendida por uma batida na porta.

— Quem pode ser? — perguntou Elinor. — Tão cedo assim! Pensei que estivéssemos a salvo.

Marianne foi até a janela.

— É o Coronel Brandon! — disse ela irritada. Nunca estamos a salvo *dele*.

— Ele não vai entrar, porque a Sra. Jennings não está em casa.

— Não confio muito *nisso* — disse, retirando-se para o quarto. — Um homem que não sabe o que fazer da própria vida, não tem noção de sua intromissão na vida dos outros.

Embora baseada em um julgamento injusto, a suposição de Marianne se concretizou, pois o Coronel Brandon de fato entrou na casa. E Elinor, convencida de que ele estava ali por se preocupar com Marianne, e que via preocupação em seu olhar triste e perturbado e em suas ansiosas, embora breves, perguntas sobre ela, não perdoou a irmã por considerá-lo tão levianamente.

— Eu encontrei com a Sra. Jennings na Bond Street — disse ele após cumprimentá-la — e ela me encorajou a vir. Fui ainda mais encorajado por pensar que seria provável te encontrar sozinha, como eu gostaria. Meu objetivo... Meu desejo é poder lhe oferecer algum consolo... Não, não devo dizer consolo, não me refiro a um conforto passageiro, mas a uma certeza, uma certeza duradoura para a mente de sua irmã. Meu respeito por ela, por você, por sua mãe... Permita-me prová-lo relatando algumas circunstâncias que apenas a mais sincera consideração poderia justificar. Apesar de ter passado muitas horas me convencendo de que estou certo, não há alguma razão para temer que possa estar errado? — Ele se calou.

— Eu o entendo — disse Elinor. — Você tem algo a me dizer sobre o Sr. Willoughby, que me ajudará a compreender melhor seu caráter. Contar o que sabe será o maior ato de amizade que demonstrará por Marianne. *Minha* imediata gratidão está assegurada ante qualquer informação que tenha essa finalidade, e a *dela* será conquistada com o tempo. Ora, diga-me.

— Direi, então. Para ser breve, quando deixei Barton, no último outubro... Bem, assim você não compreenderá. Devo ir ainda mais longe no tempo. Você vai achar que sou um narrador muito desajeitado, Srta. Dashwood. Mal sei por onde começar. Será necessário um breve relato de mim mesmo, acredito eu. Mas serei muito breve, não tenho a intenção de me aprofundar em tal tema — disse, suspirando pesadamente.

Ele parou por um momento para se recompor e, com outro suspiro, continuou:

— Você não deve se lembrar de uma conversa — não suponho que ela tenha lhe causado forte impressão — que tivemos uma noite em Barton Park, uma noite em que acontecia um baile, na qual eu mencionei uma senhora que conheci uma vez e que se parecia, de certa forma, com Marianne.

— Na verdade — respondeu Elinor — não me esqueci disso.

Ele pareceu satisfeito com a lembrança e acrescentou:

— Se não estou enganado pela incerteza e pela parcialidade de boas lembranças, há uma grande semelhança entre as duas, em temperamento e aparência: a mesma intensidade de sentimentos, a mesma força de imaginação e veemência de espírito. Esta dama era uma de minhas conhecidas mais próximas, órfã desde criança e sob a tutela do meu pai. Éramos quase da mesma idade, e desde muito novos fomos amigos e companheiros de brincadeiras. Não consigo me lembrar de um tempo em que não tivesse amado Eliza, e minha afeição por ela, à medida que crescíamos, foi aumentando de tal forma que, talvez, a julgar por minha atual austeridade, você pense que eu seja incapaz de alguma vez tê-la sentido. E a afeição dela por mim, creio, foi tão intensa quanto o amor de sua irmã por Willoughby e, ainda que por razões distintas, não menos afortunado. Aos dezessete anos a perdi para sempre. Ela se casou, contra sua vontade, com meu irmão. Sua fortuna era grande e o patrimônio de nossa família estava muito comprometido. E isso, temo dizer, é tudo o que pode ser falado para justificar a conduta de alguém que era simultaneamente seu tio e seu tutor. Meu irmão não a merecia, nem mesmo a amava. Eu esperava que seu afeto por mim a ajudasse a tolerar qualquer dificuldade, e por algum tempo assim o foi. Contudo, por fim, a triste situação em que vivia, tendo que suportar enormes provações, foi mais forte que ela e, embora tivesse me prometido que nada... Mas como estou lhe contando tudo às cegas! Nunca lhe contei como tudo isso aconteceu. Estávamos a poucas horas de fugir juntos para a Escócia, antes deles se casarem. A desonestidade ou loucura da empregada de minha prima nos traiu. Fui mandado para a casa de um parente que ficava muito distante, e ela não teve direito a nenhuma liberdade, nenhuma companhia e nenhuma diversão, até que o desejo do meu pai fosse satisfeito. Confiei demais na força de Eliza, e o golpe foi severo. Porém, se seu casamento fosse feliz, jovem como eu era, em alguns meses teria me conformado, ou ao menos não teria motivos para lamentar agora. Mas esse não foi o caso. Meu irmão não tinha nenhuma consideração por ela e desde o início a tratou mal. A consequência disso, para uma mente tão jovem, tão viva, tão inexperiente como a da Sra. Brandon, foi a mais natural possível. A princípio, sujeitou-se a sua infeliz situação, o que teria sido uma feliz decisão, se ela não tivesse passado a vida tentando superar o pesar que minha lembrança lhe causava. Não é de se espantar que, com um marido que só lhe trazia infelicidade e sem um amigo para aconselhá-la ou contê-la, ela acabaria desmoronando. Se eu tivesse permanecido na Inglaterra, talvez... Mas quis facilitar a felicidade de ambos afastando-me dela por anos, e com esse propósito pedi minha transferência. O choque que seu casamento me causou — continuou ele com a voz agitada — não foi nada comparado ao que senti quando soube, cerca de dois anos depois, de seu divórcio. Foi *esta* a causa desta melancolia... ainda hoje, a lembrança do que sofri...

Ele não pôde dizer mais nada e, levantando-se, caminhou apressadamente por alguns minutos pela sala. Elinor, afetada por seu relato e ainda mais por sua angústia, não conseguiu dizer nada. Ele viu sua preocupação e, aproximando-se dela, pegou sua mão, apertou-a e beijou-a com agradecido respeito. Mais alguns minutos de esforço silencioso lhe permitiram prosseguir com alguma compostura.

— Passaram-se quase três anos depois desse período infeliz até que eu retornasse à Inglaterra. Minha primeira preocupação, quando cheguei, foi procurar por ela, mas a procura foi tão inútil quanto triste. Não consegui rastreá-la além do seu ex-marido, e tinha todos os motivos para temer que ela tivesse se separado dele apenas para se aprofundar ainda mais em uma vida de pecado. Sua pensão legal não era compatível com a sua fortuna, nem era suficiente para mantê-la com conforto, e eu soube por meu irmão que o direito de recebê-la fora passado há alguns meses para outra pessoa. Ele imaginava, e com que calma o fazia, que a extravagância de Eliza, e sua consequente infelicidade, obrigaram-na a desfazer-se de seu dinheiro para aliviar alguma necessidade imediata. Por fim, seis meses após minha chegada à Inglaterra, eu a encontrei. Fui visitar um ex-empregado meu, que havia caído em desgraça, em uma casa de detenção em que estava preso por causa de dívidas; e ali, no mesmo lugar, no mesmo confinamento, estava minha desafortunada cunhada. Tão diferente, tão pálida, abatida por todo tipo de sofrimento! Mal pude crer que a triste e doente figura que estava diante de mim era o que sobrava da menina encantadora, forte e cheia de saúde a quem tanto havia amado. O quanto sofri ao vê-la assim... Mas não tenho o direito de lhe atormentar tentando descrevê-la... Já lhe fiz sofrer demais. O fato de ela estar naquela situação, no estágio final, como tudo indicava, foi para mim um grande conforto. A vida não podia oferecer-lhe mais nada além de tempo para melhor preparar-se para a morte, e isso ela obteve. Consegui que a instalassem em um lugar confortável e fosse assistida da forma adequada; visitei-a diariamente durante o resto de sua curta vida, e estive ao seu lado em seus últimos momentos.

    Novamente ele parou para se recompor. Elinor expressou seus sentimentos em uma terna exclamação de preocupação pelo destino infeliz de sua amiga.

    — Sua irmã, espero, não pode se ofender — disse ele — pela semelhança que percebi entre ela e minha pobre e desgraçada parente. Seus destinos não podem ser os mesmos; e se a natureza meiga de uma tivesse sido protegida por uma mente mais firme, ou um casamento mais feliz, ela teria sido tudo o que a outra será. Mas, a que tudo isto nos leva? Creio que a atormentei por nada. Ah, Srta. Dashwood! Um assunto como este, silenciado durante quatorze anos... É perigoso até mesmo citá-lo! Tenho que me conter, ser mais sucinto... Ela deixou sob minha tutela sua única filha, uma menina de três anos de idade, fruto de sua primeira relação pecaminosa. Ela amava a criança e sempre a manteve consigo. Foi uma preciosa responsabilidade para mim, e com muito prazer teria me encarregado dela no sentido mais literal, cuidando pessoalmente de sua educação, se minha situação o permitisse. Mas eu não tinha família, nem casa, e minha pequena Eliza foi mandada para uma escola. Ia visitá-la sempre que podia e, depois que meu irmão faleceu, cerca de cinco anos atrás, e deixou em meu nome a propriedade da família, ela me visitou em Delaford. Eu dizia que se tratava de uma parente distante, mas sei bem que todos suspeitavam que nosso parentesco era muito mais próximo. Faz agora três anos — assim que ela completara quatorze anos — que eu a retirei da escola, para deixá-la sob os cuidados de uma senhora muito respeitável, que mora em Dorsetshire, e que é a tutora de cerca de quatro ou cinco outras meninas que têm aproximadamente a mesma idade e, por dois anos, estava perfeitamente satisfeito com a situação. Mas em fevereiro passado, há quase um ano, Eliza sumiu de repente. Eu lhe dera autorização para satisfazer sua vontade de ir à Bath com uma de suas jovens amigas, cujo pai estava ali por motivos de saúde. Eu sabia que ele era um homem muito bom, e gostei de sua filha — mais do que deveria, pois, com o mais teimoso e insensato sigilo, ela se recusou a dizer qualquer coisa, não deu uma pista sequer, ainda que certamente soubesse de tudo. Acredito que seu pai, um homem bem intencionado, mas não muito esperto, realmente não era capaz de dar alguma informação, pois estava quase sempre preso em casa, enquanto as meninas passeavam pela cidade e se relacionavam com quem quisessem. Ele tentou me convencer, assim como ele estava absolutamente convencido, de que sua filha não tinha nada a ver com o assunto. Em suma, não pude descobrir nada a não ser que ela havia fugido, e todo o resto, após oito longos meses, foi apenas especulação. Pode imaginar o que pensei, o que temi e o que sofri.

— Deus do céu! — exclamou Elinor — Será possível... Será que Willoughby...

— A primeira notícia que tive dela — continuou ele — veio em uma carta escrita pela própria Eliza, no último outubro. Foi enviada a Delaford, e eu a recebi na manhã em que planejávamos ir para Whitwell. Foi este o motivo de minha partida tão repentina de Barton, que sei que na época todos estranharam, e que alguns até se ofenderam. Mal imaginava o Sr. Willoughby, suponho, quando seus olhares me repreenderam pela falta de cortesia ao arruinar o passeio, que fui chamado para ajudar alguém que se tornara pobre e infeliz. Mas se soubesse, o que mudaria? Teria sido menos feliz diante dos sorrisos de sua irmã? Não, já tinha feito o que nenhum homem com compaixão faria. Havia deixado uma menina cuja juventude e inocência ele havia seduzido em uma situação de extremo embaraço, e sem um lar digno, sem ajuda, sem amigos, sem saber como encontrá-lo! Ele a havia deixado, prometendo voltar, mas não voltou, nem escreveu, nem a auxiliou de alguma forma.

— Isso está além da minha compreensão! — exclamou Elinor.

— Agora você pode conhece o seu caráter: gastador, libertino, e possivelmente pior que isso. Sabendo de tudo, como eu sabia há muito tempo, imagine o que senti ao ver sua irmã tão apaixonada por ele como estava, e estando certa de que iriam se casar. Quando estive aqui na semana passada, e a encontrei sozinha, estava determinado a saber a verdade, apesar não saber o que faria ao descobrir. Você pode ter achado meu comportamento estranho na ocasião, mas agora poderá me compreender melhor. Era um sofrimento vê-las tão enganadas, ver sua irmã... Mas o que eu poderia fazer? Não tinha nenhuma ilusão intervir com êxito. Mas agora, após tão desonrosa atitude, quem pode saber quais seriam suas intenções com ela? Entretanto, independentemente de quais fossem, agora ela pode se sentir grata, e sem dúvida o fará, por sua condição, em comparação à situação da minha pobre Eliza. Quando pensar no desfecho miserável e desesperado dessa pobre menina e imaginar-se em seu lugar, com um afeto tão forte por ele, e com a alma atormentada pelo remorso, que a acompanhará por toda a vida. Certamente essa comparação lhe ajudará. Marianne sentirá que sua própria dor não é nada. Não são resultado de nenhuma má conduta e não podem trazer-lhe desgraça. Pelo contrário, a preocupação por sua dor e a admiração por sua força devem fortalecer todos os laços de amizade. Entretanto, conte a ela o que lhe disse com toda a sua discrição. Você deve saber melhor o efeito que terá, mas se eu não acreditasse firmemente e com todo o meu coração que poderia ser-lhe grande ajuda, que poderia amenizar sua dor, não teria vindo aqui incomodá-la com o relato dos sofrimentos de minha família.

Elinor agradeceu suas palavras com imensa gratidão e garantiu que o conhecimento do ocorrido seria de grande valia para Marianne.

— Para mim, os esforços de Marianne para perdoá-lo tem sido mais dolorosos do que todo o resto — disse ela. — Agora, embora no início ela vá sofrer muito, estou certa de que ela logo ficará bem. Você — continuou ela após um breve silêncio — já se encontrou com o Sr. Willoughby desde que o deixou em Barton?

— Sim — respondeu ele gravemente — uma vez. Foi inevitável encontrá-lo.

Elinor, assustada com seus modos, olhou para ele ansiosamente, dizendo:

— O quê? Você o encontrou para...

— Não poderia encontrá-lo de outra forma. Eliza me confessou, embora com muita relutância, o nome de seu amante. E, quando ele voltou para Londres, duas semanas depois de mim, marcamos um duelo, ele para se defender, eu para punir sua conduta. Voltamos ilesos e, por isso, ninguém soube do duelo.

Elinor suspirou diante da fantasiosa necessidade daquilo, mas por ser um homem e um soldado, não procurou censurá-lo.

— Essa é a triste semelhança entre o destino da mãe e da filha! — disse Coronel Brandon. — E como fracassei naquilo que me fora confiado!

— Ela ainda está na cidade?

— Não, pois quando a encontrei já estava prestes a dar à luz, e assim que ela se recuperou do parto mandei-a com a criança para o interior, e lá ela permanece.

Pouco depois, lembrando-se, de que provavelmente estava impedindo Elinor de ficar com a irmã, o Coronel Brandon encerrou sua visita, recebendo dela novamente o mais profundo agradecimento, e deixando-a cheia de compaixão e de estima por ele.

Capítulo XXXII

Logo em seguida, quando Elinor contou detalhadamente sobre a conversa à Marianne, o efeito causado sobre ela não foi exatamente aquele que se esperava. Não que Marianne parecesse desconfiar da veracidade da história, pois ouviu tudo com a mais firme e submissa atenção, não fez objeções nem comentários, não tentou justificar Willoughby, e suas lágrimas demonstravam que não existia justificativa possível. Porém, embora Elinor estivesse segura de que Marianne havia aceitado a culpa de Willoughby, embora visse com satisfação que ela não mais evitava a companhia do Coronel Brandon quando ele as visitava, e embora percebesse uma melhora em seu humor, Elinor ainda não a via menos infeliz. Sua mente se acalmara, mas para isso havia se afundado em um desânimo sombrio. Sentia mais tristeza por ter perdido a imagem que construíra de Willoughby do que por ter perdido seu coração; a sedução e o abandono da Srta. Williams, a miséria daquela pobre menina e a dúvida sobre quais eram seus planos em relação a *ela*, tudo isso consumia sua mente de tal forma que ela não era capaz de falar sobre o que sentia nem mesmo com Elinor e, meditando em silêncio sobre suas tristezas, causou mais dor à irmã do que causaria se tivesse aberto o coração e confessado seus sentimentos.

Os sentimentos e as palavras da Sra. Dashwood ao receber e responder a carta de Elinor foram os mesmos que suas filhas já tinham sentido e dito, uma decepção ligeiramente menos dolorosa do que a de Marianne, e uma indignação ainda maior do que a de Elinor. Chegaram longas cartas dela, uma atrás da outra, em que falava de seu sofrimento e de suas opiniões, expressava sua preocupação por Marianne e suplicava que ela suportasse com firmeza este infortúnio. De fato, a aflição de Marianne devia ser terrível, para que sua mãe a pedisse firmeza! Quão mortificante e humilhante devia ser a causa de suas lástimas, para que a Sra. Dashwood a aconselhasse a não ceder!

Contra seus próprios interesses, a Sra. Dashwood determinou que, naquele momento, qualquer lugar seria melhor para Marianne que em Barton, onde tudo que visse traria à tona lembranças dolorosas de seu passado, fazendo Willoughby tão presente, já que o vira ali tantas vezes. Portanto, recomendou às filhas que não encurtassem a visita à Sra. Jennings, que todos esperavam, embora nunca tenham determinado sua duração com exatidão, que se prolongasse por cerca de cinco ou seis semanas. Ali se distraíam com uma variedade de atividades, ocupações e companhias que não poderiam encontrar em Barton.

Quanto ao perigo de ver Willoughby novamente, sua mãe acreditava que Marianne estava tão segura em Londres quanto no campo, já que nenhum de seus amigos poderia admitir agora a companhia do rapaz. O destino nunca poderia cruzar seus caminhos, e estariam menos expostas a uma surpresa na multidão de Londres do que na reclusão de Barton, onde talvez ele fosse obrigado a fazer uma visita a Allenham depois de seu casamento, um fato que a Sra. Dashwood havia considerado como muito provável, e que agora já dava como certo.

Ela tinha mais um motivo para desejar que as filhas permanecessem onde estavam: havia recebido uma carta de seu enteado, que dizia que ele e a esposa estariam em Londres antes de meados de fevereiro, e considerou apropriado que as filhas vissem o irmão de vez em quando.

Marianne prometera respeitar a opinião de sua mãe e a acatou sem objeções, embora fosse exatamente o oposto do que ela desejava e esperava, embora acreditasse que era totalmente errada, formada por motivos equivocados. E essa permanência prolongada em Londres privou-a da compaixão íntima de sua mãe, o único alívio possível para seu sofrimento, e a condenou a companhias e situações que lhe impediam de ter um só momento de paz.

Contudo, Marianne ficava muito aliviada em saber que aquilo que lhe fazia mal seria bom para sua irmã. Elinor, por outro lado, imaginando que não estaria em seu poder evitar Edward completamente, se tranquilizou pensando que, embora aquela estada mais longa contrariasse sua própria felicidade, seria melhor para Marianne do que um retorno imediato a Devonshire.

Seus esforços para proteger a irmã de sequer ouvir o nome de Willoughby não foram em vão. Marianne, mesmo sem saber, se beneficiou muito dessa proteção, pois nem a Sra. Jennings, nem Sir John e nem mesmo a Sra. Palmer tocaram no nome dele na presença dela. Elinor gostaria que fizessem o mesmo em sua presença, mas era impossível, e assim se via obrigada a escutar dia após dia as demonstrações de indignação de todos eles.

Sir John não era capaz de acreditar que tudo aquilo era verdade. Um homem de quem sempre tivera tantos motivos para pensar bem! Um sujeito tão bom! Não acreditava que houvesse cavaleiro melhor na Inglaterra inteira! Era inexplicável. Desejou-lhe o pior de todo o coração. Nunca mais lhe dirigiria a palavra por nada no mundo! Que sujeito sem-vergonha! Que cachorro traiçoeiro! Na última vez que se viram, prometeu-lhe um dos filhotes de Folly. Isso era o fim do mundo!

A Sra. Palmer, a seu modo, estava igualmente zangada. Estava determinada a romper imediatamente qualquer relação com ele, e estava muito grata por nunca tê-lo conhecido a fundo. Desejava de todo o coração que Combe Magna não ficasse tão perto de Cleveland, mas isso não importava, pois era um muito longe para visitá-lo. Odiava-o tanto que estava decidida a nunca mais pronunciar seu nome, e contaria a todos que conhecia que ele era um canalha.

O restante de sua simpatia, a Sra. Palmer demonstrava obtendo todos os detalhes do casamento que se aproximava e comunicando-os a Elinor. Ela logo soube qual cocheiro estava construindo a nova carruagem, qual pintor estava pintando o retrato do Sr. Willoughby e em qual loja as roupas de Miss Grey podiam ser encontradas.

A calma e educada despreocupação de Lady Middleton na ocasião foi um feliz alívio para o espírito de Elinor, muitas vezes oprimido pela ruidosa simpatia dos demais. E foi um grande conforto para ela saber que não despertava nenhum interesse em pelo menos *uma* pessoa, saber que havia *alguém* que poderia encontrá-la sem sentir qualquer curiosidade por detalhes ou qualquer ansiedade para saber da saúde da irmã.

Lady Middleton expressava sua opinião sobre o caso cerca de uma ou duas vezes por dia, se o assunto fosse mencionado com muita frequência, dizendo:

— É muito chocante, de fato!

E por meio desse desabafo contínuo, mas gentil, foi capaz não apenas de ver as Dashwoods desde o início sem a menor emoção, mas logo passou a vê-las sem sequer se lembrar do assunto. Tendo assim defendido a dignidade de seu próprio sexo e repreendido o que via de errado no outro, se considerou livre para atender aos interesses de suas próprias reuniões e, portanto, decidiu, contrariando a opinião do Sir John, que, como a Sra. Willoughby seria uma mulher elegante e rica, deixaria seu cartão de visitas com ela assim que se casassem.

As delicadas e discretas perguntas do Coronel Brandon eram sempre bem recebidas pela Srta. Dashwood. Ele havia conquistado o privilégio de discutir intimamente a decepção de Marianne graças ao seu amigável esforço para amenizá-la, e eles sempre conversavam com confiança. Sua principal recompensa pelo doloroso esforço de revelar tristezas passadas e humilhações presentes era dada no olhar compassivo com que Marianne às vezes o observava e na suavidade de sua voz sempre que se via obrigada a falar com ele. Tudo isso lhe assegurava que seu empenho havia produzido um aumento de sua boa vontade para com ele. Mas a Sra. Jennings, que não estava ciente de nada disso, apenas sabia que o Coronel continuava sério como sempre e que não poderia convencê-lo a fazer o pedido de casamento, ao fim de dois dias começou a pensar que eles se casariam apenas no dia de São Miguel, e ao fim de uma semana que não haveria casamento algum. A boa relação entre o Coronel e a Srta. Dashwood parecia indicar que as honras da amoreira, do canal e do teixo seriam todas passadas para ela, e a Sra. Jennings por algum tempo, se esqueceu totalmente do Sr. Ferrars.

No início de fevereiro, quinze dias após o recebimento da carta de Willoughby, Elinor teve a dolorosa tarefa de informar à irmã que ele se casara. Ela havia tomado o cuidado de contar a notícia pessoalmente, assim que soube que a cerimônia acontecera, pois não queria que Marianne descobrisse pelo aviso dos jornais, que a via examinar avidamente todas as manhãs.

Marianne recebeu a notícia com perfeita compostura; não fez nenhum comentário a respeito e, a princípio, não derramou lágrimas, mas depois de um tempo começou a chorar e, pelo resto do dia, ficou em um estado levemente menos lamentável do que quando descobriu que eles iriam se casar.

Os Willoughbys deixaram a cidade assim que se casaram, e Elinor agora esperava, como não havia de se encontrarem, que pudesse convencer a irmã, que ainda não havia saído de casa desde que recebera o primeiro golpe, a voltar, aos poucos, a sair como antes.

Nesse período, as irmãs Steeles, recém-chegadas à casa de sua prima em Bartlett's Buildings, em Holborn, foram até a casa de seus parentes mais importantes em Conduit e Berkeley Street, onde foram recebidas por todos com grande cordialidade.

Apenas Elinor lamentou vê-las. A presença das duas sempre lhe causava dor, e ela teve dificuldade em retribuir com gentileza a excepcional alegria de Lucy ao descobrir que ela *ainda* estava na cidade.

— Eu ficaria muito desapontada se não encontrasse vocês *ainda* aqui — dizia Lucy repetidamente, com forte ênfase na palavra. — Mas sempre imaginei que *estariam* aqui. Tinha quase certeza de que não deixariam Londres tão cedo; embora você tenha me *dito* em Barton que não ficaria mais de um *mês*. Mas pensei, na época, que você provavelmente mudaria de ideia. Seria uma pena se tivessem partido antes da chegada de seu irmão e sua cunhada. E agora, certamente, não terão *pressa* em partir. Estou incrivelmente feliz por você não ter cumprido *sua palavra*.

Elinor a entendia perfeitamente e precisou usar todo o seu autocontrole para fingir que *não*.

— Bem, minha querida — disse a Sra. Jennings — e como foi a viagem?

— Viemos todo o tempo na carruagem dos correios — respondeu a Srta. Steele — acompanhadas de um rapaz muito elegante. O Reverendo Davies estava vindo para Londres, então pensamos em acompanhá-lo, e ele se comportou tão gentilmente, e pagou dez ou doze xelins a mais que nós.

— Oh, oh! — exclamou a Sra. Jennings — que ótimo! E o Reverendo é um homem solteiro, garanto-lhe.

— Veja só — disse a Srta. Steele, sorrindo afetadamente — todos estão fazendo comigo piadinhas a respeito do Reverendo Davies, e não sei o porquê. Minhas primas estão certas de que o conquistei, mas, da minha parte, garanto que jamais pensei nele dessa maneira. "Lá vem o seu pretendente, Nancy." minha prima disse outro dia, quando o viu atravessar a rua. "Meu pretendente!" disse eu. "Não sei do que está falando, Reverendo Davies não é meu pretendente."

— Sim, sim, isso soa muito bem... Mas não me convence, o Reverendo é o homem, eu vejo.

— Não, de forma alguma! — respondeu sua prima, com afetada seriedade — e lhes peço que desmintam se ouvirem alguém dizer isso.

A Sra. Jennings deu-lhe imediatamente a garantia de que certamente não o faria, e a Srta. Steele ficou completamente satisfeita.

— Suponho que você irá ficar com seu irmão e sua cunhada, Srta. Dashwood, quando eles vierem para a cidade — disse Lucy após o fim das insinuações hostis.

— Não, não creio que vamos.

— Oh, sim, tenho certeza que sim!

Elinor não lhe daria a satisfação de lhe fazer mais objeções.

— Que bom que Sra. Dashwood possa ficar tanto tempo vocês duas!

— Muito tempo, de fato! — interveio a Sra. Jennings. — Ora, a visita delas está apenas começando!

Lucy ficou em silêncio.

— Lamento não podermos ver sua irmã, Srta. Dashwood. Lamento que ela não esteja bem. — disse a Srta. Steele, pois Marianne deixara a sala quando chegaram.

— Você é muito boa. Minha irmã também sentirá falta do prazer de vê-las, mas ultimamente tem sido atormentada por muitas dores de cabeça, o que a impossibilita de receber visitas ou conversar.

— Oh, querida, que pena! Mas velhas amigos como Lucy e eu... Acho que ela poderia *nos* ver, e certamente não diríamos uma palavra.

Elinor, com muita educação, recusou a proposta dizendo que provavelmente sua irmã já estava deitada, de camisola, e, portanto, não poderia vê-las.

— Oh, se isso é tudo — exclamou a Srta. Steele — podemos muito bem ir até ela.

Elinor começou a se sentir incapaz de aturar tamanha impertinência, mas se salvou de ter que controlar-se pela enérgica repreensão de Lucy que, agora, como em várias ocasiões, ainda que não conseguisse refinar os modos de uma irmã, certamente reprimia os modos da outra.

Capítulo XXXIII

Depois de alguma resistência, Marianne cedeu às súplicas da irmã e em uma certa manhã aceitou sair com ela e com a Sra. Jennings por meia hora. No entanto, estipulou a expressa condição de que não faria visitas e apenas as acompanharia à joalheria Gray na Sackville Street, onde Elinor estava negociando a troca de algumas joias antigas de sua mãe.

Quando chegaram à porta da joalheria, a Sra. Jennings lembrou-se que do outro lado da rua morava uma senhora a quem ela devia uma visita e, como não tinha negócios na joalheria, decidiu fazer a visita enquanto as jovens resolviam seus negócios, e avisou que retornaria em breve.

Ao subirem as escadas, Elinor e Marianne se depararam com uma sala tão cheia que não havia ninguém disponível para atendê-las, e foram obrigadas a esperar. Tudo o que podiam fazer era sentar-se no balcão que parecia ter o atendimento mais rápido, e onde havia apenas um cavalheiro, o que fez Elinor ter esperança de poder despertar-lhe a cortesia para que despachassem logo seu pedido. Mas o rigor do seu olhar e a delicadeza do seu gosto pareciam estar além de sua cortesia. Estava encomendando um paliteiro e, até que decidisse cada detalhe e examinasse cada paliteiro da loja, não pôde prestar atenção nas duas moças, com exceção de dois ou três olhares bastante ousados; um interesse que serviu para Elinor guardar na memória uma pessoa de rosto forte, natural e patentemente insignificante, embora vestida na última moda.

Marianne foi poupada dos incômodos sentimentos de desprezo e ressentimento ante a impertinência com que ele as observava, e da futilidade de seus modos ao discutir os diferentes horrores dos paliteiros que lhe foram apresentados, permanecendo alheia a tudo isso. Ela era capaz de mergulhar em seus pensamentos e ignorar tudo o que se passava ao seu redor, tanto na joalheria quanto em seu próprio quarto.

Por fim, o assunto foi resolvido. Tudo foi escolhido e o cavalheiro calçou as luvas com muita tranquilidade e, olhando mais uma vez para as Dashwoods, com um olhar que mais parecia exigir do que expressar admiração, se retirou andando com um ar de grande presunção e afetada indiferença.

Elinor não perdeu tempo ao apresentar seus assuntos e já estava prestes de concluí-los quando outro cavalheiro parou ao seu lado. Ela se virou para olhá-lo e descobriu, com certo espanto, que era seu irmão.

O afeto e o prazer que expressaram foi o suficiente para parecerem alegres diante dos clientes da joalheria do Sr. Gray. Na verdade, John Dashwood estava longe de se lamentar por rever suas irmãs. Os três ficaram contentes, e as perguntas dele a respeito da Sra. Dashwood foram respeitosas e gentis.

Elinor descobriu que ele e Fanny estavam na cidade há dois dias.

— Quis muito visitá-las ontem — disse ele — mas não foi possível, pois tivemos que levar Harry para ver os animais selvagens no Exeter Exchange, e passamos o resto do dia com a Sra. Ferrars. Harry ficou muito satisfeito. Pretendia visitá-las na manhã de hoje, mas sempre há muito o que se fazer ao chegar à cidade. Vim aqui encomendar um sinete para Fanny. Mas amanhã certamente poderei visitá-las em Berkeley Street e ser apresentado à sua amiga Sra. Jennings. Sei que ela é uma mulher de muita fortuna, e os Middletons também. Vocês devem me apresentar a *eles*. Como são parentes de minha madrasta, ficarei feliz em mostrar-lhes todo o meu respeito. Soube que eles são excelentes vizinhos para vocês.

— Excelentes, de fato. Sua preocupação com nosso conforto, a simpatia com que nos tratam, é mais do que posso expressar.

— Estou extremamente feliz em ouvir isso. Mas não é de se espantar, são pessoas de grande fortuna, são seus parentes, e era de se esperar que oferecessem todas as demonstrações de gentileza e as comodidades essenciais para tornar agradável a sua situação. Então vocês estão confortavelmente instaladas no chalé e não lhes falta nada! Edward nos deu um relato muito encantador do lugar e disse que todas vocês pareciam aproveitá-lo bastante. É uma grande satisfação para nós saber que estão bem.

Elinor sentiu um pouco de vergonha do irmão, e não lamentou ser impedida de responder-lhe pela chegada do empregado da Sra. Jennings, que vinha avisá-las que ela as esperava à porta.

O Sr. Dashwood desceu as escadas com elas, foi apresentado à Sra. Jennings na porta da carruagem e, reiterando sua esperança de poder visitá-las no dia seguinte, despediu-se.

A visita realmente aconteceu. Chegou se desculpando pela ausência da esposa, que estava tão ocupada com a mãe, que não tinha tempo para ir a lugar nenhum. A Sra. Jennings, no entanto, assegurou-lhe prontamente que não precisava de cerimônia, pois eles eram todos primos, ou algo parecido, e ela certamente esperaria pela visita da Sra. John Dashwood muito em breve, e traria suas irmãs para vê-la. Os modos dele para com *elas*, embora calmos, eram perfeitamente gentis, e para com a Sra. Jennings eram atenciosamente educados. Quando o Coronel Brandon chegou, pouco tempo depois, o observou com uma curiosidade que parecia indicar que só esperava saber se ele era rico para tratá-lo com a mesma educação.

Após meia hora de visita, o Sr. Dashwood pediu a Elinor que o acompanhasse até Conduit Street e o apresentasse a Sir John e Lady Middleton. O tempo estava excepcionalmente bom e ela consentiu prontamente. Assim que saíram de casa, seus questionamentos começaram.

— Quem é esse Coronel Brandon? É um homem de posses?

— Sim, ele tem propriedades muito boas em Dorsetshire.

— Fico feliz com isso. Parece ser um cavalheiro e, acredito, Elinor, que posso felicitá-la pela perspectiva de uma situação muito respeitável na vida.

— Eu, meu irmão! O que quer dizer?
— Ele gosta de você. Eu o observei de perto e estou convencido disso. Qual é o valor de sua fortuna?
— Acredito que cerca de duas mil libras por ano.
— Duas mil libras por ano! — e se esforçando para atingir um tom de entusiasmada generosidade, acrescentou: — Elinor, gostaria que fosse o *dobro* disso, para o seu bem.
— Acredito em você — respondeu Elinor — mas tenho certeza que o Coronel Brandon não tem o menor desejo de se casar *comigo*.
— Você está enganada, Elinor, está muito enganada. Com um pequeno empenho de sua parte, sei que o conquistará. Talvez no momento ele esteja indeciso, a pequenez de sua fortuna pode desencorajá-lo, seus amigos podem ser contra. Mas essas pequenas atenções e estímulos que as jovens podem oferecer tão facilmente irão convencê-lo. E não pode haver nenhum motivo para você não tentar conquistá-lo. Não deve supor que algum outro afeto anterior de sua parte... Em resumo, você sabe que um afeto desse tipo é completamente impossível, os obstáculos são insuperáveis... você é sensata demais para não perceber. O Coronel Brandon deve ser o escolhido. Resumidamente, é o tipo de união que — disse baixando a voz para sussurrar algo importante — será extremamente conveniente para *todas as partes*. — Recompondo-se, acrescentou: — Quero dizer... Seus amigos estão ansiosos para vê-la bem estabelecida, especialmente Fanny, pois ela se preocupa muito com o seu bem-estar, asseguro-lhe. E sua mãe também, Sra. Ferrars, uma mulher muito generosa; tenho certeza que essa união lhe daria grande prazer, como ela mesma disse isso outro dia.

Elinor não respondeu.

— Seria notável — continuou ele —, algo muito significativo, se Fanny pudesse ver seu irmão, e eu minha irmã, se casando ao mesmo tempo. E não é algo tão improvável.

— O Sr. Edward Ferrars vai se casar? — perguntou Elinor muito resoluta.

— Ainda não está confirmado, mas existe uma possibilidade. Ele tem uma mãe excelente. A Sra. Ferrars, com a maior bondade, oferecerá mil libras por ano se ele se casar. A jovem é a honorável Srta. Morton, filha única do falecido Lord Morton, com um dote de trinta mil libras. Uma união muito desejada de ambos os lados, e não tenho dúvidas de que ocorrerá em breve. Mil libras por ano é muito para uma mãe presentear um filho, mas a Sra. Ferrars tem um espírito nobre. Para lhe dar mais um exemplo da sua generosidade, outro dia, logo que chegamos à cidade, sabendo que neste momento não tínhamos muito dinheiro, ela entregou nas mãos de Fanny duzentas libras. O que foi extremamente bem-vindo, pois teremos muitas despesas enquanto estivermos aqui.

Ele fez uma pausa, aguardando a aprovação e compaixão de Elinor, e ela foi obrigada a dizer:

— Suas despesas na cidade e no campo devem ser consideráveis; mas sua renda é grande.

— Não é tão grande, ouso dizer, como muitas pessoas supõem. Mas não tenho a intenção de reclamar, é sem dúvida confortável, e espero que com o tempo seja melhor. No momento estamos cercando Norland Common, o que aumenta ainda mais os meus gastos. Além da pequena compra que fiz nesse último semestre, a fazenda East Kingham, você deve se lembrar do lugar, onde o velho Gibson morava. A terra era tão conveniente em todos os aspectos, tão próxima à minha propriedade, que senti que era meu dever comprá-la. Eu não poderia me perdoar se deixasse cair em outras mãos. Um homem deve pagar por sua comodidade; e isso me custou uma grande quantia de dinheiro.

— Muito mais do que acreditava ser o seu valor real?

— Ora, espero que não. Eu teria vendido a fazenda no dia seguinte, por um valor maior do que paguei, mas, com relação ao dinheiro para a compra, poderia ter sido muito infeliz, pois na época as ações estavam tão baixas que, se eu não tivesse a quantia necessária no banco para a compra, precisaria liquidar as ações, com grandes perdas.

Elinor apenas sorriu.

— Também tivemos outra despesa inevitável quando chegamos a Norland. Nosso respeitado pai, como você bem sabe, deixou todos os pertences de Stanhill, que permaneceram em Norland e eram muito valiosos, como herança para sua mãe. Longe de mim lamentar por isso, ele tinha o direito indubitável de dispor de seus bens como quisesse, mas, em consequência disso, fomos obrigados a fazer grandes compras de linho, porcelana, etc. para suprir o que vocês levaram embora. Você pode imaginar, depois de todas essas despesas, o quanto estamos longe de sermos ricos, e quão bem-vinda é a ajuda da Sra. Ferrars.

— Certamente — disse Elinor — e com o amparo de sua generosidade, espero que possa viver ainda mais confortavelmente.

— Em mais um ou dois anos as coisas melhorarão — respondeu ele seriamente. — Mas ainda há muito a ser feito. A construção da estufa de Fanny ainda nem começou, e quanto ao jardim de flores, temos apenas o projeto.

— Onde será a estufa?

— Sobre a colina atrás da casa. As velhas nogueiras serão todas derrubadas para abrir espaço para ela. Terá uma bela vista de todas as partes do parque, e o jardim de flores ficará na parte da frente; acredito que ficará extremamente bonito. Removemos todos os espinheiros que cresciam ali.

Elinor guardou para si suas opiniões e censuras sobre o assunto, e ficou muito grata por Marianne não estar presente para compartilhar sua irritação.

Tendo agora dito o suficiente para deixar claro sua pobreza e para eliminar a necessidade de comprar um par de brincos para cada uma de suas irmãs em sua próxima visita à joalheria Gray, seus pensamentos tomaram um rumo mais alegre e ele começou a parabenizar Elinor por ter uma amiga como a Sra. Jennings.

— Ela parece uma mulher de grande valor, de fato. Sua casa, seu estilo de vida, tudo indica uma renda excessivamente boa, e é uma relação que não apenas foi de grande utilidade para você até agora, mas que no final pode se provar materialmente vantajosa. O fato de ela convidá-las para vir a Londres certamente lhes favoreceu, e é um sinal de tanto carinho que certamente não se esquecerá de vocês quando morrer. Ela deve ter muito a deixar.

— Absolutamente nada, eu suponho, pois ela tem apenas o usufruto de seus bens, que deixará para suas filhas.

— Mas não se pode imaginar que ela gaste toda a sua renda. Poucas pessoas prudentes o fazem, e tudo o que ela economizar, poderá dispor.

— E você não acha mais provável que ela deixe isso para as filhas do que para nós?

— Suas filhas são extremamente bem casadas e, portanto, não vejo necessidade de ajudá-las ainda mais. Ao passo que, em minha opinião, por ela prestar tanta atenção em vocês e tratá-las tão bem, ela lhes deu uma espécie de direito em seus planos futuros, que uma mulher conscienciosa não recusaria. Nada pode ser mais gentil do que o comportamento da Sra. Jennings, e ela dificilmente poderia fazer tudo isso sem estar ciente da expectativa que isso suscita.

— Mas ela não despertou nenhuma expectativa nas pessoas interessadas. Na verdade, irmão, sua ansiedade por nosso bem-estar e prosperidade o leva longe demais.

— Ora, com certeza — disse ele, parecendo se recompor — as pessoas têm pouco, têm muito pouco em seu poder. Porém, minha querida Elinor, o que há de errado com Marianne? Ela parece muito doente, está muito pálida e muito magra. Ela está doente?

— Ela não está se sentindo muito bem, está sofrendo dos nervos há muitas semanas.

— Sinto muito por isso. Em sua idade, qualquer doença destrói a jovialidade para sempre! A dela durou tão pouco! Era uma moça tão bonita em setembro passado, como nunca vi igual; muito atraente para os homens. Tinha um estilo de beleza que os agradava particularmente. Recordo-me de ouvir Fanny dizer que ela se casaria mais cedo e faria um melhor casamento que você, não que ela não tenha uma enorme afeição por você, mas é o que ela pensava na época. Contudo, acredito que ela estava enganada. Duvido que agora Marianne se case com um homem de mais de quinhentas ou seiscentas libras anuais, e eu ficaria muito espantado se você não conseguisse muito mais. Dorsetshire! Conheço muito pouco de Dorsetshire, mas, minha cara Elinor, ficarei extremamente satisfeito em saber mais, e creio que você pode considerar Fanny e eu como os seus primeiros e mais felizes visitantes.

Elinor tentou muito seriamente convencê-lo de que não havia possibilidade de ela se casar com o Coronel Brandon, mas a expectativa o agradava demais para renunciar a ela. Ele estava realmente decidido a buscar uma intimidade com aquele cavalheiro, e promover o casamento de qualquer maneira. Tinha muito remorso por não ter feito nada por suas irmãs, e por isso estava extremamente ansioso para que os outros o fizessem, e um pedido de casamento do Coronel Brandon ou uma herança da Sra. Jennings eram os meios mais fáceis para compensar sua própria negligência.

Tiveram a sorte de encontrar Lady Middleton em casa, e Sir John apareceu antes que a visita terminasse. Houve uma abundância de gentilezas de todos os lados. Sir John estava sempre disposto a gostar de qualquer pessoa e, ainda que o Sr. Dashwood não parecesse saber muito sobre cavalos, logo o considerou um bom sujeito. Lady Middleton, por sua vez, observando que ele era muito elegante, ponderou que valia a pena se tornarem amigos, e o Sr. Dashwood despediu-se encantado com os dois.

— Terei um relato encantador para contar a Fanny — disse ele enquanto voltavam. — Lady Middleton é realmente uma mulher muito elegante! Uma mulher que, estou certo, Fanny terá prazer em conhecer. E a Sra. Jennings também, uma mulher de excelentes maneiras, ainda que não seja tão elegante quanto a filha. Sua cunhada não precisa ter nenhum escrúpulo em visitá-la, o que, para ser honesto, era um pouco o caso, naturalmente, pois apenas sabíamos que a Sra. Jennings era viúva de um homem que ganhara todo o seu dinheiro de maneira bastante escusa. E Fanny e o Sr. Ferrars tinham decidido previamente que a Sra. Jennings e suas filhas não eram o tipo de mulheres com as quais Fanny gostaria de se relacionar. Mas agora posso contar-lhe as mais satisfatórias referências sobre ambas.

Capítulo XXXIV

A Sra. John Dashwood tinha tanta confiança no julgamento de seu marido que, no dia seguinte, visitou tanto a Sra. Jennings quanto sua filha. Sua confiança foi recompensada ao descobrir que a primeira, a dona da casa em que suas cunhadas estavam hospedadas, de forma alguma era indigna de sua atenção; e quanto à Lady Middleton, a considerou uma das mulheres mais encantadoras do mundo!

Lady Middleton estava igualmente satisfeita com a Sra. John Dashwood. Havia nas duas uma espécie de egoísmo frio que as fez sentir mutuamente atraídas. Simpatizaram uma com a outra graças a uma insípida semelhança de comportamento e uma completa falta de compreensão.

As mesmas maneiras, no entanto, que atraíram a atenção da Sra. John Dashwood para Lady Middleton não agradavam à Sra. Jennings. Para *ela*, a Sra. John Dashwood era apenas uma mulher prepotente e de modos pouco educados, que tratou as cunhadas sem nenhum afeto e parecia quase não ter o que dizer-lhes, pois dos quinze minutos que passou em Berkeley Street, pelo menos sete minutos e meio permaneceu em silêncio.

Elinor queria muito saber, embora não quisesse perguntar, se Edward estava na cidade, mas nada teria induzido Fanny a mencionar voluntariamente o nome dele na presença dela, até que pudesse dizer que seu casamento com a Srta. Morton estava resolvido, ou até que as expectativas de seu marido em relação ao Coronel

Brandon fossem atendidas; pois acreditava que Edward e Elinor ainda estavam muito apegados um ao outro, e por isso nunca era demais mantê-los afastados, em todas as ocasiões. Entretanto, a notícia que ela se recusava a dar logo chegou de outra fonte. Lucy não demorou a se lamentar com Elinor por não poder ver Edward, ainda que ele estivesse em Londres com o Sr. e a Sra. John Dashwood. Ele não ousava ir a Bartlett's Buildings com medo de ser descoberto e, embora sua impaciência mútua para se encontrar fosse imensurável, no momento não podiam fazer nada além de trocar correspondências.

Edward não demorou a comprovar por si próprio sua presença na cidade, fazendo duas visitas à Berkeley Street. Encontraram duas vezes seu cartão de visita sobre a mesa, após voltarem de seus compromissos matinais. Elinor ficou satisfeita com a visita, e ainda mais satisfeita por não o ter encontrado.

Os Dashwood ficaram tão prodigiosamente encantados com os Middletons que, embora não tivessem o hábito de receber visitas, logo depois que começaram a amizade os convidaram para um jantar na Harley Street, onde haviam alugado uma casa muito boa por três meses. Suas irmãs e a Sra. Jennings também foram convidadas, e John Dashwood teve o cuidado de garantir a presença do Coronel Brandon, que, sempre feliz por estar na companhia das Dashwoods, recebeu sua ansiosa cortesia com alguma surpresa, mas com muito mais prazer. Iriam conhecer a Sra. Ferrars, mas Elinor não conseguiu saber se seus filhos estariam presentes. A expectativa de vê-la, no entanto, foi o suficiente para fazê-la se interessar pelo convite, pois agora poderia conhecer a mãe de Edward sem aquela forte ansiedade que antes não poderia ser evitada. Ainda que agora pudesse vê-la com total indiferença pela sua opinião a seu respeito, sua vontade de estar na companhia da Sra. Ferrars e sua curiosidade de saber como ela era estavam mais vivas do que nunca.

Logo depois, o interesse com que esperava a reunião aumentou, de maneira mais intensa que prazerosa, ao descobrir que as Steeles também estariam lá.

Elas haviam deixado tão boa impressão em Lady Middleton, as incessantes atenções das jovens as tornaram tão encantadoras a ela, que apesar de Lucy não ser tão elegante, e sua irmã não ser ao menos educada, estava tão propensa quanto Sir John a convidá-las para ficarem em Conduit Street por uma ou duas semanas. E pareceu muito conveniente para as Steeles, assim que receberam o convite dos Dashwoods, que sua visita iniciasse alguns dias antes da data da reunião.

Entretanto, seus esforços para chamar a atenção da Sra. John Dashwood, por serem as sobrinhas do cavalheiro que por muitos anos cuidou de seu irmão, não foi o suficiente para garantir-lhes um bom lugar à mesa. Contudo, como eram convidadas de Lady Middleton, seriam bem-vindas. E Lucy, que há muito desejava ser conhecer pessoalmente a família, a fim de ter uma visão mais profunda do caráter de cada um e de suas próprias dificuldades, além de ter a oportunidade de tentar agradá-los, nunca se sentiu tão feliz em sua vida como quando recebeu o cartão de visitas da Sra. John Dashwood.

Em Elinor, o efeito foi muito diferente. Ela começou imediatamente a imaginar que Edward, que morava com sua mãe, deveria ser convidado juntamente com ela, para um jantar oferecido por sua irmã. E vê-lo pela primeira vez, depois de tudo que aconteceu, na companhia de Lucy! Não sabia se conseguiria aguentar!

Essas apreensões de Elinor talvez não fossem inteiramente embasadas na razão, e nem totalmente verdadeiras. Entretanto, encontraram alívio não em seus próprios pensamentos, mas na boa vontade de Lucy, que acreditava causar-lhe uma terrível desilusão ao lhe dizer que Edward certamente não estaria em Harley Street na terça-feira, e ainda pretendia feri-la ainda mais convencendo-a de que o motivo de sua ausência era o enorme afeto que sentia por ela, o qual não era capaz de ocultar quando estavam juntos.

Finalmente chegou o dia em que as duas moças seriam apresentadas à sua formidável sogra.

— Tenha pena de mim, querida Srta. Dashwood! — disse Lucy, enquanto subiam as escadas juntas, uma vez que os Middletons chegaram tão imediatamente após a Sra. Jennings que todos seguiram o empregado ao mesmo tempo. — Não há ninguém aqui além de você que possa sentir por mim... Mal posso me aguentar de pé. Meu Deus! Em instantes, verei a pessoa de quem depende toda a minha felicidade, minha futura sogra.

Elinor poderia ter proporcionado a ela um alívio imediato, apresentado a possibilidade de ela não ser sua sogra, mas sim da Srta. Morton, mas preferiu assegurar a Lucy, com muita sinceridade, que tinha pena dela, para enorme espanto de Lucy, que, embora se sentisse muito desconfortável, esperava pelo menos ser objeto de irreprimível inveja para Elinor.

A Sra. Ferrars era uma mulher pequena, magra, altiva, de aparência quase formal, e séria a ponto de ter um aspecto ácido. Sua pele era pálida, seus traços eram pequenos, sem beleza ou expressão natural, mas uma feliz contração das sobrancelhas a salvava de ter um semblante insípido, conferindo-lhe fortes expressões de orgulho e mau humor. Não era uma mulher de muitas palavras, pois, ao contrário das pessoas em geral, suas palavras eram proporcionais ao número de suas ideias. Das poucas sílabas que deixara escapar, nenhuma foi dirigida à Srta. Dashwood, a quem observava muito determinada a não encontrar nela nada que pudesse gostar, sob nenhum pretexto.

Agora, Elinor não podia ficar infeliz com esse comportamento. Alguns meses atrás, isso a teria machucado excessivamente, mas a Sra. Ferrars já não tinha mais o poder de fazê-la infeliz, e a diferença com que tratava as Steeles, uma diferença que parecia ter o propósito de humilhá-la ainda mais, apenas a divertia. Não pôde deixar de sorrir ao ver a gentileza da mãe e da filha para com a pessoa (pois Lucy era particularmente distinta) que, dentre todas, se estivessem cientes de tudo o que ela sabia, estariam ainda mais ansiosas para ferir, ao passo que ela mesma, que comparativamente não tinha o poder de feri-las, se via obviamente menosprezada pelas duas. Contudo, enquanto ria dessa gentileza tão mal dirigida, não podia refletir sobre a mesquinha necessidade que a provocava, nem observar as fingidas atenções com que as Steeles buscavam sua continuidade, sem desprezar profundamente as quatro por isso.

Lucy estava radiante por ser tão honrosamente destacada, e a Srta. Steele apenas precisava de uma piadinha sobre o Reverendo Davies para ficar completamente feliz.

O jantar foi grandioso, os empregados eram numerosos e tudo indicava a propensão da anfitriã para a ostentação e a capacidade que seu marido tinha de promovê-la. Apesar das reformas e ampliações que estavam sendo feitas na propriedade de Norland e apesar de seu proprietário ter estado, por algumas milhares de libras, prestes a vender suas ações com prejuízo, nada demonstrava qualquer sinal daquela indigência que ele tentara inferir disso; não parecia haver nenhuma pobreza, exceto pelas conversas, pois estas eram consideravelmente defasadas. John Dashwood não tinha muito o que falar sobre si mesmo que valesse a pena ouvir, e sua esposa tinha menos ainda. Mas não havia nenhuma desgraça particular nisso, pois o mesmo se passava com a maioria dos convidados.

Depois do jantar, quando as senhoras se retiraram para a sala de estar, essa pobreza ficou particularmente evidente, pois os cavalheiros haviam proporcionado à conversa alguma variedade de temas, discutindo sobre política, sobre como cercar terras e amansar cavalos. Entretanto, esses temas acabaram e um só assunto ocupou as senhoras até o café chegar: comparar as estaturas de Harry Dashwood e do segundo filho de Lady Middleton, William, que tinham aproximadamente a mesma idade.

Se as duas crianças estivessem lá, o assunto poderia ter sido encerrado com muita facilidade, medindo-as imediatamente, mas apenas Harry estava presente, e então só havia especulações de todos os lados, e todas tinham o direito de expressar categoricamente sua opinião, quantas vezes desejasse.

As opiniões dividiam-se assim:

As mães, apesar de cada uma estar convencida de que seu filho era o mais alto, educadamente decidiram a favor do outro.

As avós, com não menos parcialidade, mas mais sinceridade, eram igualmente fervorosas em apoiar seu próprio descendente.

Lucy, que não pretendia agradar uma menos que a outra, achava que os dois meninos eram notavelmente altos para a idade e não pensava que pudesse haver diferença alguma entre eles; e a Srta. Steele, com uma sutileza ainda maior, se colocou a favor de ambos.

Elinor, já tendo se manifestado a favor de William, o que ofendeu ainda mais a Sra. Ferrars e Fanny, não via necessidade de reforçar sua opinião. E Marianne, quando questionada, ofendeu a todos afirmando que não tinha uma opinião a dar, pois nunca havia pensado nisso.

Antes de se mudar de Norland, Elinor pintou um par de telas muito bonito para sua cunhada, que agora, recém emolduradas e trazidas para a casa, ornamentava sua sala de estar. Como essas telas atraíram a atenção de John Dashwood, ao seguir os outros cavalheiros para dentro da sala, ele pegou-as e entregou-as ao Coronel Brandon para que ele pudesse contemplá-las.

— Essas telas foram pintadas por minha irmã mais velha — disse ele — e ouso dizer que você, como homem de bom gosto, saberá apreciá-las. Não sei se você conhecia alguma de suas obras, mas em geral, ela desenha muito bem.

O Coronel, embora negasse todas as pretensões de ser um conhecedor, admirou as telas com muito entusiasmo, como teria feito com qualquer outra pintura da Sra. Dashwood. Tendo instigado a curiosidade de todos, as pinturas foram passando de mão em mão para que todos pudessem examiná-las. A Sra. Ferrars, sem saber que se tratava de uma obra de Elinor, pediu para examiná-las e, após serem aprovadas por Lady Middleton, Fanny entregou-as à mãe, informando-a atenciosamente que haviam sido pintadas pela Srta. Dashwood.

— Hum... — disse a Sra. Ferrars — são muito bonitas — e sem prestar nenhuma atenção às telas, devolveu-as à filha.

Talvez Fanny tenha reconhecido por um momento a grosseria de sua mãe, pois corando um pouco, disse imediatamente:

— São muito bonitas, não acha?

Mas provavelmente sentiu receio de ter sido excessivamente educada ou exageradamente encorajadora, pois prontamente acrescentou:

— Não as acha parecidas com o estilo de pintura da Srta. Morton, mamãe? Ela pinta admiravelmente bem! Como sua última paisagem estava bela!

— Realmente muito linda! Mas *ela* faz tudo muito bem.

Marianne não pôde suportar aquilo. Estava muito desapontada com a Sra. Ferrars, e aquele inconveniente elogio à outra, às custas de Elinor, apesar de não saber o que significava, imediatamente a levou a responder com bastante veemência:

— Que forma curiosa de elogiar algo! Quem é a Srta. Morton para nós? Quem a conhece e quem liga para ela? É de Elinor que estamos falando.

E assim dizendo, tomou as telas das mãos de sua cunhada para admirá-las como deveriam ser admiradas.

A Sra. Ferrars pareceu extremamente zangada e, ficando mais tensa do que nunca, retrucou acidamente a ofensa:

— A Srta. Morton é filha de Lorde Morton.

Fanny também parecia muito zangada e seu marido espantou-se com a audácia da irmã. Elinor ficou muito mais magoada com o fervor de Marianne do que com o fato que o provocara; mas os olhos do Coronel Brandon, fixos em Marianne, mostravam que ele notava apenas o que havia de mais amável na atitude dela, o coração afetuoso que não suportava ver sua irmã menosprezada.

Os sentimentos de Marianne não pararam por aí. A fria insolência do comportamento da Sra. Ferrars para com a irmã lhe parecia prever para Elinor as mesmas dificuldades e angústias que seu próprio coração ferido a ensinara a temer. Depois de algum tempo, estimulada por um forte impulso de sua própria sensibilidade e afeição, aproximou-se da cadeira em que a irmã estava sentada, colocou um braço em volta de seu pescoço, encostou o rosto contra o dela e disse em uma voz baixa, mas firme:

— Querida Elinor, não ligue para elas. Não deixe que lhe façam infeliz.

Ela não pôde dizer mais nada, quase desfaleceu e, escondendo o rosto no ombro de Elinor, começou a chorar. Todos perceberam, e quase todos se preocuparam. O Coronel Brandon levantou-se e foi em direção a elas, sem saber o que fazer. A Sra. Jennings, com um ar muito sábio, disse: "Ah! Coitadinha!" e imediatamente ofereceu-lhe seus sais. Sir John ficou tão desesperadamente furioso contra a causadora daquele ataque de nervos que imediatamente trocou de lugar, sentou-se perto de Lucy Steele e, sussurrando, deixou-lhe a par de todo aquele caso chocante.

Em poucos minutos, porém, Marianne se recompôs o suficiente para pôr fim ao alvoroço e sentar-se entre os demais, apesar de ter mantido em seu espírito tudo o que acontecera, durante o resto da noite.

— Pobre Marianne! — disse seu irmão ao Coronel Brandon, em voz baixa, assim que foi capaz de atrair sua atenção. — Ela não tem uma saúde tão boa quanto a da irmã... É muito nervosa... Não tem a compostura de Elinor. E tenho que reconhecer que para uma jovem que já foi muito bonita é muito perturbador sentir a perda de seus atrativos pessoais. Talvez você não saiba, mas Marianne era extremamente bonita há poucos meses, tão bonita quanto Elinor... Agora como vê, tudo acabou.

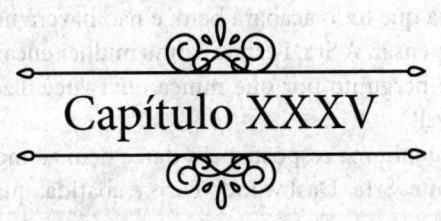

Capítulo XXXV

A curiosidade de Elinor em ver a Sra. Ferrars foi satisfeita. Elinor encontrara nela tudo o que tornava indesejável uma união mais estreita entre as duas famílias. Tinha visto o suficiente de seu orgulho, sua mesquinhez e seu preconceito contra ela para compreender todos os empecilhos que dificultariam o compromisso e atrasariam o casamento com Edward, se ele estivesse livre. E tinha visto o suficiente para agradecer, por seu próprio bem, que uma questão maior a impedira de sofrer com algum outro obstáculo criado pela Sra. Ferrars, e a poupara de precisar depender de seu capricho ou de ter que conquistar sua boa opinião.

Elinor se perguntava como Lucy pôde ficar tão feliz com as demonstrações de civilidade da Sra. Ferrars, como seu interesse e sua vaidade podiam cegá-la tanto, a ponto de fazê-la acreditar que era um elogio a atenção que a Sra. Ferrars lhe dava, exclusivamente porque Lucy *não era* Elinor e pelo completo desconhecimento de sua real condição. Mas era nisso que Lucy acreditava, como tinha sido confirmado por seu olhar na ocasião e na manhã seguinte, quando, a seu pedido, Lady Middleton a deixou em Berkeley Street com a perspectiva de encontrar Elinor sozinha e contar-lhe como estava feliz.

Lucy teve sorte, pois, logo depois que chegou à casa, a Sra. Jennings recebeu uma mensagem da Sra. Palmer requisitando sua presença.

— Minha querida amiga — exclamou Lucy, assim que ficaram sozinhas — vim lhe falar da minha felicidade. Será que há alguma coisa mais lisonjeira que a forma como a Sra. Ferrars me tratou ontem? Como ela foi amável! Você sabe como eu temia conhecê-la, mas desde o momento em que fomos apresentadas seu comportamento foi tão amável que quase parecia demonstrar que ela gostou de mim. Não foi assim? Você viu tudo, e não ficou muito impressionada?

— Ela realmente foi muito educada com você.

— Educada! Você não viu nada além de educação? Eu vi muito mais. Uma bondade dirigida apenas a mim! Sem orgulho, sem altivez... E o mesmo pode-se dizer da sua cunhada, uma pessoa muito doce e amável!

Elinor queria falar sobre outra coisa, mas Lucy insistia em pressioná-la a admitir que tinha motivos para estar tão feliz, e Elinor foi obrigada a continuar.

— Sem dúvida, se eles soubessem do seu compromisso com Edward — disse ela — nada poderia ser mais lisonjeiro que a forma como lhe trataram, mas como não era o caso...

— Imaginei que você diria isso — respondeu Lucy rapidamente — mas não há nenhum motivo no mundo para a Sra. Ferrars fingir gostar de mim se não gostar, e ela demonstrar que gosta já é o suficiente. Você não deveria estragar minha felicidade. Tenho certeza que tudo acabará bem, e não haverá nenhuma dificuldade, como eu costumava pensar. A Sra. Ferrars é uma mulher encantadora, assim como sua cunhada. Eu me pergunto por que nunca ouvi você dizer como a Sra. John Dashwood é agradável!

Elinor não tinha nenhuma resposta para dar, e nem ao menos tentou fazê-lo.

— Você está doente, Srta. Dashwood? Parece abatida, quase não fala... Claramente não está bem.

— Nunca estive melhor de saúde.

— Fico feliz de todo o coração, mas não é o que parece. Ficaria muito triste se *você* adoecesse. Você, que tem sido o maior conforto para mim no mundo! Deus sabe o que eu teria feito sem sua amizade.

Elinor tentou dar uma resposta civilizada, embora duvidasse de seu próprio sucesso. Mas pareceu satisfazer Lucy, pois ela respondeu diretamente:

— Na verdade, estou totalmente convencida de sua consideração por mim e, junto com o amor de Edward, é o meu único consolo. Pobre Edward! Mas agora temos uma boa notícia: poderemos nos encontrar, e nos encontrar com frequência, pois como Lady Middleton ficou encantada com a Sra. John Dashwood, acredito que a visitaremos sempre em Harley Street, e Edward passa boa parte do tempo com a irmã. Além disso, Lady Middleton e a Sra. Ferrars agora vão visitar-se... e a Sra. Ferrars e sua cunhada foram tão boas comigo, com certeza ficarão contentes sempre que me virem. São mulheres encantadoras! Tenho certeza de que se algum dia você contar à sua cunhada o que penso dela, não conseguiria falar o suficiente.

Mas Elinor não quis dar nenhuma esperança de que ela fosse dizer algo à cunhada. Então Lucy prosseguiu:

— Estou certa de que perceberia instantaneamente se a Sra. Ferrars não tivesse gostado de mim. Se ela tivesse apenas me feito um cumprimento formal, por exemplo, sem dizer uma palavra, e depois tivesse agido como se eu não estivesse ali, se tivesse me tratado de maneira intimidante ou antipática, eu teria ficado desesperada. Não iria suportar, pois sei que quando ela *não* gosta de algo, o demonstra violentamente.

Elinor foi impedida de dar qualquer resposta a esse educado triunfo, pois foram interrompidas quando a porta se abriu e o criado anunciou a chegada do Sr. Ferrars, e então Edward entrou imediatamente.

Era uma circunstância muito desconfortável, o que transparecia no semblante de cada um deles. Todos eles pareciam extremamente estúpidos, e Edward parecia não saber se entrava ou saía da sala. A situação que todos desejaram evitar tão fervorosamente acontecia na forma mais desagradável possível. Não estavam apenas os três juntos, mas estavam juntos sem a presença de mais ninguém para amenizar a situação. As moças se recuperaram primeiro. Não cabia à Lucy tomar nenhuma iniciativa, e era necessário manter as aparências do segredo. Podia apenas olhar com ternura e, depois de cumprimentá-lo brevemente, não falou mais nada.

Mas Elinor tinha mais a fazer, e por estar muito ansiosa, pelo bem dele e o dela própria, forçou-se, depois de se recompor por um instante, a dar-lhe as boas-vindas, com uma expressão e comportamento quase normais, quase espontâneos e, esforçando-se mais, os resultados foram ainda melhores. Não iria deixar que a presença de Lucy a privasse de dizer que estava feliz por vê-lo, e que lamentava muito não estar em casa quando ele as visitou em Berkeley Street. Também não se sentiria ameaçada, ao dar a atenção apropriada a Edward, que era um amigo e quase um parente, pelo olhar de Lucy, que a observava atentamente.

O comportamento de Elinor deu alguma segurança a Edward, que teve coragem suficiente para se sentar. Mas seu constrangimento era ainda maior que o das duas moças, o que era condizente com a ocasião, ainda que fosse incomum ao seu gênero, pois seu coração não tinha a indiferença de Lucy, nem sua consciência tinha a tranquilidade de Elinor.

Lucy, com um ar recatado e calmo, parecia determinada a não contribuir em nada para o conforto dos outros e não disse uma só palavra. Quase tudo o que foi dito partiu de Elinor, que foi obrigada a expor voluntariamente todas as informações sobre a saúde de sua mãe, sua vinda para a cidade, sobre tudo o que Edward deveria ter perguntado, mas não o fez.

Seus esforços não pararam aí, pois ela logo se sentiu heroicamente disposta a deixar Lucy e Edward sozinhos, sob o pretexto de ir buscar Marianne. E assim realmente o fez, da forma mais elegante possível, pois demorou alguns minutos no alto da escada antes de ir até a irmã. Quando o fez, entretanto, já era tempo de acabar com os arrebatamentos de Edward, pois a alegria de Marianne a fez correr imediatamente para a sala de estar. Seu prazer em vê-lo era como todos os seus sentimentos, forte e intensamente demonstrado. Foi ao encontro de Edward estendendo-lhe a mão, com uma voz que expressava um carinho de irmã:

— Querido Edward! — exclamou ela. — Este é um momento de enorme felicidade! Quase serve de compensação para todo o resto!

Edward tentou retribuir a gentileza como ela merecia, entretanto, diante de Lucy, não se atreveria a dizer metade do que realmente sentia. Novamente todos se sentaram e, por alguns minutos, todos ficaram em silêncio, enquanto Marianne olhava com ternura, às vezes para Edward e às vezes para Elinor, lamentando apenas que o prazer de ambos fosse contido pela inconveniente presença de Lucy. Edward foi o primeiro a falar, e somente comentou sobre a mudança da aparência de Marianne e declarou seu receio de que Londres não lhe tivesse feito bem.

— Oh, não pense em mim! — Marianne respondeu com alegre fervor, embora seus olhos se enchessem de lágrimas enquanto falava. — Não pense na *minha* saúde. Elinor está bem, como pode ver. Isso já é o suficiente para nós.

Essa observação não teve a intenção de facilitar a situação para Edward ou Elinor, nem de conquistar a boa vontade de Lucy, que encarou Marianne com um olhar pouco benevolente.

— Você gosta de Londres? — perguntou Edward, disposto a dizer qualquer coisa que pudesse introduzir outro assunto.

— Nem um pouco. Esperava sentir muito prazer aqui, mas não encontrei nenhum. Encontrá-lo, Edward, foi o meu único conforto, e graças a Deus você continua o mesmo.

Ela fez uma pausa. Ninguém disse nada.

— Eu acho, Elinor — Marianne acrescentou depois de um momento — que devemos pedir a Edward que nos acompanhe em nosso retorno a Barton. Partiremos em uma ou duas semanas, suponho, e acredito que Edward não recusará nosso pedido.

O pobre Edward murmurou algo que nem ele mesmo compreendeu. Mas Marianne, percebendo sua agitação, e podendo facilmente atribuí-la a qualquer causa que lhe fosse mais conveniente, sentiu-se perfeitamente satisfeita e logo começou a falar de outro assunto.

— Edward, não imagina o dia que tivemos ontem em Harley Street! Tão entediante, tão imensamente entediante! Tenho muito que contar-lhe a respeito, mas não posso contar agora.

E com essa admirável descrição, deixou para contar-lhe como achava seus parentes mútuos mais desagradáveis do que nunca e como sua mãe a desagradara, quando estivessem a sós.

— Mas por que você não estava lá, Edward?

— Tinha outro compromisso.

— Outro compromisso! Como? Todos os seus amigos estavam lá.

— Talvez, Srta. Marianne — disse Lucy, ansiosa para se vingar dela de alguma forma — você pense que os jovens não possam manter seus compromissos, quando não têm o interesse de cumpri-lo.

Elinor ficou muito zangada, mas Marianne pareceu totalmente insensível à alfinetada, pois respondeu calmamente:

— Na verdade, não, pois, falando honestamente, acredito que apenas a consciência impediu Edward de ir a Harley Street. E eu realmente acho que ele tem a consciência mais delicada do mundo, o maior escrúpulo em manter qualquer compromisso, por menor que seja, mesmo que os faça contra sua vontade ou prazer. É a pessoa que mais receia infligir alguma dor aos outros e destruir uma expectativa, e é a pessoa menos egoísta que conheço. Edward é assim, e assim o direi. Como! Nunca ouviu ninguém elogiá-lo? Então você não pode ser meu amigo, pois aqueles que aceitam minha afeição e minha estima devem se sujeitar aos meus elogios.

Contudo, seus elogios, nesse caso, poderiam ser considerados particularmente inadequados para dois terços dos ouvintes, e foram tão desestimulantes para Edward que ele logo se levantou para ir embora.

— Vai tão cedo? — disse Marianne. — Meu querido Edward, não faça isso!

E, puxando-o um pouco de lado, Marianne sussurrou sua crença de que Lucy não ficaria muito mais tempo. Mas nem mesmo esse encorajamento funcionou, pois ele insistiu em ir embora; e Lucy, que teria permanecido por mais tempo que Edward, mesmo se sua visita durasse duas horas, partiu logo em seguida.

— O que a faz nos visitar com tanta frequência? — perguntou Marianne, assim que eles saíram. — Será que não vê que queríamos que fosse embora? Que incômodo para Edward!

— Por quê? Somos todas amigas dele, e Lucy o conhece há mais tempo. É natural que ele goste de vê-la assim como gosta de nos ver.

Marianne olhou-a com firmeza e disse:

— Você sabe, Elinor, que esse é o tipo de coisa que não suporto ouvir. Se estiver apenas esperando que eu contradiga sua afirmação, como imagino ser o caso, você deve se lembrar que eu seria a última pessoa do mundo a fazê-lo. Não tenho o costume de fazer afirmações que não são realmente desejadas.

Então deixou a sala, e Elinor não ousou segui-la e falar mais alguma coisa, pois, presa como estava à promessa de segredo feita a Lucy, não poderia dar nenhuma explicação que convencesse Marianne. E, por mais dolorosas que fossem as consequências de deixar que ela permanecesse em erro, teve de se conformar com isso. Tinha a esperança de que Edward não a expusesse muitas vezes, ou a si mesmo, ao incômodo de ouvir o caloroso equívoco de Marianne, nem à repetição de qualquer outra parte da angústia que havia acompanhado seu recente encontro... E este último desejo, Elinor tinha total certeza de que seria cumprido.

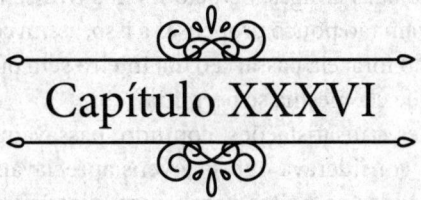

Capítulo XXXVI

Poucos dias após essa reunião, os jornais anunciaram ao mundo que a esposa de Sr. Thomas Palmer dera à luz a um filho e herdeiro, uma nota muito interessante e satisfatória, ao menos para todos os amigos íntimos que já sabiam da notícia

Esse acontecimento, muito importante para a felicidade da Sra. Jennings, produziu uma alteração temporária na disposição de seu tempo, e influenciou, na mesma medida, os compromissos de suas jovens amigas, pois, como desejava estar o máximo possível com Charlotte, ia visitá-la todas as manhãs assim que se vestia e só voltava tarde da noite. E as Dashwoods, a pedido dos Middletons, passavam o dia inteiro em Conduit Street. Para seu próprio conforto, teriam preferido permanecer, pelo menos durante a manhã, na casa da Sra. Jennings; mas não era algo para se insistir contra o desejo de todos. Portanto, passavam suas horas na companhia de Lady Middleton e das Steeles, para quem sua companhia era tão pouco valorizada quanto ostensivamente solicitada.

As Dashwoods tinham bom senso demais para serem companhia agradável para a primeira, e eram motivo de inveja para as últimas, como intrusas em seu território, compartilhando da gentileza que elas gostariam de monopolizar. Ainda que nada pudesse ser mais educado que o comportamento de Lady Middleton para com Elinor e Marianne, ela não gostava muito das duas, porque não bajulavam nem a ela nem aos seus filhos. Também não acreditava que as Dashwoods tivessem boa formação e, como gostavam de literatura, imaginava que as moças fossem satíricas, mesmo que não soubesse o significado exato da palavra. Era uma crítica que estava na moda, e se fazia sem a menor cautela.

A presença das moças era um incômodo tanto para Lady Middleton quanto para Lucy, já que atrapalhava o ócio de uma e os afazeres da outra. Lady Middleton tinha vergonha de não fazer nada na frente delas, e Lucy receava que a menosprezassem pela bajulação que tinha orgulho de oferecer em circunstâncias distintas. A Srta. Steele era a menos afetada pela presença das Dashwoods. Seria necessário apenas que uma delas lhe tivesse dado um relato completo e detalhado do caso entre Marianne e o Sr. Willoughby para que ela se sentisse plenamente recompensada pelo sacrifício que a chegada das duas lhe custara de ceder-lhes o melhor lugar junto à lareira após o jantar. Mas essa aproximação não se efetivava, já que, embora deixasse escapar, às vezes, expressões de compaixão pela irmã junto a Elinor, e mais de uma vez tenha falado na presença de Marianne algo sobre a instabilidade dos paqueradores, isso não produzia nada além de um olhar de desinteresse de Elinor e um olhar de desprezo de Marianne. Com pouco empenho poderia tê-las tornado suas amigas. Se pelo menos tivessem feito piadas sobre o Reverendo! Mas estavam tão pouco propensas a isso, assim como as outras, que, se Sir John tivesse jantado fora, ela passaria o dia inteiro sem ouvir qualquer menção do assunto, salvo as que ela mesma se permitia.

Todos esses ciúmes e insatisfações, contudo, passavam tão despercebidos à Sra. Jennings que ela considerava que as jovens apreciavam a companhia umas das outras. E então, todas as noites parabenizava as jovens amigas por terem escapado da companhia de uma tola senhora por tanto tempo. Algumas vezes, ela as encontrava na casa de Sir John, outras vezes em sua própria casa, mas, onde quer que fosse, chegava sempre muito animada, cheia de contentamento e relevância, responsabilizando os seus próprios cuidados pelo bem-estar de Charlotte, e ainda disposta a fazer uma descrição tão minuciosa da condição de sua filha que apenas a curiosidade da Sra. Steele poderia se interessar. Havia algo que a deixava inquieta e que a rendia queixas diárias. O Sr. Palmer conservava a crença comum aos homens, embora pouco paternal, de que todos os recém-nascidos eram iguais e, ainda que ela conseguisse perceber nitidamente, em diversas ocasiões, a mais extraordinária semelhança entre o bebê e todos os seus parentes de ambos os lados, não existia forma de convencer o pai disto, nem de convencê-lo a admitir que o bebê não era absolutamente igual a qualquer outra criatura da mesma idade, nem ao menos conseguia fazê-lo reconhecer que era o bebê mais lindo do mundo.

Venho agora narrar uma infelicidade que atingiu a Sra. John Dashwood nesse período. Quando a Sra. Jennings e suas cunhadas, Marianne e Elinor, foram visitá-la pela primeira, em Harley Street, outra pessoa conhecida de Fanny também fora à sua casa, situação que por si só não causou, aparentemente, nenhum transtorno. Porém, quando as pessoas se deixam levar por suas imaginações para fazer julgamentos equivocados ou inapropriados sobre a conduta dos outros, embasando-se somente nas aparências, a felicidade de alguém pode ficar nas mãos do destino. Nessa ocasião, a dama que chegara por último deixou que sua imaginação ultrapassasse a realidade e as possibilidades de tal modo que apenas ao ouvir o nome das Dashwoods e compreender que eram irmãs do Sr. Dashwood, concluiu que estavam hospedadas em Harley Street. E esse equívoco ocasionou, um dia ou dois depois, o envio para elas, como também para seu irmão e cunhada, de cartões de convite para um pequeno encontro musical em sua casa. O resultado disto foi que o Sr. John Dashwood foi forçado não apenas ao inconveniente de enviar sua carruagem para buscar as Dashwoods, mas também a sofrer o incômodo de fingir que as tratava com dedicação. E o pior de tudo era: quem iria assegurar que as Dashwoods não criariam expectativas de sair com ela mais vezes? A realidade é que Fanny teria sempre o poder de decepcioná-las.

Marianne tinha agora adquirido gradativamente o hábito de sair todos os dias. Sair ou não se tornara uma questão indiferente para ela, que passou a se arrumar silenciosa e mecanicamente para todos os compromissos noturnos, ainda que não esperasse nenhum tipo de diversão e muitas vezes não soubesse, até o último momento, para onde estava indo.

Se tornara tão alheia às roupas e à aparência que, durante todo o tempo que gastava se arrumando, prestava a elas metade da atenção que recebiam da Sra. Steele nos primeiros cinco minutos em que ficavam juntas depois de estar pronta. Nada passava despercebido a sua cuidadosa análise e enorme curiosidade, via tudo e questionava tudo. Não sossegava enquanto não soubesse o preço de cada peça de roupa de Marianne, sabia precisamente a quantidade de vestidos que Marianne tinha, melhor do que a própria, e não perdia a esperança de descobrir antes de partirem o valor de sua despesa semanal com lavanderia e de seus gastos pessoais anuais. Ademais, a inconveniência dessas indagações sempre acabava em elogios que, embora fossem feitos com boa intenção, eram julgados por Marianne como a maior de todas as inconveniências, porque depois de tê-la sujeitado a questionamentos sobre o valor e confecção do vestido, a cor dos seus sapatos e o adereço do cabelo, tinha quase certeza de que ouviria dela algo como: "dou minha palavra, está muito elegante e estou certa de que fará grandes conquistas".

Com essas palavras motivadoras, Marianne se despediu e se dirigiu à carruagem de seu irmão, na qual entraram alguns minutos após sua chegada, pontualidade que desagradou sua cunhada, que acreditava que o atraso das jovens pudesse ser inconveniente para a amiga ou para o cocheiro.

Os acontecimentos desta noite não foram muito atípicos. A festa, como outras festas musicais, incluía muitas pessoas que tinham verdadeiro gosto pelo espetáculo, e muitas outras que não se interessavam nem um pouco pela música. Os músicos eram, na visão de todos os presentes, os melhores concertistas privados da Inglaterra.

Como Elinor não tinha talento para a música, nem fingia ter, não tinha o menor escrúpulo de desviar os olhos do piano sempre que lhe convinha, e não se constrangia com a presença de uma harpa ou um violoncelo, admirando ao seu gosto qualquer outro objeto da sala. Em um desses olhares, identificou entre um grupo de jovens o rapaz que estivera na joalheria do Sr. Gray, aquele que dera uma aula sobre paliteiros. Pouco depois, Elinor percebeu que ele a encarava enquanto falava familiarmente com seu irmão. E mal tinha decidido perguntar ao irmão qual era o nome do rapaz quando os dois vieram em sua direção e o Sr. Dashwood o apresentou como Sr. Robert Ferrars.

Ele se dirigiu a ela com educação e manejou a cabeça em uma reverência que demonstrou claramente, mais do que as palavras poderiam expressar, que ele era exatamente o fanfarrão que Lucy descrevera. Seria uma felicidade para ela se sua afeição por Edward dependesse mais dos méritos de seus parentes mais próximos do que de seus próprios méritos! Aquela reverência feita pelo irmão de Edward seria então o lance final ao aborrecimento que a mãe e a irmã haviam iniciado. Porém, enquanto refletia sobre a distinção entre os dois irmãos, não pensou que a vaidade e a arrogância de um pudessem ofuscar a modéstia e o valor do outro. Eram muito diferentes, o que fora revelado por Robert ao longo de quinze minutos de conversa, uma vez que, ao falar sobre o irmão, lamentando a timidez extrema que, em seu ponto de vista, o privava de se relacionar com a melhor sociedade, atribuía pura e generosamente esta timidez ao infortúnio de uma civilidade pessoal mais do que a alguma deficiência natural. Enquanto ele, mesmo que possivelmente sem nenhuma superioridade especial e relevante de natureza, meramente pela vantagem de ter estudado em uma escola pública, estava tão apto para relacionar-se em sociedade como qualquer outro homem.

— Dou minha palavra — acrescentou Robert — não acredito que seja outra coisa. Por isso, sempre digo à minha mãe, quando ela está sofrendo por causa disso: "Minha querida mãe, a senhora precisa se acalmar. O estrago agora é irreparável, e foi todo causado por você. Por que se permitiu ser influenciada por meu tio, Sir Robert, contra sua própria vontade, a colocar Edward sob a educação de um tutor particular, no momento mais crítico de sua vida? Se pelo menos o tivesse mandado para Westminster, assim como eu, em vez de mandá-lo para a casa do Sr. Pratt, tudo isso teria sido evitado". É assim que sempre abordo o assunto, e minha mãe está perfeitamente ciente de seu erro.

Elinor não contrariou a sua opinião, porque, independentemente de sua avaliação sobre as vantagens da escola pública, não conseguia pensar na convivência de Edward com a família do Sr. Pratt como algo positivo.

— A senhorita mora em Devonshire, se não estou enganado — foi sua próxima observação — em um chalé próximo a Dawlish.

Elinor o corrigiu quanto à localização, e ele pareceu espantado ao pensar que alguém pudesse viver em Devonshire sem morar perto de Dawlish. Mas expressou sua empolgada aprovação quanto ao tipo de residência.

— De minha parte — disse ele — sou extraordinariamente fascinado por chalés, sempre são muito aconchegantes e elegantes. E asseguro que, se tivesse algum dinheiro sobrando, compraria um pequeno terreno e construiria um chalé perto de Londres, onde pudesse ir a qualquer hora, reunir alguns amigos e ser feliz. A todo mundo que pensa em construir, recomendo que construam um pequeno chalé. Um amigo, Lorde Courtland, veio até mim recentemente com o intuito de me pedir um conselho, e mostrou-me três projetos de Giuseppe Bonomi. Eu precisava escolher o melhor deles. "Meu prezado Courtland", disse a ele, arremessando imediatamente os três no fogo, "não escolha nenhum deles, mas construa um chalé". E acredito que com isso disse tudo.

— Algumas pessoas acreditam que um chalé não pode ser confortável ou espaçoso, mas é um grande equívoco. No mês passado, estive na casa de meu amigo Elliot, próxima a Dartford. Lady Elliot queria organizar um baile. "Mas como fazê-lo?", perguntou ela. "Meu caro Ferrars, diga-me, por favor, como organizá-lo. Não há espaço nesse chalé para abrigar dez casais, e onde serviremos a ceia?" Eu instantaneamente percebi que não seria difícil organizar o evento, e disse: "Minha querida Lady Elliot, não se preocupe. A sala de jantar abrigará facilmente dezoito casais, as mesas de jogos serão transferidas para a sala de estar, na biblioteca servirá o chá e outros refrescos, e a ceia será servida no salão". Lady Elliot ficou maravilhada com a ideia. Medimos a sala de jantar e descobrimos que caberiam exatamente dezoito casais, e tudo ocorreu de acordo com o planejado. Portanto, como pode ver, basta saber organizar as coisas, e assim poder aproveitar a vida em um chalé, como se estivesse na residência mais espaçosa.

Elinor concordou com tudo, pois achava que ele não merecia o elogio de uma oposição racional.

Como John Dashwood, assim como Elinor, não sentia mais prazer com a música, seus pensamentos também estavam livres para vagar por outros lugares, e nessa noite teve uma ideia que, ao retornar à casa, submeteu à autorização da esposa.

Com o equívoco da Sra. Dennison ao deduzir que suas irmãs estivessem hospedadas em sua casa, ocorreu-lhe a necessidade de efetivamente convidá-las, enquanto a Sra. Jennings tinha tarefas que a mantinham fora de casa. A despesa seria irrelevante, os incômodos menores ainda, e era, simultaneamente, uma consideração e uma delicadeza que sua consciência apontava como condição para libertar-se totalmente da promessa feita ao pai. Fanny se surpreendeu com a sugestão.

— Não vejo como poderemos fazê-lo — disse — sem ofender Lady Middleton, já que suas irmãs passam todos os dias com ela. Caso contrário, ficaria muito contente em convidá-las. Você sabe que sempre estou disposta a oferece-lhes a atenção que estiver em meu poder, como comprovei esta hoje noite ao sair com elas. Entretanto, Elinor e Marianne são hóspedes de Lady Middleton. Como posso pedir-lhes que a deixem?

Seu marido, embora com muita modéstia, não achou que suas objeções fossem convincentes, e disse:

— Elas já passaram uma semana em Conduit Street e creio que Lady Middleton não ficaria chateada de deixá-las passar esse mesmo tempo com parentes tão próximos.

Fanny fez uma rápida pausa e, com energia renovada, logo disse:

— Meu amor, se estivesse em meu poder, as convidaria de todo coração. No entanto, já havia resolvido convidar as Steeles para passarem alguns dias aqui. Elas são bem comportadas, boas moças, e creio que devemos lhes dar atenção, uma vez que seu tio cuidou tão bem de Edward. Podemos convidar suas irmãs em outro momento, e é muito possível que as Steeles não retornem mais a Londres. Estou certa de que você gostará delas, na verdade, você já gosta muito, assim como minha mãe, e elas são as companhias favoritas de Harry!

O Sr. Dashwood se convenceu. Compreendeu a importância de convidar as Steeles imediatamente, e sua resolução de convidar suas irmãs algum outro ano acalmou sua consciência. Porém, ao mesmo tempo desconfiava que no outro ano tal convite não seria necessário, porque Elinor retornaria a Londres como esposa do Coronel Brandon e Marianne como hóspede dos dois.

Fanny, satisfeita com sua escapatória, escreveu na manhã seguinte para Lucy, convocando sua companhia e a da irmã por alguns dias em Harley Street, tão logo Lady Middleton pudesse dispensá-las. Foi o suficiente para Lucy ficar genuinamente feliz. A Sra. John Dashwood parecia estar mesmo trabalhando a seu favor, facilitando todos os seus planos! Uma oportunidade de estar com Edward e sua família era, antes de tudo, essencial para seus interesses; e o convite, mais do que satisfatório para seus sentimentos! Era um privilégio que não poderia ser reconhecido com demasiada gratidão, nem desfrutado com demasiada pressa, e de repente descobriu-se que a visita à Lady Middleton, que antes não tinha uma data final, sempre estivera marcada para terminar dali a dois dias.

Quando o bilhete foi mostrado a Elinor, cerca de dez minutos após sua chegada, fez com que esta, de certo modo, partilhasse pela primeira vez as esperanças de Lucy. Essa demonstração de atípica amabilidade, fundamentada em uma amizade tão recente, parecia expressar que a boa vontade para com ela se transformara em algo além de rancor em relação à Elinor, e que o tempo e a competência poderiam levar Lucy a conquistar tudo o que desejasse. Sua bajulação já tinha derrotado o orgulho de Lady Middleton, e adentrara no duro coração da Sra. John Dashwood, e esses resultados deixavam em aberto a possibilidade de outros ainda maiores.

As Steeles se mudaram para Harley Street, e tudo o que chegou até Elinor a respeito da influência delas naquela casa consolidou sua expectativa do acontecimento. Sir John, que as visitou mais de uma vez, trouxe notícias do favoritismo de que usufruíam, considerado muito impressionante por todos. A Sra. John Dashwood nunca conhecera jovens tão agradáveis quanto elas, deu-lhes de presente um porta-agulhas feito por algum imigrante, chamava Lucy pelo primeiro nome e não sabia se algum dia conseguiria se separar delas.

Capítulo XXXVII

A Sra. Palmer estava tão bem ao final de duas semanas que sua mãe sentiu que não era mais necessário dedicar todo o seu tempo a ela e, contentando-se em visitá-la uma ou duas vezes por dia, voltou para sua casa e para sua rotina, encontrando as Dashwoods muito dispostas a retomarem a sua antiga convivência.

Por volta da terceira ou quarta manhã após o retorno a Berkeley Street, a Sra. Jennings, ao voltar de sua visita diária à Sra. Palmer, entrou na sala de estar, onde Elinor se encontrava sozinha, com um ar de tão urgência que a moça se preparou para receber uma notícia extraordinária e, dando-lhe tempo apenas para formular essa ideia, a Sra. Jennings começou a justificá-la dizendo:

— Deus! Minha querida Srta. Dashwood! Ficou sabendo da notícia?

— Não, senhora, qual notícia?

— Algo muito inusitado! Mas lhe contarei tudo. Quando cheguei à casa de Charlotte, encontrei-a aos prantos com o filho. Estava certa de que ele estava muito doente, pois ele berrava e choramingava, e estava coberto por manchinhas vermelhas. Então olhei para a criança e disse: "Deus! Minha cara, não é nada demais, trata-se apenas de uma erupção cutânea", e a enfermeira concordou. Mas Charlotte não se contentou, mandou chamar o Dr. Donavan, que por sorte estava voltando de uma visita que havia feito em Harley Street e chegou depressa, e assim que examinou a criança disse o mesmo que eu: erupções cutâneas. Só assim Charlotte se tranquilizou. E então, quando ele já estava partindo, resolvi perguntar-lhe, não sei como foi que me ocorreu isso, mas acabei perguntando se tinha alguma novidade. Quando ouviu aquilo, ele riu maliciosamente, disfarçou, mas aparentava seriedade, aparentava saber de algo, e sussurrando, disse: "Por temer que alguma notícia aborrecedora sobre o mal-estar da cunhada chegue até as moças que estão sob seus cuidados, creio que o melhor é falar que não há razões para alarme, acredito que a Sra. John Dashwood resistirá muito bem".

— O quê? Fanny está doente?

— Foi exatamente o que eu disse, minha querida. "Senhor!" disse eu, "a Sra. Dashwood está doente?" Então tudo veio à tona; e em resumo, o que pude entender foi o seguinte: Sr. Edward Ferrars, o jovem sobre quem eu costumava brincar com você (no entanto, como pode ver, estou imensamente feliz por saber que minhas brincadeiras eram infundadas), ao que parece, está comprometido com minha prima Lucy há mais de um ano! É isso mesmo, minha querida! E ninguém fazia ideia, apenas Nancy! Consegue acreditar nisso? Não é estranho que se gostem, mas a relação dos dois progrediu tanto, sem que ninguém desconfiasse! É muito estranho! Nunca os vi juntos, se tivesse visto teria descoberto imediatamente. Bom, então mantiveram tudo no mais absoluto sigilo por medo da Sra. Ferrars, e nem ela, nem seu irmão, nem sua cunhada desconfiaram de nada... Até que na manhã de hoje a coitada da Nancy, que, como você sabe, é uma menina muito bem-intencionada, porém incapaz de guardar um segredo, acabou revelando-o. "Deus!" (ela deve ter pensado) "Eles adoram tanto Lucy que seguramente não irão se opor à união dos dois." E então foi até a Sra. John Dashwood, que estava bordando um tapete, sem fazer ideia do que estava prestes a acontecer... Pois há poucos instantes ela havia dito ao esposo que planejava casar Edward com a filha de um lorde qualquer, cujo nome não me lembro. Elinor, você pode imaginar o baque que foi para seu ego e orgulho. Ela instantaneamente teve um ataque histérico, e berrava tão alto que seus berros chegaram aos ouvidos do marido, que estava em seu quarto de vestir, no andar de baixo, considerando enviar uma carta ao administrador de sua propriedade no interior. Então ele subiu correndo as escadas e ali ocorreu um terrível episódio, porque Lucy já tinha se juntado a eles, sem ter a menor ideia do que se passava. Pobre menina! Sinto pena dela. E creio que a trataram com bastante rispidez. A Sra. John Dashwood a censurou com demasiada raiva, até que desmaiou. Nancy, por sua vez, se ajoelhou aos seus pés e chorou copiosamente, e seu irmão, que caminhava de um lado para o outro da sala, não sabia como proceder. A Sra. John Dashwood anunciou que elas não são mais bem-vindas debaixo de seu teto por nem mais um minuto, e seu marido foi obrigado a também se ajoelhar aos seus pés, para persuadi-la a deixar que as moças permanecessem apenas o tempo necessário para empacotar seus pertences. E com isso ela começou a ficar histérica outra vez, e ele ficou tão aterrorizado que mandou chamar o Dr. Donavan. Quando o Dr. Donavan chegou, a casa estava uma loucura. A carruagem estava estacionada à porta, preparada para levar embora minhas pobres primas, e elas já estavam embarcando quando ele saiu. O Dr. Donavan contou que a coitada da Lucy estava tão prostrada que mal conseguia caminhar, e Nancy também estava muito mal. Declaro que não tenho nenhuma paciência com sua cunhada, e espero de todo coração que os dois se casem, apesar das objeções dela. Deus! Penso em como Edward ficará ao saber de tudo! Ao saber que destrataram sua amada! Pois parece que ele é apaixonado por ela, e não duvido! Não estranharia se sentisse uma paixão avassaladora! E o Dr. Donavan concorda. Nós dois conversamos bastante sobre o assunto, e o melhor de tudo é que ele retornou a Harley Street, para ficar preparado para quando contassem à Sra. Ferrars, que chegou na casa da filha logo que minhas primas partiram, e sua cunhada achou que ela também ficaria histérica, e pelo que sei, realmente deve ficar. Não sinto pena de nenhuma das duas. Nunca conheci pessoas que se importam tanto com dinheiro e grandeza. Não há nenhum motivo que impeça o Sr. Edward de se casar com Lucy, e tenho certeza que a Sra. Ferrars pode tranquilamente ajudar o filho, e mesmo que Lucy não seja proprietária de quase nada, consegue melhor do que ninguém tirar proveito de uma circunstância. E ouso afirmar que se a Sra. Ferrars ceder a Edward quinhentas libras por ano, ela conseguirá manter uma aparência que ninguém conseguiria, nem mesmo com oitocentas libras. Deus! Como poderiam viver confortavelmente em um chalé como o seu, Elinor! Talvez levemente maior, com duas criadas e dois empregados. Acredito que posso auxiliá-los a encontrar uma empregada, a minha Betty tem uma irmã desempregada que lhes serviria impecavelmente.

A Sra. Jennings fez uma pausa, e como Elinor tivera tempo de sobra para recompor seus pensamentos, pôde responder e fazer os comentários naturalmente provocados pelo assunto. Feliz por saber que não era suspeita de ter nenhum interesse especial no assunto e que a Sra. Jennings finalmente parou de acreditar que ela tivesse algum compromisso com Edward, e mais contente ainda porque Marianne não estava presente, foi então capaz de conversar sobre a questão sem se envergonhar e sem medo de opinar, imparcialmente, sobre o comportamento de cada uma das partes.

Elinor mal podia definir qual era sua verdadeira expectativa em relação ao caso, embora tenha se esforçado muito para afugentar a ideia de que pudesse ter um desfecho que não fosse o casamento de Edward e Lucy. Estava ansiosa para saber o que a Sra. Ferrars diria e faria, apesar de não ter dúvidas quanto à sua natureza, e ainda mais ansiosa para saber como Edward agiria. Por *ele*, ela sentia muita compaixão; por Lucy, quase nenhuma e, o pouco que sentia lhe demandou muito esforço, e pelos outros não sentia nada.

Como a Sra. Jennings não sabia falar de outro assunto, Elinor logo percebeu a necessidade de preparar Marianne para a notícia. Não perderia tempo em desenganá-la, em colocá-la a par da verdade e conseguir que ouvisse os comentários dos outros sem demonstrar nenhum desconforto pela irmã ou mágoa contra Edward.

A tarefa de Elinor foi bastante dura. Iria acabar com o que acreditava ser o único consolo de sua irmã, e lhe dar tais detalhes sobre Edward que temia que arruinariam para sempre a opinião de Marianne sobre ele... E fazer com que a irmã, pela similaridade que criaria em sua imaginação entre suas situações, relembrasse mais uma vez sua própria decepção. Porém, por mais ingrata que fosse essa tarefa, era necessária, e Elinor, portanto, apressou-se em executá-la.

Não pretendia enfatizar seus próprios sentimentos, ou expressar grande sofrimento, apenas mostrar o autocontrole que praticara desde o instante em que soube do compromisso de Edward. Sua narrativa foi clara e simples e, ainda que não pudesse ser dita sem emoção, não trouxe junto nenhuma inquietação violenta ou sofrimento profundo. Essas emoções ficaram por conta de Marianne, que ouviu a tudo horrorizada e chorou copiosamente. Elinor teria que consolar a dor de todos enquanto lidava com sua própria dor. E todo conforto que pudesse ser oferecido pela manifestação de sua própria calma de espírito e a forte disposição de defender Edward de todas as acusações, com exceção de sua irresponsabilidade, foi imediatamente oferecido.

Por um tempo, Marianne não deu valor a nenhuma de suas alegações. Edward parecia um segundo Willoughby. E se Elinor assumia que havia amado Edward com toda sinceridade, como poderia sentir menos que ela! Quanto a Lucy Steele, julgava-a completamente desprezível, incapaz de conquistar um homem sensível e, a princípio, não pôde ser persuadida a acreditar ou perdoar qualquer antiga afeição que Edward tivesse por ela. Marianne nem mesmo aceitava que aquilo fosse algo normal, e Elinor desistiu de convencê-la de que era verdade, porque somente um profundo conhecimento da natureza humana seria capaz de fazê-lo.

Sua primeira tentativa de dar a notícia não passou de uma menção sobre a existência do compromisso. Os sentimentos de Marianne então irromperam e impediram qualquer descrição detalhada. Por algum tempo, tudo o que poderia ser feito era amenizar sua angústia, acalmar seus receios e combater sua mágoa. A primeira pergunta que fez, que levou a mais detalhes, foi:

— Há quanto tempo você sabe disso, Elinor? Ele escreveu para você?

— Eu sei disso há quatro meses. Quando Lucy esteve pela primeira vez a Barton Park, em novembro passado, ela me contou confidencialmente sobre seu compromisso.

Com essas palavras, os olhos de Marianne expressaram o espanto que seus lábios não conseguiram dizer. Depois de uma pausa de assombro, ela exclamou:

— Quatro meses! Você sabe disso há quatro meses?

Elinor confirmou.

— O quê! Enquanto me consolava por minha miséria tudo isso estava em seu coração? E eu a repreendi por ser feliz!

— Não era adequado que você soubesse a verdade naquele momento.

— Quatro meses! — exclamou Marianne novamente. — Tão calma! Tão alegre! Como conseguiu aguentar?

— Sentindo que estava cumprindo meu dever. Minha promessa a Lucy obrigava-me a manter segredo. Eu devia a ela evitar dar qualquer pista da verdade, e devia a minha família e amigos evitar uma preocupação por mim, sobre algo que não cabia a mim decidir.

Marianne parecia muito abalada.

— Muitas vezes desejei contar a você e a minha mãe — acrescentou Elinor — e uma ou duas vezes tentei fazê-lo, mas não poderia convencê-las sem trair a confiança de Lucy.

— Quatro meses! E ainda o amava!

— Sim. Mas eu não amava apenas ele, e embora o conforto dos outros fosse caro para mim, fiquei feliz em poupá-las de saber o quanto eu sofria. Agora, posso pensar e falar sobre isso sem muita emoção. Não queria vê-la sofrer por minha causa, pois lhe asseguro que já não sofro mais por isso. Tenho muitas coisas que me sustentam. Estou ciente de que não provoquei a decepção por qualquer imprudência minha, aguentei o tanto que pude, sem compartilhar com ninguém. Perdoo Edward por qualquer má conduta. Desejo que ele seja feliz e estou tão certa de que será e de que sempre cumprirá com sua obrigação. Lucy não precisa de juízo, e esta é a base para construir todas as coisas positivas. E, afinal, Marianne, tudo o que encanta na ideia de um amor único e eterno, e tudo que é dito sobre a felicidade de alguém depender completamente de uma pessoa em particular, as coisas não funcionam assim... Não é apropriado... Não é possível que seja assim. Edward se casará com Lucy, se casará com uma mulher superior em beleza e inteligência, bem acima da média em comparação com outras mulheres, e o tempo e a rotina lhe farão esquecer que ele um dia achou que outra fosse superior a ela.

— Se essa é a sua maneira de pensar — disse Marianne — se a perda de alguém tão importante pode ser tão facilmente reparada, sua deliberação e seu autocontrole são, talvez, menos admiráveis. Estão mais próximos da minha compreensão.

— Eu compreendo. Você talvez imagine que eu nunca tenha sentido muito. Durante quatro meses, Marianne, tudo isso parou em minha mente sem que eu pudesse contar a alguém, sabendo que você e mamãe ficariam muito tristes quando eu lhes contasse essa notícia, ainda que não fosse possível prepará-las para isso. Fui informada do fato, fui forçada a sabê-lo pela própria pessoa cujo compromisso destruiu todos os meus planos, e disse-me, acredito eu, com certo prazer. Tive, então, que vencer as desconfianças de Lucy, tentando parecer indiferente justamente no assunto em que tinha maior interesse. E não foi apenas uma vez, tive que escutar suas expectativas e felicidades diversas vezes. Eu já sabia que ficaria separada de Edward para sempre, mas nada me fez desejar menos estar com ele. Nada o tornava indigno ou indiferente a mim. Tive que lidar com a falta de cortesia de sua irmã e a petulância de sua mãe; sofri as consequências de um amor sem aproveitar seus benefícios. E tudo isso ocorreu em uma época em que, você bem sabe, essa não era a única dor que me atormentava. Se puder acreditar que sou capaz de já ter sentido... Decerto deve imaginar que sofri nesse momento. A calma com que posso, agora, conversar sobre o assunto, o conforto que estou disposta a aceitar, tem sido consequência de um incessante e doloroso esforço; não foram espontâneos e, no início, eles não estavam presentes para acalmar minha alma... Não, Marianne. Então, se eu não estivesse presa à promessa de silêncio, talvez nada tivesse me privado de demonstrar minha imensa infelicidade... Nem mesmo o que devo aos meus amigos mais queridos.

Marianne estava muito convencida.

— Oh! Elinor — exclamou. — Você fez com que eu me odeie para sempre. Quão insensível fui com você! Você, que tem sido meu único consolo, que me ajudou em todo o meu sofrimento, que parecia sofrer apenas por mim! É assim que lhe agradeço? É a única recompensa que lhe dou?

As mais afetuosas carícias acompanharam essa confissão. Em razão de seu atual estado de espírito, Elinor teve facilidade em conseguir de Marianne todas as promessas que desejava e, a seu pedido, Marianne prometeu nunca discutir o caso com rancor, além de encontrar com Lucy sem demonstrar minimamente que não gostava dela, e até tratar Edward com a mesma cordialidade de sempre, se por acaso se encontrassem. Todas eram enormes concessões, mas quando Marianne sentia que havia machucado alguém, não havia nada que não fizesse para reparar.

Marianne cumpriu impressionantemente a promessa de ser discreta. Ouviu tudo o que a Sra. Jennings tinha a dizer sobre o assunto sem alterar sua fisionomia uma só vez, não discordou dela em nada, e até disse algumas vezes: "Sim, senhora." Sua única atitude ao ouvir Lucy ser mencionada foi mudar de uma cadeira para outra e, quando a Sra. Jennings comentou sobre o afeto de Edward, apenas sentiu um espasmo na garganta. Tantos atos de heroísmo por parte de Marianne fizeram com que Elinor se sentisse igualmente forte.

A manhã seguinte trouxe uma nova prova disso, quando seu irmão as visitou, com um aspecto muito sério, para discutir sobre o terrível acontecimento e lhes trazer notícias de sua esposa.

— Vocês souberam, eu suponho — disse ele solenemente assim que se sentou — da revelação muito chocante que descobrimos ontem em nossa casa.

Todas concordaram inclinando a cabeça. Parecia um péssimo momento para falarem.

— Sua cunhada — continuou ele — sofreu terrivelmente. A Sra. Ferrars também... Em suma, foi uma situação muito complicada e angustiante, mas espero que essa tempestade seja superada sem que nenhum de nós seja muito afetado. Pobre Fanny! Estava histérica ontem. Mas eu não queria alarmar vocês. Donavan disse que não há nada a temer, sua saúde física é boa e capaz de suportar qualquer coisa. Enfrentou tudo isso com a força de um anjo! Disse que nunca mais pensará bem de qualquer pessoa novamente; e não é de se espantar, depois de ter sido enganada desta forma! Receber tanta ingratidão depois de demonstrar tamanha generosidade e depositar tanta confiança! Ela convidou essas duas jovens para ficarem em nossa casa simplesmente pela bondade de seu coração; apenas porque achava que eram merecedoras de um pouco mais de atenção, pensava que eram moças inocentes, comportadas e que seriam boas companhias. Caso contrário, teríamos convidado primeiro você e Marianne para se hospedarem conosco enquanto sua amável amiga dava atenção à filha. E isso tudo para sermos recompensados dessa forma! Disse a pobre Fanny, com seu jeito afetuoso: "Gostaria, de todo coração, que tivéssemos convidado suas irmãs em vez delas".

Nesse momento, interrompeu sua fala para receber os agradecimentos e, isso feito, continuou.

— Não sou capaz de descrever o quanto a pobre Sra. Ferrars sofreu quando Fanny contou-lhe a notícia. Como poderia supor, enquanto planejava um casamento mais adequado para o filho com o mais genuíno carinho, que ele estivesse todo o tempo comprometido com outra pessoa! Jamais poderia ter tal desconfiança! Mesmo se desconfiasse de qualquer outra ligação da parte dele, nunca imaginaria que seria dali. "Estava muito confiante que dali não surgiria nada" disse minha sogra. Estava totalmente angustiada. Discutimos entre nós sobre o que deveríamos fazer, e por fim ela decidiu chamar Edward. Ele veio. Mas sinto muito ter que contar o que aconteceu. Tudo o que a Sra. Ferrars pôde dizer para fazê-lo terminar o compromisso, além de meus argumentos, como vocês podem imaginar, e das súplicas de Fanny, foi inútil. O dever, o afeto, tudo foi ignorado. Nunca imaginei que Edward fosse tão determinado, tão frio. Sua mãe lhe explicou os grandiosos planos que tinha para ele, se ele se casasse com a Srta. Morton; afirmou que lhe presentearia com a propriedade de Norfolk, que daria um bom faturamento de aproximadamente mil libras por ano. Até mesmo prometeu, quando a situação começou a ficar desesperadora, que lhe daria mil e duzentas libras. Porém, se ele insistisse em contrariar e persistisse nesse casamento pouco benéfico, lhe mostraria a escassez que tal união causaria. Insistiu que ele somente contaria com as duas mil libras que eram suas por direito e que nunca mais queria vê-lo. Além disso, disse que não lhe ajudaria em nada, caso ele viesse a exercer qualquer profissão para se sustentar, e que faria tudo o que estivesse ao seu alcance para impedir seu sucesso.

Marianne, cheia de indignação, cruzou os braços e exclamou:

— Deus do céu! Será possível?

— Bem, talvez você se espante, Marianne — respondeu o irmão — com a obstinação capaz de resistir a argumentos como estes. Seu assombro é muito natural.

Marianne ia retrucar, mas se lembrou das promessas que fez a Elinor e se absteve.

— Tudo isso, no entanto — continuou ele — foi em vão. Edward quase não disse nada, mas o pouco que falou foi de forma muito determinada. Nada poderia convencê-lo a romper seu compromisso. Cumpriria com sua palavra, custasse o que custasse.

— Então — exclamou a Sra. Jennings com franqueza, não sendo mais capaz de ficar em silêncio — ele agiu como um homem honesto! Peço desculpas, Sr. Dashwood, mas se ele tivesse agido de outra forma, eu pensaria que ele é um canalha. Tenho algum interesse no assunto, assim como você, pois Lucy Steele é minha prima, e acredito que não há no mundo moça melhor ou mais merecedora de um bom marido.

John Dashwood ficou muito surpreso, mas sua natureza era calma, não era aberto a provocações e não pretendia ofender ninguém, especialmente alguém de boa fortuna. Portanto, respondeu, sem qualquer ressentimento:

— Minha querida senhora, eu nunca pretendi faltar com o respeito a alguém de sua família. A Srta. Lucy Steele é, ouso dizer, uma moça muito merecedora, mas na situação em questão, como deve saber, o casamento não é possível. E se comprometer em segredo com um rapaz que estava sob os cuidados de seu tio, o filho de uma senhora de tão grande fortuna quanto a Sra. Ferrars, é, talvez, um pouco atípico. Em resumo, não é meu objetivo menosprezar a conduta de qualquer pessoa que tenha sua estima, Sra. Jennings. Todos nós desejamos que ela seja muito feliz; e o comportamento da Sra. Ferrars é igual ao que qualquer outra mãe consciente e generosa adotaria na mesma situação. Foi uma atitude nobre e bondosa. Edward decidiu seu próprio destino e temo que tenha sido uma péssima escolha.

Marianne suspirou com a mesma apreensão; e o coração de Elinor ficou apertado ao pensar nos sentimentos de Edward enquanto enfrentava, por uma mulher que não poderia recompensá-lo, as ameaças de sua mãe.

— Bem — disse a Sra. Jennings — e como tudo isso acabou?

— Lamento dizer, senhora, que acabou em uma ruptura muito infeliz. Edward perdeu para sempre o afeto de sua mãe. Ele saiu de casa ontem, mas não tenho ideia para onde foi, ou se ainda está na cidade, já que *nós* não podemos fazer nenhuma pergunta.

— Pobre rapaz! O que será dele?

— Realmente, senhora! É um pensamento melancólico. Nascido com a perspectiva de tanta riqueza! Não posso imaginar uma situação mais deplorável. Os juros de duas mil libras... Como um homem pode viver com isso? E quando recordar que ele poderia, dentro de três meses, se não fosse por sua própria tolice, estar recebendo duas mil e quinhentas libras por ano (pois a Srta. Morton tem trinta mil libras), não consigo imaginar circunstância infeliz. Todos sentimos pena dele, principalmente porque está totalmente fora de nosso poder ajudá-lo.

— Pobre jovem! — exclamou a Sra. Jennings. — Asseguro-lhe que ele seria muito bem-vindo para dormir e comer em minha casa. Não é adequado que fique só, morando em hospedarias.

Elinor ficou grata de coração pela bondade com Edward, apesar de não poder deixar de sorrir pela forma como foi dita.

— Se ele ao menos tivesse feito por si mesmo — disse John Dashwood — o que todos os seus amigos estariam dispostos a fazer por ele, estaria agora em uma situação oportuna, e não lhe faltaria nada. Como optou por outro caminho, ajudá-lo está fora do poder de qualquer um. E o pior de tudo é que sua mãe decidiu passar imediatamente aquela propriedade que seria de Edward, em circunstâncias normais, para Robert. Quando a deixei essa manhã, estava conversando sobre isso com seu advogado.

— Bem! — disse a Sra. Jennings. — Essa é a vingança dela. Cada um age do seu jeito. Mas não acredito que eu agiria dessa forma, dando independência a um filho apenas porque o outro me aborreceu.

Marianne se levantou e caminhou pela sala.

— Pode haver algo mais vergonhoso para um homem — continuou John — do que testemunhar seu irmão mais novo ganhar a propriedade que deveria ter sido sua? Pobre Edward! Sinto muito por ele, de verdade.

Depois de mais algum tempo gasto com o mesmo tipo de lamentação, terminou a visita. E após garantir, por diversas vezes, que a indisposição de Fanny não apresentava nenhum perigo, e que elas não precisavam se preocupar com ela, ele partiu, deixando as três damas com sentimentos unânimes acerca da atual conjuntura, pelo menos no que se relacionava à postura da Sra. Ferrars, dos Dashwoods e de Edward.

A indignação de Marianne irrompeu assim que ele deixou a sala e, como sua veemência impossibilitou qualquer reserva por parte de Elinor, que também era desnecessária por parte da Sra. Jennings, as três se uniram em uma animada desaprovação de todo o grupo.

Capítulo XXXVIII

A Sra. Jennings elogiou com muito entusiasmo a conduta de Edward, mas somente Elinor e Marianne compreenderam seu verdadeiro mérito. Apenas *elas* sabiam como foram escassas as razões que o estimularam à desobediência e como era pouco o conforto, além da consciência de fazer o correto, que lhe sobraria após a perda dos amigos e da fortuna. Elinor sentia orgulho de sua integridade, e Marianne perdoou todas as suas ofensas por pena de seu castigo. Ainda a confiança entre elas tenha sido, após o acontecido tornar-se público, recuperada, não era um tema que tivessem satisfação em discutir quando estavam a sós. Elinor o evitava por princípio, fixando-se ainda mais em seus próprios pensamentos, pois desejava se ver livre das certezas calorosas e positivas de Marianne, que ainda acreditava que Edward gostava dela; e a coragem de Marianne para abordar o assunto acabou se dissipando, uma vez que ficava cada vez mais insatisfeita consigo mesma pela comparação que inevitavelmente realizava entre o seu próprio comportamento e o de Elinor.

Sentia todo o peso da comparação, mas não como Elinor havia imaginado. Ela o sentia com todo o sofrimento de uma constante autorreprovação, lamentando dolorosamente nunca ter se esforçado antes. Seu espírito estava tão debilitado que ela não achava possível fazer nenhum esforço no momento, o que apenas a desanimava ainda mais.

Por um ou dois dias não tiveram nenhuma notícia sobre Harley Street ou Bartlett's Buildings. Mas a Sra. Jennings já teria trabalho o suficiente para espalhar notícia apenas com o que já sabiam sobre o assunto. Desde o início já estava decidida a, assim que possível, fazer uma visita para confortar e investigar as primas.

O terceiro dia após receberem a notícia foi um domingo tão agradável que atraiu muitos visitantes aos Jardins de Kensington, apesar de ser apenas a segunda semana de março. A Sra. Jennings e Elinor também foram ao passeio, mas Marianne, que sabia que os Willoughby haviam retornado à cidade e tinha um medo constante de encontrá-los, preferiu ficar em casa em vez de se aventurar em um lugar tão público.

Uma conhecida íntima da Sra. Jennings juntou-se a elas logo que entraram nos Jardins, e Elinor ficou grata por sua companhia, já que as senhoras conversavam bastante entre si, o que deixou Elinor livre para refletir silenciosamente sobre diversos temas. Não viu os Willoughby nem Edward, e por algum tempo não viu nada nem ninguém que despertasse seu interesse. Mas por fim se surpreendeu ao se deparar com a Srta. Steele, que, apesar de parecer bastante tímida, expressou grande satisfação em encontrá-las e, incentivada pela gentileza da Sra. Jennings, deixou seu próprio grupo por algum tempo para se juntar a elas. A Sra. Jennings imediatamente sussurrou para Elinor:

— Arranque dela tudo o que conseguir, minha querida. Se perguntar, com certeza ela lhe contará tudo. Como pode ver, não posso abandonar a Sra. Clarke.

Favoravelmente à curiosidade da Sra. Jennings e de Elinor, a Srta. Steele contava tudo antes mesmo de ser perguntada, pois de outra forma elas não saberiam de nada.

— Estou tão feliz por encontrá-la — disse a Srta. Steele, tomando-a com familiaridade pelo braço — porque queria vê-la mais que tudo no mundo.

Em seguida, baixando a voz, disse:

— Suponho que a Sra. Jennings tenha ficado sabendo de tudo. Ela está com raiva?

— Creio que não esteja com raiva de você.

— Que bom. E Lady Middleton, está com raiva?

— Não penso que isso seja possível.

— Fico extremamente feliz. Graças a Deus! Ah! Tenho enfrentado tantas coisas. Nunca vi Lucy tão zangada em toda minha vida. Primeiro jurou que nunca mais faria nada por mim. Mas agora ela se acalmou e somos amigas novamente. Veja, ela fez esse arranjo para o meu chapéu na noite passada. Bem, acho que você também vai rir de mim agora. Mas por que não posso usar fitas cor-de-rosa? Não me interessa se é a cor preferida do Reverendo. Certamente eu nunca saberia que ele tem alguma preferência por essa cor, se ele não tivesse dito casualmente. Minhas primas andam me aborrecendo tanto! Às vezes não sei para onde olhar quando estou com elas.

Ela havia dado início a um assunto sobre o qual Elinor nada tinha a dizer e, portanto, logo procurou uma forma de voltar ao primeiro.

— Bem, Srta. Dashwood — disse triunfantemente — as pessoas podem dizer o que quiserem sobre o Sr. Ferrars ter declarado que não se casaria com Lucy, mas lhe asseguro que isso não é verdade, e é uma pena que as pessoas espalhem esses boatos detestáveis. Independentemente do que Lucy pense sobre o assunto, ninguém tem o direito de fazer tais insinuações.

— Garanto-lhe que nunca ouvi nada desse tipo ser insinuado antes — disse Elinor.

— Oh, não ouviu? Mas isso *foi* dito, sei bem, e por várias pessoas, e sei que a Srta. Godby disse a Srta. Sparks que ninguém em sã consciência poderia esperar que o Sr. Ferrars abrisse mão de uma moça como a Srta. Morton, com uma fortuna de trinta mil libras, para se casar com Lucy, que não tem nada. Eu mesma que ouvi. Além disso, meu primo Richard disse que, quando o momento chegasse, receava que o Sr. Ferrars desistisse. E como Edward não veio nos visitar, depois de três dias eu já não sabia o que pensar, e creio, de todo coração, que Lucy considerou que tudo estava perdido, porque deixamos a casa de seu irmão na quarta-feira, e não vimos Edward na quinta, nem na sexta ou no sábado, e nem ao menos tivemos notícias dele. A princípio, Lucy considerou escrever-lhe, mas rapidamente desistiu. Entretanto, ele veio nos visitar hoje pela manhã, assim que chegamos da igreja, então tudo foi esclarecido: ele fora chamado a Harley Street, conversou com sua mãe e os outros familiares, e anunciou que não amava ninguém além de Lucy, e que somente se casaria com ela. Contou-nos o quanto ficara aflito com o acontecido e, assim que saiu da casa da mãe, foi para o interior montado em seu cavalo, e passou a quinta e a sexta em uma hospedaria, para poder pensar com calma. E depois de refletir bastante sobre o assunto, segundo ele, concluiu que não seria justo obrigá-la a prosseguir com o compromisso, já que não tinha mais fortuna e agora seria uma enorme perda para ela, pois ele possui somente duas mil libras, e não tem expectativa de receber nenhum outro rendimento. E se tivesse se ordenado, como havia cogitado, ganharia apenas o salário de um assistente de paróquia, e como poderiam viver com tão pouco? Não suportava imaginar que ela não viveria bem, então suplicou a Lucy que, se ela tivesse alguma consideração, terminasse imediatamente com todo o caso e o liberasse para seguir seu caminho. Eu o ouvi dizer tudo isso perfeitamente. E o fez exclusivamente pensando no bem dela, não para o seu próprio bem. Posso jurar que ele jamais proferiu uma sílaba sobre ter se cansado dela, ou sobre querer se casar com a Srta. Morton, ou qualquer coisa do tipo. Porém, para ser honesta, Lucy nunca deu atenção a essas fofocas, então no mesmo instante disse a Edward, com muita ternura e amor, sem vacilar, que não pretendia terminar o compromisso, porque viveria com ele com o pouco que fosse, e ainda que ele fosse eternamente pobre, ela ficaria feliz com isto, ou algo do tipo. Ele ficou extremamente contente, mesmo recebendo uma mixaria, e então os dois discutiram o que fariam e concluíram que ele deveria se ordenar o mais rápido possível, e que se casariam somente quando ele recebesse os rendimentos da paróquia que assumir. E bem neste momento fui impedida de continuar escutando a conversa, porque minha prima me chamou no andar debaixo para avisar-me que Sr. Richardson havia chegado em sua carruagem e iria nos levar a um passeio nos Jardins Kensington. Assim, fui obrigada a entrar na sala e interrompê-los para perguntar se Lucy gostaria de se juntar a nós, mas ela não quis deixar Edward, então vim com os Richardsons.

— Não entendo o que você quer dizer com interrompê-los — disse Elinor — vocês estavam todos na mesma sala, não é mesmo?

— Não, de jeito nenhum! Ora! Srta. Dashwood, você acha que pessoas apaixonadas fazem declarações de amor quando alguém está por perto? Oh, que vergonha! Para dizer a verdade, acredito que você saiba muito bem disso — disse rindo afetadamente. — Não, não, eles estavam sozinhos na sala de estar, e eu ouvi tudo porque estava escutando atrás da porta.

— Como! — exclamou Elinor. — Está me contando coisas que ouviu detrás da porta? Sinto não ter sido informada disso antes, pois jamais teria aceitado que me revelasse detalhes de uma conversa que nem você mesma tinha autorização para ouvir. Como pôde fazer isso com sua irmã?

— Oh, não há nada demais nisso. Eu apenas fiquei junto à porta e ouvi o que pude. E tenho certeza de que Lucy teria feito exatamente o mesmo, pois um ou dois anos atrás, quando Martha Sharpe e eu tínhamos muitos segredos, ela nunca teve problemas em se esconder em um armário, ou atrás de uma lareira, com o intuito de ouvir o que dizíamos.

Elinor tentou mudar de assunto, mas a Srta. Steele não podia ser impedida de falar sobre o que passava em sua cabeça, nem mesmo por dois minutos.

— Edward fala em ir para Oxford em breve — disse ela — mas agora ele está hospedado em Pall Mall. Que mulher má é a mãe dele, não é? E seu irmão e sua cunhada também não foram gentis! Contudo, não falarei deles para você, e para ser sincera, eles nos mandaram embora em sua própria carruagem, o que foi mais do que eu esperava. E, da minha parte, eu temia que sua cunhada pedisse de volta os porta-agulhas que ela dera a cada uma de nós um ou dois dias antes do ocorrido, mas não comentou sobre eles, e logo dei um jeito de deixar o meu fora da vista. Edward nos disse que precisava tratar de alguns negócios em Oxford, e por isso ficaria lá por um tempo, e depois disso, assim que conseguir um bispo, irá se ordenar. Qual paróquia ele deve assumir? Deus do céu! — disse dando uma risadinha boba enquanto falava. — Daria tudo para saber o que minhas primas dirão quando ficarem sabendo. Dirão que eu deveria escrever ao Reverendo, e pedir que Edward seja seu novo assistente. Certamente dirão isso, mas eu não faria isso por nada nesse mundo. Se perguntarem, serei muito direta: "como podem pensar nisso? Escrever ao Reverendo, francamente!"

— Bem — disse Elinor — é um conforto estar preparado para o pior, pois já se tem as respostas preparadas.

A Srta. Steele ia permanecer no mesmo assunto, mas a proximidade de seu próprio grupo de amigos a impediu.

— Oh, lá vêm os Richardsons. Tenho muitas coisas para lhe contar, mas não posso afastar-me deles por tanto tempo. Asseguro-lhe que são pessoas muito amáveis. O marido tem muito dinheiro e possuem carruagem própria.

Não tive tempo de falar pessoalmente com a Sra. Jennings, mas peço-lhe, por gentileza, que lhe conte que estou muito feliz por saber que não está com raiva de nós, e digo o mesmo sobre Lady Middleton. E, se algo fizer com que você e sua irmã tenham que ir embora, e a Sra. Jennings necessitar de companhia, certamente ficaremos muito felizes de permanecer com ela o quanto quiser. Imagino que Lady Middleton não irá nos convidar mais. Adeus! Lamento não ter visto a Srta. Marianne por aqui. Mande lembranças afetuosas a ela. Ah! Vejo que está usando seu vestido de musselina de bolinhas! Imagino o quanto tem medo de rasgá-lo.

Foi essa sua preocupação ao se despedirem, pois, depois disso, apenas teve tempo para se despedir da Sra. Jennings, antes que a Sra. Richardson solicitasse sua companhia. E assim, Elinor recebeu as notícias que nutririam seus pensamentos por algum tempo, ainda que não tivesse quase nada além do que havia imaginado em suas reflexões. O casamento de Edward com Lucy estava tão absolutamente decidido e a data da cerimônia era tão incerta como ela havia previsto; tudo dependia deste emprego que, até então, não tinha a menor possibilidade de se concretizar.

Logo que elas retornaram à carruagem, a Sra. Jennings estava ansiosa para ouvir as novidades, mas Elinor, que não pretendia espalhar informações obtidas de forma tão injusta, apenas relatou alguns simples detalhes, que estava certa que Lucy, por seu próprio benefício, gostaria de divulgar. A ininterrupção do compromisso e o que fariam para mantê-lo foi tudo o que disse, e isso causou na Sra. Jennings a seguinte observação natural:

— Esperar até que tenha uma renda! Sim, todos nós sabemos como isso acabará: eles esperarão por um ano e, quando perceberem que assim não conseguirão nada, irão se contentar com uma paróquia de cinquenta libras anuais, mais os juros das duas mil libras de Edward e o pouco que o Sr. Steele e o Sr. Pratt puderem oferecer à Lucy. E então terão um filho a cada ano! Serão muito pobres! Verei como posso ajudá-los a mobiliar sua casa. Duas criadas e dois empregados... Era o que dizia outro dia! Não, não, eles precisam contratar uma jovem forte que dê conta de todo o trabalho. A irmã de Betty não lhes servirá de nada agora.

Na manhã seguinte, uma carta chegou do correio para Elinor, enviada por Lucy. Dizia o seguinte:

"*Bartlett's Buildings, março.*

Espero que minha querida Srta. Dashwood perdoe a liberdade que tomei ao escrever-lhe, mas estou certa de que, pela amizade que tem por mim, ficará feliz ao saber tão boas notícias minhas e do meu querido Edward, após tudo que enfrentamos recentemente. Assim, não me desculparei novamente e continuarei a dizer que, graças a Deus, apesar de termos sofrido imensamente, agora estamos bem, e tão felizes como sempre deveremos estar com o amor que sentimos um pelo outro. Passamos por árduas provações e perseguições, mas devemos agrade-

cer a muitos amigos, principalmente a você. Irei me lembrar para sempre de sua imensa bondade com toda minha gratidão, assim como Edward, a quem contei tudo. Tenho certeza de que ficará feliz ao saber, assim como minha querida Sra. Jennings, que passamos ontem duas horas felizes juntos. Ele se recusou a conversar sobre nossa separação, embora eu tenha insistido, por prudência, como acredito que era minha obrigação. Teria me separado dele no mesmo instante, se ele permitisse. Mas Edward afirmou que nunca considerou tal coisa, que, enquanto tivesse minha afeição, a raiva da mãe não o importava. Nossas perspectivas não são esplêndidas. Na verdade, devemos aguardar e esperar o melhor. Logo ele será ordenado e, se estiver ao seu alcance recomendá-lo a alguém que possa lhe oferecer um benefício eclesiástico, estou certa de que você o fará, assim como creio que minha querida Sra. Jennings intercederá por nós a Sir John ou ao Sr. Palmer, ou algum outro amigo que possa nos ajudar. Pobre Anne, se sente muito culpada pelo que fez, mas a coitada não fez por mal, então não a repreendi. Espero que não seja um problema para a Sra. Jennings nos fazer uma visita, se alguma manhã estiver passando por aqui. Seria muito gentil se ela viesse, e meus primos ficarão felizes por conhecê-la. O papel obriga-me a finalizar a carta pedindo-lhe que dê as minhas mais sinceras e respeitosas lembranças a ela, a Sir John, a Lady Middleton e a seus queridos filhos, quando encontrá-los, e meu amor pela Srta. Marianne,

Sua, etc..."

Assim que Elinor terminou de ler a carta, fez o que acreditava ser a verdadeira intenção de Lucy, entregando-a nas mãos da Sra. Jennings, que a leu em voz alta com muitas observações de satisfação e louvor.

— Muito bem! Como Lucy escreve bem! Foi muito correta ao liberá-lo do compromisso se ele assim quisesse. Foi bem próprio de Lucy. Pobre alma! Desejaria de todo coração poder oferecer a Edward alguma renda. Ela me chama de querida Sra. Jennings, como vê. Lucy tem o coração mais puro do mundo. Juro que tem. Esta frase está muito bem escrita. Sim, sim, com certeza irei visitá-la. Como é atenciosa! Pensa em todo mundo! Obrigada, minha querida, por mostrar-me isso. É a carta mais bonita que já vi, e mostra muito bem a inteligência e o coração de Lucy.

Capítulo XXXIX

As Dashwoods já estavam há mais de dois meses na cidade, e Marianne ficava cada dia mais impaciente para ir embora. Ela ansiava pelo ar fresco, pela liberdade, pela tranquilidade do interior, e imaginava que Barton era o único lugar que poderia lhe trazer tranquilidade. Elinor também estava muito ansiosa, sua vontade de partir só era menor que a de Marianne porque sabia das dificuldades de uma viagem tão longa, o que Marianne não assumia reconhecer. Ela começou, no entanto, a focar seus pensamentos inteiramente na realização dessa viagem, e já manifestara suas vontades à bondosa anfitriã, que se opôs absolutamente a elas, quando apareceu uma oportunidade que, apesar de impedi-las de retornar à casa por mais algumas semanas, pareceu a Elinor muito mais conveniente do que qualquer outro plano. Os Palmers provavelmente iriam retornar a Cleveland no final de março, para a Páscoa, e a Sra. Jennings, Marianne e Elinor, foram calorosamente convidadas por Charlotte para acompanhá-los. Como o convite foi reforçado com muita educação pelo próprio Sr. Palmer, que passou a tratá-las imensamente melhor depois de saber que Marianne estava muito infeliz, Elinor acabou aceitando com prazer.

Entretanto, quando contou a Marianne o que fizera, sua primeira resposta não foi muito favorável.

— Cleveland! — exclamou ela, muito agitada. — Não, não posso ir para Cleveland.

— Você se esquece — disse Elinor gentilmente — de que a localização... Não fica próximo a...

— Mas fica em Somersetshire. Não posso ir para Somersetshire. Lá, onde tanto quis ir... Não, Elinor, você não pode me pedir para ir.

Elinor não quis debater sobre a necessidade de superar tais sentimentos, apenas limitou-se a contestá-los, expondo outros; e então apresentou-lhe essa viagem como uma maneira de definir a data para voltar à casa de sua amada mãe, a quem tanto ansiava ver, de forma mais adequada e prática, e talvez sem muita demora. De Cleveland, que ficava a alguns quilômetros de Bristol, a viagem até Barton não demoraria mais que um dia, e o empregado de sua mãe poderia tranquilamente buscá-las, e como não passariam mais de uma semana em Cleveland, poderiam retornar à casa em pouco mais de três semanas.

A Sra. Jennings estava tão longe de se cansar de suas hóspedes que insistiu com muito afinco para que voltassem com ela de Cleveland. Elinor ficou grata pela gentileza, mas nada poderia fazê-la alterar seus planos e, com a imediata permissão da mãe, assim que possível tomaram todas as providências necessárias para a volta, e Marianne encontrou algum alívio em calcular as horas que faltavam para estar de volta a Barton.

— Ah! Coronel, eu não sei o que você e eu faremos sem as senhoritas Dashwood — foi como a Sra. Jennings o recebeu quando ele a visitou pela primeira vez depois que a partida de Elinor e Marianne foi acertada — pois estão bastante decididas a retornarem para casa após a visita aos Palmers. Como ficaremos solitários quando eu voltar! Ficaremos aqui sentados como dois gatos entediados.

Talvez a Sra. Jennings esperasse que esse expressivo esboço de um futuro tedioso o levasse a fazer o pedido de casamento, o que lhe salvaria de tal destino. E teve, logo depois, bons motivos para acreditar ter alcançado seu objetivo, porque, quando Elinor dirigiu-se à janela para tirar as medidas de uma pintura que copiaria para a amiga, ele a acompanhou e, com um olhar especialmente significativo, conversou com ela por um bom tempo. O impacto do discurso do Coronel sobre Elinor não passou despercebido por ela, pois, embora não tivesse a intenção de bisbilhotar e tivesse mudado de lugar com o intuito de não ouvir, sentando-se junto ao piano que Marianne tocava, ela não pode deixar de perceber que Elinor estava corada e escutando com grande agitação. Corroborando ainda mais com suas suspeitas, enquanto Marianne trocava as partituras, inevitavelmente ouviu algumas palavras do Coronel, nas quais ele parecia se desculpar pelo mau estado de sua casa. Aquilo acabou com todas as suas dúvidas. A Sra. Jennings não conseguiu entender a resposta dada por Elinor, porém, pelo movimento de seus lábios, concluiu que ela não considerava aquilo como um grande empecilho... E a Sra. Jennings, de todo coração, a exaltou por ter sido tão sincera. Então eles conversaram por mais alguns minutos sem que ela conseguisse ouvir sequer uma palavra, quando outra feliz interrupção de Marianne trouxe-lhe estas palavras do Coronel, ditas tranquilamente:

— Receio que não possa acontecer tão cedo.

Espantada com tais palavras, a Sra. Jennings quase exclamou em alto e bom som: "Deus! O que lhe impede de fazê-lo?". Porém, reprimindo seu desejo, apenas pensou: "Que estranho! Ele certamente não precisa esperar ficar mais velho".

Essa demora por parte do Coronel, entretanto, não pareceu ofender ou constranger Elinor, pois logo em seguida finalizaram a conversa e tomar caminhos distintos. A Sra. Jennings ouviu muito claramente Elinor dizer com muita sinceridade:

— Sempre serei muito grata a você.

A Sra. Jennings ficou encantada com essa demonstração de gratidão, e apenas estranhou o fato de o Coronel partir tão friamente imediatamente após ouvir tal frase, sem ao menos dar uma resposta a Elinor! Nunca havia pensado que seu velho amigo pudesse ser um pretendente tão indiferente.

O que realmente se passou entre eles foi o seguinte:

— Eu soube — disse ele com grande compaixão — da injustiça que seu amigo Sr. Ferrars sofreu de sua família. Se não me engano, ele foi punido por manter seu compromisso com uma moça muito merecedora. Estou certo? Foi isso que aconteceu?

Elinor disse a ele que sim.

— A crueldade — replicou ele com grande emoção — de separar ou tentar separar dois jovens que se gostam é horrível! A Sra. Ferrars não sabe o que está fazendo, nem o que está levando seu filho a fazer. Eu já vi o Sr. Ferrars algumas vezes em Harley Street e gostei muito dele. Ele não é um rapaz que se possa conhecer intimamente em tão pouco tempo, mas conheci o bastante para desejar-lhe o bem por seus méritos próprios, e como é seu amigo, desejo-lhe ainda mais. Soube que planeja se ordenar. Peço-lhe a gentileza de informá-lo que a vaga de Delaford, que acabou de abrir, segundo fui informado pelo correio de hoje, será dele, se ele julgar que deve aceitá-la. Eu apenas gostaria que o benefício fosse maior. É uma casa paroquial, mas é pequena, o último beneficiário recebia apenas duzentas libras por ano e, apesar de existir a possibilidade de alguma melhoria, temo que não seja a quantia necessária para a comodidade do Sr. Ferrars. Entretanto, terei muita satisfação em oferecê-lo. Por favor, comunique-o sobre minha oferta.

O espanto de Elinor com essa incumbência dificilmente poderia ser maior, nem mesmo se o Coronel a pedisse em casamento. Há apenas dois dias pensara que Edward não teria nenhuma perspectiva de alcançar uma condição que o permitisse se casar, e justo ela, dentre todas as pessoas no mundo, era a responsável por concedê-la!... Sua perturbação foi tanta que a Sra. Jennings a atribuiu a um motivo muito diferente... Mas quaisquer que fossem os sentimentos ruins que pudessem ter causado aquela perturbação, também sentia muita gratidão e apreço pela bondade e amizade que levaram o Coronel a tomar tal atitude. Agradeceu-lhe de todo coração e falou dos princípios e do temperamento de Edward da forma como acreditava que ele merecia, e prometeu realizar a tarefa com muita satisfação. Porém, ao mesmo tempo, ela não conseguiu evitar o pensamento de que ninguém executaria o encargo melhor que ele. Era, em suma, uma tarefa da qual gostaria de ser poupada, pois não gostaria de constranger Edward por receber um favor dela, mas o Coronel Brandon parecia desejar tanto que fosse ela a mensageira da notícia, que Elinor foi incapaz de recusar. Ela pensava que Edward ainda estava na cidade, e felizmente ouvira a Srta. Steele citar seu endereço. Podia, assim, realizar sua missão, contando a notícia a Edward até o final do dia. Depois de tudo planejado, o Coronel Brandon começou a falar da vantagem que seria ter um vizinho tão digno e agradável, e foi então que lamentou que a casa fosse pequena e simples, algo a que Elinor, como a Sra. Jennings havia imaginado, não deu muita relevância, pelo menos em relação ao tamanho.

— Não imagino que a pequenez da casa seja um inconveniente para eles, pois será proporcional à sua família e à sua renda — disse ela.

O Coronel ficou surpreso por Elinor considerar o casamento do rapaz como consequência direta de sua proposta, pois não acreditava que o benefício de Delaford pudesse, sozinho, proporcionar uma renda com a qual alguém acostumado ao estilo de vida de Edward se arriscasse a se estabelecer, e disse:

— Essa pequena casa paroquial mal comporta o Sr. Ferrars como solteiro, não possibilita que se case. Lamento dizer que minha proposta termina aqui, e minha ajuda não poder ir além. O que estou oferecendo, na verdade, não parece nada, já que lhe permite avançar muito pouco em relação ao que deve ser seu principal e único objetivo de felicidade. O casamento dele deve permanecer ainda muito distante, receio que não possa acontecer tão cedo.

Foi essa a frase que, mal interpretada, ofendeu os delicados sentimentos da Sra. Jennings; porém, após este relato sobre o que realmente discutiram o Coronel Brandon e Elinor, enquanto estiveram junto à janela, a gratidão demonstrada por ela ao se despedirem talvez possa parecer, afinal, não menos razoável, nem expressa com menos propriedade do que se decorresse de uma proposta de casamento.

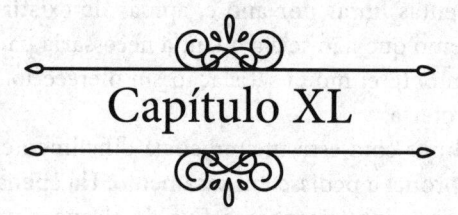

Capítulo XL

— Bem, Srta. Dashwood — disse a Sra. Jennings com um sorriso perspicaz assim que o cavalheiro se retirou — não perguntarei sobre o que você e o Coronel conversavam. Dou-lhe minha palavra que não tentei escutar nada, mas ainda assim ouvi o suficiente para entender qual era a intenção dele. Asseguro-lhe que nunca fui tão feliz em minha vida e desejo-lhe toda a felicidade do mundo.

— Obrigada, senhora — disse Elinor. — É motivo de muita alegria para mim, e fico muito grata pela bondade do Coronel Brandon. Não há muitos homens que agiriam como ele agiu. Poucas pessoas têm um coração tão compassivo! Nunca fiquei tão surpresa em minha vida.

— Deus! Minha querida, você é muito modesta. Não estou nem um pouco surpresa com isso, pois ultimamente tenho pensado muito no assunto, e concluí que não há nada mais natural.

— Julga a partir do seu conhecimento da generosidade do Coronel, mas, pelo menos, não podia prever que a oportunidade surgiria tão cedo.

— Oportunidade! — repetiu a Sra. Jennings. — Ah! Quanto a isso, quando um homem já se decidiu por tal coisa, de uma forma ou de outra, encontrará o momento ideal. Bem, minha querida, desejo-lhe mais uma vez toda a felicidade do mundo, e se alguma vez já existiu um casal mais feliz, acredito que em breve saberemos onde encontrá-lo.

— Você pretende ir a Delaford, suponho — disse Elinor com um leve sorriso.

— Sim, minha querida, com certeza. E quanto à casa ser ruim, não sei a que se referia o Coronel, porque é uma das melhores que já vi.

— Ele disse que precisa de alguns reparos.

— Bem, e de quem é a culpa? Por que ele não repara? Quem deveria fazê-lo senão ele mesmo?

Foram interrompidas pelo empregado que vinha anunciar que a carruagem já estava a porta, e a Sra. Jennings, preparando-se imediatamente para sair, disse:

— Bem, minha querida, preciso partir antes mesmo de dizer a metade do que eu gostaria. Mas podemos discutir os detalhes à noite, já que estaremos a sós. Não lhe peço que venha comigo, pois acredito que esteja com a mente ocupada demais para querer companhia, e, além disso, você deve estar ansiosa para contar à sua irmã.

Marianne havia saído da sala antes de a conversa começar.

— Certamente, senhora, direi a Marianne, mas por enquanto não contarei a mais ninguém.

— Oh! Muito bem — disse a Sra. Jennings um tanto desapontada. — Então você não quer que eu conte nada a Lucy, pois estava pensando em ir a Holborn hoje.

— Não, senhora, nem mesmo para Lucy, por favor. Um dia a mais não mudará nada, e até que eu tenha escrito ao Sr. Ferrars, acredito que não deva dizer nada a ninguém. Escreverei a carta imediatamente. É necessário não perder tempo em contar-lhe, pois com certeza terá muitos afazeres até sua ordenação.

A princípio, essa declaração deixou a Sra. Jennings muito espantada. Não conseguiu entender de imediato o motivo pelo qual Elinor precisava escrever a Edward sobre este assunto com tanta urgência. Depois de refletir por alguns, entretanto, chegou a uma feliz conclusão, que a fez exclamar:

— Oh! Agora compreendo. O Sr. Ferrars será o celebrante. Bem, melhor para ele. Claro, ele deve se ordenar o mais depressa possível, e estou feliz por saber que as coisas estão tão adiantadas entre vocês. Mas, querida, não é um pouco estranho? Não seria melhor que o Coronel escrevesse essa carta? Estou certa de que seria a pessoa mais adequada.

Elinor não entendeu bem o início do discurso da Sra. Jennings, nem achou que valesse a pena questionar-lhe e, portanto, apenas respondeu à parte final.

— O Coronel Brandon é um homem tão delicado que preferiu que outra pessoa informasse o Sr. Ferrars sobre suas intenções.

— E então *você* foi obrigada a fazê-lo. Bem, *esse* é um tipo estranho de delicadeza! Entretanto, não vou mais incomodá-la — disse ao ver que Elinor se preparava para escrever. — Você conhece melhor seus próprios assuntos. Então... Adeus, minha querida. É a melhor notícia que recebo desde que Charlotte deu à luz.

Então partiu, mas voltou pouco tempo depois.

— Estive pensando na irmã da Betty, minha querida. Ficaria muito contente se tivesse uma patroa tão boa. Mas não sei se seria útil para uma dama. Sei que é uma excelente empregada doméstica e trabalha muito bem com a agulha. Mas imagino que você resolverá tudo isso no seu tempo.

— Certamente, senhora — respondeu Elinor, sem prestar atenção ao que ela dizia e mais ansiosa por ficar sozinha do que para compreender o assunto.

Como deveria começar... Como deveria se expressar em sua carta para Edward era sua única preocupação no momento. A situação peculiar entre eles tornava árdua uma tarefa que para qualquer outra pessoa seria a coisa mais fácil do mundo. Ela receava igualmente dizer demais ou dizer de menos, e ficou refletindo em frente ao papel, com a pena na mão, até que foi interrompida pela chegada do próprio Edward.

Ele se encontrara com a Sra. Jennings na entrada de casa, quando ela subia na carruagem, ao chegar para deixar seu cartão de despedida. E ela, pedindo desculpas por não poder retornar com ele, insistiu para que entrasse, informando-lhe que a Srta. Dashwood se encontrava no andar de cima, e pretendia conversar com ele sobre um assunto muito importante.

Elinor acabara de ponderar, em meio ao seu espanto, que apesar de ser difícil expressar-se apropriadamente por carta, ao menos seria melhor que dar a notícia pessoalmente. Quando o visitante chegou, foi obrigada se esforçar muito. Ficou completamente perplexa e confusa com a chegada de Edward! Não haviam se encontrado desde que seu compromisso viera a público, logo, não se falaram depois que ele soube que Elinor estava ciente do ocorrido. E isso, com a notícia que tinha para dar-lhe, fez com que se sentisse particularmente perturbada por algum tempo. Edward também estava muito incomodado, e sentaram-se um de frente para o outro, em uma ocasião que prometia ser embaraçosa. Tão logo entrou na sala, pediu licença e se sentou.

— A Sra. Jennings disse-me — disse ele — que você desejava falar comigo. Bom, pelo menos foi o que eu entendi, caso contrário não a incomodaria dessa forma, apesar de lamentar muito por precisar deixar Londres sem ter visto você e sua irmã, em especial porque provavelmente ficarei fora por algum tempo. Não é provável que tenha o prazer de encontrá-las novamente tão cedo. Parto para Oxford amanhã.

— Você não deveria ter partido sem antes receber nossos votos de felicidades, ainda que não fosse possível fazê-los pessoalmente — disse Elinor tentando se recuperar e decidida a dizer o que pretendia o mais depressa possível. — O que a Sra. Jennings disse está correto. Tenho algo importante para lhe contar, e estava prestes a escrever-lhe uma carta. Fui encarregada de uma tarefa muito lisonjeira — disse ofegante. — O Coronel Brandon, que esteve aqui há aproximadamente de dez minutos, pediu-me para lhe dizer que, ciente de que você planeja se ordenar, ele tem imensa satisfação em lhe oferecer o cargo de Delaford, que acaba de vagar, lamentando somente pelo rendimento não ser maior. Permita-me parabenizá-lo por ter um amigo tão nobre e prudente. Também lamento que o benefício, que não passa de duzentas libras por ano, não seja valor mais expressivo, de forma que lhe possibilitasse... Que pudesse ser mais que apenas uma acomodação provisória para você... Em suma, que pudesse satisfazer todos os seus desejos de felicidade.

Edward não foi capaz de dizer o que sentiu, mas com o olhar expressou todo o espanto que uma informação tão inesperada produziu, e disse apenas essas duas palavras:

— Coronel Brandon!

— Sim — continuou Elinor, tornando-se mais assertiva agora que o pior já havia passado. — O Coronel Brandon pretende, dessa forma, expressar sua preocupação pelos acontecimentos recentes, a terrível situação na qual o indefensável comportamento de sua família o colocou. Uma preocupação que, lhe garanto, é compartilhada por mim, por Marianne, e por todos os seus amigos. É também uma prova da sua mais alta estima pelo seu caráter e de sua aprovação por sua conduta no caso.

— O Coronel Brandon oferece-me um benefício! Como isso é possível?

— A falta de generosidade de seus próprios familiares o leva a se surpreender com uma amizade desinteressada de outra pessoa.

— Não — respondeu ele, com súbita consciência — não por encontrá-la em você, pois não posso desconsiderar que a senhorita e a sua bondade são responsáveis por isso. O que sinto... Expressaria se pudesse... Mas, como bem sabe, não sou prendado para a oratória.

— Está muito enganado. Asseguro-lhe que a responsabilidade é toda sua e do Coronel Brandon. Não tive nenhuma participação nisso. Eu nem sequer sabia, até ele me dizer o que planejava, que o cargo estava disponível. E nem mesmo suspeitava que ele tivesse tal benefício a oferecer. Como meu amigo e de minha família, ele pode, talvez... Sei que ele realmente tem satisfação em oferecer-lhe o benefício, mas dou-lhe minha palavra que não me deve nada.

A verdade forçou Elinor a admitir um pequeno envolvimento no caso, porém, estava tão relutante em aparecer como a benfeitora de Edward, que o reconheceu com hesitação, o que possivelmente colaborou para aumentar essa suspeita na mente de Edward. Por alguns minutos após Elinor terminar de falar Edward manteve-se pensativo. Por fim, como se se esforçasse, disse:

— O Coronel Brandon parece um homem muito honrado e respeitável. Sempre ouvi as pessoas o descreverem assim, e sei que seu irmão o tem em grande estima. Ele é, sem dúvida, um homem sensato, e seus modos são de um perfeito cavalheiro.

— De fato — respondeu Elinor — creio que, quando conhecê-lo melhor, perceberá que tudo o que dizem sobre ele é verdade. E como vocês serão vizinhos muito próximos, pois acredito que a casa paroquial fica muito próxima à mansão, é especialmente importante que ele seja tudo isso.

Edward não respondeu, mas olhou-a de forma tão séria, tão ansiosa, tão triste, que parecia dizer que preferia que a distância entre a casa pastoral e a mansão fosse muito maior.

— Acredito que o Coronel Brandon mora em St. James Street — disse ele, levantando-se da cadeira em seguida.

Elinor disse-lhe o número da casa.

— Devo me apressar, então, e fazer a ele o agradecimento que a senhorita não permite que lhe faça. Desejo assegurar ao Coronel Brandon que ele me fez um homem imensamente feliz.

Elinor não tentou detê-lo, e se separaram depois que ela reiterou seus profundos e irrestritos votos de felicidade. E Edward se esforçou para retribuir da mesma maneira, apesar de não saber expressar-se apropriadamente.

"Quando eu voltar a vê-lo" — disse Elinor para si mesma, enquanto ele fechava a porta — "já estará casado com Lucy". E sentou-se para pensar sobre o passado, recordar as palavras, compreender todos os sentimentos de Edward, e, é claro, para refletir sobre sua própria insatisfação.

E com essa expectativa agradável, ela sentou-se para reconsiderar o passado, relembrar as palavras e se esforçar para compreender todos os sentimentos de Edward; e, claro, refletir sobre ela mesma com descontentamento.

Quando a Sra. Jennings voltou para casa, tinha a mente muito ocupada com um importante segredo que lhe fora conferido, e abordou novamente o assunto logo que Elinor apareceu.

— Bem, minha querida — exclamou ela — eu enviei Edward até você. Não agi certo? E imagino que você não teve muita dificuldade... Você não o achou pouco disposto a aceitar sua proposta?

— Não, senhora. *Isso* não seria muito provável.

— Bem, e quando ele estará pronto? Porque tudo depende disso.

— Na verdade — disse Elinor — conheço tão pouco desse tipo de formalidade que dificilmente posso conjecturar sobre o tempo ou a preparação que é exigida, mas imagino que em dois ou três meses poderá concluir sua ordenação.

— Dois ou três meses! — exclamou a Sra. Jennings. — Deus! Minha querida, como você fala tão tranquilamente sobre isso? E como o Coronel pode esperar dois ou três meses? Deus do céu! Eu certamente não teria paciência! E, apesar de todos nós ficarmos felizes em ajudar o pobre Sr. Ferrars, não acredito que valha à pena esperá-lo por dois ou três meses. Decerto encontrarão alguém tão bom quanto ele, e que já tenha se ordenado.

— Minha cara senhora — disse Elinor. — No que está pensando? O único objetivo do Coronel Brandon é ser útil para o Sr. Ferrars.

— Deus a abençoe, minha querida! Não creio que está tentando me convencer de que o Coronel se casará com você apenas para ajudar o Sr. Ferrars!

A decepção não pôde durar por mais tempo, e logo seguiu-se um esclarecimento, com o qual as duas se entretiveram muito naquele momento, sem qualquer perda de alegria de nenhuma das partes, pois Sra. Jennings somente trocou uma forma de contentamento por outra, e sem abandonar suas expectativas em relação à primeira.

— Sim, sim, a casa paroquial é pequena — disse ela após a primeira agitação de surpresa e satisfação — e provavelmente precisa de reparos. Mas escutar um homem se desculpando, como pensei, por uma casa que, se me lembro bem, tem cinco salas de estar no primeiro piso, e, de acordo com a governanta, pode abrigar cerca de quinze hóspedes! E se desculpar com você, que mora em um chalé! Parece realmente ridículo. Porém, minha querida, podemos sugerir ao Coronel que faça algumas reformas na casa paroquial e a deixe aconchegante para eles, antes que Lucy se mude para lá.

— Mas o Coronel Brandon não acha que o benefício que Edward receberá será o bastante para eles se casarem.

— O Coronel é um tolo, minha querida. Como ele tem um rendimento de duas mil libras anuais, pensa que ninguém pode se casar com menos. Dou-lhe minha palavra que, se ainda estiver viva, farei uma visita à casa paroquial de Delaford antes da festa de São Miguel, e garanto que não irei se Lucy não estiver lá.

Elinor concordava: provavelmente eles não iriam esperar muito tempo mais.

Capítulo XLI

Após agradecer ao Coronel Brandon, Edward foi até a casa de Lucy para deixá-la a par da novidade e quando chegou a Bartlett's Buildings estava tão feliz que, no dia seguinte, Lucy pôde garantir a Sra. Jennings, que veio visitá-la novamente para parabenizá-la, que jamais, em toda sua vida, o vira tão feliz.

Ao menos a felicidade e o estado de espírito de Lucy não deixavam margem a dúvidas, e com grande animação se juntou à Sra. Jennings em suas expectativas de uma agradável reunião na casa paroquial de Delaford antes do dia de São Miguel. Ao mesmo tempo, não pretendia retirar de Elinor o crédito que Edward lhe conferira, e falou sobre sua amizade por ambos com a mais empolgada gratidão. Reconhecia o quanto lhes devia e declarou abertamente que a Srta. Dashwood não mediria esforços para ajudá-los, quer seja no presente ou no futuro, e isso não era uma surpresa para ela, pois pensava que Elinor seria capaz de qualquer coisa por aqueles a quem realmente estimava. E quanto ao Coronel Brandon, não somente estava disposta a adorá-lo como um santo, mas estava ansiosa para que todos lhe dessem o valor que merecia, e esperava que seus dízimos aumentassem ainda mais, e secretamente resolveu avaliar, assim que chegassem a Delaford, os seus empregados, sua carruagem, seu gado e suas criações.

Já se passara uma semana desde a visita de John Dashwood a Berkeley Street e, como desde então não haviam recebido nenhuma notícia sobre a saúde de sua esposa, Elinor começou a achar que era necessário visitá-la. Entretanto, tal obrigação, além de contrariar seus próprios desejos, não contava com o incentivo de suas companheiras. Marianne, não se contentando em se recusar a ir, tentou de todas as maneiras impedir que sua irmã fosse; e a Sra. Jennings, por sua vez, detestava tanto a Sra. John Dashwood que nem mesmo sua curiosidade de saber qual era seu estado após a recente descoberta, nem seu forte desejo de confrontá-la defendendo Edward podiam ultrapassar o desprazer de estar outra vez em sua presença. Como consequência, Elinor foi sozinha fazer uma visita para a qual ninguém estava menos disposto do que ela, além de correr o risco de conversar a sós com uma mulher a quem nenhuma das outras tinha tantas razões para detestar.

Os empregados informaram que a Sra. Dashwood não estava em casa, porém, antes que a carruagem se retirasse, seu marido apareceu por acaso. Ele demonstrou muita satisfação em encontrar Elinor, disse-lhe que estava prestes a visitá-las em Berkeley Street e, garantindo-lhe que Fanny ficaria muito feliz em vê-la, convidou-a a entrar.

Subiram para a sala de estar. Não encontraram ninguém ali.

— Fanny está em seu quarto, suponho — disse ele. — Irei até ela, pois estou certo de que ela não tem razões para não lhe ver. Muito pelo contrário, na realidade. Principalmente agora... De qualquer forma, você e Marianne sempre foram suas preferidas. Por que Marianne não veio?

Elinor inventou a melhor desculpa que pôde.

— Não lamento que tenha vindo sozinha — respondeu ele — pois tenho muito a lhe dizer. Esse benefício do Coronel Brandon, é verdade? Ele realmente o deu a Edward? Ouvi ontem por acaso, e estava indo visitá-la com o intuito de perguntar-lhe sobre isso.

— É perfeitamente verdade. O Coronel Brandon deu o benefício de Delaford para Edward.

— Mesmo! Bem, isso é muito surpreendente! Não existe nenhuma conexão, nenhum parentesco entre eles! E logo agora que os benefícios aumentaram! Qual é o valor?

— Cerca de duzentas libras por ano.

— Muito bem... E para oferecer esse valor... Imagino que o último titular já estivesse velho e doente, indicando que o deixaria logo... Tenho certeza de que ele poderia conseguir cerca de mil e quatrocentas libras. E como é possível que não solucionasse o problema antes da morte dessa pessoa? Agora, certamente, é tarde demais para vender a nomeação, mas um homem sensato como o Coronel Brandon! Me pergunto como ele pode ter sido tão imprudente em uma questão que naturalmente deveria se preocupar! Bem, estou seguro de que quase todas as pessoas possuem grandes inconsistências. Suponho, contudo... Que a circunstância deve ser a seguinte: Edward receberá o benefício até que a pessoa a quem o Coronel vendeu a nomeação tenha idade suficiente para tomar posse do cargo. Sim, sim, é esse o caso, pode ter certeza.

Elinor o contradisse com muita firmeza, e afirmou que estava bastante familiarizada sobre os termos nos quais o benefício era oferecido, já que o Coronel Brandon a encarregara de fazer a oferta a Edward.

— É realmente espantoso! — exclamou ele quando Elinor terminou seu discurso. Qual será a motivação do Coronel?

— Uma motivação muito simples: ser útil ao Sr. Ferrars.

— Bem, bem. Qualquer que seja o motivo do Coronel Brandon, a realidade é que Edward é um homem de sorte. Não conte a novidade à Fanny, pois, apesar de ela já estar ciente, não vai querer conversar sobre ele.

Elinor precisou conter-se para não dizer que Fanny aguentaria tranquilamente o aumento da riqueza de seu irmão, uma vez que isso não acarretaria o empobrecimento dela ou de seu filho.

— A Sra. Ferrars — continuou John, baixando a voz para mostrar a seriedade do assunto — até agora, não sabe nada disso, e acredito que deve permanecer sem saber o máximo de tempo possível. Quando o casamento acontecer, receio que descubra tudo.

— Mas, por que tais precauções devem ser tomadas? Ainda que não seja esperado que a Sra. Ferrars sinta o menor prazer em saber que o filho tem dinheiro suficiente para se sustentar... Pois isso seria inimaginável. E, por que, depois do que ela fez, era de se esperar que se importasse com algo? Expulsou Edward de casa e obrigou todas as pessoas sobre as quais tinha influência a fazerem o mesmo. Decerto, depois de tudo o que fez, a Sra. Ferrars não pode esperar que alguém pense que ela tenha qualquer sentimento de dor ou alegria em relação ao filho... Não seria tão incoerente de expulsar um filho e mantê-lo no coração de mãe!

— Ah, Elinor! — disse John. — Seu raciocínio é bom, mas está fundamentado na ignorância da natureza humana. Quando o fatídico casamento de Edward se realizar, não duvide de que sua mãe sofrerá como se nunca o tivesse expulsado. Assim, qualquer acontecimento que possa antecipar esse terrível evento deve permanecer em segredo o máximo possível. A Sra. Ferrars nunca pode se esquecer de que Edward é seu filho.

— Você me surpreende, pensava que ela já havia se esquecido dele.

— Você está imensamente enganada. A Sra. Ferrars é uma das mães mais afetuosas do mundo.

Elinor ficou em silêncio.

— Agora, estamos considerando casar *Robert* com a Srta. Morton — disse o Sr. Dashwood após uma breve pausa.

Elinor, sorrindo do tom sério e determinado do irmão, respondeu com calma:

— A moça, suponho, não tem possibilidade de escolha.

— Escolha! O que quer dizer?

— Somente quis dizer que suponho, pela sua maneira de falar, que não faz diferença para a Srta. Morton se casar com Edward ou Robert.

— Certamente não há diferença, pois agora Robert será considerado o filho mais velho. E os dois são jovens e muito agradáveis, não acredito que um seja superior ao outro.

Elinor não disse mais nada, e John também ficou em silêncio por um curto período. Suas reflexões terminaram assim:

— Uma coisa, minha querida irmã — disse segurando uma de suas mãos carinhosamente e sussurrando — eu posso lhe garantir, e o farei pois sei que lhe trará alegria. Tenho bons motivos para acreditar... Na verdade, ouvi da melhor autoridade no assunto... Talvez seja melhor eu não dizer, talvez não seja correto... Mas sei por uma fonte confiável... Não que a Sra. Ferrars tenha me contado diretamente... Mas contou à sua filha, e ela me contou... Que, resumidamente, qualquer oposição que pudesse ter existido contra determinada... Uma determinada parente... Você me entende... Aquela união seria realmente preferível para ela, pois não causaria metade do vexame que este casamento lhe causa. Fiquei imensamente feliz ao saber que ela via o assunto sob esse ponto de vista... Uma circunstância muito satisfatória para todos nós. Ela disse algo como: "Nem se compara, dos males o menor, e agora estaria feliz com o menor dos males". Entretanto, isso está fora de cogitação, já que qualquer compromisso, você sabe... Não poderia acontecer... Tudo está acabado. Mesmo assim, achei que deveria lhe contar, porque sabia o quanto ficaria feliz. Não que você tenha alguma razão para se lamentar, minha querida Elinor. Não restam dúvidas de que você agiu corretamente... Você encontrou o Coronel Brandon recentemente?

Elinor tinha ouvido o bastante, não para satisfazer sua vaidade ou aumentar seu ego, mas para inquietar seus nervos e encher seus pensamentos... E então se alegrou quando a entrada do Sr. Robert a poupou de precisar dar uma resposta ou correr o risco de precisar ouvir mais alguma palavra do irmão. Após alguns minutos de conversa, John Dashwood, recordando-se que deveria avisar Fanny da presença da irmã, se retirou da sala e foi procurá-la. E Elinor ficou ali, com a tarefa de tentar melhorar sua relação com Robert, que, com sua feliz despreocupação e a contente autocomplacência de suas maneiras, apenas comprovava a Elinor a opinião desfavorável que tinha sobre seu caráter e seu coração.

Estavam hà sós havia apenas dois minutos quando Robert começou a falar de Edward, pois também ficara sabendo sobre o benefício e fez muitas perguntas a respeito. Elinor repetiu os pormenores que já havia contado a John, e o efeito causado em Robert, embora muito distinto, não foi menos expressivo. Ele sorriu sem nenhum comedimento. A ideia de Edward se tornar um clérigo e morar em uma pequena casa paroquial o agradava em excesso, especialmente quando imaginou Edward lendo orações com uma sobrepeliz e celebrando o casamento de John Smith e Mary Brown; ele não poderia imaginar nada mais ridículo.

Enquanto esperava em silêncio a conclusão da zombaria, Elinor não pôde evitar olhá-lo nos olhos com uma expressão que demonstrava todo seu desprezo. Foi um olhar, no entanto, muito bem empregado, pois amenizou seus sentimentos sem que ele percebesse alguma coisa. Ele então se recompôs e tornou-se mais sério, não por alguma repreensão dela, mas por sua própria sensibilidade.

— Podemos tratar isso como uma piada — disse ele, recuperando-se de uma gargalhada afetada — mas garanto-lhe que é algo muito sério. Pobre Edward! Está destruído para sempre. Sinto muito por tudo isso, pois sei que ele é um homem de bom coração e boas intenções. Não o julgue, Srta. Dashwood, com base no pouco que o conhece. Pobre Edward! Dou-lhe minha palavra que ele tem o melhor coração do mundo, e lhe garanto que nada me desestruturou mais que o fato ocorrido. Não acreditei que fosse verdade. Minha mãe foi quem me deu a notícia, e eu imediatamente disse a ela: "Minha querida mãe, não sei o que planeja fazer em uma situação como essa, mas, quanto a mim, afirmo que se Edward se casar com essa moça, nunca mais o verei novamente". Estava muito chocado! Pobre Edward! Arruinou-se por completo, ficará eternamente à margem da sociedade decente! Porém, como disse à minha mãe, não me surpreendi nem um pouco com isso, pois, pela educação que recebeu, era o mínimo que se podia esperar. Minha pobre mãe quase enlouqueceu.

— Você já viu a moça?

— Sim, uma vez, quando estava hospedada nesta casa. Fiz uma breve visita de cerca de dez minutos, e foi o bastante para conhecê-la. Uma humilde moça do interior, sem estilo, sem elegância, e quase sem nenhuma beleza. Recordo-me dela perfeitamente. É o tipo de moça capaz de conquistar o pobre Edward. Quando minha mãe me contou o caso, imediatamente me disponibilizei para conversar com ele e tentar persuadi-lo a desistir do compromisso. Mas já era tarde demais. Se tivessem me informado algumas horas antes, provavelmente poderia ter feito algo. Seguramente teria feito Edward ver as coisas sob outra perspectiva. "Meu caro irmão", teria dito, "pense no que você está fazendo. Está comprometendo-se com a mais desafortunada união, que toda sua família desaprova de maneira unânime". Mas agora é tarde demais. Edward deve estar passando necessidades, como deve imaginar, necessidades enormes.

A chegada da Sra. John Dashwood colocou um ponto final no assunto. Elinor pôde ver a influência do assunto em seu espírito, em seu semblante confuso e na tentativa de cordialidade no tratamento para com ela. Tentou até mesmo demonstrar preocupação pelo fato de Elinor e sua irmã estarem deixando a cidade em breve, um esforço no qual seu marido, que a conduzira até a sala e acompanhava cada uma de suas palavras com um ar apaixonado, parecia encontrar tudo o que há de mais afetuoso e gracioso.

Capítulo XLII

Outra curta visita a Harley Street encerrou o contato entre John Dashwood e as irmãs em Londres. Um apático convite de Fanny para que visitassem Norland sempre que estivessem pela região, o que era muito improvável de acontecer, e uma promessa mais calorosa, mas mais discreta, de John a Elinor, de que iria visitá-la em Delaford muito em breve foi tudo o disseram sobre um futuro encontro no interior.

Elinor se divertia observando a determinação de todos os seus amigos para mandá-la para Delaford, lugar esse que, dentre todos os outros, era o que menos tinha vontade de visitar ou morar, pois além de ser considerado como seu futuro lar por seu irmão e pela Sra. Jennings, Lucy a convidou, quando partiu, para que a visitasse ali.

Em um dia no início de abril, nas primeiras horas do dia, os dois grupos de Hanover Square e Berkeley Street saíram de suas respectivas casas para se encontrarem no caminho, como haviam combinado. Para o conforto de Charlotte e seu filho, prolongariam a viagem por mais de dois dias, e o Sr. Palmer, viajando brevemente com o Coronel Brandon, se uniria a elas em Cleveland assim que chegassem.

Marianne, que passara poucos momentos felizes em Londres, e que há muito ansiava partir, não conseguiu se despedir da casa onde pela última vez havia desfrutado das esperanças e da confiança em Willoughby, que agora se haviam dizimado para sempre, sem grande sofrimento. Não conseguiu ao menos deixar o lugar em que Willoughby ficara, entregue aos novos compromissos e novos projetos, nos quais ela não estava incluída, sem derramar muitas lágrimas.

A reação de Elinor na hora da partida foi mais positiva. Não havia nada que a prendesse em Londres. Estava feliz por se livrar da perseguição da amizade de Lucy, estava grata retornar com a irmã sem que ela tivesse visto Willoughby depois de seu casamento, e tinha grandes expectativas de que alguns meses de calmaria em Barton seriam o bastante para restituir a paz de espírito de Marianne e fortalecer a sua própria.

A viagem ocorreu sem transtornos. No segundo dia chegaram ao querido, ou proibido, condado de Somerset, que assim se alternava na imaginação de Marianne; e na manhã do terceiro dia chegaram a Cleveland.

A casa em Cleveland era espaçosa e moderna, construída sobre uma encosta coberta de grama. Os jardins de passeio eram grandes e a propriedade possuía um bosque para passeio, protegido por muros, e uma plantação de arbustos circundada por um caminho de cascalho que levava à entrada da casa. Havia um gramado repleto de árvores, que protegiam a casa, e uma área de espessa vegetação que encobria a área de serviços.

Marianne entrou na casa muito feliz por saber que estava a apenas cento e cinquenta quilômetros de Barton e menos de sessenta quilômetros de Combe Magna. Mal havia passado cinco minutos dentro de seus muros quando ela saiu de novo, escapando sem ser vista pelos sinuosos arbustos que começavam a florescer, até chegar a um monte afastado, onde havia um templo grego. Seus olhos, percorrendo a bela paisagem, pairavam felizes nas distantes montanhas do horizonte, imaginando que de seus picos era possível enxergar Combe Magna.

Nesses momentos de valiosa e inigualável agonia, as lágrimas a consolavam da angústia de estar em Cleveland. E ao voltar para a casa por um caminho diferente, sentindo todo o prazer de desfrutar da liberdade do campo, de vagar por aí em uma livre e luxuosa solidão, Marianne definiu que, enquanto estivesse hospedada na casa dos Palmers, passaria a maioria das horas de seus dias apreciando esses passeios solitários.

Ela voltou bem a tempo de partir com os demais em uma excursão pelas imediações, e o restante da manhã passou rapidamente enquanto passeavam pelo quintal. O dia estava bonito e sem umidade no ar. Marianne, com seu plano de passear a maior parte do tempo, imaginou que o clima não poderia mudar enquanto permanecesse em Cleveland. Levou um susto, portanto, ao ser surpreendida por uma chuva que a impossibilitou de sair outra vez após o jantar. Tinha certeza que no final da tarde faria um passeio até o templo grego e, talvez, por outros gramados, porém, com uma chuva tão forte e duradoura, nem mesmo ela podia idealizar um tempo seco e agradável para passear.

O grupo era reduzido e o tempo passava tranquilamente. A Sra. Palmer cuidava do filho e a Sra. Jennings bordava, conversavam sobre os amigos que ficaram para trás, organizaram as tarefas de Lady Middleton e diversas vezes especularam se o Sr. Palmer e o Coronel Brandon chegariam a Reading naquela noite. Elinor, embora pouco interessada na conversa, participava dela. E Marianne, que tinha o dom de encontrar em qualquer casa o caminho da biblioteca, ainda que os donos da casa evitassem o local, rapidamente pegou um livro.

Os dois cavalheiros chegaram na noite seguinte para o jantar, garantindo um agradável aumento do grupo e uma prazerosa diversidade de temas em sua conversa, a qual uma longa manhã de chuva constante diminuíra a níveis muito baixos.

Elinor vira tão pouco do Sr. Palmer e, ao mesmo tempo, vira tanta variedade na maneira como tratava a ela e a irmã que não sabia o que esperar quando estivesse com toda a família. No entanto, descobriu que ele se comportava como um perfeito cavalheiro com todos os seus convidados, e apenas de vez em quando era grosseiro com a esposa e com a sogra. Descobriu que ele podia ser uma companhia agradável, e apenas não era sempre assim pela exagerada habilidade de sentir-se tão superior a todas as pessoas como pensava ser em relação à Sra. Jennings e Charlotte. O restante do seu caráter e costumes eram marcados, na percepção de Elinor, por características comuns aos homens de sua idade. O Sr. Palmer era educado ao comer, mas não era pontual. Amava o filho, mas fingia desprezá-lo. Passava as manhãs que deveriam ser destinadas ao trabalho jogando bilhar. No geral, Elinor gostava dele, muito mais do tinha imaginado, e não lamentava que não conseguisse gostar mais, não lamentava que ele a fizesse recordar-se com carinho de Edward.

Elinor teve notícias de Edward e de outros assuntos de seu interesse através do Coronel Brandon, que visitara Dorsetshire há pouco tempo e que, tratando-a como uma amiga imparcial do Sr. Ferrars e sua gentil confidente, discutia abertamente sobre a casa paroquial de Delaford. Seu comportamento para com ela, sua satisfação genuína ao vê-la após somente dez dias separados, seu entusiasmo para conversar com ela e seu respeito por suas opiniões podiam muito bem fundamentar a crença da Sra. Jennings em um afeto entre os dois e, se não soubesse desde o início que Marianne era sua preferida, poderia ter levado Elinor a ter a mesma suspeita. Mas esta ideia jamais teria lhe ocorrido sem as insinuações da Sra. Jennings; e não podia deixar de crer que, das duas, era a melhor observadora. Observava os olhos do Coronel, enquanto a Sra. Jennings considerava apenas suas ações. E enquanto os olhos dele se preocupavam avidamente com os sentimentos de Marianne, a moça começou a sentir que chegava um forte resfriado, o que passou totalmente despercebido à observação da Sra. Jennings. Elinor enxergava nos olhos do Coronel os fortes sentimentos e a descabida preocupação de um homem apaixonado.

Duas caminhadas nas manhãs do terceiro e do quarto dia de sua estada em Cleveland, especialmente nas partes mais afastadas da propriedade, onde a umidade era maior que em outros lugares, onde as árvores eram mais antigas e o capim estava alto e úmido, deram a Marianne um resfriado muito violento. Apareceram receitas de todos os lados, que, como de costume, foram rejeitadas. Embora se sentisse pesada e febril, com os membros doloridos, tosse e garganta inflamada, uma boa noite de sono seria o suficiente para curá-la completamente. E foi com bastante dificuldade que Elinor conseguiu convencê-la, quando foi se deitar, a tomar um ou dois dos remédios mais comuns.

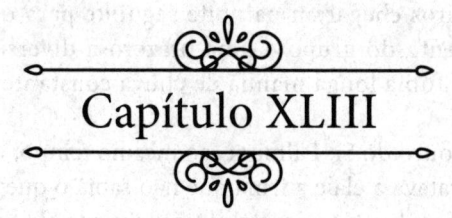

Capítulo XLIII

Na manhã seguinte, Marianne se levantou no horário habitual. Sempre que perguntavam como estava, respondia que estava se sentindo melhor, e tentou provar isso a si mesma ocupando-se de suas tarefas usuais. Entretanto, passar o dia sentada em frente à lareira, tremendo e segurando um livro que não era capaz de ler, ou deitada no sofá, prostrada e sem forças, não eram indícios de sua melhora. E quando, finalmente, se deitou mais cedo sentindo-se ainda pior, o Coronel Brandon ficou absolutamente chocado com a tranquilidade de Elinor, que, apesar de acompanhá-la e tratá-la o dia inteiro, contrariando o desejo de Marianne, e obrigando-a a tomar os remédios necessários, acreditava, assim como Marianne, na eficácia do sono, e não estava muito preocupada.

Mas a noite foi muito agitada e febril, frustrando a expectativa de ambas. Quando Marianne, depois de insistir em se levantar, confessou não ser capaz de se manter em pé e voltou para a cama voluntariamente, Elinor decidiu seguir o conselho da Sra. Jennings e chamar o boticário dos Palmers.

O boticário foi até a casa, examinou a paciente e, apesar de ter garantido a Srta. Dashwood que em poucos dias sua irmã recobraria a saúde, deixou escapar que a doença tinha uma tendência infecciosa, e a palavra "infecção" causou um alarme imediato na Sra. Palmer, que se preocupava com a saúde do bebê. A Sra. Jennings, que sempre acreditara na seriedade da doença, discordando de Elinor, ouviu atentamente a explicação do Sr. Harris e, comprovando os receios e a preocupação de Charlotte, instantaneamente lhe aconselhou a se mudar com a criança. E o Sr. Palmer, embora acreditasse que suas apreensões eram infundadas, foi incapaz de se opor à imensa ansiedade e insistência da esposa. Então combinaram sua partida e, menos de uma hora após a chegada do Sr. Harris, ela foi, com seu filho e a enfermeira, para a casa de um parente do Sr. Palmer, que morava a alguns quilômetros dali, do outro lado de Bath. Depois de muita insistência, o esposo prometeu que se juntaria a ela em um ou dois dias, e ela queria, com igual urgência, que sua mãe também a acompanhasse. A Sra. Jennings, contudo, com uma generosidade que fez Elinor admirá-la verdadeiramente, afirmou que estava determinada a não deixar Cleveland enquanto Marianne estivesse doente, e se emprenharia, com um atencioso cuidado, a desempenhar o papel de sua mãe, de quem estava afastada.

A pobre Marianne, fraca e abatida pela doença, não tinha mais esperança de estar recuperada no dia seguinte. E essa incerteza tornou ainda mais sentida a infeliz doença, pois aquele era o dia em que elas começariam sua viagem de volta para casa, e, acompanhadas pelo empregado da Sra. Jennings, surpreenderiam a mãe na manhã seguinte. As poucas palavras que proferiu foram para lamentar este inevitável atraso, e Elinor tentava animá-la, convencendo-a, assim como ela mesma estava convencida, de que seria um atraso muito curto.

O dia seguinte trouxe pouca ou nenhuma mudança para o estado da enferma, que visivelmente não havia melhorado, mas também não havia piorado. O grupo estava agora muito reduzido, pois o Sr. Palmer, mesmo sem pretender ir embora, por seu bom coração, além de não querer parecer temer a exigência da mulher, foi persuadido pelo Coronel Brandon a cumprir a promessa que fizera à esposa de se juntar a ela. E enquanto ele se aprontava para ir, o próprio Coronel Brandon começou a falar em partir também.

Nesta questão, entretanto, a benevolência da Sra. Jennings interveio de forma mais favorável, por acreditar que a partida do Coronel, enquanto sua amada sofria por causa da irmã, acabaria com todo o consolo de ambos, e, por isso, disse ao Coronel que a presença dele em Cleveland era imprescindível até para ela mesma, que necessitava dele para jogar cartas enquanto a Srta. Dashwood cuidava da irmã. Suplicou tanto para que ficasse que ele não pôde nem mesmo fingir qualquer resistência, principalmente quando o pedido da Sra. Jennings foi complementado pelo pedido do Sr. Palmer, que parecia aliviado por deixar ali alguém tão capaz de auxiliar a Srta. Dashwood em qualquer emergência.

Marianne, é claro, foi mantida na ignorância a respeito de todos esses arranjos. Não sabia que tinha sido a razão pela qual os proprietários de Cleveland precisaram abandonar a casa cerca de uma semana após sua chegada. Não ficou surpresa por não ter visto a Sra. Palmer, e como isso não lhe preocupava, nunca mencionava seu nome.

Dois dias se passaram desde a partida do Sr. Palmer, e o estado da enferma permanecia o mesmo, com poucas mudanças. O Sr. Harris, que a visitava diariamente, continuava insistindo em sua rápida recuperação, e a Srta. Dashwood parecia igualmente confiante; os outros, entretanto, não tinham a mesma esperança. Assim que a doença teve início, a Sra. Jennings se convenceu de que Marianne nunca se recuperaria, e o Coronel Brandon, que era obrigado a ouvir os pressentimentos da Sra. Jennings, não tinha forças para resistir à sua influência. Esforçou-se para afastar os medos que, de acordo com o boticário, eram irreais, mas não conseguia se livrar do pensamento de que nunca mais veria Marianne.

Na manhã do terceiro dia, porém, as sombrias antecipações de ambos quase desapareceram; pois quando o Sr. Harris chegou, ele declarou sua paciente visivelmente melhor. Seu pulso estava muito mais forte e todos os sintomas mais favoráveis do que na visita anterior. Elinor, confirmadas em todas as esperanças agradáveis, era toda alegria; regozijando-se por, em suas cartas à mãe, ela ter seguido seu próprio julgamento, e não o de sua amiga, ao fazer pouco caso da indisposição que os atrasava em Cleveland; e quase fixando o tempo em que Marianne poderia viajar.

Mas o dia não terminou tão bem como havia começado. Durante a noite Marianne piorou novamente, a febre aumentou e ela ficou ainda mais inquieta e indisposta do que antes. Sua irmã, entretanto, permanecia esperançosa, preferia conferir a responsabilidade da alteração exclusivamente ao cansaço de ter ficado sentada enquanto arrumavam sua cama, e, ministrando cautelosamente os remédios prescritos, alegremente viu-a adormecer, o que esperava que lhe trouxesse uma grande melhora. Dormiu durante um tempo considerável, mas não tão tranquila quanto Elinor esperava. Ansiosa por sua Tmelhora, Elinor decidiu permanecer ao seu lado até que despertasse. A Sra. Jennings, que não sabia da piora da enferma, se deitou mais cedo; sua empregada, uma das principais cuidadoras de Marianne, estava descansando no quarto da governanta, e Elinor ficou sozinha com a irmã.

O sono de Marianne começou a ficar cada vez mais agitado. Elinor, que a observava atentamente a todo o tempo, estava prestes a acordá-la quando Marianne, repentinamente acordada após ouvir um barulho na casa, levantou-se sobressaltada, exclamando:

— Mamãe está vindo?

— Ainda não — respondeu Elinor, escondendo seu terror e ajudando Marianne a se deitar novamente — mas ela estará aqui em breve, eu espero. É um longo caminho daqui até Barton, você sabe.

— Mas ela não deve passar por Londres — gritou Marianne, da mesma maneira inquieta. — Nunca mais a verei se ela passar por Londres.

Elinor compreendeu, assustada, que Marianne estava delirando e, enquanto tentava acalmá-la, tomou-lhe o pulso ansiosamente. Estava mais fraco e mais rápido do que nunca! E ao perceber que Marianne seguia chamando pela mãe, seu pavor aumentou tanto que ela resolveu chamar o Sr. Harris, e enviar um mensageiro para avisar sua mãe em Barton. Decidiu consultar o Coronel Brandon sobre a melhor maneira de enviar um mensageiro à mãe. E, assim que pediu à empregada que tomasse seu lugar como cuidadora de Marianne, correu apressadamente até a sala, onde sabia que ele ficava até mais tarde.

Não era hora de hesitar. Imediatamente informou-lhe de seus receios e suas dificuldades. O Coronel Brandon não teve coragem nem confiança para tentar amenizar os temores de Elinor; ouviu-os com um desânimo silencioso. No entanto, os problemas de Elinor logo começaram a ser solucionados, pois o Coronel Brandon rapidamente se ofereceu para ser o mensageiro que buscaria a Sra. Dashwood. Elinor não fez nenhuma oposição que não pudesse ser facilmente solucionada. Agradeceu-lhe brevemente, mas com veemência e, enquanto ele apressava seu empregado para entregar uma mensagem para o Sr. Harris e dava uma ordem para que aprontassem os cavalos imediatamente, Elinor escreveu algumas palavras para a mãe.

Elinor sentiu imensa gratidão pelo conforto de ter um amigo como o Coronel Brandon naquele momento — ou tal companhia para sua mãe! Uma companhia que poderia amenizar a perturbação que um chamado como aquele causaria em sua mãe, e tinha certeza que o Coronel Brandon contribuiria para isso tanto quanto possível.

Ele, no entanto, a despeito de seus próprios sentimentos, agiu com a firmeza de uma mente equilibrada, tomou as providências necessárias com todo o cuidado e determinou com precisão o dia de sua volta. Não perdeu nenhum segundo. Os cavalos chegaram antes do esperado, e o Coronel Brandon, após uma breve despedida, entrou apressadamente na carruagem. Era quase meia-noite, e Elinor voltou ao quarto da irmã para aguardar a visita do boticário e fazer companhia a ela pelo resto da noite. As duas irmãs sofreram igualmente nessa noite. Marianne passou todo o tempo acordada, sentindo dor e delirando, enquanto Elinor sentia a mais terrível ansiedade, antes da chegada do Sr. Harris. À medida que suas angústias aumentavam, Elinor pagou pelo excesso de esperança que tivera a princípio; e a empregada que sempre a acompanhava, uma vez que ela não permitiu que chamassem a Sra. Jennings, a torturava ainda mais, sugerindo possibilidades que sua patroa havia cogitado desde o início.

Os pensamentos de Marianne ainda estavam incoerentemente presos na mãe, e Elinor sentia o coração apertar cada vez que ela citava seu nome. Repreendia-se por não ter dado a devida relevância à doença por tantos dias, pensava que havia prorrogado demais e imaginava sua aflita mãe chegando tarde demais para encontrar sua preciosa filha, ou para encontrá-la lúcida.

Estava prestes a mandar chamar o Sr. Harris mais uma vez quando o boticário, depois das cinco da manhã, finalmente chegou. Seu diagnóstico, no entanto, compensou sua demora, pois, embora admitisse uma alteração inesperada e negativa em sua paciente, insistiu que não existiam sérios riscos. Sugeriu um novo tipo de tratamento que poderia proporcionar mais alívio, prometeu visitá-las novamente em três ou quatro horas e tranquilizou a paciente e sua ansiosa irmã.

Na manhã seguinte, muito preocupada e chateada por não ter sido chamada, a Sra. Jennings foi informada do ocorrido. Seus antigos receios, que agora estavam ainda mais fortes, não lhe deixaram nenhuma dúvida sobre o acontecido. Ainda que tentasse reconfortar Elinor, sua convicção do risco que Marianne corria não lhe permitia oferecer nenhum tipo de esperança. Seu coração estava realmente desolado. A morte prematura de uma moça tão jovem e amável como Marianne afetaria até mesmo uma pessoa que não a conhecesse bem. Mas Marianne podia esperar mais da compaixão da Sra. Jennings. Durante três meses lhe fizera companhia, ainda estava sob sua tutela, e sabia que ela fora profundamente machucada e que sofrera por muito tempo. Percebia também a preocupação da irmã, sua preferida; e quanto à mãe das jovens, quando a Sra. Jennings pensava que Marianne era para a própria mãe o que Charlotte era para ela, sentia uma verdadeira empatia por sua dor.

O Sr. Harris foi pontual em sua segunda visita, mas as expectativas produzidas pela visita anterior foram decepcionadas. Seus medicamentos não haviam funcionado, a febre não cedeu e Marianne, apenas um pouco mais tranquila, continuava em profundo estupor. Elinor, constatando todos os temores do boticário, resolveu procurar uma segunda opinião. Mas o boticário achou desnecessário, ainda tinha mais uma tentativa, um novo medicamento em que confiava tanto na eficácia quanto confiava na do anterior, e finalizou sua visita com palavras motivadoras que chegaram aos ouvidos de Elinor, mas não ao seu coração. Ela se mantinha calma, exceto quando lembrava da mãe. Quase não tinha mais esperanças, e permaneceu assim até o meio-dia, sem sair do lado da irmã, com o pensamento revezando entre diversas imagens de dor e com a alma oprimida pela última conversa que teve com a Sra. Jennings, que não hesitou em atribuir a gravidade da situação às várias semanas que Marianne passou abatida por causa de sua decepção. Elinor achava que ela estava certa, o que aumentou ainda mais a dor que a corroía.

Por volta do meio-dia, ela teve, com cautela para não se decepcionar, esperança de estar notando uma leve melhora no pulso de sua irmã. Esperou, observou e examinou várias vezes, até que finalmente arriscou-se a expressar suas esperanças. A Sra. Jennings, ainda que obrigada a admitir uma melhora momentânea, tentou impedir que sua jovem amiga acreditasse na sua continuidade. E Elinor resolveu não alimentar expectativas, mas já era tarde demais. Já estava cheia de esperanças e, sentindo sua agitada palpitação, inclinou-se sobre a irmã para examiná-la. Meia hora se passou e Marianne continuou melhorando. Sua respiração, sua pele e seus lábios davam sinais de melhora para Elinor; e Marianne fitou a irmã com um olhar lúcido, embora debilitado. A agonia e a expectativa a dominavam na mesma medida, e não teve nenhum instante de tranquilidade até a chegada do Sr. Harris, às quatro horas, que lhe deu certezas e felicitações que trouxeram à Elinor confiança, consolo e lágrimas de felicidade.

Marianne estava visivelmente melhor sob todos os aspectos, e ele afirmou que ela estava fora de perigo. A Sra. Jennings, talvez satisfeita com a legitimação parcial de suas suspeitas, deixou-se confiar no julgamento do boticário e reconheceu com alegria genuína a possibilidade de uma recuperação plena.

Elinor não podia demonstrar sua felicidade. Sua alegria era diferente, e a levava a uma satisfação interna. Ver Marianne de volta à vida, à saúde, aos amigos e à mãe era algo que enchia seu coração de conforto e gratidão, mas não demonstrava essa felicidade, nem mesmo em palavras ou sorrisos. Tudo o que Elinor sentia era uma forte e silenciosa satisfação.

Ela permaneceu ao lado da irmã, durante toda a tarde, com poucas interrupções, tranquilizando seus receios, satisfazendo os questionamentos do seu espírito fragilizado, oferecendo-lhe toda a ajuda necessária e observando cada olhar seu, cada respiração. Às vezes considerava possibilidade de uma recaída, mas quando ela notou, no seu constante e meticuloso exame, que cada sinal de recuperação perdurava, e percebeu que Marianne, por volta das seis da tarde, dormia um sono tranquilo, pesado, e aparentemente agradável, todas as suas incertezas cessaram.

Chegava o momento em que se podia esperar o retorno do Coronel Brandon. As dez horas, ou ao menos não muito depois disso, ela acreditava que sua mãe se veria livre do suspense que agora deveria sentir enquanto viajava. O Coronel também! — talvez só um pouco menos merecedor de piedade! Oh! Como passava devagar o tempo que ainda os mantinha na completa ignorância do que estava acontecendo!

Às sete horas, deixando Marianne ainda entregue a um sono sereno, se juntou à Sra. Jennings na sala para tomar o chá. Seus receios a impossibilitaram de tomar o café da manhã, e a súbita mudança do estado de saúde de Marianne a impediu de se alimentar adequadamente no jantar. A Sra. Jennings tentou persuadi-la a repousar um pouco até a chegada de sua mãe, e se disponibilizou para fazer companhia a Marianne, mas Elinor não aparentava estar cansada, nem seria capaz de dormir naquela ocasião, e não pretendia se manter afastada da irmã sem necessidade, nem por um minuto. A Sra. Jennings a acompanhou até o quarto de Marianne para conferir se estava tudo bem, e em seguida dirigiu-se para seu quarto para escrever algumas cartas e dormir.

A noite estava fria e agitada, mas Elinor estava feliz demais para notar. Marianne dormia mesmo com as rajadas provocadas pela tempestade que caía. O relógio marcou oito horas. Se marcasse dez, Elinor teria a certeza de ter escutado naquele instante o som de uma carruagem, e sua certeza de ter ouvido foi tão grande, embora fosse quase impossível que já houvessem chegado, que foi até o quarto de vestir mais próximo e abriu uma cortina, a fim de convencer-se da verdade. Imediatamente percebeu que seus ouvidos não a haviam enganado. Logo enxergou os faróis de uma carruagem. Naquela luz fraca, imaginou identificar que era conduzida por quatro cavalos, e isto, apesar de expressar o imenso medo de sua pobre mãe, esclareceu parcialmente aquela inesperada rapidez.

Elinor jamais teve tanta dificuldade para permanecer calma como naquele instante. Saber o que sua mãe devia estar sentindo no momento em que a carruagem parou diante da porta... Sua incerteza, seu receio, talvez seu desespero!... Diante da situação era impossível ficar tranquila. Tudo o que podia fazer era se apressar, e esperou somente até conseguir que a empregada de Sra. Jennings fizesse companhia a sua irmã. Em seguida, desceu as escadas correndo.

A euforia que viu no vestíbulo, enquanto passava por um saguão interno, garantiu-lhe que eles já estavam dentro da casa. Elinor correu até a sala de estar, e quando entrou... viu apenas Willoughby.

Capítulo XLIV

Ao vê-lo, Elinor seguiu seu primeiro instinto e, com o olhar aterrorizado, imediatamente voltou-se para sair da sala. Já estava tocando a maçaneta quando parou ao notar que Willoughby caminhava apressadamente, dizendo com um tom de voz mais autoritário que suplicante:

— Srta. Dashwood, meia hora... Dez minutos... É só isso que lhe peço. Eu imploro que fique.

— Não, senhor — respondeu ela com firmeza — não ficarei aqui nem mais um minuto. O senhor nada tem a tratar *comigo*. Os empregados decerto se esqueceram de avisar-lhe que o Sr. Palmer não está em casa.

— Se eles tivessem me dito — exclamou ele com veemência — que o Sr. Palmer e todos os seus parentes tinham ido para o inferno, não teria feito a menor diferença. Meu assunto é com a senhorita, e somente com você consigo.

— Comigo! — Elinor exclamou espantada. — Bem, senhor, seja rápido... E, se puder, menos violento.

— Sente-se e eu a obedecerei.

Ela hesitou, sem saber o que fazer. Cogitou a possibilidade de o Coronel Brandon chegar e encontrá-lo ali. Mas havia prometido que o escutaria, e estava comprometida, mais do que por sua curiosidade, por sua honra. Após refletir por um momento, entretanto, concluindo que a situação demandava rapidez e que a melhor forma de consegui-la era dando seu consentimento, dirigiu-se silenciosamente até a mesa e sentou-se. Willoughby sentou-se na cadeira em frente, e ficaram em completo silêncio durante um minuto e meio.

— Por favor, seja rápido, senhor — disse Elinor, impaciente. — Não tenho tempo a perder.

Ele estava sentado em uma atitude de profunda meditação e parecia não ouvi-la.

— Sua irmã — disse ele abruptamente um momento depois — está fora de perigo. Soube pelo empregado. Graças a Deus! Mas é verdade? É mesmo verdade?

Elinor não respondeu. Ele repetiu a pergunta com uma ansiedade ainda maior.

— Pelo amor de Deus, diga-me, ela está fora de perigo, não está?

— Esperamos que sim.

Ele se levantou e atravessou a sala.

— Se eu soubesse disso há meia hora... Mas já que estou aqui — disse com um entusiasmo forçado, enquanto retornava para sua cadeira. — O que isto significa? Por uma vez, Srta. Dashwood... Talvez pela última vez... Alegremo-nos juntos. Estou propenso a alegria... Diga-me sinceramente — sua face se iluminou com um rubor mais intenso — você pensa que eu sou um canalha ou um tolo?

Elinor o olhou mais assustada que nunca. Ela começou a pensar que ele devia estar bêbado, pois apenas isso poderia explicar a visita e o modo como estava agindo. E com esta impressão, ela imediatamente se levantou e disse:

— Sr. Willoughby, eu o aconselho a retornar a Combe... Não estou disposta a gastar mais tempo com o senhor. Qualquer que seja o assunto que pretenda tratar comigo, será melhor se recompor e discutir amanhã.

— Eu entendo — respondeu ele com um sorriso expressivo e uma voz perfeitamente calma. — Sim, estou muito bêbado... Um copo de cerveja que tomei em Marlborough foi suficiente para me embriagar.

— Em Marlborough! — exclamou Elinor, cada vez mais confusa sobre suas intenções.

— Sim... Deixei Londres esta manhã, por volta das oito horas, e, desde então, os únicos dez minutos que passei fora da minha carruagem foram para almoçar em Marlborough.

A firmeza de seus modos e a inteligência de seu olhar ao falar convenceram Elinor de que, qualquer que fosse a loucura imperdoável que o trouxera a Cleveland, não era resultado de sua embriaguez. Após refletir por algum tempo, disse:

— Sr. Willoughby, o senhor deve sentir, assim como eu, que depois de tudo que aconteceu... Aparecer aqui, dessa forma, impondo-me sua presença, exige uma explicação muito extraordinária. O que pretende com isso?

— O que pretendo — disse ele, sério e decidido — se é que é possível, é fazer com que me odeie menos do que agora. Meu intuito é dar-lhe alguma justificativa, alguma explicação, pelo que aconteceu no passado. Quero abrir meu coração e convencê-la de que, ainda que eu tenha sido um teimoso, nem sempre fui um canalha, e, assim, conseguir algo similar ao perdão de Ma... de sua irmã.

— Esse é o verdadeiro motivo de sua vinda?

— Juro por minha alma que sim — respondeu ele com um fervor que fez Elinor se recordar do antigo Willoughby e, relutantemente, acreditou que ele estava sendo sincero.

— Se isso for tudo, pode se dar por satisfeito, porque Marianne... Ela já o perdoou há muito tempo.

— É mesmo? — exclamou ele no mesmo tom ansioso. — Então ela me perdoou antes do que deveria. Mas irá me perdoar novamente, e desta vez por motivos muito mais razoáveis. *Agora* irá me ouvir?

Elinor concordou com a cabeça.

— Eu não sei — disse ele após um intervalo de expectativa para Elinor e de reflexão para ele — como julgou minha conduta para com sua irmã. Talvez não seja capaz de pensar bem de mim, mas vale a pena a tentativa, e deve escutar tudo. No início de minha amizade com sua família, eu não tinha nenhum outro interesse, nenhuma outra intenção além de desfrutar de momentos prazerosos durante minha forçada estadia em Devonshire, mais prazerosos do que eu já vivenciara antes. Sua irmã, sendo uma pessoa fascinante e de maneiras atraentes, não podia deixar de me encantar; e sua conduta para comigo, desde o começo foi... É assustador, quando lembro de como tudo ocorreu, como ela me tratava, que meu coração tenha sido tão cruel! Mas antes de tudo devo admitir que isto só aumentou minha vaidade. Sem pensar na felicidade de Marianne, preocupando-me somente com a minha própria diversão, permitindo-me sentimentos aos quais estava acostumado, empenhei-me de todas as formas para tornar-me agradável a ela, sem nenhuma intenção de retribuir o seu afeto.

A Srta. Dashwood, neste momento, fitando-o com o mais raivoso desprezo, interrompeu-o dizendo:

— Não vale a pena para o senhor, Sr. Willoughby, prosseguir com o seu relato, nem vale a pena, para mim, continuar ouvindo-o. Um relato com esse começo não pode terminar bem. Não me cause o sofrimento de ter que ouvir mais alguma coisa sobre o assunto.

— Eu insisto que ouça até o final — respondeu ele. — Minha fortuna nunca foi grande, e eu sempre gastei muito, sempre tive o hábito de me relacionar com pessoas mais ricas que eu. Desde a maioridade, vinha aumentando minhas dívidas a cada ano, acreditando que a morte de minha prima, Sra. Smith, me permitiria pagar algumas delas. Mas esse era um acontecimento incerto, e possivelmente muito distante, então, durante algum tempo, planejei melhorar minha condição casando-me com uma mulher de fortuna. Desse modo, casar-me com sua irmã era algo impossível. E por estar em um estado de mesquinhez, egoísmo, crueldade... Que nem mesmo um olhar de aversão ou desprezo, nem mesmo o seu olhar, Srta. Dashwood, poderia repreender o bastante, eu agia com o intuito de conquistar a afeição de Marianne, sem pretender retribuí-la. Mas digo uma coisa em meu favor: mesmo nesse terrível estado de egoísta vaidade, eu não imaginava o tamanho do estrago que causaria, porque até o momento não sabia o que era amar. Mas alguma vez eu soube o que é o amor? Se eu de fato a amasse, teria escolhido a vaidade e a avareza em detrimento de meus sentimentos? Ou pior, em detrimento dos dela? Mas foi o que eu fiz. Para fugir de uma pobreza relativa, da qual sua afeição e sua presença me compensariam de todos os horrores, eu consegui perder tudo o que a tornaria uma benção.

— Então o senhor sentiu algo em algum momento? — perguntou Elinor, já mais calma.

— Ter resistido a tais atrações, ter resistido a tanto afeto! Que homem no mundo seria capaz? Sim, aos poucos, sem perceber, vi-me verdadeiramente apaixonado por ela, e os melhores momentos da minha vida foram os que passei com ela, quando sentia que minhas intenções eram completamente dignas e meus sentimentos íntegros. Contudo, mesmo quando estava totalmente determinado a corresponder aos seus sentimentos, deixei-me adiar cada vez mais o momento de fazê-lo, por não querer assumir um compromisso enquanto estivesse naquela condição constrangedora. Não vou justificar isto, nem vou privá-la de refletir sobre o absurdo da minha falta de caráter em comprometer minha palavra quando minha honra já estava comprometida. Minhas atitudes mostram o quanto fui absolutamente estúpido, me tornando detestável e desgraçado para sempre. Enfim, pelo menos minha decisão estava tomada, e eu havia resolvido que, assim que tivesse a chance de ficar a sós com ela, conversaria francamente sobre as atenções que invariavelmente lhe dava, e lhe asseguraria meu afeto, que tanto sofrimento me causava demonstrar. Mas nesse tempo, em um período de poucas horas, antes que eu conseguisse conversar a sós com Marianne, aconteceu uma infeliz circunstância que impossibilitou a minha decisão e arruinou toda a minha felicidade. Descobriram — neste instante ele hesitou e baixou os olhos. — A Sra. Smith tomou conhecimento, acredito que por algum parente distante que deseja privar-me de sua herança, sobre um caso... Uma relação... Bem, não há necessidade de contar os detalhes — acrescentou ele, olhando-a muito ruborizado e com uma expressão indagadora — uma vez que seu amigo íntimo provavelmente já lhe contou toda a história há bastante tempo.

— Eu já sei — respondeu Elinor, corando também e tentando afastar qualquer sentimento de compaixão por ele. — Já sei de tudo. E como o senhor se justificará nesse assunto tão terrível, confesso que está além da minha compreensão.

— Não se esqueça — exclamou Willoughby — de quem lhe contou. Ele poderia ter sido imparcial? Admito que eu deveria ter respeitado a circunstância e o caráter da moça. Não pretendo me defender, mas também não quero que você ache que não tive nenhum encorajamento... Que, porque ela sofreu, era perfeita, e porque fui libertino, ela deveria ser julgada como uma santa. Se a violência de suas paixões, a fragilidade de seu discernimento... Eu não pretendo, no entanto, me justificar. A afeição que ela sentia por mim merecia ser tratada melhor, e eu, às vezes, com muito remorso, recordo-me do afeto que momentaneamente foi capaz de despertar em mim certa reciprocidade. Eu desejo... Desejo de todo coração que isso nunca tivesse acontecido. Mas acabei machucando mais uma pessoa, alguém cujo afeto por mim era quase tão grande quanto o dela, e cuja mente... Oh! O quão infinitamente superior!

— Entretanto, sua indiferença em relação àquela pobre moça... Preciso dizer, por mais desagradável que debater tal assunto seja para mim... Sua indiferença não justifica sua terrível negligência. Não ache que pode se justificar por alguma fragilidade, alguma falta de discernimento por parte dela, nada pode justificar a cruel insensibilidade que o senhor demonstrou. O senhor deveria saber que, enquanto se entretinha em Devonshire com novos planos, sempre feliz, sempre alegre, ela estava reduzida à mais extrema pobreza.

— Mas lhe garanto que eu *não* sabia de nada — respondeu ele calorosamente. — Não me recordo de ter omitido dela meu endereço, e o simples bom senso deveria tê-la ensinado como me encontrar.

— Bem, senhor, e o que a Sra. Smith disse?

— Imediatamente repreendeu o insulto que eu havia cometido, e pode imaginar o quanto fiquei confuso. A pureza de sua vida, seus princípios, sua ignorância do mundo, tudo estava contra mim. Não podia negar o ocorrido, e todos os esforços para tentar atenuar a situação foram inúteis. Ela estava propensa a desconfiar da decência do meu comportamento em geral e, ademais, estava insatisfeita com minha pouca atenção, com o pouco tempo que eu lhe dedicava naquela visita. Em suma, terminou em uma separação completa. Somente uma coisa teria me salvado. Com toda sua moralidade, ela se dispôs a perdoar o passado se eu me casasse com Eliza. Isso era impossível... E fui definitivamente expulso de sua casa. Como precisava partir na manhã seguinte, à noite, imediatamente após a conversa com a Sra. Smith, ponderei sobre o rumo que meu futuro tomaria. O empenho foi muito enorme... Mas logo acabou. Minha afeição por Marianne, a certeza de que era correspondido... não foram o suficiente para vencer o medo da pobreza ou para superar essas falsas noções sobre a necessidade de riqueza, que me pareciam tão naturais, e que só aumentaram pelo convívio com uma sociedade rica. Tinha motivos para crer na aceitação da minha atual esposa, se escolhesse ela, e persuadi-me de que era o mais prudente a se fazer. Contudo, uma complicada situação me esperava antes de deixar Devonshire; havia combinado de jantar em sua casa nesse mesmo dia, portanto, precisava de uma justificativa para não comparecer a este compromisso. Demorei a decidir se escreveria uma desculpa ou se diria pessoalmente. Pensava que seria insuportável ver Marianne, e até mesmo questionava se seria capaz de vê-la novamente e manter minha resolução. Nesse momento, entretanto, subestimei minha própria capacidade, como os fatos demonstram, pois fui, a vi, percebi como ficou devastada e parti assim mesmo... E a deixei, esperando não vê-la nunca mais.

— Por que foi à nossa casa, Sr. Willoughby? — disse Elinor, censurando-o. — Um bilhete era o suficiente. Era imprescindível ir pessoalmente?

— Era imprescindível para o meu orgulho. Não aguentaria partir deixando que vocês e os outros vizinhos desconfiassem do que se passara entre mim e a Sra. Smith, então resolvi parar em sua casa quando estava a caminho de Honiton. Ver sua querida irmã, entretanto, foi verdadeiramente horrível e, para piorar as coisas, ela estava sozinha. Na noite anterior eu a deixara tão determinado de que faria a coisa certa! Em algumas horas nós estaríamos unidos para sempre, e me recordo de como eu estava alegre, e como voltei do chalé até Allenham contente comigo mesmo, maravilhado com todo mundo! Mas neste encontro, o último de nossa amizade, eu a abordei com um sentimento de culpa que quase me tirou toda a habilidade de fingir. Sua dor, sua decepção, seu profundo arrependimento quando lhe contei que era forçado a deixar Devonshire imediatamente... Eu jamais os esquecerei... Oh, Deus! Que canalha sem coração eu fui!

Os dois ficaram em silêncio por alguns minutos. Elinor falou primeiro.

— O senhor disse a Marianne que voltaria logo?

— Não sei o que disse a ela — respondeu ele impacientemente. — Menos do que era devido ao passado, sem dúvida alguma, e certamente bem mais do que justificava o futuro. Não posso pensar nisso... Não devo... Depois sua gentil mãe veio me torturar ainda mais com sua generosidade e confiança. Graças a Deus isso me torturou. Eu estava infeliz! Srta. Dashwood, a senhorita não tem imagina o conforto que me dá recordar minha própria infelicidade. É tão grande o remorso que carrego pela tola e desprezível loucura do meu coração, que todas as minhas dores passadas hoje são apenas êxito e exaltação para mim. Bem, eu parti, abandonei tudo o que amava e fui ao encontro daqueles por quem, na melhor das hipóteses, me eram apenas indiferentes. Minha viagem a Londres... Em minha própria carruagem, tão entediante, sem ninguém com quem conversar... Que pensamentos alegres... Quando pensava no que me esperava! Quando me recordava de Barton, que ideia reconfortante... Oh, foi uma viagem abençoada!

Ele parou.

— Muito bem, senhor, isso é tudo? — disse Elinor, que, apesar de sentir pena dele, estava ansiosa por sua partida.

— Ah! Não... Não se lembra do que aconteceu em Londres? Aquela carta infame! Ela lhe mostrou?

— Sim, li todas as cartas que trocaram.

— Quando recebi o primeiro bilhete de Marianne, que chegou imediatamente, uma vez que eu sempre estive na cidade, o que senti foi... Como dizem... Não é possível expressar. Em simples palavras, talvez simples demais para provocar qualquer emoção, meus sentimentos foram muito, muito dolorosos. Cada palavra era como uma adaga no meu coração, e saber que Marianne estava na cidade era como um trovão. Trovões e punhaladas! Como ela me censuraria por essas metáforas! Seu gosto, suas opiniões... acredito que os conheço melhor que os meus próprios, e certamente os admiro mais.

— Isso não está certo, Sr. Willoughby. Lembre-se de que é um homem casado. Fale somente o que acredita ser imprescindível que eu ouça.

— O bilhete de Marianne, garantindo-me que eu ainda lhe era tão querido como antes, que, a despeito das muitas semanas que estivemos separados, seus sentimentos permaneciam os mesmos, e tão segura da imutabilidade dos meus, despertou-me um enorme remorso. Falo que despertou porque o tempo e Londres, os negócios e a vida corrida, de alguma forma os tinham adormecido, e eu me tornei um vilão totalmente insensível, acreditando que eu era indiferente a ela e ela a mim, dizendo a mim mesmo que fomos somente um passatempo um para o outro, calando qualquer desaprovação, ignorando qualquer escrúpulo, pensando algumas vezes: "Ficarei verdadeiramente feliz se ela se casar bem". Mas este bilhete me despertou para a realidade. Percebi que a amava muito mais do que a qualquer outra mulher, e que eu estava agindo de forma indigna. Mas já estava tudo combinado entre mim e a Srta. Grey. Não era possível desistir. Tudo o que podia fazer era tentar não encontrar-me com as duas. Não respondi o bilhete de Marianne em uma tentativa de impedir que ela recebesse notícias minhas, e estava determinado a não visitá-las em Berkeley Street... Porém, por fim, considerando ser melhor somente simular um sentimento de fria e banal amizade, esperei que deixassem a casa, em uma certa manhã, e deixei meu cartão.

— Esperou que saíssemos de casa!

— Sim, isso mesmo. Ficaria espantada se soubesse quantas vezes eu as vi, quantas vezes quase as encontrei. Entrei em várias lojas para impedir que me vissem de dentro da carruagem. Morando em Bond Street, quase todos os dias avistava uma das duas, e só nos mantivemos separados por tanto tempo por minha incessante atenção e uma intensa vontade de permanecer fora de suas vistas. Evitava os Middletons o máximo que conseguia, bem como todas as pessoas que pudessem ser amigas em comum. No entanto, sem saber que eles estavam na cidade, esbarrei com Sir John no dia seguinte à minha visita à casa da Sra. Jennings. Ele me convidou para um baile em sua casa, naquela mesma noite. Ainda que não tenha dito que você e sua irmã estariam presentes, imaginei que era provável demais para arriscar-me a ir. Na manhã seguinte recebi outro bilhete de Marianne, ainda carinhosa, verdadeira, ingênua, segura... Tudo que tornava meu comportamento ainda mais detestável. Não consegui responder o bilhete. Tentei... Mas não fui capaz de escrever uma palavra sequer. Mas pensei em Marianne em cada hora do dia. Se for capaz de sentir pena de mim, Srta. Dashwood, tenha compaixão da circunstância em que me encontrava na época. Com minha cabeça e coração repletos de sentimentos por sua irmã, fui obrigado a desempenhar o papel do feliz namorado de outra mulher! Aquelas semanas foram as piores da minha vida. E por fim, como já sabe, nós nos encontramos. E que bela imagem encontrei! Que noite agoniante foi aquela! De um lado, Marianne bela como um anjo, pronunciando meu nome da forma mais doce possível! Oh, Deus! Estendendo-me a mão, demandando um esclarecimento, com seus lindos olhos me fitando com tão expressiva disposição! E do outro lado Sophia, ciumenta como o diabo, observando tudo o que... Enfim, já não importa agora, está tudo acabado. Que noite aquela! Escapei de vocês assim que consegui, mas não antes de avistar o meigo rosto de Marianne pálido como a morte. Essa foi a última visão que tive dela, foi assim que a vi pela última vez. Foi terrível! Contudo, quando hoje achei que ela estava de fato morrendo, senti uma espécie de consolo ao pensar que eu sabia exatamente a fisionomia que teria para os que a vissem pela última vez. Ela esteve diante de mim durante toda a viagem, com o mesmo olhar e a mesma palidez.

Ocorreu uma breve pausa de mútua reflexão. Willoughby se levantou primeiro, e interrompeu o silêncio dizendo:

— Bem, devo ir embora. Está certa de que sua irmã está fora de perigo?

— Temos certeza disso.

— E sua mãe também! Tão apegada a Marianne.

— Mas e sobre a sua carta, Sr. Willoughby, não tem nada a dizer sobre ela?

— Sim, sim, *essa* em especial. Sua irmã escreveu-me mais uma vez, como sabe, na manhã seguinte. A senhorita leu o que ela escreveu. Eu estava tomando o café da manhã na casa dos Ellisons, e a carta de Marianne me foi entregue, bem como outras que me foram enviadas da minha pousada. Mas a carta chamou a atenção de Sophia antes mesmo que eu a visse, e o tamanho, a elegância do papel, a letra, tudo a fez desconfiar. Já havia tido notícias a respeito de minha relação com uma jovem de Devonshire, e o acontecido da noite anterior indicara quem era essa moça, tornando-a mais ciumenta do que nunca. Fingindo um tom de brincadeira, que só é charmoso na mulher que se ama, abriu a carta e leu o que estava escrito. Foi bem retribuída por sua insensatez. Leu palavras que a deixaram infeliz. Eu poderia aguentar sua infelicidade, mas sua raiva... sua crueldade... Precisei tranquilizá-la de qualquer jeito. E, resumidamente, o que você acha do estilo de escrita da minha esposa? Não é sensível, afetuoso, genuinamente feminino?

— Sua esposa! A carta foi escrita com a sua própria letra!

— Sim, mas só devo levar o crédito por ter copiado exatamente as sentenças que me foram ditadas e sob as quais me envergonho de ter assinado meu nome. O texto foi integralmente dela, foram dela aquelas alegres ideias e amável redação. Mas o que eu poderia fazer? Estávamos noivos, planejando tudo, a data já estava praticamente marcada... Porém... Pareço um tolo. Planos! Data! Sinceramente, eu necessitava do dinheiro de Sophia e, na situação em que me encontrava, precisava fazer de tudo para evitar um rompimento. E, ademais, que relevância a linguagem utilizada em minha resposta poderia ter para o conceito de Marianne e seus amigos a respeito do meu caráter? Seu único propósito era declarar-me um canalha, e não importava se eu o fizesse de maneira gentil ou grosseira. "Estou totalmente arruinado no conceito delas", foi o que pensei comigo mesmo. "Serei eternamente excluído de seu convívio, se já me consideram um homem sem princípios, esta carta só fará com que me considerem um canalha". Foi isso que pensei enquanto copiava as palavras de minha esposa e me desprendia das últimas relíquias de Marianne. Se os três bilhetes que ela me enviara não estivessem na minha carteira, eu teria negado a existência deles e os guardado para sempre. Fui obrigado a devolvê-los e nem pude ao menos beijá-los. E o cacho de cabelo, que também sempre levava comigo em minha carteira, agora minuciosamente vasculhada pela minha mulher... Meu amado cacho de cabelo... Tudo, todas as lembranças foram tiradas de mim.

— Está muito enganado, Sr. Willoughby, seu relato é muito condenável — disse Elinor com um tom de voz traía sua emoção compadecida. — O senhor não tem o direito de falar dessa forma, não pode falar assim da Sra. Willoughby e nem da minha irmã. Tomou sua decisão. Não foi obrigado. Sua mulher merece sua gentileza, no mínimo seu respeito. Ela provavelmente gosta de você, ou não teria se casado. Tratá-la com grosseria, mencioná-la de maneira desrespeitosa, nada disso repara o mal que fez a Marianne... E creio que também não alivie sua consciência.

— Não mencione minha esposa — disse ele com um pesado suspiro. — Ela não é merecedora de sua compaixão. Estava ciente de que eu não gostava dela quando nos casamos. Bem, nos casamos, partimos para Combe Magna para sermos felizes, e em seguida retornamos a Londres para nos divertirmos. E agora, sente pena de mim, Srta. Dashwood? Ou dizer tudo isso foi inútil? Para você, sou, ainda que só um pouco, menos culpado do que antes? Minhas intenções nem sempre foram erradas. Justifiquei em parte minha culpa?

— Sim, você decerto diminuiu um pouco sua culpa. No geral, demonstrou ser menos culpado do que eu imaginava. Provou que seu coração é muito menos cruel. Mas é difícil saber... A proporção da dor que você provocou, acho difícil imaginar que poderia ter sido pior.

— Quando sua irmã se recuperar, irá contar-lhe tudo o que eu lhe disse? Por favor, deixe que ela tenha uma melhor opinião sobre mim, assim como a senhorita agora tem. Contou-me que ela já me perdoou. Permita-me crer que uma melhor compreensão de meu coração, de meus sentimentos atuais, conquistará dela um perdão mais genuíno, mais espontâneo, mais afetuoso, menos superior. Diga-lhe sobre meu sofrimento e meu remorso, conte-lhe que meu coração nunca lhe foi infiel e, se desejar, diga-lhe que agora ela me é tão querida como sempre o foi.

— Direi a Marianne tudo o que for indispensável para o que, relativamente, pode ser chamado de sua explicação. Mas você ainda não me disse o motivo da sua visita, nem me explicou como ficou sabendo de sua doença.

— Ontem à noite, no saguão de Drury Lane, encontrei-me com Sir John Middleton, nosso primeiro encontro nestes dois meses, e quando ele me reconheceu, dirigiu-me a palavra. Não fiquei surpreso nem magoado por ele ter me excluído de suas relações desde o meu casamento. Agora, entretanto, com sua boa, íntegra e tola alma, cheio de aversão contra mim e muito preocupado com sua irmã, não foi capaz de resistir à tentação de contar-me o que achava necessário, ainda que ele possivelmente não tivesse imaginado que me abalaria terrivelmente. Contou-me, tão grosseiramente quanto possível, que Marianne Dashwood estava em Cleveland, à beira da morte em razão de uma febre infecciosa... Uma carta enviada pela Sra. Jennings naquela manhã relatava o perigo iminente, e os Palmers já haviam se mudado, etc... O golpe foi duro demais para que eu pudesse simular indiferença, mesmo diante de um homem tão pouco esperto quanto Sir John. Seu coração amoleceu ao ver meu sofrimento, e grande parte de sua má vontade passou, pois ao nos despedirmos ele quase apertou minha mão, enquanto recordava-me de uma velha promessa que eu lhe fizera de lhe presentear com um filhote de pointer. O que senti ao saber que sua irmã estava morrendo... E morrendo pensando que eu era o maior canalha do mundo, odiando-me, desprezando-me em seus últimos momentos... O que senti foi terrível! Tomei depressa uma decisão, e hoje às oito da manhã já estava em minha carruagem. Agora sabe de tudo.

Elinor não respondeu. Seus pensamentos estavam silenciosamente presos no mal irremediável que uma autonomia muito prematura e os resultantes hábitos de ociosidade, dissipação e luxo fizeram na mente, no caráter, e na alegria de um homem que tinha todos os privilégios pessoais e de talento, acompanhados de uma disposição espontaneamente verdadeira e honesta e a um temperamento delicado e doce. O mundo o tornara extravagante e vaidoso... A extravagância e a vaidade o tornaram insensível e egocêntrico. A vaidade, que o fizera buscar seu próprio sucesso culposo às custas de outrem, envolveu-o em um afeto sincero, que a extravagância o obrigou a sacrificar. Cada um de seus defeitos o guiaram à punição. O afeto que, contra toda integridade, contra todo sentimento, arrancara de si, agora que lhe era proibido, comandava todos os seus pensamentos. E a união pela qual, sem nenhum escrúpulo, deixara sua irmã miserável, mostrava-se para ele uma causa de infelicidade de natureza muito mais irreparável. Desse devaneio, depois de alguns minutos, Elinor foi trazida a realidade por Willoughby, que, despertando de um devaneio tão angustiante quanto o dela, se preparava para partir, e disse:

— Não adianta ficar mais aqui, devo ir embora.
— Voltará para Londres?
— Não, irei para Combe Magna. Tenho negócios lá, e em um ou dois dias partirei para Londres. Adeus.

Ele estendeu-lhe a mão. Elinor não poderia negar-lhe. Willoughby apertou-a com carinho.

— Agora me considera um pouco melhor? — disse ele, soltando sua mão e debruçando-se na proteção da lareira, como se tivesse se esquecido de que estava prestes a partir.

Elinor assegurou-lhe que sim, que o perdoava, sentia pena dele, e lhe desejava o bem... Até mesmo desejava que fosse feliz. A resposta de Willoughby não foi muito animadora.

— Quanto a isto — disse — viverei como for possível. A felicidade doméstica está fora de questão. Se, no entanto, puder pensar que você e sua família têm interesse em minha sorte e em meus atos, pode ser um motivo... Será um motivo pelo qual viver. Decerto Marianne, para mim, está perdida para sempre. Mas se, por alguma razão abençoada, eu estiver livre novamente...

Elinor interrompeu-o com uma repreensão.

— Bem — respondeu ele — mais uma vez me despeço. Agora preciso partir e viver aterrorizado por um evento.

— O que quer dizer?
— O casamento de sua irmã.
— Você está muito equivocado. Ela não poderia estar mais perdida para o senhor do que está agora.

— Mas ela será conquistada por outro. E se esse outro for o mesmo que, entre todos os homens, considero o mais insuportável... Mas não permanecerei, para não perder toda a sua compassiva boa vontade, mostrando que a quem mais machuquei, é quem menos posso perdoar. Adeus! Deus a abençoe!

E com estas palavras saiu da sala apressadamente.

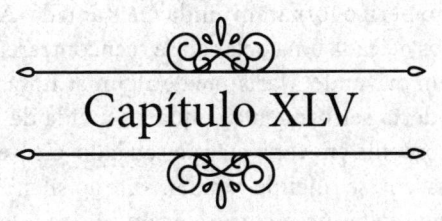

Capítulo XLV

Elinor permaneceu, durante um bom tempo após a partida de Willoughby, muito abalada por um turbilhão de pensamentos, muito distintos uns dos outros, mas cujo resultado final era a tristeza, a ponto de sequer lembrar da irmã.

Willoughby, o próprio Willoughby, que apenas há meia hora era detestado por ela como o mais desprezível dos homens, e que, a despeito de todos os seus defeitos, provocou nela uma espécie de compaixão pelos sofrimentos que ele próprio havia provocado e que agora a faziam pensar nele com certa ternura e piedade, que eram, como ela mesma reconhecia, mais pelos seus desejos que por seus méritos. Sentiu que a influência dele sobre ela havia aumentado por situações que não deviam significar nada para ela: sua fisionomia particularmente atraente, suas maneiras francas e carinhosas, que eram apenas sua obrigação possuir; e por ainda sentir um amor intenso por Marianne. Sentia que ainda estava muito longe de sentir essa influência diminuir.

Quando finalmente retornou para perto de Marianne, que não sabia de nada, encontrou-a acordando, revigorada por um longo e tranquilo sono, assim como havia imaginado. O coração de Elinor estava pesado. O passado, o presente, o futuro, a visita de Willoughby, ver Marianne fora de perigo, a expectativa da chegada de sua mãe, a deixaram tão agitada que a impossibilitaram de sentir-se cansada, e a deixaram somente temerosa de trair-se diante da irmã. No entanto, a preocupação durou pouco tempo, pois, aproximadamente meia hora após a partida de Willoughby, foi mais uma vez convocada ao andar de baixo pelo barulho de outra carruagem. Aflita para impedir que sua mãe sofresse com um suspense desnecessário, imediatamente correu para o hall e chegou a porta bem a tempo de recebê-la na entrada.

A Sra. Dashwood, que estava quase certa de que Marianne já havia falecido, não foi capaz de perguntar por ela, nem mesmo de conversar com Elinor. Mas esta, sem aguardar cumprimentos nem perguntas, instantaneamente deu-lhe a feliz notícia, e sua mãe, ouvindo-a com a usual euforia, no minuto seguinte estava transbordando de felicidade, tanto quanto antes sofrera por seus receios. Ela foi levada até a sala de estar por sua filha e seu amigo, e lá, derramando lágrimas de felicidade, apesar de ainda incapaz de falar, abraçou Elinor diversas vezes, soltando-a somente para apertar a mão do Coronel Brandon, com olhares que demonstravam simultaneamente sua gratidão e a convicção de estar dividindo com ele a felicidade daquele momento. Mas ele a dividia em um silêncio ainda maior que o dela.

Assim que a Sra. Dashwood se recuperou, seu primeiro pedido foi ver Marianne, e em menos de dois minutos já estava junto à querida filha, a quem a ausência, a tristeza e o perigo tornaram ainda mais amada. A satisfação de Elinor em ver os sentimentos de cada uma delas ao se reencontrarem foi contida apenas pelo receio de estarem privando Marianne de algumas horas de sono. Mas como a Sra. Dashwood poderia ser prudente enquanto a vida de uma filha estava em risco? E Marianne, contente em ver a mãe ao seu lado, ciente de ainda estar fraca demais para conversarem, se sujeitou rapidamente ao silêncio e ao descanso que todas as pessoas à sua volta lhe recomendavam. A Sra. Dashwood insistiu em permanecer ao lado da filha durante toda a noite, e Elinor, acatando o desejo de sua mãe, foi se deitar. Mas o descanso que parecia tão essencial, após uma noite em claro e muitas horas de cansativa aflição, foi impossibilitado pela agitação de sua mente. Willoughby, "pobre Willoughby", como ela agora o chamava, não saía de seus pensamentos; preferia não ter escutado sua justificativa, e revezava entre se culpar e se redimir por tê-lo julgado com tanta inflexibilidade. Sua promessa de contar tudo à irmã também era demasiadamente angustiante. Receava fazê-

-lo, receava as consequências que poderia ter sobre Marianne; pensava que, após tal justificativa, ela jamais pudesse ser feliz com outro, e por um instante desejou que Willoughby ficasse viúvo. Então, recordando-se do Coronel Brandon, repreendeu-se, sentindo que suas dores e sua estabilidade, muito maiores do que as de seu rival, mereciam ter Marianne como retribuição, e desejou qualquer coisa que não fosse a morte da Sra. Willoughby.

Marianne continuou se recuperando um pouco a cada dia, e a exultante felicidade na fisionomia e no temperamento da Sra. Dashwood expressavam que ela era, assim como disse diversas vezes, uma das mulheres mais felizes do mundo. Elinor não podia escutar essa afirmação, nem presenciar suas evidências, sem ocasionalmente se perguntar se sua mãe em algum momento se lembrou de Edward. Contudo, a Sra. Dashwood, confiando no relato sereno de Elinor sobre sua própria desilusão, deixou que o excesso de sua felicidade a levasse a considerar apenas o que podia fazer para aumentá-la. Marianne escapara de um perigo no qual ela ajudara a colocá-la com seu equivocado julgamento, incentivando a filha à infeliz união com Willoughby; e sua reabilitação era fonte de mais uma alegria, a qual Elinor não havia considerado, e que a Sra. Dashwood lhe contou assim que teve a chance de conversar a sós com a filha.

— Finalmente estamos a sós. Minha querida Elinor, você ainda não está ciente da minha maior alegria! O Coronel Brandon ama Marianne. Ele próprio me contou.

Elinor, revezando entre sentir-se feliz e angustiada, ora surpresa ora não, ouvia com atenção e em silêncio.

— Você jamais será como eu, querida Elinor, não sei como é capaz de preservar sua compostura em uma situação como essa. Se já tivesse ponderado o que seria mais desejável para minha família, teria concluído que o casamento do Coronel Brandon com uma de vocês era o melhor. E eu creio que Marianne será mais feliz com ele do que você.

Elinor estava um pouco tentada a questioná-la sobre o que a levava a acreditar que seria o melhor, segura de que a mãe não seria capaz de dar-lhe motivo algum, que tudo se baseava em alegações imparciais sobre a idade, o caráter ou os sentimentos deles, mas a imaginação da mãe sempre superava seu bom senso e, assim, em vez de perguntar, somente sorriu.

— O Coronel Brandon se abriu para mim durante a viagem. Foi por acaso, não foi planejado. Eu não conseguia falar de outro assunto que não fosse minha filha; e ele não foi capaz de esconder sua preocupação. Vi que a agonia dele era igual à minha, e ele não poderia explicar uma simpatia tão veemente; deixando escapar sentimentos irresistíveis, revelou-me sua profunda, doce e incessante afeição por Marianne. Ele já a amava, querida Elinor, desde o primeiro instante em que a viu.

Neste momento Elinor percebeu que aquelas palavras não eram do Coronel Brandon, eram os floreios naturais da imaginação de sua mãe, que embelezava tudo que lhe convinha.

— Seu carinho por ela, que supera infinitamente tudo que Willoughby sentiu ou simulou sentir, venceu até a consciência da infeliz preferência de Marianne por aquele rapaz indigno! E sem egoísmo, sem nutrir expectativas! Como pôde vê-la feliz com outro? Que grandiosidade de espírito! Que franqueza, que honestidade! Ninguém pode se equivocar com ele.

— Ninguém nunca duvidou do caráter de Coronel Brandon — disse Elinor.

— Sei disso — respondeu a mãe com seriedade. — Mas da maneira como veio a mim, como o fez, com uma amizade tão presente e delicada, é comprovação suficiente de que é um homem muito digno.

— Seu caráter, no entanto — respondeu Elinor — não se resume somente a um gesto de generosidade, ao qual teria sido levado por seu afeto por Marianne. A Sra. Jennings, os Middletons, há muito o conhecem intimamente, e eles o respeitam e o amam. Eu, inclusive, ainda que o conheça há pouco tempo, o considero muito; e se Marianne crê que pode ser feliz com ele, estarei tão propensa como a senhora a considerar que essa amizade é para nós o maior presente do mundo. O que respondeu a ele? Permitiu que tivesse esperanças?

— Oh! Meu amor, eu não poderia dar esperanças nem a ele nem a mim. Marianne podia estar morrendo naquele instante. Mas ele não esperou que eu lhe desse esperanças ou que o alegrasse. Ele apenas fez uma confissão involuntária, um desabafo incensurável a uma amiga... Não um pedido a uma mãe. Ainda que no início eu tenha me sentido muito abalada, após algum tempo eu afirmei que se ela sobrevivesse, como eu pensava que iria, nada me faria mais feliz que realizar o casamento dos dois; e desde que chegamos e nos certificamos de que ela está fora de perigo, confirmei-lhe isso várias vezes, e tenho o incentivado tanto quanto posso. Em um pouco mais de tempo, disse a ele, tudo vai se resolver. O coração de Marianne não pode ser desperdiçado para sempre com um homem como Willoughby. As próprias virtudes do Coronel logo a conquistarão.

— A julgar pelo humor do Coronel, entretanto, a senhora não conseguiu deixá-lo muito esperançoso.

— Não. Ele pensa que o amor de Marianne está enraizado demais, que não pode se alterar por um longo tempo; e mesmo considerando que seu coração esteja novamente livre, não confia o bastante em si mesmo para crer que, com tamanha diferença de idade e temperamento, ele possa atraí-la. Nisto ele está muito enganado. A diferença de idades é uma vantagem, pois fortifica seu caráter e princípios; e quanto ao seu temperamento, estou certa de que é justamente a pessoa certa para fazer sua irmã feliz. E a sua personalidade, os seus modos, também são um ponto positivo. Minha parcialidade não me cega; sei que ele não é tão atraente quanto Willoughby, mas seu semblante é muito mais agradável. Você se lembra que havia algo nos olhos de Willoughby que, por vezes, me incomodava?

Elinor não lembrava daquilo, mas sua mãe, sem aguardar sua confirmação, prosseguiu:

— As maneiras do Coronel são mais agradáveis para mim do que as de Willoughby jamais foram, mas também acredito que chamarão mais a atenção de Marianne. Sua generosidade, seu cuidado sincero com os outros e sua humildade máscula e natural combinam bem mais com o jeito de ser de sua irmã, do que o entusiasmo muitas vezes forçado e inapropriado do outro. Tenho absoluta certeza que se Willoughby tivesse se mostrado tão gentil como se revelou o contrário disso, ainda assim Marianne jamais teria sido tão feliz com ele como será com o Coronel Brandon.

Ela calou-se. Sua filha não concordava totalmente com ela, mas sua divergência não foi considerada e, assim, não a ofendeu.

— Em Delaford, ela ficará muito próxima a mim — continuou a Sra. Dashwood — mesmo se eu continuar em Barton. E, como soube que essa vila é muito grande, estou certa de que deve haver uma casinha ou um chalé nas proximidades que possa nos acomodar tão bem como nossa atual casa.

Pobre Elinor! Ali estava um novo plano de levá-la a Delaford! Mas seu espírito era persistente.

— E a riqueza do Coronel! Porque na minha idade, você sabe, todos se preocupam com isso; e ainda que eu não saiba e nem queira saber o quanto ele realmente tem, tenho certeza de que é uma boa quantia.

Nesse instante elas foram interrompidas pela entrada de uma terceira pessoa, e Elinor se retirou para pensar sobre tudo aquilo, para desejar sucesso ao seu amigo e, ainda que o desejasse, sentia um aperto no coração por Willoughby.

Capítulo XLVI

A doença de Marianne, embora debilitante, não durou o suficiente para tornar lenta sua recuperação, que foi acelerada por sua juventude, sua energia natural e a companhia da mãe. Apenas quatro dias após a chegada da Sra. Dashwood, Marianne pôde se instalar no quarto de vestir da Sra. Palmer. Depois de se estabelecer, ela mesma mandou que chamassem o Coronel Brandon, porque estava ansiosa para lhe agradecer por ter ido buscar sua mãe.

A emoção do Coronel ao entrar no quarto, ao ver a aparência renovada de Marianne e segurar a pálida mão que ela imediatamente lhe estendeu foi tanta que levou Elinor a acreditar que tal emoção não devia ser consequência apenas do seu afeto por Marianne; e sem demora Elinor identificou na tristeza de seus olhos e na transformação de sua expressão quando ele olhava para sua irmã a possível recordação de cenas de angústia passadas em sua cabeça, ressuscitadas pela similaridade entre Marianne e Eliza, agora consolidada pelos olhos fundos, a pele pálida, pela postura prostrada e pelo caloroso agradecimento por um favor especial.

A Sra. Dashwood, tão atenta quanto a filha ao que se passava, mas com os pensamentos influenciada por ideias bem distintas, e esperando, então, consequências bem diferentes, não identificou nada na conduta do Coronel Brandon que não tivesse origem nas mais simples e óbvias sensações, e se convenceu que nas atitudes e falas de Marianne já havia algo além de uma mera gratidão.

Ao fim de um ou dois dias, com Marianne notoriamente melhorando a cada doze horas, a Sra. Dashwood, incentivada não só por seus próprios desejos, mas também pelos desejos da filha, começou a discutir o retorno a Barton. A volta dependia de seus dois amigos: a Sra. Jennings, que não poderia deixar Cleveland durante a permanência das Dashwood, e o Coronel Brandon, que, acatando o pedido unânime de todas elas, rapidamente foi levado a acreditar que sua própria estadia lá era certa e igualmente imprescindível. A pedido dele e da Sra. Jennings, a Sra. Dashwood foi persuadida a utilizar a carruagem dele na viagem de volta, para o conforto de sua filha enferma; e o Coronel comprometeu-se com prazer a ir buscar a carruagem em uma visita ao chalé, dentro de poucas semanas.

O dia da partida chegou. Marianne, depois de se despedir particular e demoradamente da Sra. Jennings, tão cheia de gratidão, de respeito e de desejos de felicidade, disse adeus ao Coronel Brandon com a cortesia de uma amiga, e entrou na carruagem cautelosamente auxiliada por ele, que parecia determinado a fazê-la ocupar pelo menos a metade do espaço. A Sra. Dashwood e Elinor entraram em seguida, deixando os outros ali, a conversar sobre as viajantes, já sentindo a tristeza que os assolava, até que a Sra. Jennings retornou à sua cadeira para se consolar da partida das suas jovens amigas com as fofocas da empregada; e, logo depois, o Coronel Brandon tomou seu caminho solitário para Delaford.

A viagem das Dashwoods durou dois dias, e Marianne aguentou a viagem sem se cansar demais. Suas atenciosas acompanhantes faziam todo o possível para tornar-lhe a viagem mais cômoda, o que foi recompensado por seu bem-estar físico e sua tranquilidade mental. Elinor se sentia especialmente grata ao observar essa tranquilidade. Depois de acompanhar, semana após semana, o incessante sofrimento de Marianne, de vê-la com o coração partido por uma agonia que ela não tinha nem coragem de demonstrar, nem força suficiente para esconder, agora via nela, com um contentamento que não poderia ser compartilhado por mais ninguém, uma visível serenidade que com o tempo poderia trazer-lhe satisfação e felicidade.

À medida que se aproximavam de Barton, passando por locais onde cada campo, cada árvore lhe trazia alguma recordação específica e dolorosa, ela permaneceu calada e pensativa, e, com o rosto virado para impedir que a vissem, olhava fixamente pela janela. Elinor não pôde se surpreender ou culpá-la por aquilo e, quando percebeu, ao ajudar Marianne a descer da carruagem, que ela havia chorado, julgou essa emoção muito natural e muito louvável. Em todos os seus comportamentos seguintes identificou os sinais de uma mente disposta a um esforço considerável, pois logo que entraram na casa Marianne olhou ao seu redor com uma expressão firme e determinada, como se estivesse decidida a se adaptar imediatamente com cada objeto que poderia ser relacionado à recordação de Willoughby. Ela falou pouco, mas cada palavra era repleta de alegria, e mesmo que eventualmente suspirasse, sempre o redimia com um sorriso. Após o jantar ela tentaria tocar piano. Marianne se dirigiu até o instrumento, mas a primeira música que viu foi uma ópera, um presente de Willoughby, incluindo alguns de seus duetos preferidos e que trazia na primeira página seu próprio nome escrito com a caligrafia dele. Aquela não servia. Marianne meneou a cabeça, deixou a partitura de lado e, depois de dedilhar o piano por um minuto, alegou que seus dedos estavam fracos e fechou-o novamente, afirmando, no entanto, com toda determinação, que deveria praticar muito no futuro.

A manhã seguinte não diminuiu esses felizes sintomas. Pelo contrário, com a mente e o corpo igualmente revigorados pelo descanso, seus gestos e falas pareciam verdadeiramente animados, adiantando a alegria da volta de Margaret, e falava de seu amado grupo familiar agora restabelecido, de suas tarefas habituais e da sua contente companhia como a única alegria digna de ser desejada.

— Quando o tempo estiver melhor, e eu tiver recobrado minhas forças — disse ela — faremos longas caminhadas juntas todos os dias. Caminharemos até a fazenda no sopé da colina, podemos passear pelas novas plantações de Sir John em Barton Cross e Abbeyland. Sei que seremos felizes. Sei que o verão será feliz. Não pretendo me levantar nem um dia depois das seis, e desde essa hora até o jantar passarei cada instante revezando entre a música e a leitura. Tenho meus planos, e estou decidida a seguir meus estudos com seriedade. Já estou familiarizada demais com nossa biblioteca para utilizá-la para algo além de mero entretenimento. Mas Barton Park está cheio de obras que valem a pena ler, e outras mais modernas que posso pedir emprestadas ao Coronel Brandon. Lendo por apenas seis horas por dia, decerto em um ano terei alcançado um bom nível de instrução, que agora sinto que me faz falta.

Elinor a elogiou por um plano tão nobre como esse; embora sorrisse ao ver a mesma fantasia ansiosa que a levara aos maiores extremos de fraca indolência e insatisfação egoísta, agora encarregada de realizar um plano de tão coerente ocupação e virtuoso autocontrole. Seu sorriso, entretanto, se transformou em um suspiro ao lembrar-se que ainda não havia cumprido a promessa que fizera a Willoughby, e receou ter que dar uma notícia que poderia novamente mudar o pensamento de Marianne, e aniquilar, pelo menos temporariamente, esta feliz perspectiva de tranquilidade. Com o intuito de retardar o momento fatal, decidiu aguardar até que a saúde da irmã estivesse mais estável para fazer a confissão. Mas a decisão foi tomada apenas para não ser cumprida.

O tempo demorou dois ou três dias para ficar bom o suficiente para que uma pessoa em recuperação como Marianne pudesse se aventurar a sair. Mas finalmente o dia amanheceu agradável e bonito; e Marianne, segurando-se no braço de Elinor, recebeu autorização para passear o quanto fosse capaz sem se cansar, no jardim da casa.

Em razão da fraqueza de Marianne, as irmãs partiram em um passo lento, um exercício que não havia tentado desde que ficara doente, e haviam caminhado apenas o suficiente para avistarem a colina localizada atrás da casa quando, fixando os olhos nela, Marianne disse calmamente:

— Foi exatamente ali — disse enquanto apontava com uma das mãos — que caí e vi Willoughby pela primeira vez.

Sua voz desapareceu ao pronunciar o nome, mas imediatamente, recompondo-se, acrescentou:

— Fico muito feliz em saber que posso admirar esse local com tão pouca dor! Será que podemos conversar sobre esse assunto, Elinor? — perguntou com a voz vacilante. — Ou é melhor não? Espero poder falar disso agora, como eu sempre quis.

Elinor ternamente encorajou-a a se abrir.

— Quanto à mágoa — disse Marianne — isso já passou, ao menos no que diz respeito a ele. Não quero discutir o que foram meus sentimentos por ele, mas o que são agora. Agora, se eu puder me contentar com uma questão, se puder acreditar que nem sempre ele estava fingindo, nem sempre ele estava me enganando... Mas, acima de tudo, se pudesse me certificar de que ele não foi sempre tão perverso quanto os meus temores me fizeram acreditar, desde que soube da história daquela pobre moça...

Ela calou-se. Elinor recebeu com alegria suas palavras enquanto respondia:

— Se você pudesse ter certeza disso, ficaria em paz?

— Sim. Minha paz de espírito está duplamente envolvida nisso, pois não só é terrível acreditar que alguém que significou para mim tanto como ele seja capaz de tais atitudes...

— Então, como você explica seu comportamento? — perguntou a irmã.

— Eu suporia que ele... Oh, como eu gostaria de pensar que ele é apenas muito, muito volúvel.

Elinor não disse mais nada. Debatia-se internamente sobre a prudência de revelar sua história naquele instante ou aguardar até que Marianne estivesse mais saudável, e continuaram caminhando lentamente em silêncio durante alguns minutos.

— Não estou desejando muito bem a ele — disse Marianne por fim, suspirando — quando desejo que suas reflexões secretas não sejam mais desagradáveis que as minhas. Ele sofrerá o bastante com elas.

— Você compara a sua conduta com a dele?

— Não, eu a comparo com o que deveria ter sido, comparo com a sua.

— Nossas situações não são muito similares.

— São mais parecidas que nossos comportamentos. Não permita, minha querida Elinor, que sua generosidade perdoe o que seu julgamento condena. Minha doença fez-me refletir, deu-me tempo e tranquilidade para pensar com seriedade sobre as coisas. Muitos antes de eu estar em condições de falar, já podia perfeitamente refletir. Refleti sobre o passado: tudo o que percebi em minha própria conduta, desde o começo de nossa amizade com ele no outono passado, foi uma sequência de imprudências contra mim mesma e de falta de gentileza com os outros. Percebi que meus próprios sentimentos prepararam meus sofrimentos, e que minha falta de força para encará-los quase me causou a morte. Minha doença, eu sei bem, foi integralmente causada por mim mesma, resultado desse descuido com minha saúde. Se eu tivesse morrido, seria autodestruição. Não percebi o perigo em que me colocara até que ele desaparecesse; mas com as emoções que essas meditações me provocaram, surpreendia-me por estar me recuperando, surpreendia-me que a mesma força do meu desespero de viver, para poder arrepender-me diante de Deus e de todas vocês, não me tivesse matado imediatamente. Se eu tivesse morrido, em que horrível miséria a deixaria, Elinor, você que foi minha cuidadora, minha amiga, minha irmã! Você, que presenciara todo o insuportável egoísmo dos meus últimos dias, que sabia todos os segredos do meu coração! E minha mãe também! Como você poderia confortá-la? Não sou capaz de expressar em palavras o quanto me odiei. Cada vez que olhava para o passado, descobria algum dever que negligenciei. Parecia ter ofendido a todos. A constante bondade da Sra. Jennings eu havia retribuído com um ingrato desdém. Com os Middletons, com os Palmers, com as Steeles e com os outros conhecidos eu fui atrevida e injusta. A John e Fanny, sim, até mesmo eles, por pouco que mereçam, ofereci ainda menos do que eu devia. Mas ofendi a você acima de todos, até mesmo de nossa mãe. Eu, apenas eu, sabia de seu coração e suas mágoas. E ainda assim não me tornei mais compassiva. Tinha seu exemplo bem diante de mim, e de que adiantou? Tive mais consideração com você e com seu bem-estar? Não, nem quando sabia que você estava infeliz, ou quando pensava que estava bem, eu me esforcei como o dever ou a amizade demandavam; jamais reconhecendo que a dor existisse para alguém além de mim, e lastimando apenas aquele coração que havia me deixado e enganado, deixei você, a quem eu declarava uma afeição incondicional, ser infeliz por minha causa.

Nesse instante o rápido fluxo de seu espírito de repreensão cessou; e Elinor, ansiosa para amenizar a dor da irmã, ainda que sincera demais para bajulações, imediatamente ofereceu-lhe os elogios e o amparo que sua fragilidade e arrependimento tanto mereciam. Marianne apertou sua mão e respondeu:

— Você é muito boa. O futuro deve ser minha prova. Já tracei meu plano, e se conseguir cumpri-lo dominarei meus sentimentos e melhorarei meu temperamento. Não causarei mais preocupação nos outros, nem serei um tormento para mim mesma. Agora irei viver exclusivamente para minha família. De agora em diante, você, minha mãe e Margaret serão todo o meu mundo, todo meu afeto será destinado a vocês. Nunca mais desejarei afastar-me de vocês e de nossa casa; e se eu frequentar outras companhias, será somente para provar que meu espírito é modesto e que posso executar os deveres da vida social com gentileza e paciência. E quanto a Willoughby, seria inútil afirmar que em breve ou que algum dia o esquecerei. Nada poderá superar as lembranças que tenho dele. Mas estarão controladas e contidas pela religião, pela razão e pelo trabalho frequente.

Ela fez uma breve pausa, e acrescentou em voz baixa:

— Se eu ao menos pudesse conhecer o coração *dele*, tudo seria mais fácil.

Elinor, que já estava refletindo há um tempo sobre a conveniência de iniciar seu relato imediatamente, ainda tão indecisa como no começo, ouviu estas palavras; percebeu que, como a reflexão não levaria a nenhuma conclusão, a resolução podia solucionar tudo, e viu-se logo a expor os fatos conhecidos.

Relatou o que sabia, como esperava, habilidosamente; preparou à ansiosa ouvinte com cuidado; contou com clareza e simplicidade os pontos principais da defesa de Willoughby; fez justiça ao seu arrependimento e amenizou somente as alegações de que ainda a amava. Marianne não falou uma palavra. Tremia, seus olhos permaneceram fixos no chão, os lábios mais pálidos do que quando esteve doente. Surgiam muitas perguntas em seu coração, mas não ousava fazer nenhuma. Ouviu cada palavra ansiosamente; sua mão, sem que percebesse, apertou com força a da irmã e as lágrimas escorreram por seu rosto.

Elinor, receando que ela estivesse cansada, levou-a em direção à casa e, até chegarem à porta do chalé, imaginando como a irmã devia estar curiosa, ainda que não tivesse feito nenhuma pergunta, falou somente de Willoughby e da conversa que tiveram. Foi cautelosa ao narrar cada detalhe do que haviam discutido e de sua fisionomia, desde que pudessem ser contados com segurança. Logo que entraram na casa, Marianne a beijou com gratidão e apenas pronunciou as seguintes palavras em meio ao choro: "conte à mamãe". Afastou-se da irmã e subiu as escadas devagar. Elinor não queria incomodar uma solidão tão plausível como a que ela procurava agora e, antevendo aflitamente suas possíveis consequências, determinada a tocar no assunto mais uma vez, caso Marianne não conseguisse fazê-lo, entrou na sala de estar para realizar sua última tarefa.

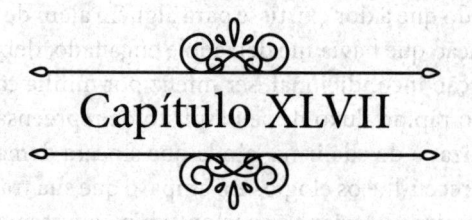

Capítulo XLVII

A Sra. Dashwood não ficou indiferente à defesa de seu antigo favorito. Ficou contente por vê-lo absolvido de parte da culpa que lhe era atribuída. Sentia pena dele, desejava que fosse feliz. Mas os sentimentos do passado não poderiam ser ressuscitados. Nada poderia apagar a consciência do que Marianne havia sofrido por sua causa, nem aniquilar a culpa de sua conduta com Eliza. Nada poderia devolvê-lo, assim, à posição que ocupava em sua estima, nem afetar os interesses do Coronel Brandon.

Se, como Elinor, a Sra. Dashwood tivesse escutado a história diretamente da boca de Willoughby, se tivesse presenciado a sua agonia e tivesse vivenciado a influência de seu olhar e de suas ações, certamente sua compaixão teria sido maior. Mas não estava no poder de Elinor, e nem era seu intuito, provocar tais sentimentos nas outras pessoas com um relato detalhado, como a princípio acontecera com ela própria. Ela pretendia, portanto, contar apenas a verdade e esclarecer alguns fatos que poderiam ser atribuídos ao seu caráter, sem floreios de ternura que pudessem estimular a imaginação.

À noite, quando as três estavam juntas, Marianne começou, voluntariamente, a falar dele outra vez. Mas não sem esforço, e demonstrou explicitamente a agitada e inquieta preocupação em que estivera imersa há algum tempo; o rubor em sua face aumentava e sua voz vacilava.

— Gostaria de garantir-lhes — disse ela — que vejo tudo como vocês desejam que eu veja.

A Sra. Dashwood a teria interrompido instantaneamente se Elinor, que de fato queria ouvir a opinião imparcial de sua irmã, não lhe fizesse um sinal para que ela permanecesse calada. Marianne continuou devagar:

— O que Elinor me contou esta manhã foi um grande alívio para mim, era exatamente o que eu queria ouvir.

Por alguns instantes sua voz desapareceu, mas recuperou-se. E mais tranquila do que antes, ela continuou:

— Estou muito satisfeita, não quero que nada mude. Eu jamais poderia ser feliz com ele, após saber tudo isto, e cedo ou tarde eu saberia. Teria perdido toda a confiança, toda a estima que sentia. Nada poderia impedir que eu sentisse isso.

— Eu sei disso, eu sei — exclamou a mãe. — Ser feliz com um homem de hábitos libertinos! Com um homem que perturbou a paz de nosso amigo mais querido e do melhor dos homens! Não, a minha Marianne não tem um coração que possa ser feliz com um homem assim! Sua sensível consciência sentiria tudo aquilo que a consciência de seu marido deveria ter sofrido.

Marianne suspirou e repetiu:

— Não quero que nada mude.

— Você está considerando o assunto — disse Elinor — exatamente como uma pessoa de mente forte e bom discernimento consideraria; e ouso dizer que você encontrará, assim como eu, razões suficientes para acreditar que o casamento com Willoughby lhe traria muito mais preocupações e decepções, e teria pouco suporte de um afeto que, da parte dele, seria muito incerto. Se vocês tivessem se casado, teriam sido pobres para sempre. Ele mesmo admite que faz gastos exagerados, e todo seu comportamento sugere que abnegação é uma palavra que ele não conhece. As necessidades de Willoughby e sua inexperiência, Marianne, acompanhadas de uma renda tão pequena, colocariam vocês em uma situação extremamente difícil. Seu senso de integridade e honestidade a teriam levado a tentar todas as alternativas de economia que lhe parecessem viáveis. E quão pouco poderia fazer para impedir uma ruína que começara antes do seu casamento? Ademais, se você tivesse tentando, ainda que da maneira mais razoável, diminuir as diversões dele, não acha que em vez de superar os próprios sentimentos egoístas para consentir com tal sugestão, você veria reduzida a influência que tinha sobre o coração dele, e o faria se arrepender da união que o envolveu em tantas dificuldades?

Os lábios de Marianne tremeram, e ela repetiu a palavra "Egoísta?" em um tom que questionava, "acha mesmo que ele é egoísta?"

— Toda sua conduta — respondeu Elinor — do começo ao fim do relacionamento, foi fundamentada pelo egoísmo. Foi o egoísmo que o fez brincar com seus sentimentos. Foi o que, em seguida, quando os sentimentos dele próprio já estavam comprometidos, o fez adiar a confissão do que sentia e, por fim, foi o que o fez deixar Barton. Seu próprio prazer foi sempre o princípio que orientou seu comportamento.

— Isso é verdade. Nunca se preocupou com minha felicidade.

— Agora — continuou Elinor — ele se arrepende do que fez. E por que se arrepende? Porque percebeu que aquilo não foi bom para ele e não o fez feliz. Já não tem problemas financeiros, não sofre com isso, e somente acredita que se casou com uma mulher menos amável que você. Mas será que ele estaria contente se tivesse se casado com você? Os problemas seriam outros. Ele sofreria com as dificuldades financeiras que agora não tem, por isso não se importa com elas. Teria tido uma esposa da qual não poderia reclamar, mas sempre passaria necessidades, seria sempre pobre; e certamente teria rapidamente aprendido a dar muito mais valor aos diversos confortos de uma bela casa e de uma boa renda do que ao simples temperamento de sua esposa.

— Não tenho dúvidas disso — respondeu Marianne — e não me arrependo de nada além da minha imprudência.

— Basta dizer que a imprudência foi de sua mãe, minha filha, *eu* sou a culpada — disse a Sra. Dashwood.

Marianne não a deixaria continuar e Elinor, contente ao ver que as duas reconheceram seus próprios erros, pretendia evitar qualquer tipo de análise do passado que pudesse fazer o espírito de sua irmã enfraquecer; e foi logo voltando ao primeiro assunto:

— Acredito que somente uma conclusão justa pode ser tirada de toda a situação: que todos os problemas de Willoughby apareceram na primeira ofensa contra a moral, na sua conduta com Eliza Williams. Foi esse crime que deu origem a todos os outros, e a todo o seu presente descontentamento.

Marianne concordou de todo coração com aquela afirmação, e levou sua mãe a enumerar todos os sofrimentos e méritos do Coronel Brandon, com uma veemência que apenas a amizade e um intuito, combinados, poderiam ditar. Sua filha, contudo, não parecia ter prestado muita atenção.

Elinor notou que nos dois ou três dias seguintes Marianne não continuou a recobrar suas forças como antes, porém, enquanto sua determinação estivesse intacta, e ela ainda tentasse parecer feliz e calma, sua irmã poderia acreditar, sem medo, que o tempo a curaria.

Margaret retornou e a família estava novamente reunida no sossego do chalé e, se não seguiram seus estudos usuais com o mesmo entusiasmo de quando se mudaram para Barton, pelo menos tinham a intenção de retomá-los vigorosamente no futuro.

Elinor começou a ficar impaciente por não receber notícias de Edward. Não ouvira mais nada sobre ele desde que saíra de Londres. Havia trocado algumas cartas com o irmão, devido à doença de Marianne, e a primeira enviada por John continha a frase: "Não sabemos nada sobre nosso infeliz Edward e não podemos fazer questionamentos a respeito de um assunto proibido, mas acreditamos que ele esteja em Oxford". Essa foi a única informação que a correspondência lhe forneceu sobre Edward, pois seu nome não foi citado em nenhuma das outras cartas. No entanto, ela não estava condenada a permanecer na ignorância por muito tempo.

Em uma certa manhã, o empregado da casa foi mandado a Exeter para resolver alguns negócios. Logo que retornou, enquanto servia à mesa, respondia às perguntas de sua patroa sobre suas tarefas, quando fez um comentário voluntário:

— Acredito que a senhora já sabe que o Sr. Ferrars se casou.

Marianne sobressaltou violentamente, fitou Elinor, percebeu como ela ficou pálida e histérica, recostando-se na cadeira. A Sra. Dashwood sentiu um forte golpe ao perceber na expressão de Elinor o quanto ela sofria e, igualmente preocupada com a situação de Marianne, não soube a qual das filhas deveria socorrer primeiro.

O empregado, que viu somente que a Srta. Marianne estava doente, foi sensato o suficiente para chamar uma das empregadas, que, com o auxílio da Sra. Dashwood, a conduziu para outro cômodo. Àquela altura, Marianne havia melhorado, e sua mãe, deixando-a sob os cuidados de Margaret e da empregada, voltou para o lado de Elinor, que, apesar de estar muito descomposta, havia recobrado a voz o suficiente para interrogar Thomas a respeito da fonte daquela informação. A Sra. Dashwood instantaneamente assumiu tal encargo e Elinor pôde beneficiar-se da informação sem ter o trabalho de pedi-la.

— Quem lhe contou que o Sr. Ferrars está casado, Thomas?

— Vi com meus próprios olhos, senhora, esta manhã em Exeter, o Sr. Ferrars com sua esposa, Srta. Steele, como era chamada. Eles estavam parando a carruagem em frente à hospedaria New London, quando entrei com um recado de Sally, de Barton Park, para seu irmão, que trabalha como carteiro. Por acaso eu olhei para a carruagem e percebi que era a mais jovem das Steeles, então eu tirei o chapéu, ela me reconheceu, me chamou e perguntou pela senhora, por suas filhas e particularmente pela Srta. Marianne, além de incumbir-me de dar-lhe seus cumprimentos e os de Sr. Ferrars, e disse que sentiam muito por não terem tempo para visitá-las, pois precisavam seguir a viagem logo, já que ainda tinham um longo trecho para percorrer, mas garantiram-me que quando retornassem visitariam a senhora.

— Mas ela lhe disse que estava casada, Thomas?

— Sim, senhora. Ela sorriu, e disse que não tinha mais o mesmo sobrenome da última vez que esteve por aqui. Sempre foi uma moça muito educada e sincera, então tomei a liberdade de desejar-lhe felicidades.

— O Sr. Ferrars estava com ela na carruagem?

— Sim, senhora, eu o vi sentado lá dentro, mas nem ao menos levantou os olhos. Ele nunca foi de falar muito.

O coração de Elinor sabia perfeitamente o motivo de ele não ter se mostrado, e a Sra. Dashwood certamente imaginou o mesmo.

— Não tinha mais ninguém na carruagem?

— Não, senhora, apenas os dois.

— Você sabe de onde vinham?

— Eles vinham de Londres, pelo que a Srta. Lucy... A Sra. Ferrars me disse.

— Estavam indo para oeste?

— Sim, senhora, mas não vão demorar muito. Logo voltarão e passarão por aqui.

Nesse momento a Sra. Dashwood olhou para a filha, mas Elinor sabia muito bem que não deveria esperar por essa visita. Reconheceu Lucy inteira na mensagem, e estava muito certa de que Edward não se aproximaria delas. Comentou com a mãe em voz baixa que eles provavelmente estavam a caminho da casa do Sr. Pratt, próxima a Plymouth.

Thomas parecia ter terminado de contar as novidades. Elinor olhou para ele como se esperasse ouvir mais.

— Você os viu partir antes de retornar à casa?

— Não, senhora, estavam acabando de tirar os cavalos, mas eu não podia me demorar mais, estava com medo de me atrasar.

— A Sra. Ferrars parecia bem?

— Sim, senhora, ela me contou como se sentia bem; sempre a considerei uma moça bonita e ela parecia muito feliz.

A Sra. Dashwood não conseguiu pensar em mais nenhuma pergunta, portanto, tanto Thomas quanto a toalha de mesa agora pareciam irrelevantes, então foram dispensados logo em seguida. Marianne já havia comunicado que não iria comer mais nada. A Sra. Dashwood e Elinor perderam o apetite e Margaret podia considerar-se satisfeita, pois, a despeito das diversas inquietações pelas quais ambas as irmãs haviam passado recentemente, com tantos motivos para não se preocuparem com as refeições, ela nunca havia sido privada do jantar.

Quando serviram a sobremesa e o vinho, a Sra. Dashwood e Elinor ficaram a sós, e permaneceram muito tempo juntas, as duas refletindo em silêncio. A Sra. Dashwood não ousou fazer nenhuma observação ou oferecer algum conforto. Percebia agora que havia se enganado ao confiar na representação de Elinor e concluiu que, na época, tudo havia sido suavizado para protegê-la de uma infelicidade ainda maior, levando em conta o quanto estava sofrendo por Marianne. Descobriu que a cautelosa atenção da filha a levara ao equívoco de acreditar que o afeto, que um dia havia entendido tão bem, era na verdade muito menos sério do que pensava, ou do que agora ficara provado. Receava que, ao se convencer daquilo, tivesse sido injusta, negligente ou até indelicada com sua querida Elinor, pois a angústia de Marianne, que era mais evidente, havia consumido demais a sua ternura, levando-a a quase se esquecer de que Elinor poderia estar sofrendo tanto quanto ela, mas com menos demonstrações de dor e maior coragem.

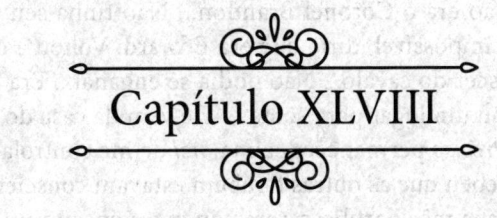

Capítulo XLVIII

Elinor havia aprendido a diferença entre a expectativa de um acontecimento desagradável e a certeza do fato em si. Havia aprendido que, mesmo contrariando sua vontade, sempre tivera a esperança, enquanto Edward continuava solteiro, de que algo impediria que ele se casasse com Lucy. Mas agora ele estava casado e ela culpou seu próprio coração por esse delírio secreto, que aumentava ainda mais a dor da notícia.

No início, espantou-se um pouco por ele ter se casado tão cedo, antes, como ela imaginava, de sua ordenação e, portanto, antes de se apossar de seu benefício na casa paroquial. Mas rapidamente percebeu o quanto era provável que Lucy, pensando em seus próprios interesses, correria qualquer risco, menos o risco do adiamento. Eles estavam casados, casaram-se em Londres, e agora partiam para a casa do tio dela. O que teria sentido Edward ao estar tão perto de Barton, ao ver o empregado de sua mãe, ao ouvir o recado de Lucy!

Presumiu que eles em breve se estabeleceriam em Delaford. Logo imaginou os dois na casa paroquial, visualizou Lucy como uma administradora ativa, simultaneamente unindo o desejo de elegância com a maior simplicidade, e constrangida de que desconfiassem de metade dos seus hábitos financeiros; cuidando de seus próprios interesses em cada pensamento, conquistando os favores do Coronel Brandon, da Sra. Jennings e de cada um de seus amigos mais afortunados. Elinor não sabia muito bem como encontraria Edward, nem como queria encontrá-lo... Feliz ou infeliz... Nada lhe satisfazia. Afugentou de sua cabeça todos os pensamentos sobre ele.

Elinor tinha a ilusão de que algum de seus amigos de Londres lhe escreveria para contar do casamento mais detalhadamente, contudo, os dias se passaram e nenhuma carta chegou, nenhuma notícia. Embora não tivesse certeza de que alguém fosse culpado, repreendia cada um de seus amigos ausentes.

— Quando a senhora vai escrever ao Coronel Brandon, mamãe? — foi a pergunta que lhe veio à cabeça, ansiosa para ter mais informações.

— Escrevi para ele na semana passada, meu amor, e estou mais ansiosa para vê-lo do que para ter notícias dele. Eu insisti para que nos visitasse, e não me espantaria se ele chegasse aqui hoje, amanhã ou outro dia qualquer.

Isto era algo que podia se esperar. O Coronel Brandon tinha que ter informações para dar.

Mal acabava de concluir tal pensamento, quando a imagem de um homem montado a cavalo atraiu seu olhar para a janela. Ele parou no portão. Era ele, era o próprio Coronel Brandon. Agora ela teria mais notícias, e tremeu com esse pensamento. Mas não era o Coronel Brandon... Não tinha seu porte, nem sua altura. Se não fosse impossível, diria que era Edward. Voltou a observar. O homem acabara de descer do cavalo... Não podia se enganar... Era Edward. Elinor se afastou e procurou um lugar para sentar. "Ele vem da casa do Sr. Pratt com o intuito de nos ver. *Preciso* permanecer calma, *hei* de me controlar".

Elinor logo percebeu que as outras também estavam conscientes do equívoco. Viu Marianne e sua mãe enrubescerem, viu que a encaravam e cochichavam algo entre si. Faria qualquer coisa para poder falar e fazê-las entender que não pretendia que expressassem nenhuma frieza ou desprezo para com ele. Mas não foi capaz de falar e foi obrigada a contar com o bom senso da mãe e das irmãs.

Não trocaram uma palavra entre si. Esperaram em silêncio que o visitante entrasse. Ouviram seus passos ao longo do caminho de cascalho, logo estava no corredor, e no momento seguinte estava diante delas.

Seu semblante ao entrar na sala não era muito alegre. Estava pálido e parecia com medo da maneira como seria recebido, ciente de não merecer uma recepção gentil. A Sra. Dashwood, no entanto, concordando com o que ela pensava ser o desejo de sua filha, o recebeu com uma expressão de felicidade forçada, estendeu-lhe a mão e desejou-lhe felicidades.

Ele enrubesceu e murmurou uma resposta inaudível. Os lábios de Elinor haviam se movido junto com os de sua mãe, e depois desejou ter lhe estendido a mão também. Mas já era tarde demais e, com um semblante que pretendia ser sincero, ela sentou-se novamente e começou a falar sobre o tempo.

Marianne, tentando ocultar sua aflição, retirara-se da vista dos demais o mais rápido possível, e Margaret, entendendo em parte o que ocorria, mas não por completo, pensou que sua obrigação era comportar-se dignamente, portanto, sentou-se o mais longe possível de Edward e manteve o mais estrito silêncio.

Quando Elinor terminou de discursar sobre o clima seco da estação, ocorreu uma terrível pausa. Ela foi rompida pela Sra. Dashwood, que se sentiu na obrigação de desejar que a Sra. Ferrars estivesse bem de saúde. Ele logo respondeu que sim. Outra pausa. Elinor, resolvendo fazer um esforço, apesar de temer escutar o som da própria voz, disse:

— A Sra. Ferrars está em Longstaple?

— Longstaple! — exclamou ele surpreso. — Não, minha mãe está em Londres.

— Eu referia-me — disse Elinor, pegando um trabalho manual que estava sobre a mesa — a Sra. Edward Ferrars.

Ela não se atreveu a levantar os olhos, mas sua mãe e Marianne o encararam. Edward corou, parecia atônito, olhou com um olhar de confusão e, depois de hesitar um pouco, disse:

— Talvez se refira à esposa do meu irmão, talvez queira dizer Sra. Robert Ferrars.

— Sra. Robert Ferrars! — Marianne e sua mãe repetiram muito espantadas.

E apesar de Elinor não conseguir falar, seus olhos estavam fixos em Edward com a mesma surpresa impaciente. Ele se levantou da cadeira, caminhou até a janela, aparentemente sem saber o que fazer, pegou uma tesoura que estava por ali e, enquanto cortava alguns pedaços de pano, disse, com a voz acelerada:

— Talvez vocês não saibam... Ou não tenham ficado sabendo que meu irmão se casou recentemente... Com a mais nova... Com a Srta. Lucy Steele.

As palavras dele foram repetidas com inexplicável espanto por todas elas, menos Elinor, que permaneceu sentada com a cabeça curvada sobre seu trabalho, em um estado de tanta euforia que ela mal sabia dizer onde estava.

— Sim — disse ele — eles se casaram na semana passada, e agora estão em Dawlish.

Elinor não conseguia mais ficar sentada. Deixou a sala apressadamente e, assim que a porta se fechou, caiu em lágrimas de tanta felicidade que, inicialmente, ela achou que não fossem mais parar. Edward, que neste momento olhava para qualquer coisa que não fosse ela, viu-a correr pela porta, e talvez tenha percebido, ou até mesmo escutado, a sua emoção, pois logo em seguida entrou em um devaneio que nenhuma observação, nenhuma indagação, nenhuma palavra bondosa da Sra. Dashwood foram capazes de interromper. E por fim, sem dizer uma palavra, saiu da casa e caminhou em direção à vila, deixando as outras completamente atônitas e perplexas diante de uma alteração tão esplêndida e repentina em sua situação, perplexidade essa que não eram capazes de amenizar, a não ser por meio de suas próprias especulações.

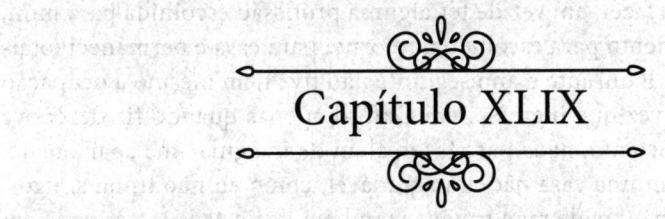

Capítulo XLIX

Contudo, por mais inexplicáveis que parecessem a toda família as circunstâncias de sua libertação, o fato era que Edward estava livre, e todas rapidamente imaginaram como ele aproveitaria essa liberdade: depois de vivenciar os benefícios e o fracasso de um compromisso imprudente, firmado sem a permissão de sua mãe, como fizera por mais de quatro anos, nada seria mais natural que assumir outro imediatamente.

O motivo de sua visita a Barton era simples. Estava lá unicamente para pedir Elinor em casamento e, tendo em vista que não era completamente inexperiente no tema, pode parecer estranho que tenha se sentido tão desconfortável neste momento, como de fato se sentia, sempre precisando de incentivos e de ar fresco.

Não é preciso, entretanto, narrar detalhadamente com que prontidão ele tomou aquela decisão, quão depressa agarrou a chance de realizá-la, de que forma se expressou e como foi recebido. Só é necessário dizer que, quando todos se sentaram à mesa às quatro horas, aproximadamente três horas após sua chegada, ele já havia conquistado a mão de sua amada, a permissão da Sra. Dashwood, e se considerava o homem mais feliz do mundo. Sua felicidade era realmente maior do que o normal. Tinha mais do que o sucesso comum do amor correspondido para fazer transbordar seu coração e aumentar seu ânimo. Estava livre de sua promessa, sem nenhuma responsabilidade de sua parte, livre de um constrangimento que há muito o fazia infeliz, de uma mulher que há muito já não amava, e, simultaneamente, encontrara segurança ao lado de outra. Fora resgatado da miséria para a felicidade; e essa mudança era explicitamente demonstrada com uma felicidade tão verdadeira, tão transbordante, tão grata, como suas amigas nunca haviam visto.

Seu coração agora estava aberto para Elinor, revelou todas as suas fragilidades, todos os seus deslizes, e tratou seu primeiro amor infantil por Lucy com toda a honra filosófica de seus vinte e quatro anos.

— Foi uma afeição tola e vã de minha parte — disse ele — resultado da ignorância do mundo e do ócio. Se minha mãe tivesse me proporcionado uma profissão ativa, assim que me tornei maior de idade e fui retirado da tutela do Sr. Pratt, acredito... Não, estou certo de que isso nunca teria acontecido, pois, apesar de ter saído de Longstaple com o que acreditava ser, na ocasião, a mais insuperável adoração por sua sobrinha, ainda assim, se eu tivesse alguma ocupação, qualquer coisa para gastar meu tempo e manter-me afastado dela por alguns meses, rapidamente teria esquecido esse amor fantasioso, principalmente se tivesse convivido mais com outras pessoas, como eu deveria ter feito. Mas em vez de ter algo para fazer, em vez de ter alguma profissão escolhida para mim, ou de ter consentimento para escolhê-la, retornei para casa e permaneci totalmente desocupado. E durante o ano seguinte não tive nem mesmo a ocupação universitária, uma vez que ingressei em Oxford apenas quando fiz dezenove anos. Não tinha, portanto, nada para fazer, além de imaginar-me apaixonado. Como o clima em minha casa não era agradável, como eu não tinha amigos, nem mesmo a companhia de meu irmão, e também não estava interessado em conhecer novas pessoas, era normal que fosse frequentemente a Longstaple, onde eu sempre me senti em casa, sempre fui bem recebido. Passei ali a maior parte do tempo entre os meus dezoito e dezenove anos. Lucy aparentava ser tudo o que havia de mais adorável e gentil. E também era bonita, ao menos era o que eu achava naquela época. E como conhecia tão poucas mulheres, não era capaz de fazer comparações nem enxergar seus defeitos. Assim, considerando tudo isso, acredito que, por mais imprudente que fosse nosso relacionamento, por mais imprudente que tenha se provado desde então, nessa época não foi um ato incomum ou injustificável.

A transformação que em poucas horas ocorrera no espírito e na felicidade das Dashwoods foi tão intensa que indicava que proporcionaria a elas a satisfação de uma noite em claro. A Sra. Dashwood, contente demais para se manter tranquila, não sabia como expressar seu amor por Edward ou elogiar Elinor o bastante, não fazia ideia de como agradecer por vê-lo livre do compromisso sem ser indelicada, nem como proporcionar-lhes a chance de conversarem abertamente e, ao mesmo tempo, usufruir da presença e companhia dos dois, como desejava.

Marianne conseguia expressar sua alegria exclusivamente por meio de lágrimas. Sua felicidade, embora tão verdadeira como seu amor pela irmã, não era de um tipo que lhe trouxesse animação nem palavras.

Mas e quanto a Elinor, como descrever seus sentimentos? Desde o instante em que descobriu que Lucy havia se casado com outro, que Edward estava livre, até o instante em que ele explicou as expectativas que imediatamente passara a ter, ela sentiu tudo menos calma. Mas quando esse primeiro instante passou, quando viu que todas as suas preocupações foram extintas, quando pôde comparar sua condição com a dos últimos tempos, sentiu-se oprimida e dominada por sua própria felicidade. E a despeito da agradável tendência da mente humana de se adaptar depressa a qualquer melhoria, foram necessárias muitas horas para que ela voltasse à tranquilidade de espírito e para que seu coração ficasse calmo.

Edward ficaria no chalé por pelo menos uma semana, pois, independentemente de suas outras responsabilidades, era impossível destinar menos de uma semana para aproveitar a companhia de Elinor.

O casamento de Lucy foi, naturalmente, um dos primeiros temas discutidos pelos amantes; e conhecer cada detalhe do caso fez com que Elinor considerasse, sob todos os aspectos, uma das situações mais exóticas e inexplicáveis que ela já ouvira. Como eles podiam ficar juntos, como Robert poderia ter desejado se casar com uma moça de cuja beleza ela própria o ouvira falar sem qualquer admiração, uma moça já noiva de seu irmão, estava além de sua compreensão. Para seu coração era algo encantador, para sua imaginação era algo ridículo, mas para sua razão era um completo enigma.

Edward apenas poderia tentar justificar com a suposição de que, possivelmente, após um primeiro encontro casual, o ego de um, inflado pela bajulação do outro, tenha levado aos poucos a todo o resto. Elinor recordou-se do que Robert lhe dissera em Harley Street, do que ele pensava sobre os efeitos de sua própria interferência na vida pessoal do irmão, se soubesse a tempo. Ela contou para Edward a conversa que tiveram.

— Isso é a cara de Robert — comentou imediatamente. — E é decerto o que tinha em mente no início de seu relacionamento com Lucy — acrescentou. — E Lucy, a princípio, talvez desejasse somente conquistar a simpatia de Robert em nosso favor. Todas as outras intenções devem ter aparecido depois.

Por quanto tempo aquilo estava acontecendo entre eles, entretanto, Edward, assim como Elinor, não sabia afirmar com precisão, pois não tivera notícias dela desde Oxford, onde ele permanecera após deixar Londres, com exceção das que ela mesma lhe enviava. Até o último instante suas cartas foram tão frequentes e tão afetuosas como sempre haviam sido. Desse modo, não tinha a menor desconfiança, nada o preparou para o que aconteceria. E quando enfim recebeu a notícia em uma carta da própria Lucy, ficou por algum tempo perplexo, oscilando entre o espanto, o horror e a felicidade da liberdade recobrada. Entregou a carta nas mãos de Elinor.

"Caro senhor,

Com a absoluta convicção de que já perdi sua afeição há muito tempo, senti-me livre para entregar a minha à outra pessoa, e tenho certeza de que serei tão feliz com ele como um dia acreditei que seria com o senhor. Mas recuso-me a aceitar a mão de alguém cujo coração pertence à outra. Sinceramente, espero que seja feliz em sua decisão, e não será minha responsabilidade se não formos bons amigos, como o nosso próprio parentesco torna adequado. Com toda certeza posso afirmar que não lhe tenho mágoa, e não tenho dúvidas de que será generoso o suficiente para não nos prejudicar. Seu irmão conquistou por completo meu afeto e, como não podemos viver um sem o outro, acabamos de retornar da igreja. Agora partiremos para Dawlish, lugar que seu querido irmão tem muita vontade de conhecer, para passar algumas semanas, mas achei que antes deveria perturbá-lo com estas poucas palavras. Continuarei para sempre
Sua sincera amiga e cunhada, que lhe quer bem,

Lucy Ferrars.

P.S: Queimei todas as suas cartas e irei devolver seu retrato na primeira chance. Por favor, destrua meus rabiscos, mas sinta-se à vontade para guardar o anel com minha mecha de cabelos."

Elinor leu a carta e devolveu-a sem dizer nada.

— Não perguntarei sua opinião sobre a redação da carta — disse Edward. — Por nada no mundo gostaria que lesse uma carta dela em outra época. Para uma cunhada já é muito ruim, mas para uma esposa! Acredito que posso dizer que desde os primeiros seis meses deste estúpido... Negócio... Esta é a única carta enviada por ela que o conteúdo compensa, de certa forma, os defeitos de estilo.

— Seja como for que aconteceu — disse Elinor, após uma pausa — é fato que estão casados. E sua mãe recebeu um castigo mais que merecido. A independência financeira conferida a Robert, por ressentimento contra você, deu a ele a possibilidade de escolher por si próprio. Ela, na realidade, subornou um dos filhos com mil libras anuais para que fizesse a mesma coisa pela qual deserdara o outro filho. Imagino que não ficará menos magoada com o casamento de Robert e Lucy do que ficaria com seu casamento com ela.

— Ela ficará ainda mais magoada, porque Robert sempre foi seu preferido. Ficará mais ofendida, mas irá perdoá-lo muito mais depressa.

Edward não sabia como andava a relação dos dois nesse momento, pois não havia tentando se comunicar com ninguém da família. Deixara Oxford menos de vinte e quatro horas após receber a carta de Lucy, com o único propósito de ir à Barton em mente. Não teve tempo de bolar nenhum plano de ação ao qual esse caminho não estivesse profundamente conectado. Não seria capaz de fazer mais nada antes de saber do seu destino com a Srta. Dashwood, e é de se imaginar, pela prontidão com a qual foi atrás desse destino, que não esperava uma recepção muito fria. Era seu dever, no entanto, dizer que esperava, e ele o disse com maestria.

Para Elinor, estava evidente que Lucy quis enganá-la e despedir-se com um toque de maldade contra Edward em seu recado enviado por Thomas. O próprio Edward, vendo agora muito claramente como era seu caráter, tinha certeza de que ela seria capaz das maiores crueldades. Embora seus olhos estivessem há muito tempo abertos, mesmo antes de conhecer Elinor, para a ignorância e a falta de generosidade de algumas de suas posições, atribuiu-as à sua falta de instrução, e, até receber sua última carta, sempre pensara que ela era uma moça bem-intencionada, de bom coração, e muito apaixonada por ele. Essa convicção era a única coisa que o impedia de romper o compromisso que, muito antes de ser revelado e de tê-lo exposto à fúria da mãe, já era uma incessante fonte de preocupação e arrependimento para ele.

— Eu pensei que fosse minha obrigação — disse ele — independentemente dos meus sentimentos, dar-lhe a escolha de seguir ou não com o compromisso, quando minha mãe me deserdou e fiquei, ao que tudo indica, sem nenhum amigo que pudesse me amparar. Em uma circunstância como essa, em que não parecia haver nada capaz de servir de tentação à avareza ou à vaidade de nenhum ser vivo, como poderia imaginar, quando ela insistiu com tanta veemência e paixão em dividir meu destino, independentemente de qual fosse, que sua razão fosse algo além de uma afeição desinteressada? E mesmo agora, não sou capaz de compreender o que a levou a agir dessa maneira ou que benefício ela poderia ter ao se unir a um homem pelo qual não tinha nenhuma consideração e que dispunha de apenas duas mil libras. Ela não podia adivinhar que o Coronel Brandon fosse me oferecer um benefício.

— Não, mas ela poderia supor que algo positivo aconteceria com você, que eventualmente sua família cederia. E de qualquer forma, não perdeu nada em prosseguir com o compromisso, porque, como deixou evidente, não se sentia obrigada por ele nem em suas vontades nem em suas atitudes. O compromisso era decerto respeitável, e possivelmente a fazia ter prestígio entre seus amigos e, se nada mais benéfico acontecesse, seria mais vantajoso para ela casar-se com você do que continuar solteira.

Edward imediatamente convenceu-se de que nada podia ser mais normal que o comportamento de Lucy, nem mais claro que a sua razão.

Elinor censurou-o por ter passado tanto tempo com elas em Norland, quando devia ter tido consciência de sua própria instabilidade.

— Sua conduta foi, sem dúvida, muito errada — disse ela — pois, para não citar minhas próprias certezas, nossos amigos foram levados a acreditar e a esperar algo que, por causa de sua circunstância na época, não podia acontecer.

Edward só pôde se justificar pela ignorância de seu próprio coração e pela errônea confiança em seu compromisso.

— Eu era tão ingênuo que pensei que, se havia dado minha palavra à outra pessoa, não havia risco em desfrutar de sua companhia; e que a convicção do meu compromisso conservaria meus sentimentos, tornando-os tão inabaláveis e sagrados quanto minha honra. Percebi que a estimava, mas afirmava a mim mesmo que era só amizade, e só descobri até onde esse sentimento poderia ir quando comecei a fazer comparações entre você e Lucy. Depois disso, acredito que não foi certo demorar-me tanto tempo em Sussex, e os argumentos com os quais justifiquei minha permanência não eram melhores do que estes: o risco é inteiramente meu, não causei mal a ninguém com exceção de mim mesmo.

Elinor sorriu e meneou a cabeça.

Edward ouviu com satisfação que aguardavam a visita do Coronel Brandon, pois não apenas queria conhecê-lo melhor, como também desejava ter a chance de demonstrar que não estava insultado por ter-lhe ofertado o benefício de Delaford.

— Pois até hoje — disse ele — com os agradecimentos tão pouco animados que recebeu de minha parte na época, deve continuar pensando que não o perdoei por ter me oferecido.

Agora ele se surpreendia por nunca ter ido conhecer o local. Mas se interessara tão pouco pelo assunto, que devia todo o seu conhecimento da casa, do jardim, das terras, da paróquia, das condições das terras e do valor dos dízimos à própria Elinor, que ouvira tantas vezes Coronel Brandon explicar, e escutara com tanta atenção, que tinha total domínio sobre o assunto.

Após isso, havia apenas um assunto pendente entre eles, um problema a ser superado. Eles haviam se unido pela afeição mútua, com a completa aprovação de seus verdadeiros amigos e o conhecimento profundo que tinham um do outro, mas lhes faltavam os meios para viver. Tudo o que tinham era as duas mil libras de Edward e as mil de Elinor, somadas ao rendimento do benefício de Delaford, pois não parecia possível que a Sra. Dashwood pudesse lhes adiantar algo, e nenhum dos dois estava apaixonado o suficiente para pensar que trezentas e cinquenta libras por ano seriam o bastante para uma vida cômoda.

Edward ainda tinha esperanças de alguma alteração positiva da mãe em relação a ele, e confiava nisso para conseguir o resto de seus rendimentos. Mas Elinor não estava tão otimista, pois, como Edward continuava sem poder se casar com a Srta. Morton e, nas palavras da Sra. Ferrars, Elinor não passava de um mal menor que Lucy Steele, receava que o desaforo de Robert só servisse para enriquecer Fanny.

Aproximadamente quatro dias depois da chegada de Edward, o Coronel Brandon apareceu, para a felicidade da Sra. Dashwood, que teve a satisfação, pela primeira vez desde que se mudara para Barton, de ter mais visitantes do que sua casa podia comportar. Edward gozou do privilégio de ter sido o primeiro a chegar, e o Coronel Brandon, desse modo, teve que retornar todas as noites aos seus antigos aposentos em Barton Park, dos quais voltava todas as manhãs, cedo o suficiente para atrapalhar a primeira conversa dos noivos antes do café da manhã.

Depois de três semanas de estadia em Delaford, onde quase não tinha o que fazer, chegou a Barton em um estado de espírito que exigiu todo o estímulo dos olhares de Marianne para alegrar-se. Entre tais amigos, entretanto, pareceu animar-se novamente. Não havia ouvido nenhum boato sobre o casamento de Lucy, não sabia nada sobre o que se passou, e, assim sendo, passou as primeiras horas de sua visita se informando e se surpreendendo. A Sra. Dashwood lhe explicava tudo, dando-lhe mais razões para alegrar-se com o que fizera pelo Sr. Ferrars, porque acabara resultando em uma vantagem para os interesses de Elinor.

Não é necessário dizer que, à medida que se conheciam melhor, os cavalheiros cresceram na boa opinião um do outro, pois não poderia ser de outra forma. A similaridade de seus princípios e bom senso, de humor e de forma de pensar, possivelmente já seria o bastante para torná-los amigos. Mas o fato de estarem apaixonados por duas irmãs que se adoravam tornou inevitável e instantânea a afeição mútua que em outras circunstâncias talvez precisasse contar com o efeito do tempo e do discernimento.

As cartas vindas de Londres, que há alguns dias teriam abalado cada nervo do corpo de Elinor, agora eram lidas com menos emoção do que felicidade. A Sra. Jennings escreveu para narrar toda a extraordinária história, para desabafar sua genuína indignação contra a insensata jovem e demonstrar sua compaixão pelo pobre Edward que, decerto, estava perdidamente apaixonado por aquela assanhada e, pelos seus cálculos, estava agora em Oxford com o coração partido. A carta seguia assim:

"Creio que ninguém jamais agiu de forma tão dissimulada, porque apenas dois dias antes Lucy me visitou e passou cerca de duas horas comigo. Ninguém desconfiou de nada, nem mesmo Nancy que, pobrezinha, chegou aqui no dia seguinte aos prantos, morrendo de medo da Sra. Ferrars e de não conseguir chegar a Plymouth, pois Lucy, pelo que parece, pediu-lhe emprestado todo o dinheiro antes de casar-se, e a coitada da Nancy ficou com apenas sete xelins, então, fiquei muito satisfeita ao dar-lhe cinco guinéus para poder ir a Exeter, onde pretende passar três ou quatro semanas com a Sra. Burgess, na expectativa, como lhe contei, de reencontrar o Reverendo. E devo admitir que o pior de tudo foi a crueldade de Lucy de não levá-la consigo na carruagem. Pobre Edward! Não consigo parar de pensar nele. Precisam convidá-lo para visitar Barton, e a Srta. Marianne deve tentar confortá-lo."

A entonação do Sr. Dashwood era mais formal. A Sra. Ferrars era a mais azarada das mulheres... E a pobre Fanny havia aguentado tanto sofrimento... Ele estava grato por ver que não cederam diante de tal golpe. A ofensa de Robert era imperdoável, mas a de Lucy era mil vezes pior. O nome dos dois nunca mais deveria ser mencionado na frente da Sra. Ferrars, e, ainda que ela eventualmente perdoasse o filho, a sua esposa nunca seria aceita como nora ou seria autorizada a estar em sua companhia. O sigilo com que trataram o assunto entre eles foi coerentemente julgado como um terrível agravante do crime, pois, se os outros tivessem desconfiado de algo, teriam tomado providências para impedir o casamento; e John convidava Elinor a se juntar a ele na lamentação pelo casamento de Lucy e Edward não ter se concretizado, pois acabara sendo um meio de espalhar ainda mais a desgraça na família. E prosseguia assim:

"A Sra. Ferrars nunca mais citou o nome de Edward, o que não nos espanta, mas o que nos surpreende muito é não termos recebido nem mesmo uma palavra dele a respeito do acontecido. Talvez ele permaneça em silêncio por medo de ofendê-la e, então, vou dar a ele um conselho, vou escrever-lhe algumas palavras e enviar a Oxford avisando-lhe que sua irmã e eu acreditamos que uma carta em que expresse uma submissão apropriada, endereçada talvez à Fanny e por ela mostrada à sua mãe, pode não ser de todo mal, uma vez que todos nós estamos familiarizados com a doçura do coração a Sra. Ferrars, que não deseja nada além de estar bem com seus filhos."

Este parágrafo tinha certa relevância para os projetos e o comportamento de Edward. Ele resolveu tentar uma reconciliação, ainda que não fosse precisamente da forma aconselhada por seu cunhado e sua irmã.

— Uma submissão apropriada! — repetiu Edward. — Será que esperam que eu peça perdão a minha mãe pela ingratidão de Robert e pela maneira como ele ofendeu a minha honra? Não posso demonstrar nenhuma submissão. O acontecido não me tornou mais modesto nem mais arrependido. Realmente, fez-me muito feliz, mas isso não importa.

— Você pode pedir perdão — disse Elinor — por tê-la ofendido, e acredito que agora deveria expressar certo arrependimento por ter assumido um compromisso que provocou a ira de sua mãe.

Ele concordou que poderia fazê-lo.

— E quando ela o tiver perdoado, talvez seja adequada uma pequena manifestação de humildade ao contar para sua mãe sobre um segundo compromisso que, para ela, é quase tão imprudente quanto o primeiro.

Ele não se opunha a nada, mas ainda se contrapunha à ideia de uma carta em que se revelava apropriadamente submisso, e então, para facilitar seu ato, considerando que apresentava muito mais disposição para fazer concessões verbais do que por escrito, ficou decidido que, em vez de escrever à Fanny, ele iria até Londres e lhe pediria pessoalmente que intercedesse por ele.

— E se eles de fato se interessarem — disse Marianne, com sua nova personalidade bondosa — em uma reconciliação, serei obrigada a pensar que nem mesmo John e Fanny são completamente desprovidos de méritos.

Depois de uma visita de três ou quatro dias, da parte do Coronel Brandon, os dois cavalheiros partiram juntos de Barton. Foram imediatamente para

Delaford, para que Edward pudesse conhecer pessoalmente seu futuro lar e ajudar seu protetor e amigo a determinar quais reparos eram necessários. Após passar duas noites ali, ele seguiria sua viagem para Londres.

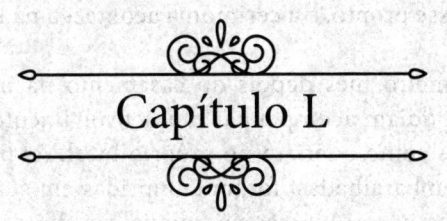

Capítulo L

Depois de uma adequada e muito vigorosa resistência por parte da Sra. Ferrars, uma conduta firme o suficiente para salvá-la da acusação que sempre pareceu temer, a de ser amável demais, Edward foi admitido em sua presença e declarado novamente seu filho.

Sua família andava ultimamente muito inconstante. Por muitos anos de sua vida tivera dois filhos, mas a ofensa e o afastamento de Edward, há algumas semanas, lhe haviam roubado um deles; e o afastamento semelhante de Robert a havia deixado por duas semanas sem nenhum dos filhos; mas agora, pelo retorno de Edward, voltara a ter um.

Embora tivesse recebido o consentimento para viver outra vez, não sentiu firmeza no seguimento de sua existência até que contasse sobre seu compromisso atual, pois, ao revelar essa circunstância, Edward receava uma súbita reviravolta que o fizesse morrer tão depressa quanto antes. Portanto, fez sua revelação com temeroso cuidado e foi ouvido com inesperada serenidade. No início, a Sra. Ferrars tentou persuadi-lo a não se casar com a Srta. Dashwood, recorrendo a todos os argumentos que podia. Disse a ele que a Srta. Morton era uma mulher de alta posição e enorme fortuna, pois era filha de um nobre e dona de trinta mil libras, enquanto a Srta. Dashwood era simplesmente a filha de um cavalheiro e não tinha mais que três mil libras. Mas quando percebeu que, ainda que reconhecendo a realidade de sua argumentação, Edward não tinha nenhuma intenção de aceitar seus conselhos, considerou mais sensato, por sua experiência passada, submeter-se... E então, após uma desagradável demora, ela declarou sua permissão para o casamento de Edward e Elinor.

Em seguida, passou a considerar maneiras de aumentar sua renda, o que deixou claro que, ainda que Edward fosse seu único filho no momento, ele não era o herdeiro. Pois apesar de Robert receber mil libras por ano, não foi feita nenhuma oposição contra o fato de Edward ordenar-se por no máximo duzentas e cinquenta, e também não prometeu nada para o presente nem para o futuro, além das dez mil libras que Fanny recebera.

Contudo, Edward e Elinor já esperavam por isso, uma vez que a Sra. Ferrars, com suas evasivas desculpas, parecia a única pessoa surpresa por não dar mais.

Com um rendimento suficiente para garantir suas necessidades, depois que Edward tomou posse do benefício, eles apenas precisavam esperar o término das reformas da casa, na qual o Coronel Brandon, com a intenção de acomodar Elinor, fez notáveis melhorias. E, depois de alguns dias vivenciando as desilusões e atrasos dos trabalhadores, Elinor voltou atrás em sua resolução de só se casar quando tudo estivesse pronto, e a cerimônia aconteceu na igreja de Barton, no começo do outono.

Passaram o primeiro mês depois do casamento na mansão do Coronel Brandon, de onde podiam acompanhar o desenvolvimento da casa paroquial e conduzir as coisas como queriam no próprio local. As premonições da Sra. Jennings, embora embaralhadas, foram cumpridas em sua maioria: ela pôde visitar Edward e sua esposa na casa paroquial no dia de São Miguel, e encontrou em Elinor e seu marido, assim como havia imaginado, um dos casais mais felizes do mundo. Realmente, eles não tinham mais nada a desejar, com exceção do casamento do Coronel Brandon com Marianne e pastos melhores para suas vacas.

Eles foram visitados, logo que se instalaram, por quase todos os seus parentes e amigos. Sra. Ferrars veio inspecionar a felicidade, que quase se envergonhava de ter autorizado, e até mesmo os Dashwoods pagaram os custos de uma viagem desde Sussex para fazer-lhes as honras.

— Eu não direi que estou decepcionado, minha querida irmã — disse John enquanto caminhavam juntos pelos portões de Delaford House em uma certa — isso seria exagero, pois na verdade você se tornou uma das mulheres mais sortudas do mundo. Mas admito que me daria enorme satisfação chamar o Coronel Brandon de cunhado. Sua propriedade, sua posição, sua casa, tudo tão encantador e em perfeitas condições! E os bosques! Em nenhum lugar de Dorsetshire encontrei madeiras como as de Delaford Hanger! E, ainda que Marianne não pareça ser a pessoa ideal para atraí-lo, penso que seria prudente que a convidassem com frequência para visitar vocês, já que o Coronel Brandon aparenta passar muito tempo em casa, e ninguém sabe o que pode ocorrer... Quando duas pessoas estão constantemente juntas, sem a presença de mais ninguém... Resumidamente, você poderia proporcionar-lhe uma oportunidade... Você me compreende.

Apesar de a Sra. Ferrars visitá-los e sempre tratá-los com fingida afeição, eles jamais receberam o insulto de seus favores verdadeiros e sua predileção. Isso estava restrito à imprudência de Robert e à astúcia de sua esposa, que conquistaram tal façanha em poucos meses. A perspicácia egoísta de Lucy, que no início havia arrastado Robert para aquela cilada, foi o principal instrumento para liberá-lo de lá; pois sua modéstia respeitosa, suas atenções incessantes e suas infinitas bajulações, assim que encontrou uma pequena oportunidade para praticá-las, reconciliaram a Sra. Ferrars com a decisão do filho, e restabeleceram-no absolutamente como seu filho preferido.

Todo o comportamento de Lucy no caso, portanto, comprova que uma árdua e incansável atenção aos próprios interesses, por maiores que sejam os obstáculos, pode assegurar todos os benefícios da riqueza, sem sacrificar nada além do tempo e da honra. Quando Robert a contatou pela primeira vez, e visitou-a em Bartlett's Buildings, seu único objetivo era solucionar a situação do irmão. Queria apenas persuadi-la a desistir da relação, e como o único empecilho que acreditava possível era o afeto de ambos, imaginava que uma ou duas conversas seriam o suficiente para resolver o caso. Nesse ponto, no entanto, enganou-se, pois sempre era necessária outra visita, outra conversa para conseguir convencê-la. Quando se afastavam, Lucy sempre tinha dúvidas que só se solucionariam com mais uma conversa com Robert. Desta forma, conseguia mais uma visita, e o restante seguiu seu curso natural. Em vez de conversarem sobre Edward, começaram pouco a pouco a falar de Robert, assunto sobre o qual ele mais tinha a dizer, e no qual ela manifestou um instantâneo interesse, quase igual ao dele próprio. Em suma, logo tornou-se claro para os dois que ele havia desbancado completamente a predileção dela pelo irmão. Robert estava orgulhoso de sua façanha, de enganar Edward, e por ter se casado em segredo sem a permissão da mãe. O que ocorreu em seguida já se sabe. Passaram alguns meses felizes em Dawlish, já que Lucy tinha muitos parentes e velhos amigos à sua disposição, e Robert esboçou muitos projetos para deslumbrantes chalés. Quando retornaram a Londres, ganharam o perdão da Sra. Ferrars meramente por pedi-lo. O perdão, inicialmente, foi concedido somente a Robert, e Lucy demorou algumas semanas para ser perdoada. Mas a persistência de uma conduta modesta e as mensagens em que assumia a responsabilidade pela ofensa de Robert, e afirmava estar agradecida pela firmeza com que era tratada, conferiram-lhe, com o tempo, o reconhecimento de sua existência pela sogra, a quem cativou com sua amabilidade e que logo a levou ao mais alto grau de consideração e prestígio. Lucy tornou-se tão imprescindível para a Sra. Ferrars como Robert ou Fanny; e enquanto Edward nunca foi totalmente perdoado por um dia ter planejado casar-se com ela, e tratarem Elinor, a despeito de ser superior a Lucy em riqueza e berço, como uma intrusa, ela sempre foi explicitamente considerada a nora preferida. Mudaram-se para Londres, receberam uma ajuda muito generosa da Sra. Ferrars e tinham a melhor relação possível com os Dashwoods; e, desconsiderando o ciúme que existia entre Fanny e Lucy e as constantes discussões domésticas entre Robert e Lucy, nada poderia vencer a harmonia em que todos viviam juntos.

    O casamento de Elinor só a manteve afastada de sua família o mínimo de tempo indispensável para não inutilizar totalmente o chalé de Barton, uma vez que sua mãe e suas irmãs passavam a maior parte do tempo com ela. As visitas frequentes da Sra. Dashwood a Delaford eram incitadas tanto pelo prazer como pela conveniência, em razão de seu desejo de unir Marianne ao Coronel Brandon. Era agora seu principal objetivo. Embora estimasse muito a companhia da filha, não havia nada que quisesse mais do que abdicar-se dela em favor do seu estimado amigo. E Edward e Elinor também desejavam ver Marianne estabelecida na mansão de Delaford. Os dois notavam o sofrimento do Coronel e seus próprios deveres para com ele, e Marianne deveria ser a recompensa de tudo.

Com toda essa conspiração contra ela, com o profundo conhecimento da generosidade do Coronel, com a convicção de seu imenso afeto por ela, que há muito tempo todos já haviam percebido, surgiu um sentimento em Marianne. O que mais ela poderia fazer?

Marianne Dashwood nascera para um destino extraordinário. Nascera para desvendar o equívoco de suas próprias crenças e para contrariar, por seu próprio comportamento, suas máximas preferidas. Nascera para superar um afeto que surgiu já aos dezessete anos, e, sem nenhum sentimento além de uma enorme consideração e uma profunda amizade, voluntariamente dar a mão a outro! E esse outro era alguém que havia sofrido tanto quanto ela por seu antigo afeto, e a quem, dois anos antes, havia julgado velho demais para se casar.

Mas assim foi. Em vez de entregar-se a uma paixão arrebatadora, como antes pretendia, em vez de permanecer para sempre com a mãe, usufruindo exclusivamente da reclusão e dos estudos, como mais tarde decidira, aos dezenove anos viu-se entregue a novos afetos, recebendo novas obrigações, morando em outra casa, uma esposa, uma dona de casa e senhora de uma vila.

O Coronel Brandon agora estava tão feliz como todos ao seu redor acreditavam que ele merecia. Descobriu em Marianne o conforto para todas as angústias passadas, seu carinho e sua presença reacenderam seu ânimo e devolveram-lhe o bom humor; e Marianne encontrava a sua própria felicidade em ser a causa da felicidade dele. Marianne não era capaz de amar pela metade, e, eventualmente, entregou por completo seu coração ao marido, como antes havia feito com Willoughby.

Willoughby recebeu a notícia do casamento de Marianne com uma pontada de dor, e sua punição se completou quando foi perdoado pela Sra. Smith, a qual, ao anunciar que sua indulgência se devia ao fato de ter se casado com uma mulher de caráter, o fez acreditar que, se tivesse agido dignamente com Marianne, poderia ter sido ao mesmo tempo rico e feliz. Não há razões para desconfiar da veracidade do seu arrependimento pelo mau comportamento, que lhe causou sua própria punição, nem para duvidar que, por muito tempo, pensava no Coronel Brandon com inveja e em Marianne com remorso. Mas não devemos pensar que ficou desolado para sempre, ou que tenha afastado-se da boa sociedade, ou que tenha adotado um humor sombrio, ou morrido por causa do coração despedaçado, pois nada disso aconteceu. Ele viveu intensamente e muito contente. O humor de sua esposa nem sempre estava ruim e sua casa era confortável. E encontrou um grau razoável de felicidade doméstica na criação de cavalos e cães e em todo tipo de esportes.

Por Marianne, entretanto, a despeito de sua deselegância em sobreviver à sua perda, sempre conservou esse afeto que o fazia interessar-se por tudo que lhe dizia respeito, e tornou-a seu modelo secreto de perfeição feminina.

A Sra. Dashwood foi suficientemente sensata para permanecer no chalé, sem tentar mudar-se para Delaford e, para a felicidade de Sir John e da Sra. Jennings, quando ficaram sem a companhia de Marianne, Margaret já havia atingido uma idade muito adequada para bailes, e não de todo inapropriada para ter um namorado.

Entre Barton e Delaford havia aquela constante comunicação que nasce espontaneamente de um profundo afeto familiar. E dentre os sucessos e alegrias de Elinor e Marianne, não era menos importante o fato que, ainda que fossem irmãs e morassem quase à vista uma da outra, conseguissem conviver sem desentendimentos entre si e sem causar desavenças entre os maridos.

**ENCONTRE MAIS
LIVROS COMO ESTE**

GARNIER
DESDE 1844